내가 알던 세상의 끝

내가 알던 세상의 끝

리처드 램버트 장편소설

황유원 옮김

THE WOLF ROAD
RICHARD LAMBERT

북북서가

일러두기

1. 주석은 모두 옮긴이주다.
2. 본문 중 고딕체는 원서에서 이탤릭체나 대문자로 강조한 부분이다.

차례

1부

엔딩

도로는 여름 들판을 따라 길게 펼쳐져 있었고 우리는 그곳을 들짐승처럼 달렸다. 먼지가 너무 심해 목구멍이 간질간질했고, 앞유리에 햇살이 비치자 유리가 희뿌옇게 변했다. 빠르게 스쳐 가는 도로변에는 분홍바늘꽃이 자욱하게 퍼져 있었고, 블랙베리는 아빠가 저녁마다 즐겨 따던 것들처럼 잘 익은 듯, 달콤하고 무르익은 듯 보였다. 엄마가 라디오에서 나오는 노래를 나지막이 따라 부르는 동안 아빠가 모는 차는 서머싯*의 굽이들을 쓱 하고 지나갔다.

"아, 내가 좋아하는 노래야." 새로운 노래가 나오자 엄마가

---

* 잉글랜드 남서부의 주.

볼륨을 높이며 말했다. "한번은 아빠랑 같이 라이브 공연을 본 적도 있지."

"좋았나요?" 앞좌석 사이로 몸을 기울이며 내가 물었다.

"굉장했어."

"그런대로 괜찮았지." 아빠가 특유의 약을 올리는 말투로 말했다. "굉장하진 않았어."

엄마는 거기 말려들지 않고 그저 나를 향해 눈만 굴렸다. 나는 소리 내어 웃으며 다시 좌석에 등을 붙이고 앉았다. 어느 토요일 오후였고 우리는 시내로 가는 길이었다. 엄마와 아빠는 부엌 타일을 보러, 나는 미테시를 만나러.

머리 받침대 옆으로 엄마가 얼굴을 내밀더니, 일부러 아빠 들으라는 듯이 목소리를 낮춰 "정말 굉장했어" 하고는 윙크를 했다.

우리는 굽이를 획 돌았고 엄마의 머리카락이 뺨 위에서 흔들렸다. 엄마 너머로 보이는 길 한가운데에 개 한 마리가 서 있었다. 아빠는 급브레이크를 밟았다. 엄마의 얼굴이 사라졌다. 나는 앞으로 내동댕이쳐졌다. 차는 급격히 방향을 틀며 미끄러졌고 나는 옆으로 내던져졌다. 아빠는 겁에 질려 소리쳤다. 나는 창문에 머리를 부딪혔다. 또다른 창문이 깨졌다. 안으로 나뭇가지가 들어왔다. 천장의 회색 천에 난 수백 개의 작은 구멍이 눈앞으로 다가왔다. 나는 엄청난 힘에 의해 좌석으로 떠밀렸다가 다시 들어올려지고 뒤집혔다가 다시 거꾸러졌다― 으스러지듯이.

모든 게 고요했다.

나는 차의 바닥에 누워 있었다. 하지만 지금은 문이 바닥이었고 내 위로는 푸른 산울타리가 깨진 창문을 비집고 들어와 있었다. 불에 탄 고무 냄새와 더불어 기이하게도 향수 냄새가 났다.

안전벨트를 맨 채 내 위에서 공중 곡예사처럼 늘어져 있는 사람은 다름 아닌 엄마였다. 머리카락이 뺨에 달라붙어 있었다. 엄마의 입에서 흐른 피가 운전석으로 뚝뚝 떨어졌다. 아빠 위로.

아빠는 움직이지 않았다. 아빠는 머리가 이상한 각도로 기운 채 운전석 창문 쪽에 구겨진 듯 쓰러져 있었다.

나뭇가지 하나가 휙 움직이더니 천장을 때렸다. 몸을 움직이자 얼굴 위로 유리가 떨어져내렸다. 나는 하얀 크리스털 조각으로 뒤덮여 있었다.

"엄마?"

들리는 소리라고는 엄마의 얼굴에서 흐른 피가 아빠에게로 떨어지는 소리뿐이었다.

"아빠?"

아무 대답도 없었다.

뒤쪽 창문은 박살나 있었다. 나는 안전벨트를 풀고 기어서 밖으로 나왔다. 구름이 태양을 가로지르자 서늘한 그림자가 생겼다가 이내 스르르 흘러가버렸다. 내가 있는 곳은 흙무더기 위였다. 나는 아래로 미끄러져 내려왔다. 불에 탄 고무 냄새가 이제 더 강하게 풍겼고 휘발유 냄새도 진동했는데, 그 냄새가 입안에 가득차서 혀에서 긁어내고 싶을 정도였다.

그 개는 길 한가운데 있었다. 녀석은 연기 색깔, 혹은 세상에서 빛이 빠져나가 밤이 되기 직전의 황혼 같은 색깔이었는데, 눈만은 오렌지빛이 감도는 갈색이었고 작은 눈동자는 검은색이었다. 시선은 똑바로 나를 향하고 있었지만 나를 제대로 쳐다보는 것 같지는 않았다. 곧 전투에 나서는 군인이 쳐다볼 법한 눈빛으로 나를 보았다. 녀석은 아주 고요히 서 있었다. 발은 권투선수의 주먹만했고 다리는 길었다. 넓은 가슴과 커다란 갈기를 지니고 있었고 어깨는 앙상했다. 마치 공격하려는 것처럼 녀석이 갑자기 머리를 숙였다.

나는 흙무더기 위로 재빨리 올라갔다. 그러면서 곁눈질로 녀석이 훌쩍 뛰어오르는 것을 보았다. 나를 향해서가 아니라 나에게서 먼 곳으로. 마치 도로를 가로질러 흘러가는 것처럼 보였다. 녀석은 그렇게 반대편 흙무더기로 올라가더니 산울타리 속으로 사라져버렸고, 남은 것은 사납고 검은 타이어 자국에 그을린 텅 빈 시골길뿐이었다.

새소리가 들려오기 시작하고서야 나는 길이 내내 조용했다는 사실을 깨달았다.

새소리 속에서 흰색 미니버스 한 대가 붕 하고 길모퉁이를 돌아 다가왔다. 미니버스는 속도를 줄이더니 멈춰 섰다. 잠시 아무 일도 일어나지 않다가 이내 문이 활짝 열리고 남자들이 뛰어나왔다. 모두 술배가 나오고 하얀 크리켓용 복장을 하고 있었다. 수염과 턱수염을 기른 아빠보다 나이 많은 남자들이 이리 뛰고 저리 뛰었다.

*

크리켓 경기자들이 내가 우리 차로 돌아가려는 것을 막은 후, 소방차가 도착한 후, 내가 보기 흉한 노란빛의 창문 없는 구급차에 실려간 후, 엄마와 아빠에게 무슨 일이 일어났는지 묻자 응급 구조사가 계속해서 화제를 바꾼 후, 응급실에서 의사 선생님을 기다린 후, 차가운 평판 위로 올라가 엑스레이를 찍은 후, 의사 선생님이 엄마와 아빠에 대한 나의 질문에 대답하기를 거부한 후, 내가 그와 그의 동료들에게 소리치기 시작한 후, 내가 그곳에서 빠져나오려 애쓴 후, 내게 짙은 색 액체가 주사된 후, 나는 잠들었다.

그것은 이상한 잠이었다. 사실 잠이라기보다는 공백에 가까웠다.

깨어났을 때는 날이 어두워진 뒤였다. 내가 누운 침대에 덮인 얇은 시트는 아주 팽팽히 밀어넣어져 있어서 몸을 거의 움직일 수도 없었다. 나는 옆으로 누워 있었다. 그곳에는 어둠 속을 떠다니는 흰색 형체처럼 보이는 다른 침대들도 있었고, 다른 십대 아이들과 어린이들이 자면서 내는 숨소리도 들렸다. 방의 한쪽 끝에는 커튼이 달리지 않은 창문들이 있었다. 병실은 높은 층이었던 게 분명한데, 왜냐하면 창문 밖으로 하늘이 보였기 때문이다. 그저 하늘만. 밤이었고, 작은 달이 아주 멀리 떠 있었다.

믿을 수가 없었다—오후 이후로 내리 잤다니. 나를 필요로 하는 부모님을 두고 어떻게 그럴 수 있었을까? 의사 선생님이 내게 주사한 것이 무엇이든 아주 강력했던 게 분명한데, 너무 강력해서 완전히 깨어날 수가 없었고 기이한 공백감이 잠복하고 있었다. 나는 정신 *끄트머리*에서 그 공백감을 느꼈고 그것이 언제든 돌아올 수 있다는 것을 알았다. 어서 엄마와 아빠를 찾아야 했다. 의사들이 부모님을 입원시킨 병실을 찾아야만 했다. 나는 일어나려 애썼으나 시트가 너무 팽팽히 밀어넣어져 있었고, 시트를 느슨하게 하려고 몸을 굴리자 심한 충격이 와서 몸이 완전히 굳어버리고 말았다.

내 침대 *끄트머리*에 한 여자가 서 있었다.

그녀는 아주 조용히 서서 나를 쳐다보고 있었다. 엄숙한 옷차림과 회색 머리카락으로 미루어 보아 의사인 것 같았다. 하지만 전혀 움직이질 않아서 다른 무언가일 수도 있겠다는 생각이 들었다. 몽유병자, 길을 잃은 면회객, 미친 사람? 나는 결국 그녀가 의사인 게 분명하다고 판단했다. 나는 그녀에게 엄마와 아빠가 어디 있느냐고 물었다. 그녀가 대답하기도 전에, 내가 다시 묻기도 전에, 그 공백감이 다시 천천히 찾아왔다.

*

내가 완전히 깨어났을 때는 아침이었고 병실은 소음으로 가득했다. 나는 여전히 정신이 혼미한 상태였다. 한 무리의 요리사들이 김을 내뿜는 커다란 스테인리스 카트 위에 달린 철제 뚜껑을 달가닥거리며 여닫고 있었다. 거의 십 초 만에 그들은 병실의 모두에게 아침식사를 차려주고는 카트와 함께 밖으로 빠져나갔다. 간호사 두 명이 약물 카트를 끌며 침대를 오가고 있었다. 간호사들은 불행한 아이들에게 작은 종이컵에 담긴 알약을 먹였다. 청소부는 내가 모르는 언어로 노래를 부르며 대걸레로 바닥을 닦았다.

"엄마와 아빠는 어디 있죠?" 나는 옆 침대에 있는 두 간호사에게 쉰 목소리로 물었다. 그들이 떠날 때, 나는 다시 등뒤에 대고 물었다. "엄마와 아빠는 어디 있죠?"

나는 팽팽히 밀어넣어진 시트를 걷어차고 일어났다. 잠시 시야의 모든 게 붉게 변했고, 나는 시력이 돌아오길 기다렸다가 간호사들을 쫓아갔다. 나는 등이 트인 환자복 차림이었다. 옷을 갈아입은 기억은 없었다. 그렇다는 건 내가 잠들어 있을 때 누군가가 내 옷을 벗겼다는 뜻이었다.

"얘야, 좀." 청소부가 내 앞에 서서 동유럽 억양으로 말했다. "내가 닦은 바닥이 더러워지잖니. 침대로 돌아가렴."

"부모님에게 무슨 일이 일어났는지 알아내야 해요. 부모님에게 무슨 일이 생긴 거죠?"

"나야 모르지. 내가 어떻게 알겠니? 네 침대로 돌아가."

그녀가 대걸레로 길을 가로막았다.

나는 그녀를 돌아서 갔다. 병동 문 쪽으로 급히 달렸다. 문 쪽으로 다가갔을 때 문이 열리더니 지난밤에 보았던 엄숙한 회색 머리 여자가 급히 나를 향해 달려왔고 그녀 뒤에 있던 흰색 가운 차림의 남자 의사가 "멈춰!" 하고 외쳤다.

"엄마와 아빠는 어디 있죠?"

"루커스." 여자가 밋밋하고 지친 목소리로 말했다. "루커스."

"엄마와 아빠한테 무슨 일이 생긴 거죠? 다들 어디 계신 거예요?"

"제발." 남자 의사가 헐떡거리며 달려와 말했다. "너는 여기 있으면 안 돼."

"부모님에게 무슨 일이 생긴 건가요? 저는 부모님에게 무슨 일이 생긴 건지 알고 싶어요." 공황에 빠질 것 같다는 느낌과 함께 내 목소리가 점점 더 긴장되고 커졌다. "엄마 아빠는 어디 있어요?"

회색 머리 여자가 내 팔을 만지자 나는 충격을 받았다. 그녀에게는 어딘지 익숙한 느낌이 있었다. 그녀는 지난밤에 본 의사가 맞았지만 그래서 익숙하게 느껴지는 것은 아니었다―그녀는 엄마를 떠올리게 했다.

조용히, 마치 그것을 소리 내어 말하는 게 어려운 일이라는 듯이, 그 말이 몸속 깊은 곳에서 고통스럽게 끌어올려야 하는 난감한 무언가라도 되는 듯이 그녀가 말했다. "네 부모님은 죽었어."

그녀의 회색 눈에는 십여 개의 검은 반점이 있었다.

"미안하구나, 루커스." 그녀는 말했다.

남자 의사가 말했다. "물 좀 가져다줄까?"

여자는 나를 다시 침대로 데려갔다. 대걸레로 닦은 바닥에 닿는 발바닥이 차가웠다. 그녀는 내 옆에 앉아 햇볕에 그을린 손을 내 팔뚝에 올렸다. 그녀는 붉은 가죽끈이 달린 시계를 차고 있었는데, 가죽은 닳아 있었다. 초침이 원을 그리며 움직였고, 그게 그렇게 계속 움직인다는 사실이 당황스럽게 느껴졌다. 어떻게 그럴 수가 있을까, 엄마와 아빠는 삶을 멈추었는데, 그냥 그렇게 멈추어버렸는데.

"할머니와 둘이 있게 자리를 비켜줘야겠구나." 남자 의사가 말했다. "뭐든 필요한 게 있으면 언제든 와서 나를 찾으렴."

그의 말을 충분히 이해하기까지 잠시 시간이 걸렸다.

나는 그녀 쪽으로 몸을 돌렸다.

그녀는 회색 니트 조끼와 반팔 셔츠 차림이었다. 한쪽 옷깃 끝은 조끼의 브이넥 아래로 들어가 있었고 다른 한쪽 끝은 밖으로 나와 있었다. 그녀의 회색 머리는 곧고 뻣뻣하고 짧았다. 피부는 엄마처럼 올리브색이었다. 얼굴은 넓었다. 입은 작고 불행해 보였다. 진이 다 빠진 듯한 모습이었다.

"나 기억하니?" 그녀가 물었다.

나는 크리스마스 때마다 그녀와 전화로 이야기를 나누었지만 실제로 만난 건 두 번뿐이었다.

할머니.

*

우리는 거리를 둔 채 복도를 걸었고, 우리 사이의 거리는 반대편에서 오는 사람들에게 길을 터주느라 더 벌어졌다. 휠체어를 탄 노인 환자들, 성큼성큼 걷는 면회객들. 나는 그들 모두가…… 꼭 행복해 보이는 것은 아니지만 어쩐지 활기차 보인다는 사실에 어리둥절했다. 병원의 환자 이동 담당자가 어떤 할머니가 누워 있는 침대 카트를 밀고 있었다. 그녀는 너무 연약해서 머리를 누인 베개가 움푹 들어가지도 않았다. 그녀는 천장을 올려다보고 있었고, 콧구멍에는 튜브가 연결되어 있었다.

자동문이 열렸고 우리는 따스한 9월의 공기 속으로 걸어들어갔다.

"여기서 기다리렴. 차를 갖고 오마."

그 순간까지 나는 미래에 대해서나 다음에 무슨 일이 벌어질지에 대해 생각해본 적이 없었다. 머리가 멈춰버린 듯했다. 나는 엄마와 아빠의 부재 너머로 넘어갈 수가 없었다. 그 사실은 이 세상과 부합하지 않았다. 이 세상이 그 사실과 부합하지도 않았다. 세상은 전혀 앞뒤가 맞질 않았다. 왜 구급차들은 마당으로 들어오고 있나? 왜 낮은 따스한가? 왜 건물 옆의 거대한 환풍기들은 계속 돌아가고 있나? 왜 구름은 푸른 하늘을 가로지르고 있나? 모든 것이 예전과 똑같이 계속된다는 게 말도 안 되는 일처럼 여겨졌다. 그중 어떤 것도 엄마와 아빠가 죽었다는 사실에 부합하지 않았다.

나는 그 이후를 생각할 수 없었다.

붉은색 작은 차 한 대가 병원 마당으로 들어왔다. 할머니가 내 쪽으로 차를 몰고 올 때 나는 우리 차가 흙무더기 위로 올라갈 때 들린 천둥 같은 소리를, 금속이 찢기는 소리를, 플라스틱이 딱 하고 부러지는 소리를, 으스러지는 소리를 또다시 들었다. 병원의 콘크리트와 유리가 차 앞유리에 비쳐 흘러가더니 할머니는 차를 세웠고, 나는 그 이상한 짐승이 길 한가운데에 서 있던 것을, 그 호박색 홍채와 검은 점 같은 눈동자가 내게 고정되어 있던 것을, 내가 차에서 기어나왔을 때도 녀석은 같은 자리에 있었으므로 사고가 일어나는 내내 거기 서 있었던 게 분명하다는 사실을 떠올렸다.

할머니가 차에서 내렸다. 햇빛 속에서 할머니는 아파 보였고, 그녀의 올리브색 피부는 거의 회색처럼 보였다. 햇빛에 눈을 가늘게 뜬 채, 손으로 눈을 가린 채, 할머니가 말했다. "이제 집에 가자."

나는 대답하지 않았다. 그러다 갑자기 차의 무시무시한 보닛이 내 옆으로 보이자 나는 공포를 느꼈다. "못 가겠어요." 할머니에게 애원하는 눈빛을 보내며 내가 말했다.

할머니는 표정이 바뀌진 않았지만 밋밋한 목소리로 "나는 실랑이할 힘이 없단다, 루커스"라고 말하고는 다시 차에 탔다.

병원의 환풍기들이 윙윙거리는 소리를 냈다. 조수석 문이 획 열렸다.

나는 움직이지 않았다. 움직일 수가 없었다.

번쩍거리는 푸른색 등을 켠 구급차가 할머니 차 뒤에 멈춰
섰다. 차의 문손잡이가 희미하게 빛났다. 구급차의 응급 구조
사가 경적을 울리고는 내게 서두르라고 손짓했다.

나는 가슴이 조여드는 것을 느끼며 앞으로 걸어가 두꺼운 벽
같은 문을 당겨서 열었다. 차에 타자 핸들과 계기판의 문자반
과 좌석 통로의 고무 깔개가 너무나도 분명히 의식되었다. 거
의 깜짝 놀랄 정도였다. 내가 안전벨트를 매고 있을 때 할머니
가 내 쪽으로 몸을 돌렸다. 할머니는 엄마처럼 눈썹이 짙었다.

"괜찮지?" 할머니가 피곤한 목소리로 말했고, 그녀의 숨에
서 시큼한 냄새와 커피 냄새가 풍겼다.

나는 대답하지 않았다.

"세상에, 대단한 곳이로군." 그녀는 병원을 힐끗 올려다보
며 이렇게 말하고는 시동을 걸고 기어를 넣은 후 어깨 너머를
확인했고, 내가 손잡이를 꽉 잡고 배에 힘을 주는 동안 앞코가
둥근 워커로 액셀을 밟았다.

조약돌

할머니는 공항 검색대를 통과할 때 사용하는 것과 같은 투명한 셀로판 봉투를 들고 있었는데, 그 안에는 엄마의 지갑과 노트와 목걸이, 아빠의 지갑과 펜나이프와 둘의 결혼반지와 휴대폰과 열쇠가 들어 있었다. 할머니는 아빠의 열쇠를 꺼내서 현관으로 갔고, 내가 여기는 할머니 집이 아니라고 말하기도 전에 문을 열고 안으로 들어갔다.

나는 하고 싶은 말을 억누르려고 애써야 했다. 나는 할머니를 따라 안으로 들어갔다.

할머니는 이미 부엌에 가 있었고 신발도 벗지 않은 상태였다. 나는 현관에서 운동화를 벗었다. 나는 할머니가 아빠의 열쇠를 아빠가 한 번도 손에 쥔 적 없었던 물건인 양 부엌 식탁에 던지는 게 싫었다. 열쇠는 작은 금속음을 내며 상판 위에 떨어졌다. 할머니는 셀로판 봉투를 내려놓고 나를 지나쳐 아래층 화장실로 갔다. 나는 할머니가 묻지도 않고 화장실을 사용하는 게 싫었다. 부엌 식탁에 놓인 아빠의 단단한 강철 열쇠고리는 피로 끈적거렸다.

나는 그 피를 씻어내고 싶지 않았다. 그러면 안 될 것 같았다. 무례한 일인 것 같았다. 나는 이미 일어난 일을 일어나지 않은 일인 척 여기려고 애썼다.

그러나 그것은 이미 일어난 일이었다.

조리대에는 아빠가 들판 한쪽의 산울타리에서 딴 블랙베리가 가득 든 그릇이 있었다. 아빠는 블랙베리 파이를 만들려고 했었다.

변기의 물이 내려가고 할머니가 돌아왔다.

할머니는 주전자에 물을 채우기 시작했다.

"그러시기 전에 먼저 허락을 구하셔야죠." 내가 말했다.

할머니가 입을 작게 앙다물고 내 쪽으로 몸을 돌렸다. "나는 차를 몰고 이백 마일을 달려왔고 한숨도 못 잤어. 그러니 차 한잔만 마셔도 될까?"

우리는 몇 초 동안 서로를 빤히 쳐다보며 둘 다 시선을 돌리지 않았고, 그러다가 내가 자리를 뜨자 할머니는 우리집 찬장을 쿵쿵거리며 여닫았다.

거실에는 엄마가 읽다가 의자 팔걸이에 펼쳐둔 책이 있었다. 해류에 대한 책이었다. 엄마의 존재가 보이지 않는 물리적 힘처럼 책 주변에서 느껴지는 듯했다. 나는 엄지손가락으로 책장을 부드럽게 넘겨보았다. 엄마와 아빠가 돌아가신 지금 나는 무엇을 해야 할지 알 수 없었다. 아무 일도 일어나지 않은 것처럼 계속 평범한 삶을 살아갈 수는 없었다. 큰부리까마귀 한 마리가 정원으로 날아들었다. 아빠는 큰부리까마귀를 좋아했다. 녀석들은 유머 감각이 뛰어나다고 했다. 큰부리까마귀는 으스대며 성큼성큼 걸어다녔다. 등뒤에서 할머니가 말했다. "네가 마실 차도 끓였다."

나는 자주색 워커와 남성용 반팔 셔츠와 니트 조끼 차림으로 나에게 머그잔을 내미는 이 이상한 여자 쪽으로 돌아섰다. 그녀의 두 눈은 너무 분명하게 움푹 꺼져서 달 표면의 크레이터처럼 보였다. "엄마는 누가 집에서 신발을 신고 다니는 걸 싫어해요." 나는 이렇게 말하고는 할머니의 팔을 쳐서 차를 쏟지 않을 정도의 간격만 두고 최대한 몸을 붙인 채 할머니를 지나쳐갔다.

위층의 화장실 수도꼭지에서 물이 뚝뚝 떨어지고 있었고 나는 그것을 꼭 잠갔다. 창턱에는 엄마가 해변에서 주워 온 커다란 흰색 조약돌이 하나 놓여 있었다. 더 어릴 때는 엄마와 함께 바다에 가곤 했지만 최근에는 미테시와 다른 친구들을 만나러 시내에 가는 걸 더 좋아했다. 하지만 엄마가 계속 권해서 결국 우리는 바다에 갔다. 엄마는 바닷가에서 조약돌과 조개껍데기를 모으고 나와 함께 모래 위에 누워 책을 읽었고, 우리는 딱히 대단하지 않은 것에 대해, 지금은 전혀 기억나지 않는 것에 대해 이야기를 나누었다. 나는 거기서 축구와 키피어피*를 했고 나중에는 엄마와 함께 수영을 했다. 물은 얼어붙을 듯 차가웠다. 그 조약돌은 희고 부드러웠으며 한쪽 끝에 잡힌 잔주름을 제외하면 거의 완벽했다. 나는 그것을 손바닥에 올리고 무게를 가늠해보았다.

나는 내 방에서 창밖을 멍하니 내다보았다. 큰부리까마귀가 친구들 중 하나를 기다리기라도 하듯 이리저리 서성이고 있었다. 밭갈이한 들판과 포플러나무들 너머, 저멀리 실처럼 희미한 전선을 매단 철탑들의 골격이 보였다.

나는 침대에 누워 한 손으로 두 눈을 가린 채 이 모든 게 멈춰버리기를, 그만 존재하기를 바랐다. 이제 엄마와 아빠는 존재하지 않으니까.

---

* keepy-uppy. 손을 제외한 신체를 사용해 공을 떨어뜨리지 않고 연속해서 받아치는 것.

*

깨어났을 때는 저녁이었고 집은 조용했다. 눈부시게 퍼진 석양을 배경으로 철탑들과 늘어진 전선의 윤곽이 드러났다. 나는 도로 한가운데에 있던 그 짐승을 생각했다. 사고 후에도 그 짐승은 여전히 거기 있었다. 그렇다면 차가 자신을 향해 돌진해 오는 동안에도 움직이지 않았다는 뜻이었다. 나를 쳐다봤을 때 녀석은 마치 목표물을 발견한 듯했다. 그리고 나도 똑같이 느꼈다—녀석이 나를 쳐다봤을 때 내가 목표물이 되었다고.

나는 노트북을 켜고 인터넷으로 여러 견종을 검색했다. 다양한 목록을 스크롤하며 살펴봤지만 딱 맞아떨어지는 사진은 없었다. 허스키가 가장 유사했지만 사고를 일으킨 녀석은 더 크고 건장했다. 그러다 나는 어떤 링크를 클릭하고는 바짝 긴장했다. 왜냐하면 녀석이 거기 있었으니까. 도로에서 내가 봤던 그 짐승.

늑대.

잠시 후 들려오는 소음에 나는 읽던 화면에서 눈을 뗐다. 퍼덕거리는 소리. 그것은 층계참 어딘가에서 들려오고 있었다. 나는 혹시 동물이 들어온 게 아닐까 생각했다. 어쩌면 그 큰부리까마귀가. 나는 엄마의 조약돌을 무기 삼아 들고 슬그머니

밖으로 나갔다. 부모님 방의 문이 살짝 열려 있었다. 퍼덕거리는 소리는 방 안쪽에서 흘러나왔다. 나는 문지방까지 천천히 다가간 다음 문을 밀어서 활짝 열었다.

샤워하고 젖은 머리에 옷자락이 밖으로 튀어나온 파란색 블라우스 차림의 할머니가 맨발로 부모님의 침대 시트를 벗기고 있었다. 할머니는 비몽사몽인 듯한 표정으로 나를 응시했다.

"뭐하시는 거예요?" 내가 물었다.

"침대에서 좀 자야겠어." 할머니가 시트를 뭉쳐서 품에 안으며 말했다.

믿을 수가 없었다. 할머니는 부모님 침대에서 잘 생각이었다. 나는 할머니 코앞까지 걸어가서 말했다. "여긴 **부모님** 방이에요."

"나는 두 시간밖에 못 잤어. 침대에서 좀 자야겠다."

"나가세요!" 나는 식식거리며 말했고, 내 입에서 날아간 침이 할머니의 블라우스에 떨어졌다.

할머니의 작게 앙다문 입이 충격으로 벌어지더니 이내 다시 제자리로 돌아왔다. "바보처럼 굴지 마라, 루커스. 나는 좀 자야 해." 할머니는 빨래 바구니로 걸어가서 시트를 던져넣고는 서랍장으로 갔다.

머릿속에서 으르렁거리는 소리가 들렸다. '여긴 내 집이에요.'

할머니는 서랍을 열어 엄마의 속옷과 아빠의 티셔츠를 뒤지면서 옷가지를 이리저리 밀쳤다. 나는 주먹을 꼭 쥐었다가 손에 여전히 조약돌이 들려 있다는 사실을 깨달았다. 나는 조약돌을 세게 움켜쥐었다. 할머니가 깨끗한 시트를 들고 돌아섰을 때 할머니의 파란색 블라우스에 수놓인 꽃무늬가 보였다. 그것은 엄마의 옷이었다. 할머니는 엄마의 블라우스를 입고 있었다.

할머니가 침대로 가서 시트를 펼치고 허공에 털어 부풀리자 최근에 세탁한 면 냄새와 기분좋은 우리집 섬유 유연제 냄새가 났다. 시트가 침대에 내려앉았다. 나는 더 있다가는 비명을 지르고 소리치며 할머니를 때리게 될 것 같아서 급히 밖으로 뛰쳐나갔다.

*

"저는 할머니랑 같이 살지 않을 거예요."

"그건 논쟁할 수 있는 문제가 아니란다, 루커스."

"상관없어요─저는 할머니랑 같이 살지 않을 거예요."

"너는 여기서 지낼 수 없어."

"저는 뭐든 제 맘대로 할 수 있어요."

"사회복지사들이 허락하지 않을 거다."

"그럼 그들에게 말하지 않으면 되잖아요."

"멍청하게 굴지 마라, 루커스. 이건 환상이 아니라 현실이야."

"이건 할머니와는 아무 상관도 없는 일이에요."

"내년에 네가 열여섯 살이 될 때까지, 네가 학교를 마칠 때까지 나는 너를 책임져야 해. 내가 너의 법정후견인이거든. 그러니 이건 정확히 나와 상관있는 일이지. 그런고로 너는 나와 함께 살게 될 거다."

"아뇨, 싫어요."

할머니와 나는 부엌 식탁에서 아침식사 그릇을 사이에 둔 채 중대한 수를 앞둔 두 명의 체스 선수처럼 눈싸움을 벌였다. 할머니는 머그잔을 들어올려 차를 호로록 마시고는 잔을 내려놓고 일어섰다. "알겠다." 할머니가 말했다.

할머니는 밖으로 걸어나갔다.

나는 의기양양한 미소를 지었다.

"어디 좋은 데 가시나봐요?" 할머니가 현관에서 재킷을 걸치고 있을 때 내가 비꼬는 투로 물었다. "이를테면 할머니 집으로?"

"너희 학교 교장 선생님과 만나기로 약속을 해뒀어."

"말도 안 돼요." 나는 벌떡 일어나서 현관으로 급히 달려가며 말했다. "그건 할머니랑은 아무 상관도……"

"그런 다음 네 사회복지사를 만나야 하고 그러고서……"

"저한테는 사회복지사가 없어요."

"아니, 있어. 네가 병원에 있을 때 찾아왔었지. 내가 쫓아 보냈고. 그러고서 나는 네 어머니와 아버지의 사망진단서를 처리해야 해. 같이 가겠니?"

'사망진단서'라는 말을 듣는 순간 가슴을 강타당한 느낌이 들었다—느리게 쿵 때리는 펀치.

나는 대답할 수 없었다. 기운이 쫙 빠져버렸다.

할머니는 가만히 서서 내 대답을 기다리다가 현관문을 열고는 분주한 빛과 새소리와 멀리서 들리는 혼잡한 자동차 소음이 뒤섞인 환한 낮 속으로 걸어나갔다. 문이 닫혔고, 나는 텅 빈 집에 홀로 남았다.

피아트

    할머니는 정확히 자신이 말한 대로 했다—학교, 사회복지사, 사망진단서와 관련된 일을 처리했다. 묘지, 장의사, 신부님. 장례식 문상객들. 은행, 사무 변호사들, 보험회사들. 할머니는 변호사였고 이런 일들을 쉽게 처리할 수 있는 듯했다. 할머니의 목소리는 절대 커지거나 작아지는 법이 없었다—그녀는 기운차되 약간 위협적인 목소리로 사람들을 대했다. 정확히 어떻게 위협했는지는 말하기 어려운데, 할머니를 너무 몰아붙였다가는 할머니에 의해 파멸되리라는 사실을 누구나 자연히 느끼게 되는 것 같았다.

    할머니는 유언장에 자신이 나의 법정후견인으로 지정되어 있으며 내가 자신과 함께 북부 컴브리아주에 살면서 거기서 학교생활을 새로 시작해야 한다고 설명했다. 할머니는 우리집이 이제 은행의 소유가 되었다고 설명했다. 할머니는 검시 배심이 이루어질 예정이지만 나는 참석하지 않아도 된다고 설명했다. 할머니는 사회복지사와 의사들은 내가 상담 전문가를 만나보길 바라지만 원하지 않으면 만날 필요는 없다고 설명했다. 나는 모든 정보를 머릿속에 받아들였지만 대답은 할 수 없었다. 나는 더이상 아무 말도 할 수 없고, 더이상 아무것도 느낄 수 없는 상태가 된 것 같았다.

장례식이 끝난 후 무덤 옆에서 검은 양복을 입은 장의사들이 빳빳한 옷깃에 목이 졸리다시피 하며 밧줄을 척척 풀어 두개의 소나무 관을 땅속으로 내렸다. 신부님이 신부님다운 말을 읊조리고 나자 그걸로 끝이었다. 부모님은 세상에서 사라져버렸다.

매장이 끝난 후 어느 호텔 바에서 사람들은 수다를 떨며 감자칩을 먹었다. 끔찍한 전나무에 둘러싸인 작은 잔디밭에 환하고 무감각한 햇빛이 뚱뚱한 민달팽이처럼 드러누워 있었다.

*

한 주가 지난 따스한 9월의 어느 날, 우리는 차에 짐을 실었다. 할머니의 작은 빨간색 피아트. 할머니는 대형 화물 트럭과 질주하는 밴과 오토바이로부터 불과 몇 미터 떨어진 거리에서 그 피아트를 몰고 시속 칠십 마일로 고속도로를 달릴 생각이었다.

미테시가 짐 싣는 걸 도와주고 작별인사도 할 겸 찾아왔다.

"요, 친구." 도착한 미테시가 서머싯이 아니라 볼티모어*의 거친 길거리 출신처럼 말했다. "잘 지냈나?"

나는 그가 가르쳐준 주먹 인사 겸 악수를 시도했다. 하지만 늘 그랬듯이 실패하고 말았다.

"나는 이제 이백 마일에 이르는 죽음의 함정**을 지나 저 북쪽에서 이상한 할머니와 함께 살게 될 거야." 내가 말했다. "너는 잘 지냈지?"

"너희 할머니는 쿨해, 인마. 너한테 완전 큰 도움을 주잖아."

"할머니는 안 쿨해, 미테시. 그건 그렇고, 어떻게 이 바보 같은 차를 몰고 거기까지 가겠다는 걸까?" 나는 내가 옳다는 것을 증명하기 위해 신발 끝으로 타이어 하나를 퍽 찼다.

"요! 루커스네 할머니, 안녕하세요?" 할머니가 나타나자 미테시가 씩 웃었다. 할머니는 테이프로 붙인 판지 상자를 들고 있었다.

---

* 미국 메릴랜드주에 있는 도시.

** deathtrap. 인명 피해의 우려가 있는 위험한 건물이나 장소. 탈것 등을 가리키는 말.

"네가 그 루커스의 친구인 모양이로구나." 할머니가 말했다. "자, 꾸물거리지 말렴, 얘들아. 우리는 할일이 많으니까."

우리는 내 물건들을 나르기 시작했다. 집은 우리가 한 번씩 오갈 때마다 할머니의 빨간색 피아트가 점점 더 내려앉는 모습을, 마치 여행이 시작되기도 전에 여행의 과업에 짓눌려 몸부림치는 듯한 모습을 지켜보며 점점 버려져가고 있는 것 같았다.

마지막으로 물건을 들고 나왔을 때, 할머니가 고개를 푹 숙인 채 차에 기대 있는 것이 보였다.

"괜찮으세요?" 내가 걱정스레 물었다.

"괜찮다." 할머니는 잠깐 얼굴을 찌푸리며 이렇게 말하고는 다시 집으로 들어갔다.

할머니는 괜찮지 않았다. 할머니는 지쳐 있었다. 아니면 아프거나. 어쩌면 심장이 약한지도 몰랐다. 할머니가 고속도로에서 실신하거나 심장마비를 일으키면 어쩌지? 그 순간 우리 차가 흙무더기에 주먹처럼 퍽 꽂혔고, 다시 한번 엄마는 뺨에 머리카락이 달라붙은 채 안전벨트에 매달렸고 아빠의 머리는 그 이상한 각도로 기울어졌다.

"나 안 갈래." 나는 미테시에게 말했다.

"오." 그가 놀란 목소리로 말했다. "왜?"

"할머니는 사고를 낼 거야."

미테시는 무슨 말을 하려는 것처럼 숨을 들이마시고 입술을 깨물더니 부드럽게 말했다. "할머니에게도 기회를 줘봐, 인마."

"하지만 미테시, 여기가 내 집이야. 나는 평생을 여기서 살았어. 여기가 내 친구들이 있는 곳이라고. 왜 할머니가 여기서 살면 안 되는 거지? 게다가 할머니는 이상해. 엄마는 할머니를 싫어했어. 엄마는 할머니를 **싫어했다고**. 할머니랑 통화를 할 때마다 엄마는 그걸 이겨내는 데 거의 하루가 걸렸어."

내가 이 짧은 연설을 하는 동안 미테시의 표정은 불편하게 변했고, 뭔가 하기 어려운 말을 어떻게 해야 할지 고심하는 것처럼 입이 씰룩거렸다.

"그게 사실이니?" 내 뒤에서 할머니가 말했다.

미테시와 내 눈이 마주쳤고 내 얼굴은 벌겋게 달아올랐다. 할머니가 내 말을 들은 것이다. 하지만 내가 그 말을 한 걸 미안해할 이유가 있나? 그것은 사실이었다. 엄마는 **정말로** 할머니를 싫어했다. 나는 몸을 돌려 할머니를 마주보았다.

할머니의 눈은 석영처럼 단단했다.

"저 안 갈래요."

속삭임보다 간신히 조금 더 큰 목소리로 할머니가 말했다. "너는 틀림없이 가게 될 거다, 이 녀석아."

이어진 침묵 속에서 새들이 짹짹거렸고, 미테시가 도로의 자갈에 신발을 긁더니 이렇게 말했다. "제가 여기서 잠깐 개입해도 괜찮다면요."

나는 미테시가 그렇게 말하는 것을 한 번도 들어본 적이 없었다. 보통 그는 디트로이트 같은 동네 출신처럼 말하려 애썼다. 그는 한쪽 눈을 찡그린 채 하늘을 쳐다보고 있었다. 할머니는 그의 시선을 좇았다. 나도 그랬다. 그가 무엇을 쳐다보고 있는지 궁금했다. 우리 셋은 그 자리에 가만히 서서 흰 구름이 우리 위 아주 높은 곳에서 지나가는 것을 살펴보았다.

"루커스네 할머니." 미테시가 할머니와 나를 심각한 시선으로 뚫어지게 쳐다보며 말했다. 마치 곧 대단한 연설을 할 선생님이라도 되는 것처럼. "어쩌면 루커스는 차로 여행하길 꺼리는 게 아닐까요?"

"꺼린다고?" 할머니가 어리둥절한 목소리로 말했다.

"차로 여행하길 말이죠." 미테시는 눈을 크게 떠서 첫 단어를 강조하는 동시에 무거운 상자를 잔뜩 실어 더 낮아진 작은 빨간색 피아트를 턱짓으로 가리키며 말했다. "차 사고가 있은 후로 말이에요."

마치 이 정보에 물리적 충격을 받기라도 한 듯 할머니의 머리가 덜컥하며 뒤로 살짝 넘어갔고, 나는 할머니의 얼굴에 새로운 생각이 번져나가는 것을 보았다. 그러고서 할머니는 나를 쳐다보았는데 나를 새로운 눈으로 다시 보는 듯했다. 마지막으로 할머니는 멀리 보이는 철탑과 전선을 응시했다. 미테시와 나는 눈빛을 교환했다.

"그럼 대신 기차를 탈래?" 마침내 할머니가 말했다.

할머니가 한 발짝 물러선 것에 놀란 나는 할머니와 타협하기로 결심했다. "좋아요."

"그럼 오늘 저녁에 켄들*역으로 데리러 가마."

"요! 잘하셨어요, 루커스네 할머니." 미테시가 내 쪽으로 몸을 돌렸다. "루커스, 나는 이제 그만 가야겠다, 인마."

나는 또다시 주먹 인사 겸 악수를 시도했고 또다시 실패했다. 대신 우리는 포옹했다. 미테시는 아플 정도로 세게 내 등을 찰싹 때렸고, 우리 둘은 반짝이는 눈을 깜박이며 작별을 고했다. 미테시는 으스대는 걸음으로 서머싯의 비열한 거리를 걸어갔다.

*

여러 대의 기차가 나를 북쪽으로 데려다주었다. 티버턴 파크웨이에서 브리스틀 템플 미즈까지, 브리스틀에서 버밍엄까지,

---

* 잉글랜드 북서부 컴브리아주의 도시로, 레이크 디스트릭트의 입구에 해당한다.

버밍엄에서 프레스턴까지. 프레스턴에서 나는 플랫폼 변경에 대한 안내 방송을 듣지 못해서 환승 열차를 놓치고 말았다.

나는 할머니에게 늦을 것 같다는 문자메시지를 보냈다.

막차는 더 느렸다.

황혼.

밤.

바깥으로 어둠이 보였고 때로 흩뿌려진 빛도 보였지만 주로 보이는 것은 창문에 비친 객차 내의 흐릿한 풍경이었다. 두 아이와 함께 있는 어머니, 캔맥주를 마시는 남자. 나는 손을 동그랗게 모아 차가운 유리에 갖다댔다.

나는 바깥에 언덕이 있다는 것을 알았고, 어둠 속에서 작은 기차 위로 높이 솟은 언덕들의 얼룩 같은 형체를 느낄 수 있었다. 그것들의 크기보다도, 그것들의 차가움을.

*

할머니는 켄들역에서 나와 만났다. 나는 기차를 놓친 것에 대해 사과하려 했지만 할머니는 다음과 같은 말로 내 계획을 망쳐버렸다. "너 때문에 한 시간 반을 기다렸잖니."

할머니는 홱 돌아서서 성큼성큼 걸어가버렸다.

나는 할머니를 따라서 피아트로 갔고, 나의 얇은 재킷 안으로 북부 지방의 냉기가 스며들었다.

할머니는 힘없고 지친 얼굴로 운전석 문 쪽에 서서 내가 타기를 기다렸다. 하지만 나는 탈 수 없었다.

"여기서 잘 거니?" 할머니는 날카롭게 말하고 차에 올라타 문을 쾅 닫았다.

나는 움직이지 않았다. 차창에 김이 서리기 시작했다.

손가락이 점점 무감각해졌다. 차가운 공기 때문에 폐가 화끈거렸다.

밤새 여기에 있을 수는 없었다.

나는 문을 열고 차에 탔다.

*

한번은 아빠가 종이에 자동차 엔진을 그려 작동법을 설명해준 적이 있었다. 아빠는 그림으로 엔진의 어디에 연소실이 있는지, 연소실의 어디에 피스톤이 있는지, 휘발유가 연소되어 피스톤을 밀면 피스톤이 어떻게 위아래로 움직이는지, 피스톤이 크랭크축을 회전시키면 어떻게 바퀴가 돌아가는지 알려주었다. 차의 보닛을 열어보면 주조 금속의 크기에 놀라게 된다. 그리고 그 물체가 시속 육십 마일의 속도로 뒤로 내던져져 계기판을 통해 앞좌석으로 향하는 광경을 상상하게 된다.

*

켄들에서 이어진 도로는 위아래로 굴곡이 심했다. 나는 한쪽 손으로 손잡이를 꽉 붙잡고 다른 손으로는 좌석 끝을 꽉 붙잡은 채 도로에서 눈을 떼지 않았다. 할머니가 사고를 내서 우리 둘을 죽게 하는 일을 방지해야 했기 때문이다. 할머니는 핸들 위로 등을 거의 구부린 채 차를 몰았다.

운전한 지 십오 분쯤 되었을 때 일이 벌어졌다. 할머니가 고개를 꾸벅였다.

"할머니!"

할머니가 튀어오르듯 몸을 꼿꼿이 세웠다. 나는 할머니를 깨우기 위해 내 쪽 창문을 열었다.

"창문 좀 닫아주면 안 될까, 루커스."

"할머니는 졸고 있었어요."

"창문 닫아라. 너무 춥구나."

나는 창문을 닫았다. 내 옆으로 거대한 호수가 펼쳐졌다. 도로는 미끄러지듯 스쳐지나갔고 우리는 꼭대기가 흰 산들 사이의 긴 골짜기로 들어섰다.

"저거 눈인가요?" 9월에 눈을 보고 놀란 내가 물었다.

"내 눈에는 그렇게 보이는데, 안 그러냐?" 할머니가 빈정거리는 목소리로 말했다.

　나는 경멸이 담긴 눈빛으로 할머니를 쏘아보았다.

　할머니가 같은 눈빛으로 응수했다.

　"앞을 똑바로 보셔야죠!" 내가 말했다.

　우리는 침묵 속에서 골짜기를 지나갔다.

　할머니가 고개를 꾸벅이기 시작했다.

　"할머니!" 내가 외쳤다.

　할머니는 앉은 채로 화들짝 놀랐다. 차가 좌우로 거칠게 흔들렸다.

　"조심하세요!"

　할머니는 차를 다시 안정적으로 몰다가 속도를 늦추고 또 늦추더니 덜컹거리며 도로변에 차를 세웠다. 그런 다음 손으로 입을 막고 시동을 껐다. 헤드라이트는 계속 풀밭을 환하게 비추고 있었다. 주위에는 온통 어두운 들판뿐이었다. 한줄기 돌풍이 불어와 차를 뒤흔들었다. 할머니는 움직이지 않았다.

　"할머니?"

　아무 대답도 없었다. 할머니는 마치 돌로 변해버린 것 같았다.

　"어디 아프세요? 아프신 거죠, 그렇죠?"

　나는 손을 뻗었다. 할머니의 어깨를 흔들려 했는데 내 손이 닿자 할머니는 가볍게 떨더니 눈물을 흘리기 시작했다. 할머니는 놀이터에서 놀다 다친 아이처럼 몸을 떨었다. 나는 할머니가 울기를 바라지 않았다. 어떻게 해야 울음을 그치게 할 수 있을지 알 수 없었다.

나는 말했다. "계속 헤드라이트를 켜놓으면 배터리가 방전될 거예요."

마침내 할머니는 울음을 그쳤다. 우리는 돌풍에 흔들리며 조용히 앉아 있었다. 할머니가 헤드라이트를 껐다.

"휴지 있니?" 할머니가 쉰 목소리로 물었다.

"아뇨."

할머니는 어린애처럼 손등으로 코를 닦았다. 그러고는 대단한 과업을 수행할 준비라도 하듯 떨리는 숨을 깊이 들이마시더니 똑바로 앉아 시동을 걸고 헤드라이트를 켜고 기어를 넣고는 나를 쳐다보지 않은 채 아스팔트 도로 위로 덜컹거리며 차를 몰았다.

*

우리는 큰길에서 벗어났다. 돌담 사이로 난 좁고 완만한 오르막길은 산자락에 있는 어두운 숲으로 이어졌다. 숲 위로 급류가 하얗게 부서지며 흐르는 산등성이 사이의 움푹 꺼진 지형이 보였다.

우리는 숲으로 들어갔고 헤드라이트는 금빛과 노란빛의 나무 터널을 비추었다. 그러다 갑자기 오른쪽에 그것이 나타났다—할머니네 시골집이.

시골집

　우리가 덜컹거리며 입구를 통과할 때 타이어에서 이상하게 윙윙거리는 소리가 났다. 헤드라이트는 중앙에 잔디밭이 두둑하게 솟은 자갈 깔린 터닝서클*을 훑은 다음 시골집의 벽을 가로질렀고, 내가 회색 돌과 검은색 슬레이트를 언뜻 봤다고 느낀 순간 울타리를 비추었다. 우리는 그곳을 향해 돌진했다. 할머니가 급브레이크를 밟았고 차는 나무판자에 부딪히기 일보 직전에 멈추었다. 그러고는 엔진에 이어 헤드라이트가 꺼졌다.

　나는 차갑고 희박한 공기와 깊은 어둠 속으로 걸어나갔다. 들리는 소리라고는 나뭇잎이 바람에 살랑이는 소리, 할머니가

---

*집 앞에서 차를 돌릴 수 있도록 마련된 공간.

저벅저벅 자갈을 밟는 소리, 그리고 가방을 뒤져 열쇠를 찾는 낮은 소리가 전부였다. 미풍은 멈추었지만 여전히 세차게 흐르는 듯한 소리가 들려왔다. 산에서 하얗게 부서지며 흐르던 급류의 소리일까? 숲에서 나뭇가지가 딱 하고 부러지는 소리가 났다.

"할머니?"

할머니는 여전히 가방을 뒤지고 있었다. 나는 급히 다가가 가방을 빼앗았다. "이건가요?" 내가 대문 열쇠를 들어올렸다. 할머니는 내가 열쇠를 찾아서 짜증이 난 듯했지만 그래도 그것을 받아들었다. 열쇠가 자물쇠에 탁탁 부딪혔다.

"숲에 동물이 있나요?"

열쇠가 부드럽게 돌아가자 환한 불빛이 붉은 문을 밝혔고 할머니는 안으로 들어갔다.

나는 어둠 속을 힐끗 쳐다보고는 곧장 뒤따라 들어갔다.

정면에 계단이 있었고 왼쪽 바로 옆에는 지팡이 통 너머로 어두운 방이 보였다. 오른쪽에는 열린 문으로 이어지는 짧은 복도가 있었다. 할머니가 계단 밑 테이블에 가방을 올려놓고 뒤쪽의 열린 문을 지나며 오른쪽에 있는 또다른 문을 꼭 닫은 다음 불을 켜자 부엌이 보였다.

"먹을 것 좀 줄까?" 할머니가 물었다.

나는 따라 들어가서 접이식 포마이카* 식탁 옆에 멈춰 섰다.

"접시는 저 안에 있다."

할머니는 빵 한 덩어리를 꺼내며 턱짓으로 찬장을 가리켰다. 나는 이가 빠지고 빛이 바랜 그릇 몇 개를 꺼냈다.

할머니는 베이크트빈스 통조림을 따서 부은 후 젓고는 쉭쉭거리는 그릴에서 빵이 구워지는 것을 지켜보았다.

"난방을 좀 틀어주실 수 있나요?" 내가 물었다.

"아니."

우리는 먹었다. 할머니는 씹을 때 턱에서 딸깍거리는 소리가 났다. 이가 아니라 실제 턱에서.

그런 후 할머니는 나를 위층으로 데려가 내가 쓸 방으로 안내했다.

할머니는 커다란 서랍장에서 방금 우리가 베이크트빈스를 얹은 토스트를 담아 먹었던 접시만큼이나 빛이 바랜 타월과 침구를 꺼냈다.

"여긴 네 엄마가 쓰던 방이다."

할머니는 시트를 허공에 털어서 펼치고는 침대에 내려앉혔다.

"어서." 할머니가 재촉했고, 나는 침대 반대편으로 돌아가서 엄마가 가르쳐준 대로 시트를 밀어넣었다.

＊식탁 상판이나 조리대 등에 사용되는 내열성 합성수지의 상표명.

우리는 말없이 잠자리를 준비했고, 준비가 다 끝나자 할머니는 피곤에 지쳐 멍한 상태로 잠시 가만히 서 있었다. 할머니가 너무 지쳐 보여서 미안한 마음이 들었다.

"감사해요." 나는 말했다.

할머니는 내 말을 듣지 못한 듯 그냥 나가버렸다.

나는 그 자리에 그대로 서서 귀를 기울였다. 보일러가 돌아가며 욕실에 뜨거운 물이 나오는 소리가 들리더니 이내 욕실 문이 쿵 닫혔고, 잠시 후에는 할머니의 침실 문이 쿵 닫혔다.

시골집은 조용했다. 또한 굉장히 춥기도 했다. 나는 여전히 재킷을 입고 있었고, 입김을 내뿜자 희미한 구름이 생겨났다.

형체

나는 펄펄 끓는 몸으로 잠에서 깨어났다. 목이 따가웠고 몸에서는 땀이 났다. 여전히 옷을 입은 상태였다. 나는 주머니를 뒤져 휴대폰을 찾았다―아직 네시도 안 된 시간이었다.

바람이 돌벽에 대고 건조하게 속삭이는 소리가 들렸다.

한동안 아무 생각 없이 누워 있었다. 나는 서랍장을, 어둠 속에 있는 더 짙은 색의 덩어리를 알아볼 수 있었다. 담요는 색깔이 옅었다. 내 이불과는 다른 냄새가 났다―퀴퀴한 냄새가. 시트는 집에 있는 것들보다 부드러웠지만 좋은 의미에서가 아니라, 낡아서 해체되기 직전인 상태에 더 가까웠다.

시골집 너머 먼 곳에서 희미한 물소리가 들려왔다. 끝없이, 깊고 차가운 속삭임이.

내가 집과 집안 물건에 귀를 기울이는 만큼 그것들도 내게 귀를 기울였다.

큰길에서 차 한 대가 가까이 다가오더니 빠르게 지나가며 멀리 사라져버렸다. 그 뒤로 이 집과 산의 흐르는 물, 그리고…… 다른 무언가를 남겨놓은 채.

바깥에 다른 무언가가 있었다.

나는 온몸이 뻣뻣하게 굳었다. 그러다 일종의 분노를 느끼며, 이불을 확 걷고 창가로 갔다. 어둠.

나는 방을 가로질러가서 문을 열고 고요한 바깥으로 나갔다. 잠시 귀를 기울인 후 층계참으로 갔다.

아래층 어느 방에서 희미하게 탁탁거리는 소리가 들렸다. 나는 층계참을 돌아 천천히 계단을 내려갔다. 현관문 위에 달린 동그란 변형 유리를 통해 일그러진 달이 보였다. 달빛은 현관에 빛을 살짝 드리우며 창 같은 지팡이와 우산을 비추었다. 거실로 이어지는 열린 문은 어두웠다. 나는 부엌 쪽으로 돌아섰다. 탁탁거리는 소리는 바로 거기서 나는 것이었다. 나는 천천히 안으로 들어갔다. 탁탁거리는 소리가 아니었다. 뚝뚝 떨어지는 소리였다. 안전벨트에 매달려 있는 엄마. 나는 수도꼭지를 꼭 잠갔다.

고요.

또다른 차 한 대가 멀리서 다가왔다. 샛길에 접어들기까지는 오랜 시간이 걸리는 듯했다. 차는 빠르게 지나갔고, 차가 사라지고 나니 시골집과 산과 개울이 더 실재적으로 느껴졌다.

그리고 갑자기 나는 깨달았다―내가 위층에서 느낀 존재가 무엇이건 그것은 아직 거기 있었다.

나는 뒷문으로 가서 자물쇠를 풀고 문을 열었다. 텅 빈 정원. 나는 밖으로 걸어나갔다. 맨발에 닿은 콘크리트가 몹시 차가웠다.

풀밭은 서리로 가득했다. 나무들은 어둡고 고요하게 서 있었다. 나는 몸을 떨었다.

그때 어둠 속에서 무언가가 나타났다.

나는 집안으로 뛰어들어가 문을 쾅 닫고 잠근 다음 시골집이 쿵쿵 울리도록 달려가 지팡이를 집어들었다.

나는 거실의 안락의자로 후퇴했다. 그러고는 양 무릎을 끌어올리고 의자 덮개를 몸에 두른 채 가만히 앉아서 고요에 귀를 기울였다.

*

그게 뭐였는지는 나도 모르겠다. 보이기 전에 시선을 돌렸다. 나는 그걸 보고 싶지 않았다. 하지만 거기 있어서는 안 되는 무언가가 있다는 느낌이 들었다.

*

"차 한잔 마시겠니?"

할머니는 거실의 커튼을 휙 걷고는 새벽의 흐릿한 빛 속에서 나를 마주보았다.

할머니는 타월 같은 재질의 분홍색 가운과 흰색 양말 차림이었다. 정강이가 그루터기처럼 어두웠다.

할머니는 거실 밖으로 나갔고 나는 추위로 뻣뻣해진 몸으로 의자에서 일어났다. 곤봉 같은 지팡이가 달가닥 소리를 내며 바닥에 떨어졌다. 나는 창가로 걸어갔다.

잔디밭은 타원형이었고 숲이 그 주위를 동그랗게 에워싸고 있었다. 숲이 손가락을 둥글게 뻗어 그 끝을 건드리려는 듯한 자리에 철조망이 있었고, 그 뒤로는 산기슭을 향해 완만하게 올라가는 들판이 있었다.

시골집은 산을 정면에서가 아니라 측면에서 비스듬히 마주보았고, 그래서 집의 일부는 골짜기를 내려다보고 있었다. 산은 거의 수직으로 높이 솟았고 아래쪽 옆면은 갈색 고사리로 뒤덮여 있었다. 그 위로는 짙은 헤더가 자랐고, 그 너머에는 부드럽고 기복이 있는 풀밭이 자갈과 함께 넓게 펼쳐져 있었으며, 꼭대기에는 삐죽삐죽한 바위 산등성이가 곧장 골짜기와 나란히 이어졌다. 부드러운 풀밭과 삐죽삐죽한 등성이 때문에 산은 사람의 몸처럼 보였다. 군데군데 잿빛 화강암이 덩어리째 무리를 지어 서 있었다. 내 왼쪽으로 고개를 쭉 내밀면 긴 산등성이가 안쪽으로 방향을 틀어 움푹 꺼진 곳이 보였다. 그곳이 아마도 내가 전날 밤에 잠깐 본 급류가 내려오는 지점이 었을 것이다.

정원 끝에 있는 울타리 기둥에는 윤이 나는 커다란 큰부리 까마귀 한 마리가 용의 이빨처럼 굽은 부리를 뽐내며 앉아 있 었다. 녀석은 날개를 퍼덕거리며 하늘로 날아오르더니 텅 빈 들판을 가로질러 날아갔다.

*

부엌의 불빛 속에서 이리저리 발을 끌며 움직이는 할머니는 이상해 보였다. 잿빛 머리카락은 방금 감전 사고를 당한 만화 캐릭터처럼 쭈뼛 서 있었다. 얼굴은 퉁퉁 부어 있었다. 작은 입은 아래로 처져 있었다. 할머니의 입은 엄마의 입과 무척 비 슷했고 입술도 엄마처럼 도톰했지만, 할머니의 경우에는 두 뺨의 주름이 수직선을 그리며 입가에서 턱까지 이어졌다.

그릴이 쉭쉭거리는 소리를 냈다.

할머니는 버터 상자를 식탁에 놓은 뒤 싱크대로 가서 선 채로 무언가를 골똘히 생각하며 창밖을 가만히 내다봤다. 할머니의 머리는 엄마의 머리처럼 한쪽으로 기울어져 있었다.

할머니가 머리를 원위치로 돌려놓고 나를 마주보며 말했다.
"오늘 아침에 같이 학교에 가기로 약속을 잡아뒀다."

나는 깜짝 놀랐다. 내가 어딘가 가야 할 곳이 있다면 그곳은
침대뿐이었다.

"몸이 별로 안 좋아요."

"어디가 안 좋은데?"

"속이 메스꺼워요."

"그럼 뭘 좀 먹도록 해."

할머니는 토스트 두 조각을 들고 와서 버터 상자에 기대어
놓았다. 그러고는 접시와 칼을 달가닥거리며 식탁에 놓았다.

"저는 우선 제 일부터 처리해야 해요."

"갔다 와서 처리하렴."

할머니는 토스트 한 조각을 들고 버터를 발랐다.

"우리는 오늘 정오에 교장 선생님을 만날 거야."

나는 가지 않겠다고 말하고 싶었고 그러려고 고개를 들었
지만, 할머니는 엄마처럼 고개를 옆으로 기울인 채 다시 공상
에 잠겨 있었다. 마치 엄마의 영혼이 할머니에게 들어간 것 같
았다.

＊

　"차에 탈 때마다 이 문제로 실랑이를 해야겠니, 루커스?"

　나는 시골집 문 옆에 서서 피아트를 쳐다보고 있었다. 할머니는 열쇠를 들고 운전석 쪽에 서 있었다. 입술에는 밝은 립스틱을 칠하고 머리는 잘 정돈한 채 맵시 있는 모직 재킷을 걸친 모습이었다. 다행스럽게도 두꺼운 스타킹을 신어서 그루터기 같은 정강이는 가려졌다.

　"네." 내가 말했다.

　"오, 말을 할 줄은 아는구나?"

　현관문은 잠겼고 내게는 집 열쇠가 없었으므로 내가 갈 수 있는 곳은 산 말고는 아무데도 없었다. 하지만 산에는 가고 싶지 않았다.

　"어서, 우리는 약속을 했고 나는 너 때문에 늦고 싶지는 않다."

　"하지만 제가 꼭 가야 하는 거잖아요. 그러니까 할머니는 제가 필요해요."

　"내 말이." 할머니는 차 문을 열었다. "그러니 어서 타렴."

　내가 할머니의 애매한 논리에 얼굴을 찌푸리는 동안 할머니는 몸을 낮춰 차에 탄 다음 조수석 문을 활짝 열었다.

　나는 차에 탔다.

할머니는 핸들을 천천히 크게 돌리고는 엔진 회전 속도가 심하게 올라가도록 액셀을 밟았는데 나로서는 전혀 신뢰가 가지 않는 운전 방식이었다. 주머니에서 무언가가 걸리적거려서 살펴보니 흰 조약돌이 들어 있었다. 엄마의 조약돌. 우리가 탄 차는 윙윙거리고 덜컹거리며 캐틀그리드*를 지나 이단 기어를 넣은 채 끙끙거리며 동굴 같은 숲에서 아침 속으로 달려나갔다.

---

* 길에 구덩이를 판 다음 그 위에 쇠막대기를 가로로 촘촘하게 배치하여 사람이나 차는 지나갈 수 있지만 가축들은 발이 빠져서 건널 수 없게 만들어놓은 게이트형 구조물.

학교

"그걸 들고 가려고?" 뚱뚱하고 하얀 조약돌을 향해 시선을
보내며 할머니가 말했다.

나는 조약돌을 주머니에 넣고 할머니를 노려봤다.

"또 골이 났네." 할머니가 차를 세우며 말했다.

할머니는 차에서 내렸다. 잠시 후 나도 내렸다.

학교는 큰길에서 떨어진 산비탈 맨 아래에 있었다. 건물은
다양한 박스를 한데 붙여 만든 것처럼 보였는데, 온통 합판과
유리로 되어 있었다. 입구는 전체가 유리여서 위쪽에 세트백*

---

* 건물의 특정 층이나 일부 공간을 바닥 면적보다 좁게 안으로 들여서 설계
하는 방식.

발코니가 있는 넓은 리셉션 공간이 그대로 들여다보였다. 수업이 진행중인 교실 안쪽도 들여다보였다. 나는 주머니에 손을 넣고 조약돌의 차가운 무게를 느꼈다. 그리고 주먹 쥔 손의 뼈가 느껴질 때까지 그것을 꽉 쥐었다.

*

"너는 앤드루스 선생님이 담당하시는 11F반에 들어가게 될 거다. 선생님이 학생 한 명을 지정해서 처음 며칠 동안 네게 학교를 안내해줄 거야."

교장인 본드 선생님은 대머리였다. 그는 말하면서 이따금 커다란 손바닥을 머리에 대고 없는 머리카락을 부드럽게 쓸어넘겼다. 그 동작은 자연스럽지가 않았다. 할머니가 고개를 옆으로 기울이는 게 자연스러운 것과는 달리. 그는 의자에서 몸을 뒤로 젖히며 큰 손으로 두피를 가렸고, 그것은 의도적인 행동이었지만 나는 그 의도가 무엇인지 이해할 수 없었다.

"루커스가 올해 GCSE*를 치를 수 있을까요?" 할머니가 물었다.

---

* 중등교육 자격 검정 시험. 영국에서는 GCSE에서 좋은 성적을 받아야 대학 입학시험인 에이레벨(A-Level)로 진학할 수 있다.

"그건 어느 정도는 루커스에게 달린 일이죠." 본드 선생님이 미소를 지으며 나를 힐끗 쳐다보았다. 그는 면담 내내 계속 그랬고, 나는 그의 미소와 말에도 불구하고 그가 과학 시간에 해부해야 하는 곤충처럼 나를 관찰하고 있다는 느낌을 받았다. 나는 눈을 내리깔았다. 책상 아래에 희미한 얼룩이 있었다.

본드 선생님이 다시 이야기하고 있었지만 이제 나는 그의 말이 들리지 않았고, 대신 무언가가 뚝뚝 떨어지는 소리 같은 일정한 울림만이 들려왔다.

"그건 루커스에게 달린 일이죠, 안 그러니?" 본드 선생님이 말하고 있었다.

나는 고개를 들었다. 그는 또다시 나를 살피는 중이었다. 나는 그에게 꺼지라고 말하고 싶은 충동을 느꼈다.

"안 그러니, 루커스?" 본드 선생님이 다시 말했다.

그때 갑자기 나에게서 모든 분노가 빠져나간 듯한 기분이 들었다. "해볼게요." 나는 다시 카펫을 쳐다보며 말했다. "저는 그저 해야 할 일을 하고 싶어요." 내 시야의 가장자리에서 맴도는 얼룩이 의식되었다. "열심히 해볼게요." 나는 단조로운 목소리로 말했다.

"언제부터 등교하면 될까요?" 할머니가 물었다.

"월요일부터요."

"네, 본드 선생님, 감사합니다."

"별말씀을요, 미즈 랜스데일."

할머니가 일어났다. 그러자 선생님도 일어났다. 둘은 악수했다. 마치 내가 새로운 축구 클럽과 계약한 유명 축구 선수라도 되는 것처럼. 아니면 나를 어떤 사악한 권력의 손에 넘기기로 한 것처럼.

내가 일어나자 뚝뚝 떨어지는 소리가 더 빨라졌고, 나는 그게 내 귀에서 뛰고 있는 맥박소리라는 것을 깨달았다.

텅 빈 복도를 걸어가며 할머니가 물었다. "저 사람 어떤 것 같니?"

나는 어깨를 으쓱했다.

"어찌나 기고만장한지 속이 아주 더럽게 메스껍더구나." 할머니가 말했다.

나는 충격을 받고 걸음을 멈추었다.

"어서, 꾸물거리지 말고 가자, 루커스."

월요일

이제 모든 게 변했다. 차가운 빛, 거실의 장작 연기 냄새, 내 방의 희미한 향수 냄새. 그리고 월요일에 입을 새 교복. 우리는 주말에 켄들의 어느 가게에 가서 교복을 사 왔다. 그날 아침 등교 준비를 마쳤을 때 예전 그대로인 것은 속옷과 신발뿐이었다.

나는 출발하기 전에 하얀 조약돌을 주머니에 넣었다.

이제는 모든 걸 혼자서 해결해야 할 것이었다.

*

맬컴. 그는 늘 손수건을 주머니에 넣고 다니다가 수시로 빼서 코를 풀었다. 등교 첫날 그가 손짓으로 무언가를 가리켰을 때 그의 손안에는 뭉친 손수건이 있었다. 그후에도 그는 늘 볼 때마다 감기에 걸려 있었다.

"도서관." 그는 코가 너무 심하게 막힌 목소리로 말해서 그 말은 마치 더-서-간처럼 들렸다. "그리고 여기는 다시 운동장."

우리는 교실 사이에 있는 아스팔트로 포장된 직사각형 공간에 멈춰 섰는데, 대략 여덟 개의 테니스 풋볼* 경기가 만들어내는 몇백 명의 목소리와 발소리와 외침이 그 단단한 표면에 반사되어 울려퍼졌다. 진짜 축구공 하나가 파이브어사이드** 축구장의 높은 펜스를 때리며 커다랗게 탕 소리를 냈다. 이 축구장은 운동장의 바깥쪽 측면에 있었다.

"저긴 간이 축구장이야."

안쪽에서 남자애들이 흰 셔츠를 밖으로 뺀 채 이리저리 움직이고 서로를 밀쳐대며 외쳤다—"패스!"—"여기야!"—"태클!"

골짜기를 따라 천둥처럼 우르릉거리는 소리가 들려서 뒤돌아보자 우듬지 위로 검은 전투기 한 대가 미끄러지듯 날아갔

---

* 족구와 비슷한 경기로 '풋볼 테니스'라고도 한다.

** five-a-side. 다섯 명이 한 팀을 이루어 하는 실내 축구.

다. 너무 낮게 지나가서 조종석에 헬멧을 쓰고 앉아 있는 파일럿의 턱과 입을 알아볼 수 있을 정도였다. 전투기는 전나무 위로 날아가 사라졌다.

"저게 대체 뭐야?"

나는 고함을 치며 말할 수밖에 없었는데, 왜냐하면 전투기가 사라진 후에도 굉음이 점점 커져 하늘을 가득 메웠기 때문이다. 나 말고는 운동장에 있는 어느 누구도 그것에 큰 관심을 기울이지 않는 듯했다.

"파일럿들이 이라크전 때문에 훈련하고 있는 거야." 굉음이 잦아들자 맬컴이 침울하게 하늘을 응시하며 말했다.

"아니야." 누군가의 목소리가 들려 돌아보니 검은 머리의 키 큰 소년이 내 바로 옆에 서 있었다. 너무 가까이 서 있어서 나는 한 걸음 물러서야 했다. 그러자 그가 내게 희미한 미소를 지은 것으로 보아 내가 놀라서 즐거운 모양이었다. "내 생각에는 군대에서 새로 온 애를 쫓고 있는 것 같은데."

그의 검은 머리에는 젤이 발려 있었고 눈썹은 매우 짙었다. 그가 또 한 걸음을 내디뎌서 나는 또다시 물러서고 싶었고 그러지 않기 위해 애써야 했다. 그의 미소가 히죽거림으로 변했다. 그러고서 그는 무언가 놀라운 행동을 했다. 악수를 청하려고 손을 내민 것이다. 그가 나를 속이려는 것인지 아닌지 확신할 수 없었지만 어쨌든 나는 그의 손을 잡았다.

"그런데 애 이름이 뭐지, 맬키*?" 그가 물었다.

"루커스야." 내가 말했다.

"얘는 어디서 왔대?"

"서머싯." 그가 계속 맬컴에게 말을 걸어 짜증이 난 내가 말했는데, 이제 소리 내어 웃는 것으로 보아 그는 이번에도 내가 짜증을 내서 만족한 모양이었다.

"여기는 왜 온 거지, 친구?" 그가 내게 직접 물었다.

만일 내가 미테시였다면 "아빠가 켄들의 서커스단에 입단했거든" 같은 바보 같은 대답을 했겠지만, 그가 나의 허를 찔렀으므로 나는 이렇게 말했다. "할머니랑 살러 왔어."

"왜? 부모님이 이혼했다거나 뭐 그런 거야?"

나는 이 질문에 너무 놀라 어떻게 대답하면 좋을지 알 수 없었다. 그에게는 내가 말하길 꺼리는 화제를 바로 끄집어내는 능력이 있는 듯했다. 나는 무언가 할말을 생각해내려 애쓰며 입을 뻐끔거렸는데, 아마 금붕어처럼 보였을 것이다.

"망할, 맬키, 이 친구는 자기 부모님 소식도 모르나본데."

이제 나는 그가 좀 꺼져주길 바랐다.

"얘는 말을 못하나?" 소년은 맬컴을 향해 미소를 지으며 말하더니, 맬컴이 뭐라고 대답하기도 전에 코웃음을 치고 걸어

---

* '맬컴'의 애칭.

가면서 윙크와 함께 검지손가락을 뻗어 나를 가리켰다. "또 보자, 서머싯, 사냥꾼들 조심하고!"

나는 간이 축구장으로 한가로이 걸어가는 그를 빤히 쳐다보았다. 젤이 제대로 발리지 않은 부분의 머리카락이 살짝 휘어 귀 위로 삐죽 튀어나와 있었다. 나는 조약돌을 꺼내서 녀석의 머리에 던질까 하고 생각했다.

"스티브 스콧이랑은 엮이지 않는 게 좋아." 맬컴이 속삭였다. "녀석 때문에 병원 신세를 지게 될 테니까."

나는 맬컴을 힐끗 쳐다보았다.

"농담 아니야." 그가 말했다.

스티브 스콧 때문에 병원 신세를 지게 된다는 말에 대해 좀 더 자세히 물으려던 차에 두 소년이 다가왔는데, 몸집으로 봐서 우리보다 몇 학년 아래인 듯했다.

"맬키!" 그중 한 명이 순진한 눈을 크게 뜬 채 그를 불렀다. "한참 찾았네. 우리 전쟁하기로 했잖아."

맬컴은 손목시계를 확인했다. 그는 결정을 내리지 못해 고뇌하는 것처럼 얼굴을 찡그리더니 내게 말했다. "혹시 롤플레잉 게임 하는 거 있어?"

"아니."

그는 아쉬워하며 고개를 끄덕였다. 그러고는 마치 화장실에 가고 싶은 사람처럼 우스꽝스러운 표정을 짓기 시작했다.

"가야 하는 거면 가도 돼, 맬키."

"보다시피 내가 게임마스터*라서. 원하면 너도 같이 가도 돼."

나는 잠시 생각해본 후 고개를 저었다. 셋은 서로 바짝 붙어 자리를 떴고, 두 어린 소년은 어깨 너머로 나를 힐끔거리며 맬컴이 무어라 나에 대해 하는 말을 들었다.

*

데브스를 처음 보았을 때, 나는 그녀가 거만한 암소라고 생각했다. 그녀는 '벨 자'**라는 제목의 책을 겨드랑이에 낀 채 도서관의 대출대 앞에 구부정하게 서서 입을 벌리고 껌을 씹고 있었다. 나는 대출 카드를 받으려고 기다리는 중이었고 사서는 대출대 아래에서 무언가를 찾으려 애쓰고 있었다. 사서가 무언가를 찾는 동안 데브스는 엉덩이를 대출대에 기댄 채 눈을 굴렸다. 그녀는 마치 내가 그 자리에 없는 것처럼 내 너머를 응시했지만, 나한테 너무 가까이 붙어서 있어서 내가 그녀를 보지 않으려면 아예 몸을 돌려야만 했을 것이다.

어깨까지 내려오는 연갈색 머리. 고운 직모. 그녀의 코에는

---

* 롤플레잉 게임의 진행을 관장하는 역할.

** 미국 작가 실비아 플라스의 자전적 장편소설.

피어싱 자국이 하나 있었고 귓불에는 자국이 두 개 있었다. 눈은 푸른색이었다. 하늘색이 아니라 연한 푸른색, 거의 회색에 가까운.

"뭘 그렇게 쳐다봐?" 그녀가 말했다.

이제 내 관심을 사로잡은 것은 그녀의 입, 거기서 나는 껌 씹는 소리였다. 점점 더 거슬리는 짝-짝-짝 소리.

"난 대출 카드를 받으려고 기다리는 중이야." 내가 말했다.

"여기는 원래 좀 오래 기다려야 해."

웅크리고 있던 사서가 여전히 무언가를 뒤지며 그녀에게 짜증스러운 시선을 휙 던졌다.

"나는 11학년이야." 내가 말했다. "너는 몇 학년이야?"

그녀는 계속 껌을 씹었다. 숨결에서 스피어민트와 담배 냄새가 났다.

"너 나한테 반하기라도 한 거야?" 마침내 그녀가 말했다.

"아니." 내가 얼굴을 살짝 붉히며 말했다. "나는 전학생이야. 도서관 카드를 받으러 왔다가 너한테 말을 걸었을 뿐이지." 나는 쌀쌀맞은 태도로 고개를 돌렸다.

"여기 있다." 사서가 일어나 데브스에게 얇은 책을 건네주며 말했다. 표지에 늑대 그림이 그려져 있었다. '루퍼컬'*이라는

---

* 영국 시인 테드 휴스의 시집으로, '루퍼컬'은 로마신화에서 쌍둥이 형제 로물

제목의 책이었다.

데브스는 잠시 움직이지 않았다. "그럼 또 보자." 그녀가 머뭇거리며 말했다. 하지만 나는 표지의 늑대 그림에 사로잡혀 있었다. 어깨 사이로 고개를 낮게 숙인 채 탐욕스럽게 나를 쳐다보고 있는 그 모습에.

*

앤드루스 선생님은 내 담임선생님인 동시에 영어 선생님이기도 했다. 영어 수업은 우리 교실에서 했는데, 교실 책꽂이에는 책이 잔뜩 꽂혀 있었고 벽에는 학생들이 그린 명랑한 그림이 붙어 있었다. 누가 봐도 선생님이 노력했다는 걸 알 수 있었다. 내 자리는 뒤쪽의 측면, 식물들이 놓인 곳 옆이었다. 다행히도 선생님은 나를 집어서 자신이 가르치고 있는 책『야성의 부름』**에 대해 질문하지는 않았지만, 내가 집중하고 있는지 확인하기 위해 몇 차례 시선을 보내긴 했다. 나는 집중하려 애썼으나 수업 내용이 거의 머릿속에 들어오지 않았다. 앤드

루스와 레무스가 늑대의 젖을 먹고 자랐다는 동굴의 이름 '루페르칼(Lupercal)'의 영어식 발음이다.
** 미국 소설가 잭 런던의 장편소설로, 온갖 고생 끝에 결국 자유를 찾아 늑대 무리에 합류하게 되는 개 '벅'의 여정을 그린 작품이다.

루스 선생님 수업만 그런 게 아니라 모든 수업이 그랬다. 선생님이 말을 하면 단어들이 귀에 들어오긴 해도 내용은 이해할 수 없었다. 문장을 쪼개서 단어별로 의미를 생각해보려 노력했지만 한 단어를 이해했을 때쯤에는 선생님이 이미 몇 문장을 더 말해버린 후였다. 전에는 이런 문제가 없었다. 나는 그게 사고와 관련이 있는 것은 아닐까 하고 생각했다. 내가 뇌손상을 입은 것은 아닐까 하고.

내가 듣는 영어 수업에는 스티브 스콧도 있었다. 그는 질문을 받을 때 외에는 별말을 하지 않았는데, 질문을 받으면 앤드루스 선생님을 제외한 모두를 웃게 만드는 빈정거리는 대답을 했다. 하지만 선생님도 그의 대답에 별로 신경쓰지 않는 듯했다. 선생님은 그에게 재치 있게 응수한 후 계속 수업을 이어나갔다.

바깥으로는 푸른빛과 황금빛 산들이 보였다. 구름의 그림자가 산을 가로질러 흘러갔다.

"루커스 페티퍼, 네가 이 책을 읽지 않았다고 해서 거기 앉아서 몽상에 빠져 있어도 된다는 뜻은 아니야."

나는 뺨이 달아오르는 것을 느꼈다.

"하지만 선생님." 스티브가 쏘아붙였다. "이 책은 너무 지루해서 우리 모두 몽상에 빠져 있는걸요. 전학생은 아직 우리처럼 감정을 숨기는 법을 익히지 못한 것뿐이에요."

다들 소리 내어 웃었다.

"아니, 스티브, 선생님 눈은 못 속이지. 너는 분명 흥미 가득한 표정을 짓고 있어. 자, 아무나 말해보렴. 벅이 캘리포니아를 떠나온 후로 변했다고 생각하니?"

스티브 스콧은 나를 향해 빈정거리는 묘한 미소를 짓더니이번에는 앤드루스 선생님에게 똑같은 미소를 지어 보였다. 그가 선생님을 못살게 군다는 느낌이 들었다. 그를 이해할 수없었다. 이런 식으로 말장난을 하는 건 악의적인 행동일까, 아니면 그냥 재미로 그러는 것일까? 어쩌면 그가 운동장에서 내게 그렇게 군 건 그저 친해지기 위한 그만의 방식이었는지도몰랐다.

수업이 끝난 후 앤드루스 선생님은 내게 잠깐 남으라고 말했다. 나는 교실 앞쪽으로 터덜터덜 걸어갔다.

"오늘 하루는 어땠니?"

나는 어깨를 으쓱했다. 선생님은 흰색 여름 샌들을 신고 있었다. 구릿빛 발목은 매끈했다.

"자." 선생님이 종이를 한 장 건네며 말했다. "할머니께 온라인 등록을 하기 전까지 네 숙제에 사인을 해주셔야 한다고 말씀드리렴."

그렇다면 선생님은 할머니가 내 후견인이라는 사실을 알고있다는 말이었다. 그리고 그것은 내 부모님에 대해서도 알고 있다는 뜻이었다. 나는 학교 선생님들이 모두 부모님에 대해 알고 있는 게 싫었다. 나는 종이를 받아들었다. 전에 다니던 학교에서도 같은 시스템이었는데, 이제는 할머니가 이런 일에 관한 책임을 맡게 되었다는 사실이 실감났다.

"따라잡으려면 많이 노력해야 할 거야. 책 읽는 건 좋아하니?"

나는 어깨를 으쓱했다.

선생님의 샌들 끝에 구멍이 나 있어서 매니큐어를 칠한 발톱이 살짝 보였다―밝은 녹색이었다.

"만일 무엇이든 묻고 싶은 게 있거나, 학교생활에 어려움이 있거든 나를 찾아오렴. 알겠지?"

선생님은 팔목에 무지개색 밴드를 하고 있었다. 나는 선생님이 몇 살일지 궁금했다. 얼굴만 보고는 나이를 짐작할 수 없었는데, 부분적으로는 그녀가 선생님이고 나는 선생님들에 대한 그런 정보를 쉽게 알아차리지 못하는 편이었기 때문이고, 또 부분적으로는 선생님이 내가 무슨 말이라도 하길 기다리고 있어서 그 생각에 집중하기가 어려웠기 때문이다.

"그래 그럼." 선생님은 **이걸로 대화는 끝**이라는 식의 미소를 지었다. 그러고는 책과 종이를 챙기더니, 아마도 아침식사로 숙제를 먹었을 커다란 입이 달린 대형 서류 가방에 넣었다.

나는 선생님이 준 서류를 접어서 가방에 넣었다.

사체

나는 버스를 타고 마을에서 내려 할머니네 시골집까지 걸어
갔다. 도로를 걷다가 차가 다가오면 도로변을 걸었다. 차가 지
나갈 때마다 쉭 하고 스치는 바람을 느꼈고, 내 무릎에서 약
이분의 일 야드 떨어진 거리에서 시속 육십 마일로 달리는 금
속 운석에 치이는 게 두렵지 않은 척했다.

나는 숲을 거쳐서 가야 했고, 숲속에서 늦은 오후의 나무들
이 주는 고요함을 느꼈다. 마치 나무들이 내게 귀를 기울이고
있는 듯했다. 어쨌든 무언가에 귀를 기울이고 있었다.

할머니의 차는 마당에 없었다. 나는 할머니에게 받은 집 열
쇠로 문을 열고 들어가 부엌 식탁에서 숙제를 해보려 애썼지
만 『야성의 부름』에 집중할 수가 없었다. 캘리포니아의 좋은

집에 살다가 납치되어 캐나다로 가서 한 무리의 허스키들과 함께 눈밭에서 썰매를 끌게 된 개 벅이 주인공인 듯했다. 하지만 일 분 이상 집중할 수가 없었다. 할머니 집에는 인터넷이 되지 않았고 휴대폰에 신호도 잡히지 않았으므로 지리 조사도 할 수 없었다. 나는 포기하고 부엌 창문 쪽으로 갔다. 길 위에 노래지빠귀가 앉아 있었다. 부리로 달팽이 껍데기를 물고 콘크리트 바닥에 내리치고 있었다. 녀석은 껍데기를 부수고 달팽이를 쪼아먹었다. 그러고는 잔해를 남긴 채 날아가버렸다.

나는 할머니가 언제 올지 궁금했다. 혹시 졸음운전을 하다가 사고가 나서 죽지는 않았을지.

계단 밑에는 지구본이 놓인 테이블이 있었다. 그 옆에는 전화기가 있었다. 지구본의 전원을 켜자 푸른 바다색과 노란 밀색깔이 빛났다. 나는 전원을 껐다가 켰다. 껐다가 켰다. 할머니한테 전화하면 할머니는 내가 이상하게 군다고만 생각할 것이었다. 나는 지구본의 전원을 끄고 현관문 옆의 지팡이 통으로 가서 그 창같이 생긴 지팡이를 꺼냈다. 지팡이 끝에는 레몬만큼 커다란 옹이가 있었다. 나는 어둠 속에서 봤던 그 알 수 없는 것을 때리는 시늉을 하며 지팡이를 앞뒤로 흔들었다. 그런 다음 할머니가 닫아두었던 방문을 열었다.

방안에는 광택제 냄새가 나는 짙은 색 커다란 테이블이 있었다. 창가에는 사무용 책상이 놓여 있었는데, 내려진 상판 위로 종이들이 쏟아지듯 어질러져 있었다. 사무용 책상과 맞닿은 테이블 끝에는 A4용지 파일 바인더가 잔뜩 쌓여 있었다. 캐틀그리드가 덜컹거리더니 할머니의 작은 차가 씽 소리를 내며 마당으로 들어와 쉬익 하고 자갈 위에 멈춰 섰다. 나는 급히 방을 빠져나왔다.

"내 서재에 들어갔었니?" 할머니가 들어오며 물었다.

"아뇨."

할머니는 주전자를 불에 올렸다.

"거긴 들어가면 안 된다."

"안 들어갔어요."

"거긴 개인 공간이야."

"인터넷이 필요해요."

"인터넷은 없어."

"숙제를 하려면 필요해요."

"글쎄, 인터넷은 없다."

주전자의 물이 끓는 동안 긴 침묵이 이어졌다. 할머니는 머그잔에 차를 따랐다. "너도 마실래?"

"저는 차 안 마셔요." 나는 책을 챙겨 문 쪽으로 향하며 말했다.

우리집에서는 엄마한테 학교에서 일어난 일을 들려주곤 했었다. 나는 문간에서 걸음을 멈췄다. "학교는 괜찮았어요." 나는 말했다.

할머니의 머그잔에서 김이 모락모락 피어올랐다. 할머니가
내 쪽으로 고개를 돌렸다.

"뭘 좀 배웠니?"

"개에 대한 이야기요."

"개?"

"네."

"재미있던? 그 이야기 말이야."

나는 어깨를 으쓱했다.

잠시 침묵이 흐른 후 할머니는 다시 정면을 바라보았다. 엄
마한테 학교에서 무슨 일이 있었는지 말해주는 게 얼마나 쉬
운 일이었는지 떠올랐다. 엄마는 내 이야기를 들으면 소리 내
어 웃곤 했다.

위층으로 올라간 나는 창밖으로 커다란 나무들을 내다보았
다. 나뭇잎이 노란색, 황금색, 녹슨 색, 오렌지색, 그러니까 삶
과 죽음 사이에 존재하는 모든 색으로 변해가고 있었다. 나는
숙제를 해보려 애썼다. 그러다가 할머니가 사인해야 하는 서
류를 꺼냈다. 그리고 다시 숙제를 해보려 애썼다.

*

   나는 『야성의 부름』을 읽으려고 다음날 아침 일찍 일어났지
만 읽을 수가 없었다. 나는 서문을 읽어보려 했다. 서문에는 그
책이 늑대가 되길 간절히 바라는 개에 대한 이야기라고 쓰여
있었지만 집중이 되지 않았다. 머리가 망가진 것 같았다.
   할머니가 아래층에서 등교 준비를 서두르라고 외쳤다.
   나는 할머니가 사인해야 하는 서류를 꺼냈다.
   나는 종이 위로 몸을 구부리고 펜을 꺼내 할머니의 이름을
써넣었다.

*

   학교에서는 다들 자신만의 무리가 있었다. 나는 어떤 무리
에 들어가야 할지, 혹은 어떻게 하면 무리에 들어갈 수 있는지
몰랐다. 어차피 누구와도 말하고 싶지 않았다. 다들 내가 전학
을 온 이유를 계속 알고 싶어했다. 그래서 나는 맬키와 어울리
며 그가 자신의 판타지 친구들과 함께 롤플레잉 게임을 하는
것을 지켜보았다. 그들은 나도 캐릭터를 하나 정하라고 했지
만 나는 그러지 않았다. 다른 때에는 도서관에 가서 창밖으로
황금색 산과 비명을 지르며 골짜기를 날아가는 전투기를 내다

보았다. 몇 번은 거기서 데브스가 예쁜 모습으로 껌을 씹으며 책을 읽는 걸 발견하기도 했다. 그녀는 늘 혼자였다. 한번은 그녀가 나를 알아보고는 매섭게 쏘아보았다.

*

금요일에는 늑대에 대한 이야기를 들었다.

우리는 보통 붉은색 식탁보를 깐 부엌 식탁에서 저녁식사를 하고, 그후에 할머니는 지역 뉴스를 보러 가곤 했다. 지역 뉴스는 끔찍하게 지루했지만 그날 밤 나는 다시 교과서를 펼치고 싶지 않아서 할머니 옆에 앉았다.

텔레비전에서 늑대에 대한 이야기를 들은 것은 바로 그때였다.

화면에 골짜기가 보였다. "레이크 디스트릭트의 산들." 보도 기자가 말했다. 카메라가 수평으로 움직이며 산들을 보여주더니 진지하게 마이크를 들고 들판에 서 있는 기자의 모습으로 넘어갔다.

"이곳은 평화롭고 고요하기로 유명한 지역입니다. 하지만 무언가가 이 고요를 깨뜨렸고, 잉글랜드의 이 평화로운 외딴곳에 위험이 찾아들었습니다. 무언가가 이곳 초원의 가축들을 죽이고 있기 때문입니다." 카메라는 풀을 뜯는 검은 양떼를 보여주었다. "지금까지 양 세 마리가 죽임을 당했습니다. 범인은 동물입니다. 그리고 한 농부에 따르면 이 약탈자는 바로 늑대입니다."

나는 그 말에 너무 충격을 받은 나머지 온몸이 굳었다.

텔레비전 화면은 안경을 쓴 채 바람을 맞고 있는 강렬한 눈빛의 남자로 넘어갔다. 남자는 농부의 옷차림—왁스를 입힌 재킷과 체크무늬 셔츠—을 하고 있었다.

"선생님은 이 동물들이 늑대에게 죽임을 당했다고 믿으시나요?" 기자가 마이크를 남자의 코 아래에 바싹 갖다대며 물었다.

"동물들은 내장이 다 뜯겨 있었어요. 폐랑 심장 말입니다. 사체의 겉가죽 말고는 아무것도 남은 게 없어요. 그런 짓을 할 만한 동물은 늑대뿐입니다."

"그러면 그게 미친개의 소행이라고 믿는 사람들에게는 뭐라고 하시겠어요?"

남자는 잠시 침묵하더니 조금 낮아진 목소리로 말했다. "그건 늑대였어요."

"셰리든은 순 멍청이야." 할머니는 말했다.

"저 사람을 아세요?" 내가 물었다.

"여기 사람들은 다 알지. 저 사람은 어떤 생각에 사로잡히면 거기서 빠져나올 줄을 몰라."

"그럼 저게 근처에서 일어난 일인가요?"

"저자는 바보야."

"여기 도착한 날 밤에 숲에서 무언가를 봤어요."

할머니는 나를 힐끗 쳐다봤다. 잠시 후 할머니가 말했다. "바보 같은 소리 마라."

황혼이 내려 숲은 어두워져 있었다. 골짜기 위로 단단하고 광대하게 솟은 고원지대도 똑같이 어두웠다.

*

서머싯이었다면 나는 금요일 밤에 무언가를 하고 있었을 것이다. 영화관에 간다거나 친구 집에 놀러간다거나. 그래서 나는 미테시에게 전화를 걸었다. 휴대폰 신호가 잡히지 않아 일반 전화를 사용해야 했기에, 나는 계단 밑에 있는 테이블 옆에 서서 희미한 휴대폰 신호음을 들으며 지구본을 돌렸다.

"요!" 그가 전화를 받았다.

"안녕."

"누구?"

"루크*."

"루커스! 잘 지내?"

---

* '루커스'의 애칭.

"뭐, 딱히."

"친구, 너 진짜 웃긴다. 그래서—거기는 어때?"

지구본이 환히 빛났다. "산들이 있어." 내가 말했다. "그리고 호수도 있고."

폭소를 터뜨리는 소리가 희미하게 들려왔다. "친구, 너 진짜 최고로 웃긴다." 목소리로 보아 밖에서 걷고 있는 듯한 그는 잠시 아무 말도 하지 않았다.

"다들 어떻게 지내?" 나는 물었다.

"친구." 비밀을 누설하는 듯한 말투로 그가 말했다. "조이는 완전 힙스터야! 문신을 한대!" 그가 너무 큰 소리로 외쳐서 수화기를 귀에서 떼고 있어야 했다. 나는 다시 지구본을 돌리며 핀란드가 사라지는 것을 바라보았다. "걔네 엄마가 문신을 허락해줬다니 믿을 수가 없어!" 그가 갑자기 걸음을 멈췄다. "미안해." 그가 낮아진 목소리로 말했다. "그 얘기를 꺼내려던 건 아닌데……"

"꺼내다니, 뭘?"

"그 있잖아…… 부모님 얘기. 너 괜찮은 거지?" 그의 목소리가 끝부분에 이르러 어색하게 높아졌다.

"응." 러시아가 스쳐지나갈 때 내가 말했다.

"다행이네." 그는 재빨리 말하고 다시 걸음을 옮겼다. "그래서, 우리는 오늘밤에 이 밴드 공연에 가기로 했어."

"그래? 누구?"

"뱅가드."

"처음 들어보는데."

"이제 거의 다 왔어."

"아!" 그가 서두르고 있다는 것을 눈치채고 내가 말했다.
"알겠어. 그럼 또 연락하자, 미테시."

"괜찮은 거지, 친구?"

"그럼. 괜찮지. 괜찮아."

"주말에 전화할게. 괜찮지?"

내가 지금이 바로 주말이라고 말하기도 전에 그가 전화를 끊
었다.

지구본은 태평양에서 멈춰 있었다. 나는 지구본의 전원을
껐다.

할머니는 안락의자에 앉아 책을 읽고 있었다.

"네 친구는 어떻게 지낸다니?"

나는 맞은편 안락의자에 앉았다. 할머니가 읽고 있던 책은
파업에 대한 책이었다. 흑백 표지에 성난 얼굴들이 보였다.

나는 불이 꺼져 있는 난로를 가만히 쳐다보았다. 내 인생은
이제 저런 신세였다. 내 인생은 이미 저런 신세였나? 나는 혼
자 밖에 나가볼까 생각하다가 이내 숲에 대해 생각했다. 숲은
이미 어두워져 있었다.

"그건 무슨 책이에요?" 나는 대화를 시도했다.

할머니가 독서용 안경 너머로 나를 쳐다봤다.

"영국 정부가 어떻게 국민들과 전쟁을 벌이게 되었는지에 대한 책."

"잠깐 산책하러 나갔다 올게요." 내가 자리에서 일어나며 말했다.

할머니는 책장을 넘겼다.

"손전등을 들고 가렴." 할머니가 말했다. "숲은 어두우니까."

"저도 알아요." 나는 지팡이 옆에 걸려 있던 손전등을 들며 이렇게 말하고는 밖으로 나갔다.

쉼터

숲에서 서둘러 빠져나오자 마을의 불빛이 보였고, 그래서 나는 큰길 가장자리를 터벅터벅 걸으며 불빛이 보이는 곳으로 향했다. 미친개처럼 위험한 헤드라이트 불빛이 내게 덤벼들었다.

문을 연 가게는 세븐일레븐뿐이었다. 근무중인 두 점원은 중상해죄로 기소된 대니라는 남자에 대해 이야기하고 있었다. 오 분 동안 편의점 통로를 돌아다닌 후, 나는 마을의 나머지 지역을 탐험했다. 마을은 작았고 할 게 아무것도 없었다. 지금 이 순간 미테시와 친구들은 어떤 멋진 곳에서 뱅가드의 음악을 듣고 있을 것이었다. 나는 몸을 떨었다. 손가락에 감각이 없었다. 골목길을 걸어가다보니 공원이 하나 나왔다.

공원은 벽으로 둘러싸여 있었다. 공원 맨 끝에는 어두운 정자가 있었는데, 그게 내가 그때까지 본 것 중에서 그나마 가장 흥미로운 것이었다.

차의 환한 불빛과 가로등을 보다가 어둠 속으로 들어가니 좋았다. 마치 투명 인간이 되어 존재하지 않는 것처럼 굴 수 있을 듯한 기분이었다. 이미 일어난 일이 전부 하나도 일어나지 않은 것처럼. 엄마, 아빠, 차 사고. 이곳으로 이사온 일. 학교.

정자 옆에 누군가가 있었다.

나는 걸음을 늦추었다.

그 인물은 내가 다가가는 것을 쳐다보고 있었다. 나는 천천히 한 바퀴 돌아서 왔던 길로 되돌아가기 시작했다.

"서머싯!" 그가 외쳤다.

나는 멈춰 섰다.

그가 어슬렁어슬렁 걸어왔고 가까이 다가오자 빈정거리는 묘한 미소가 눈에 똑똑히 보였다. 어두웠지만 그의 빈정거림은 너무나도 강렬해서 누구인지 모를 수가 없었다.

"괜찮은 거야, 친구?" 스티브 스콧이 물었다.

나는 고개를 끄덕였다.

"말이 별로 없는 편이구나, 안 그래?"

"여기서 뭐하는 거야?" 내가 물었다.

"나는 여기 살아. 너는 어디 사는데?"

나는 애매하게 손짓했다.

그가 웃음을 터뜨렸다. "나는 형을 기다리는 중이야." 그는 내 어깨에 팔을 두르고 걷기 시작했다. 그의 팔을 떨쳐버리고 야단을 피울 게 아니라면 함께 가는 수밖에 없었다. 그는 나를 정자 쪽으로 이끌었다. 정자에 가까워지자 다른 두 명이 보였다.

그곳으로 다가가면서 그는 나를 놓아주었는데, 가까이서 보니 정자가 아니라 공원 쉼터였다. 스티브는 벤치 위로 올라가더니 더 마르고 작은 소년이 앉아 있는 벤치 등받이 옆쪽에 자리를 잡았다. 프로 럭비 선수처럼 육중한 또다른 소년은 배탈이라도 난 것처럼 벤치에 앉아 몸을 앞으로 숙이고 있었다.

"얘는 제드야."

몸을 숙인 육중한 소년이 고개를 들었다. 그는 입고 있는 운동복 상의 안에 턱을 밀어넣고 있었다. 덩치가 정말 컸다. 머리는 박스 모양 같았다. 그렇게 보이는 건 짧게 깎은 머리 때문이기도 했다.

"그리고 얘는 앨릭스야."

"안녕." 벤치 등받이에 앉아 있던 앨릭스가 새된 목소리로 말했다.

"이 동네 어떤 것 같아?" 담배와 종이를 꺼내며 스티브가 물었다.

"괜찮아. 여기서 할 만한 게 뭐가 있지?"

"아무것도. 여긴 산송장이나 다름없는 곳이야."

이 말을 들은 앨릭스가 작고 높은 웃음소리를 냈다.

"서머싯은 어때?" 스티브가 물었다.

"이곳처럼 춥지는 않아."

스티브가 손으로 담배를 말며 킬킬거렸다. 앨릭스는 내게서 눈을 떼지 않았다.

"그럼 왜 할머니랑 사는 거야?" 스티브가 물었다. 그의 이목구비가 성냥불에 번쩍였고 젤을 바른 머리가 희미하게 빛났다.

나는 뭐라고 대답해야 할지 몰랐다.

그가 성냥을 흔들어 불을 껐다. "부모님은 어디 계시는데?"

"네 형은 언제 오는 거야?" 내가 물었다.

스티브는 담배를 한 모금 빨았다. 그러고는 연기를 내뱉었다. "따분하게 굴지 마, 서머싯."

피부가 따끔거렸다. 나는 그가 오라고 해서 왔을 뿐이었다. 호주머니에 손을 찔러넣으니 하얀 조약돌이 만져졌다. 나는 그것을 주먹 안에 꽉 쥐었다. 큰길에서 차 한 대가 방향을 틀더니 으르렁거리며 쉼터 쪽으로 달려왔다.

스티브가 말했다. "형이 왔네. 우리가 동네를 구경시켜줄게."

차가 멈추고 문이 열리자 실내등이 켜지며 어떤 사람의 윤곽이 드러났다. 그는 내려서 문을 쾅 닫고 사라져버렸다. 잠시 후 그가 쉼터 모퉁이를 돌아서 다시 나타났다.

"스티브?" 그가 조용히 불렀다.

"대니."

"멍청아, 내가 널 이렇게 데리러 와야겠냐."

"우리 손님이랑 얘기하는 중이었어."

그는 나를 힐끗 쳐다보고는 아무 말 없이 자기 차로 향했다.

스티브가 벤치에서 뛰어내렸다. 앨릭스도 불안하게 뛰어내렸다. 제드도 일어섰다. 일어서는 데 한참이 걸렸다. 그는 거구였다.

"어서, 루커스." 스티브가 불렀다.

나는 컴브리아의 황무지에서 금요일 밤에 달리 할 수 있는 일은 없다고 판단했고, 그래서 따라갔다. 조수석 문이 열리자 실내등이 켜지며 그들의 윤곽이 드러났다. 제드가 차에 타는 걸 보고 있으니 마치 코뿔소가 공중전화박스에 몸을 쑤셔넣으려 애쓰는 모습을 보는 것 같았다. 앨릭스는 그의 뒤를 따라 휘핏*처럼 휙 하고 차에 올라탔다.

스티브는 내가 타길 기다리고 있었다.

"어서, 친구."

엔진이 개처럼 으르렁거리다가 컹 소리를 내며 회전 속도를 올렸다.

---

* 그레이하운드 계통의 작은 개로, 주로 경주용으로 기른다.

보석처럼 흩어진 유리 조각들. 아빠의 기울어진 목.

"쟤는 오는 거야, 안 오는 거야?" 뒷좌석에서 앨릭스가 징징거렸다. "추워서 젖꼭지가 떨어져나갈 것 같다고."

스티브가 차 안쪽으로 몸을 기울였다. "입 다물어!"

앨릭스가 새된 소리를 질렀고 스티브는 미소를 지으며 자세를 바로 했다. "미안. 얘가 좀 모자라서. 그럼, 갈까?"

나는 여전히 차를 응시하고 있었다.

나는 스티브를 쳐다보았다. 그는 나를 흥미롭다는 듯 지켜보고 있었다.

나는 고개를 저었다.

스티브는 어깨를 으쓱하고는 차에 탔다. 문이 닫히자 차는 굉음을 내며 달려가기 시작했다. 둥근 미등은 용의 눈처럼 빛났고, 뒤쪽 타이어는 끼익 소리와 함께 좌우로 미끄러지며 도로로 올라섰다.

차가 골짜기를 넘어간 후에도 마력을 올린 엔진은 한동안 소음을 내며 침묵을 찢었다.

암양

나는 어둠이 그렇게 가까이 다가올 수 있다는 것을 몰랐다.
얼굴 앞까지 와서 우리를 만질 수 있다는 것을. 관자놀이를 짓
누를 수 있다는 것을. 입을 틀어막을 수 있다는 것을.

숲은 조용했다.

손전등으로 비춘 숲은 터널의 내부 같았다.

나는 겁먹지 않은 척하며 걸었다.

*

토요일에는 발톱으로 긁는 듯한 소리에 잠에서 깨어났다.

나는 침대에서 미끄러지듯 내려와 커튼 쪽으로 가서 바깥을

슬쩍 내다보았다.

할머니가 갈퀴로 낙엽을 모으고 있었다. 나는 커튼을 완전히 걷었고 할머니는 고개를 들었다. 우리는 서로를 가만히 쳐다보았다. 그러고서 할머니는 다시 갈퀴질을 했다.

나는 시리얼을 먹고 밖으로 나갔다. 산꼭대기는 떠다니는 회색 구름에 가려져 있었다. 할머니는 낙엽을 모아 여러 개의 작은 무더기로 쌓아놓는 중이었다.

예전의 우리집 정원은 멋졌다. 엄마는 정원 가꾸는 걸 좋아했다.

"도와드릴까요?" 내가 물었다.

"그럼 외바퀴 손수레 좀 갖다주렴." 할머니는 턱 끝으로 헛간을 가리켰다.

헛간 안은 대혼란 상태였다. 어둠 속에 잔디 깎는 기계, 페인트 통, 신문더미, 통나무 더미가 숨어 있었고, 작업대에는 녹슨 자전거가 기대어져 있었다. 외바퀴 손수레는 기울어진 채 벽에 기대어 있었다. 나는 손수레를 내려서 세게 밀며 잡동사니 사이를 빠져나왔다.

우리는 한동안 말없이 일했다. 할머니는 갈퀴질을 했고, 나는 젖은 낙엽을 외바퀴 손수레에 떠 담아서 퇴비 더미로 끌고 갔다. 갑자기 할머니가 몸을 일으키더니 손바닥을 엉덩이에 얹고 허리를 구부렸다. 나는 살짝 두려움을 느꼈다. 잠시 후 할머니는 다시 갈퀴질을 시작했다. 이제 할머니는 훨씬 더 늙어 보였다.

"꼭 그걸 하셔야 하나요?" 내가 물었다.

"왜?"

"나이가 있으시잖아요."

할머니는 웃음을 터뜨리고는 계속 갈퀴질을 했다. 나는 할머니의 웃음소리에 놀랐다. 그럴 때 할머니는 엄마와 조금 닮아 보였다. 나는 시선을 돌렸다.

산은 이제 더 어두운 색깔을 품으려 하는 듯 보였다. 진한 갈색 고사리, 잿빛을 띤 녹색 풀밭, 검은 화강암. 나무들 위로 새하얀 급류가 살짝 보였는데, 그 차가운 물길은 끊임없이 우르릉거리는 소리를 냈다. 오솔길도 보였다. 아마도 샛길에서 이어지는 길이리라.

"저 길은 어디로 이어지는 거죠?"

할머니는 그곳을 응시했다. 처음에는 내가 무엇을 말하는지 이해하지 못했다.

"고원지대." 마침내 할머니가 말했다. "그리고 저기로 가면 베네딕트네 농가도 나오지."

할머니는 다시 갈퀴질을 했다.

"그런데 뉴스에서 말한 늑대 이야기는 어떻게 생각하세요?" 내가 물었다.

"말했잖니, 말도 안 되는 소리라고."

"하지만 그 농부가 한 말은요?"

"늑대 같은 건 없어." 할머니는 나를 바보 보듯 쳐다보며 말했다. "지난 수백 년 동안 늑대는 한 마리도 없었어."

"하지만 만일 있다면요?"

"너는 몽상가로구나. 네 엄마랑 똑같아."

나는 붉어진 뺨을 감추려고 몸을 웅크린 채 오랫동안 낙엽을 하나하나 주웠다.

갈퀴가 팅 하는 소리를 내서 고개를 들어보니 할머니가 몸을 구부리고 있었다.

"할머니?"

할머니는 움직이지 않았다.

"할머니?" 나는 할머니에게 다가가며 말했고, 대답이 없자 할머니의 어깨를 만졌다.

할머니는 내 팔을 뿌리쳤다. "나는 괜찮다!"

잠시 후 할머니는 몸을 똑바로 일으키고 움찔하며 배를 눌렀다. 그러고는 집으로 걸어갔다.

부엌 창문으로 할머니가 물을 한 잔 따르는 모습이 보이더니 이내 시야에서 사라졌다. 매끈한 쥐색 새가 시골집으로 날아와 처마 아래로 사라졌다가 다시 나타나 날아가버렸다. 할머니는 보이지 않았다. 새가 돌아와 안에 둥지가 있는 게 분명한 회반죽 구멍 속으로 사라졌다. 나는 할머니가 괜찮은지 확인하러 갔다.

"할머니!" 나는 뒷문으로 들어가 외쳤다.

시골집은 조용했다.

급히 집안으로 들어가보니 할머니는 거실 안락의자에 앉아 머리를 축 늘어뜨린 채 눈을 감고 있었다. 주름진 한쪽 손이 둥글게 오그라든 채 손바닥을 위로 하고 무릎에 놓여 있었다.

나는 할머니가 돌아가신 게 분명하다고 생각했다. 하지만 그 순간 할머니의 가슴이 오르내리면서 숨을 들이쉬는 입에서 작게 쯧 소리가 났다. 엄마가 잠잘 때 내곤 하던 소리였다.

죽으면 몸에서 나는 모든 소리를 잃게 된다. 모든 것을 잃게 된다. 잠처럼 당연하게 생각하던 것들조차도.

나는 다시 밖으로 나가서 현관문 쪽으로 돌아갔다.

샛길에는 땅윗물이 졸졸 흘렀다. 나무들이 가지를 드리우고 있었다. 나는 캐틀그리드를 지나 샛길을 따라서 오르막이 시작되는 곳으로 갔다. 공기는 매우 고요했다. 들리는 소리라고는 도랑을 콸콸 흐르는 물소리와 멀리서 개울이 내는 굉음뿐이었다.

샛길은 곧 풀이 볼록하게 휘어 자란 오솔길로 변했다. 몇 분후 나는 걸음을 멈추었다. 이미 꽤 높이 올라와 있었다. 바로아래 숲이 있었고, 숲 안쪽으로 시골집의 짙은 슬레이트 타일이 보였다. 나무들 너머로는 큰길이 보였는데, 큰길 한쪽은 마을이었고 다른 한쪽은 호수였다. 나는 저멀리 골짜기 끝에 있는 산들의 가장 아랫부분도 볼 수 있을 만큼 높이 올라와 있었다. 나는 몸을 돌려 계속 나아갔고 오솔길 가까이 서 있는 양 몇 마리와 가까워졌다. 검고 텁수룩하며 털에 진흙과 똥이 붙어 있었다. 보통 양들보다 대담했다. 내가 지나가는 동안 녀석들은 의심스러운 눈초리로 나를 지켜보았다.

오솔길은 나무 사다리가 붙어 있는 돌담에서 끝났다. 개울은 이제 더 시끄러워져서 거의 폭포에 가깝게 느껴졌다. 왼쪽으로 약 일 마일 정도 떨어진 곳에 집 한 채가 서 있었다—아마도 베네딕트네 농가일 터였다. 그곳은 골짜기의 가파른 도로와 이어져 있었는데, 내가 있는 곳에서 건너갈 방법은 보이지 않았다.

돌담 너머로는 구름 속으로 이어진 돌투성이 길이 있었다.

나는 사다리를 타고 올라가 반대편 사다리로 내려간 다음 젖은 풀밭을 지나 개울로 갔다. 개울은 절벽의 바위 턱을 지나 어두운 웅덩이로 떨어져내렸다. 웅덩이 가장자리에는 앙상하고 야윈 나무들이 서 있었다. 개울은 웅덩이에서 다시 비탈 아래로 세차게 흘러갔다.

몇 분 동안 물이 떨어지는 것을 지켜본 후에 다시 길로 돌아갔다. 올라가는 동안 공기가 더 차가워졌다. 구름이 깔린 곳,

빛이 흐릿해지는 곳을 지나 뒤돌아보자 대략 반경 이십 야드 너머는 보이지 않았다.

눈이 내리기 시작했다. 눈송이가 내 재킷을 토닥였다. 앞에 검은 양 몇 마리가 서 있었다. 내가 다가가자 누워 있던 양 한 마리를 제외한 모두가 안전하게 뒤로 물러났다. 그 양은 이상한 자세로 누워 있었다. 양의 몸 위로 눈이 쌓였다.

일 야드쯤 떨어진 곳까지 다가갔을 때, 나는 그 양의 털이 검은색보다는 짙은 갈색에 가까우며 목에 진홍색으로 표시가 되어 있다는 것을 알아차렸다. 농부가 자신의 소유임을 표시하기 위해 염색한 게 분명했다. 나는 양이 잠든 것인지 궁금했다. 아니면 아프거나. 양을 쿡 찔러볼 막대기를 찾으려고 주변을 둘러보았지만 아무것도 보이지 않아서 내 하얀 조약돌을 꺼내 슬쩍 던져보았다.

조약돌은 양의 몸 위에 떨어졌다가 굴러내렸지만 양은 미동도 하지 않았다. 양의 입은 축 처져 있었다. 눈은 노랬다. 잠시 양을 응시하다가 앞으로 걸어가 조약돌을 집어들었다. 목의 붉은 표시는 염색한 것이 아니었다─그것은 피였다. 양은 죽어 있었다.

양의 텁수룩한 털 위에 눈의 결정이 쌓였다.

"이봐!"

나는 몸을 빙글 돌렸다.

한 남자가 긴 머리를 휘날리며 눈 사이로 성큼성큼 걸어오고 있었다. 나는 몸을 돌려 달리려다가 양에 발이 걸려 넘어지고 말았다. 재빨리 몸을 일으키는데, 손바닥이 양의 젖은 털 위에서 살짝 미끄러졌다.

"내 양한테 무슨 짓을 한 거야?"

나는 달렸다.

"당장 이리 와!"

나는 엷은 안개 속으로 달려갔다. 잠시 후 어깨 너머를 확인했다. 남자는 따라오지 않았다. 나는 걸음을 멈추었다. 공기는 얼음처럼 차가웠다. 나는 양손을 둥글게 모아 손가락에 입김을 불었는데, 그때 피가 보였다— 한쪽 손이 양의 피로 물들어 있었다. 붉은 눈의 결정이 손가락 사이로 녹아내려 아래로 뚝뚝 떨어졌다.

나는 웅크리고 앉아 풀에 손을 닦았다.

안개 사이로 가까운 곳에서 어떤 형체가 쓱 나타났다. 나는 움직이지 않았고, 그것이 방향을 바꾸어 내 쪽으로 왔을 때조차도 움직이지 않았다. 이내 그것이 모습을 드러냈다. 하얀 안대를 한 검은 목양견이 빠르게 다가오고 있었다. 나는 움직일 수 없었고 그저 지켜볼 수밖에 없었는데, 그러다가 행동을 취하지 않으면 죽을지도 모른다는 사실을 깨달았다. 나는 일어나서 개에게 조약돌을 던지려고 팔을 들어올렸다. 개가 걸음을 멈추었다. 내가 조약돌을 던지려는 것처럼 팔을 홱 젖히자 녀석이 재빨리 몸을 뒤로 뺐다. 그러고는 다시 내 쪽으로 펄쩍 뛰어와서 짖어댔다.

나는 도망치려고 물러섰지만 녀석이 주위를 돌며 계속 짖어 대면서 퇴로를 차단하는 바람에 방향을 바꾸어야 했다. 녀석이 계속 다가왔기에 나도 계속 움직였다. 나는 산 아래로 내몰리고 있었다.

안개 속에서 아까 그 남자가 나타났다. 그는 상황을 파악하려는 듯 걸음을 멈추더니 내가 그에게 조약돌을 던질 겨를도 없이 나를 향해 성큼성큼 걸어와 손목을 꽉 붙들었다. 너무 세게 잡아서 마치 불에 덴 것 같았다.

"폴카!" 그는 외쳤다.

개가 입을 다물었다.

남자의 얼굴은 시체 같았다. 그의 안경에는 여기저기 물이 묻어 있었다.

"내 양한테 무슨 짓을 하는 거야?"

"이거 놔요!"

"바보같이 굴지 마, 이 녀석아." 그는 이렇게 말하면서도 나를 놓아주었다.

나는 달아났다.

그가 내 옷깃을 홱 붙잡았고 그의 엄지손가락이 목의 숨통을 짓눌렀다. 개가 미친듯이 짖어댔다.

"멈춰!"

나는 허우적거림을 멈추었다. 개는 짖는 걸 멈추었다. 눈이 후드득 떨어졌다. 남자는 나를 유심히 살펴보았다. 그러더니 마치 내가 붙잡고 있을 만한 가치가 없는 존재라고 판단한 듯 나를 밀어냈다.

나는 콜록거리며 그의 엄지손가락에 눌린 목 부분을 문질렀다.

"나를 공격했다고 경찰에 신고할 거예요." 내가 말했다.

"물러서!" 그가 너무 엄한 목소리로 속삭여서 나는 한 걸음 물러섰는데, 그의 개가 구름 속으로 획 사라지는 걸 보고는 개에게 하는 말이었음을 깨달았다.

"고원지대에는 얼쩡거리지 않는 게 좋을 거다." 그가 말했다. "양이 당한 꼴을 너도 당하고 싶지 않다면 말이야."

"저는 그 망할 양의 털끝도 건드리지 않았어요."

나는 그가 내게 주먹을 날릴 거라고 생각했지만 그는 획 돌아서더니 개를 따라 성큼성큼 걸어갔다.

"미치광이!" 내가 외쳤다.

그는 구름 속으로 사라져버렸다. 나는 목을 문지르고는 비탈 아래로 향했다. 남자가 뭐라고 외쳐서 돌아보았지만 그의 모습은 보이지 않았다. 안개 사이로 남자의 목소리가 다시 들려왔다. "여기에는 늑대가 있어, 알아들었니?"

나는 그에게 가서 양이나 잘 돌보라고 말했다. 물론 정확히 이런 표현을 사용한 것은 아니었지만.

*

구름 밖으로 나오자 공기가 온화하게 느껴졌고, 뒤돌아서 산의 윗부분을 가르는 구름을 바라보니 일어난 모든 일이 꿈 같았다.

시골집에서는 할머니가 신문지를 뭉쳐서 쇠살대에 얹으며 불을 피우고 있었다. 할머니는 어깨 너머로 힐끗 시선을 던져 축축하고 진흙투성이가 된 나를 보더니 다시 불 피우는 일을 이어나갔다.

할머니가 너무 못마땅한 표정을 하고 있어서 나는 몸은 좀 괜찮으시냐고 묻지도 않고 그냥 옷을 갈아입으러 위층으로 올라갔다.

엄마의 옛 방. 희미한 향수 냄새. 닳아빠진 깔개. 이곳에서 지내던 시절에 엄마는 젊었다. 그때는 할머니와 할머니의 남편, 그러니까 할아버지가 이혼한 후였다.

"저 나가요." 재빨리 아래층으로 내려가 학교 신발을 신은 나는 이렇게 말하고서 밖으로 나가며 현관문을 쾅 닫았다.

데브스

마을은 밝은색 재킷과 화려한 부츠 차림의 관광객들로 수선스러웠다. 자전거 가게 밖에서는 자전거 가게 직원이 산악자전거 위로 몸을 굽히고 뭔가를 조정하고 있었다. 걸음을 멈추고 그것을 지켜보며, 이곳으로 이사를 오면서 내 자전거를 가져왔으면 좋았겠다는 생각을 하고 있을 때 스티브 스콧과 그의 똘마니인 투덜이 앨릭스가 보였다.

내 옆으로 버스 한 대가 다가와 덜컹하며 멈춰 섰고 쉬익 소리와 함께 문이 열렸다.

앨릭스가 나를 발견하고 스티브에게 뭐라고 말하자 스티브가 고개를 들었고, 나는 그에게 고개를 까딱해 알은척하려다가 그가 특유의 재미있다는 표정을 짓는 것을 보고는 갑자기 두려운 마음이 몰려와 버스에 올라탔다. 문이 닫히는 동안 그 둘이, 스티브를 선두로, 관광객 사이를 이리저리 헤치며 서둘러 내 쪽으로 오는 것이 보였다. 버스가 움직이자 둘은 갑자기 달리기 시작했고, 버스를 따라잡은 스티브는 옆 유리창을 탁 탁 쳤다. 그는 전력으로 뛰느라 이를 드러내며 동물 같은 표정을 지었지만 운전사는 버스를 세워주지 않았다.

*

버스는 골짜기를 따라 달렸다. 버스의 움직임이 모든 것을 다시 떠올리게 했다. 도로 한가운데 있던 회색 늑대, 그리고 충돌. 나는 앞좌석 손잡이를 움켜잡고 눈을 감았다. 눈을 뜨자 차 한 대가 모퉁이를 미끄러지듯 돌며 버스 쪽으로 달려오는 게 보였다. 몸이 얼어붙었다. 차가 쌩하고 지나갔다. 나는 나이든 여자 둘의 대화에 집중해보려 애썼다. 그들은 언덕에서 죽임을 당한 양에 대해 이야기하고 있었다. "관광객이 데려온 개들 중 한 마리가 그랬을 거예요, 놀랄 일도 아니죠." 한 여자가 말했다.

켄들에 도착한 버스는 기차역 근처에 멈춰 섰다. 나는 경사로를 올라가 플랫폼으로 가서 벤치에 앉았다. 하늘은 광활했고, 건너편에는 구불구불한 언덕이 길게 펼쳐져 있었다. 차분한 풍경을 보니 도움이 되었고 마음이 차츰 진정되었다. 몇 사람이 기차를 기다리고 있었다. 처음 도착한 기차는 칼라일행이었다. 다른 목적지들도 괜찮아 보였다. 랭커스터, 옥슨홀름, 맨체스터. 나는 그중 한 곳으로 달아나는 상상을 했다. 이곳으로부터, 이 모든 쓰레기 같은 자동차 여행과 버스 여행과 학교와 늑대로부터 달아나는 상상을. 그러다가 그곳에 가면 무엇을 할지 생각해보고는 할 게 별로 없다는 결론에 이르렀고, 나는 벤치에서 일어나 시내로 향했다.

켄들에는 자갈이 깔린 거리 몇 개, 강 하나, 문을 닫은 가게들이 있었다. 눈에 익은 동급생 남자애들 몇 명이 아케이드 밖에 작게 무리 지어 서 있었다. 나는 그들을 지나쳐 걸어가면서 나를 향한 시선을 느꼈다. 그곳은 학교만큼이나 불편했고, 그래서 나는 기꺼이 거리를 벗어나 도서관으로 들어갔다. 적어도 도서관 안은 평화로웠다. 나는 참고 자료 코너에 앉아서 고개를 뒤로 젖히고 구식 유리 지붕을 응시했다.

어렸을 때 엄마는 나를 시내 도서관에 데려가곤 했다. 그곳에는 커다란 나무배가 하나 있고 그 옆면 주위로 푹신한 벤치들이 놓여 있었다. 엄마는 독서를 좋아했다. 아빠는 바깥 활동을 좋아했다. 가끔 토요일이면 아빠는 일하는 곳들에 나를 데려갔다. 아빠는 식물을 살펴보다가 이따금 걸음을 멈추고 나에게 이런저런 것들을 가리켜 보였다. 쓰러진 피닉스 오크 나무에서 돋아나는 새싹, 고갱이가 썩는 병에 걸려 균류에 속이 파인 너도밤나무. 생각해보면 엄마와 아빠는 나보다 사정이 더 나빴다. 부모님은 더 많은 것을 잃었으니까—나는 오직 부모님만을 잃은 반면 부모님은 자신들의 삶을 잃었다.

나는 죽은 후에도 자신의 삶을 상실했다는 감각을 느낄 수 있는지 궁금했다. 무엇이든 느낄 수 있기는 한 건지. 아니면 어떤 식으로든 전혀 존재하지 않는 것인지.

나는 앉은 채로 자세를 바로 했다.

한 학생이 자료 위로 몸을 숙이고 있었다. 한 허름한 남자는 신문을 읽고 있었다. 둘 다 열중한 모습이었다. 나는 책꽂이를 둘러보다가 야생 생물 코너에 이르러 숲에 관한 책들을 꺼내 들었다. 커다란 나무들의 사진. 아빠가 하던 일이었다. 나는 감정이 요동치는 걸 느끼며 금방이라도 울음이 터질 것만 같았다. 감정은 곧 가라앉았고, 나는 또다른 책등에서 이 단어를 봤다—늑대들. 나는 도로 한가운데에 서 있던 그 동물을 떠올렸고, 한편으로는 당장 도서관을 떠나 최대한 멀리 도망치고 싶었다. 하지만 또 한편으로는 그것에 맞서고 싶은, 그것을 끝장내고 싶은 마음도 들어서 두근거리는 마음으로 손을 뻗어 책 위쪽에 손가락을 올리고 책을 당겨 꺼냈다. 표지에 회색과 흰색이 섞인 늑대 한 마리가 보였다. 책을 펼치자 책등에서 삐걱거리는 소리가 났다. 높이 쌓인 눈 속의 늑대 무리. 호수를 헤엄쳐가는 늑대. 사냥감을 집어삼키는 늑대.

늑대는 뭘 원하는 거지?

나는 책을 탁 덮은 다음 대출대로 들고 갔다.

"대출 카드 주세요." 사서가 말했다.

나는 그녀를 빤히 쳐다봤다.

"대출 카드 주셔야죠."

"없는데요."

사서는 양손을 펼치며 어쩔 수 없다는 제스처를 취했다.

누군가가 "너는 도서관에서 늘 문제를 일으키는 것 같다" 하고 말해서 돌아보니 뒤에 데브스가 있었다. 다만 이번에는 코 피어싱과 귀걸이를 하고 아이라이너로 눈의 윤곽을 굴곡지게 칠한 모습이었다. 게다가 초커 목걸이를 하고 검은 티셔츠 위에 긴 레인코트를 걸친데다 찢어진 검은 청바지 차림이었다. 고스족이나 펑크족, 아니면 노숙자의 중간쯤 되는 모양새였다. 숨결에서 스피어민트와 담배 냄새가 났고, 그녀의 턱은 껌을 열심히 **짝-짝** 씹고 있었다.

그녀가 내게서 늑대 책을 가져가더니 자기 대출 카드와 함께 사서에게 내밀었다.

"저 친구 대신 대출해줄 수는 없어." 여자가 말했다.

"그런 거 아니에요. 저는 정말로 이"―그녀는 표지에 적힌 제목을 읽었다―"늑대들"에 관심이 있거든요."

여자는 심술궂게 입을 오므리고 언쟁을 벌이려는 듯하다가 결국에는 책을 대출해주었다.

"정말 고맙네요." 데브스는 도서관을 걸어나가기 전에 앙증맞으면서도 빈정거리는 태도로 고개를 흔들며 말했다.

나는 뒤따라 나갔다.

책이 날아와 내 가슴에 부딪혔고, 나는 책이 떨어지지 않도록 얼른 붙잡아야 했다. 데브스는 멈추지 않고 계속 성큼성큼 걸어갔다.

나는 따라가야 할지 말아야 할지 알 수 없어서 결국 그냥 "고마워!" 하고 외쳤는데, 내 목소리는 너무 컸고 데브스는 어깨 너머로 가운뎃손가락을 똑바로 들어올리는 것으로 모든 대답을 대신했다.

그녀는 확실히 이상했다.

나는 한동안 거리를 헤매다가 방금 빌린 책을 읽으려고 패스트푸드점에 갔는데, 그곳에 혼자 테이블에 앉아 이어폰을 낀 채 책을 읽는 데브스가 있었다.

아직 그녀가 나를 보지 못했기에 그곳에서 빠져나갈까 잠시 고민했지만, 그러다가 내가 왜 그래야 하지? 하는 생각이 들었다. 나는 음료를 받으려고 줄을 서면서 데브스를 쳐다봤다. 그녀는 독서 삼매경에 빠져 있었고, 나는 그녀가 거만하긴 하지만 어쨌든 나를 도와주긴 했다고 결론 내렸다.

"안녕." 나는 음료를 들고 테이블로 다가가며 말했다.

데브스는 시선을 들었고 앞머리 아래에 자리한 두 눈으로 나를 뚱하게 쳐다보았다.

"왜 나를 위해 이 책을 빌려준 거야?" 나는 물었다.

그녀는 내게서 눈을 떼지 않았다.

나는 다시 물었다.

그녀의 눈이 책으로 향했다.

나는 포장지를 뜯은 빨대를 음료의 플라스틱 뚜껑에 꽂고 그녀의 맞은편에 앉아서 대출한 책을 펼쳤다.

"지금 뭐하는 거야?" 자세를 바로 하고 이어폰을 빼며 그녀가 말했다.

"너랑 똑같은 거. 그…… 실비아 플라스는 어때?"

"내가 앞에 앉아도 된다고 했어?"

"왜 나를 위해 이 책을 빌려준 건데?"

그녀는 입을 아주 크게 벌려 찌그러진 회색 껌을 보이더니 혐오스럽게 입을 벌린 채로 다시 껌을 씹었다. 알려달라고 빌어보기라도 하라는 듯이 계속 나와 눈을 마주친 채.

"왜 그런 건데?" 그녀가 입을 벌리고 껌을 씹는 것을 못 본 체하며 나는 재차 물었다.

"왜냐하면 나는 누가 남한테 뭘 할 수 있느니 없느니 하고 떠드는 걸 싫어하니까. 아까 그 사서가 그랬던 것처럼. 그럼 이만 가봐."

나는 다정하게 미소를 지었는데, 그러자 다시 이어폰을 끼고 볼륨을 높이며 실비아 플라스를 읽는 것으로 보아 그녀는 그런 내 행동에 짜증이 나는 모양이었다.

"내 이름은 루크야." 나는 말했다.

그녀는 책장을 휙 넘겼다.

"네 이름은 뭐야?"

그녀는 책에서 눈을 떼지 않았다.

"그럼, 실비아 플라스는 재미있어?"

그녀는 대답하지 않았다. 나는 음료를 후루룩 마시고 내려놓은 다음 몸을 앞으로 숙여 이어폰 줄을 당겨 뺐다.

데브스는 마치 감전이라도 당한 것 같았다. 눈빛은 활활 타올랐고 얼굴은 파리해지는 듯했다. 그러더니 내 음료를 보고 그것을 낚아챘다. 그리고 내게 집어던지려는 것처럼 들어올렸다.

나는 늑대 책을 방패로 삼아 나를 보호했다. "그걸 던지면 이 책이 젖을 거야. 그리고 이건 네 대출 카드로 빌린 거니까 벌금은 네 몫이겠지."

그녀는 결정을 내리기 전에 곰곰이 따져보기라도 하듯 컵의 무게를 가늠해보았다. 입은 일자로 굳게 다물려 있었고 눈에서는 연소가 일어나는 것처럼 엄청난 불꽃이 일었다. 갑자기 데브스가 어깨를 으쓱하더니 음료를 내려놓고 다시 털썩 등을 기대고 앉아 실비아 플라스를 읽기 시작했다.

"실비아 플라스는 무엇에 대해 썼어?" 내가 물었다.

"너는 이해하지 못할 것에 대해."

"그러지 말고, 말해줘."

"고통. 그리고 괴로움."

"그럼 그게 네 관심사로구나?"

"네 관심사는 뭔데, 루크?"

"내 이름을 기억하고 있었네?"

"대체 원하는 게 뭐야?"

나는 패스트푸드점 안을 재빨리 둘러보고는 다시 그녀를 쳐다보았다. "네 이름은 뭐야?"

그녀는 대답하지 않았다. 나는 음료를 한 모금 마셨다.

"데브스." 그녀가 말했다. 그러고는 잠시 멈췄다가 이렇게 말했다. "그래서 이 학교로 전학을 온 이유가 뭐야?"

"부모님이 돌아가셔서 할머니랑 살게 됐거든."

그녀는 잠시 아무 말도 하지 않고 나를 신중하게 살펴보았다. 그러고는 이렇게 말했다. "너희 할머니는 어떤 사람인데?"

"조금 반사회적인 분이셔."

"그럼 넌 할머니를 닮은 거네, 그렇지?" 그녀가 말했다.

"남 말 할 처지는 아닌 것 같은데."

그녀는 이 말을 무시했다. "그건 그렇고, 왜 늑대에 대한 책을 빌리려고 한 거야?"

나는 음료를 후루룩 마셨다. "산에 양을 죽이는 늑대가 있어."

어떤 이유에선지 그녀는 이 말을 듣고 깜짝 놀랐다. "다들 미친개의 소행이라고 말하던데." 그녀가 조심스럽게 말했다.

"늑대가 한 짓이야."

데브스는 잠시 그 말에 대해 생각하는 듯했다. 분위기가 살짝 바뀌어 있었다. 조금 더 편안한 느낌이었다. 그녀는 다시 책을 읽었고 나도 내 책을 펼쳤다. 잠시 후 내가 말했다. "뭐 듣고 있어?"

"영 새비지스."

"좀 들어봐도 돼?"

"아니."

"그러지 말고."

그녀는 이어폰 한쪽을 건넸고, 나는 그것을 받아 귀에 꽂았다. 격렬하고 날카로운 외침. 나는 이어폰을 돌려주었다. 그녀가 나를 유심히 쳐다보더니 경멸하듯 코웃음을 쳤다.

"자, 그럼." 그녀가 일어나며 말했다. "나는 이만 가볼게."

그녀가 팔을 쭉 뻗으며 손을 내밀었다. 우리는 악수했다. 마치 우리가 외국의 낯선 땅에서 만난 지난 세기의 탐험가들이라도 되는 것처럼 아주 정중하게 느껴지는 악수였다.

"안녕, 데브스." 나는 말했다.

"안녕, 루크." 반쯤은 나 때문에 지루해진 듯하고, 반쯤은 어리둥절한 것 같은 목소리로 그녀가 말했다.

유리

마을에 이르렀을 무렵에는 황혼이 내려 있었다. 차들이 헤드라이트를 번쩍이며 쉭쉭 지나갔다. 나는 다시 도로변을 터벅터벅 걸으며 샛길을 향해 올라갔다. 황금색 빛줄기 몇 가닥이 골짜기에 내리쬐고 있었지만 숲은 어두웠다. 나는 일정한 보폭을 유지하며 숲을 무서워하지 않겠다고 다짐했지만 몹시 조용한 숲속 깊은 곳으로 들어서자 고요가 나를 무겁게 짓눌렀다. **일정한 보폭을 유지하자.** 나는 스스로에게 말했다. **일정한 보폭을 유지하자.**

아빠는 숲속을 편안하게 느꼈지만 나는 이곳이 두려웠다. 커다란 하드커버 책의 비닐 커버가 다리에 부딪히며 시끄러운 소리를 냈다. 나는 시골집의 입구에 이르러 캐틀그리드를 통과했다.

터닝서클에는 할머니의 차가 없었다.

"저 왔어요!" 집안으로 들어가며 나는 외쳤다.

시골집은 조용했다.

나는 중앙난방장치를 켜고 지난밤에 피운 난로를 정리했다. 숯을 줍는 동안 핸들 위로 몸을 숙이고 고개를 꾸벅이던 할머니의 얼굴이 떠올랐다. 눈을 꼭 감았다가 다시 뜨자 쇠살대 위의 부드러운 재가 세상에서 가장 쓸쓸한 무엇처럼 느껴졌다. 나는 할머니에게 전화를 걸려고 복도로 갔다. 조심해서 돌아오시라는 말을 하려고 다이얼을 돌리기 시작했다. 그때 무슨 소리가 들렸다.

나는 가만히 서 있었다.

나는 수화기를 내려놓았다. 그리고 부엌으로 들어갔다. 수도꼭지에서 나는 소리일지도 모른다는 생각에 수도꼭지를 꽉 잠갔다.

탁.

한동안 귀를 기울였지만 아무 소리도 들리지 않았다. 나는 부엌에서 살그머니 빠져나와 복도를 걸어갔다. 그리고 현관문 옆의 지팡이 통으로 가서 천천히 곤봉을 꺼내들었다.

탁.

몸이 얼어붙었다.

소리는 서재에서 들려오고 있었다.

나는 거의 숨도 쉬지 않은 채 곤봉을 단단히 들고 복도를 걸어갔다.

아마도 삼십 초쯤, 문가에 서서 귀를 기울였다. 그러고는 걸음을 내딛으며 문을 열었다. 문이 활짝 열렸고 나는 안으로 들어갔다. 약한 햇살이 벽을 비추고 있었다. 푸른 나비 한 마리가 방안을 날아다니며 유리에 몸을 들이받았다. 탁. 나는 몇 초 동안 나비가 부딪히는 것을 지켜보다가 곤봉을 벽에 기대어놓고 그리로 다가갔다. 나비는 잠시 유리에 달라붙어 날개를 폈다 접었다 하고 있었다. 나는 양손을 동그랗게 모아 나비를 잡으려 했으나 나비는 날아올랐다가 다시 착지했고, 걸쇠를 풀고 창틀을 밀어주었더니 차가운 황혼 속으로 사라져버렸다. 미풍에 사무용 책상 위의 종이들이 바스락거렸다. 터닝서클 위의 낙엽들이 이리저리 굴렀다. 나는 창문을 닫았다. 할머니의 서류들 위에 두툼한 봉투 하나가 놓여 있었다. 하루의 마지막 황금색 빛 속에서 나는 봉투 앞면에 손 글씨로 쓰인 이름을 읽었다.

레이철.

엄마의 이름.

봉투 덮개 부분이 열려 있었고 안에는 종이가 가득했다.

캐틀그리드 쪽에서 부릉부릉 소리가 나더니 헤드라이트 불빛이 방안을 훑었다.

나는 급히 서재를 빠져나왔다. 할머니가 나타나 장 본 물건을 정리하기 시작했다. 할머니는 아무 말도 하지 않았다. 그냥 나를 지나쳐가서 난방을 껐다. 할머니는 물건 정리를 마친 뒤 갈아놓은 쇠고기 한 팩을 들어올리고는 긴 칼로 푹 찔러 평 터뜨렸다. 그리고 돌아서서 나를 마주보았다.

나는 무언가 말해야 할 것만 같은 기분이 들었다. 무슨 말을 해야 할지 알 수 없었다.

할머니는 몸을 돌려 커다란 프라이팬을 꺼내 레인지 위에 달가닥하고 내려놓은 다음 쇠고기 덩어리를 흔들어 프라이팬에 쿵 하고 떨어뜨렸다. 그러고는 단단한 고깃덩이를 으깨기 시작했고 고기는 프라이팬 위에서 지글거렸다.

"내 서재에는 들어가지 말라고 했잖니."

나는 할머니가 왜 엄마에 대해 절대 말하지 않는지 궁금했다.

할머니에게 물어보고 싶었지만 그럴 수가 없었다. 나는 위층으로 올라갔다.

버스

이른아침. 집은 고요하고 어두웠다. 바깥으로 보이는 나무들 역시 어두웠는데, 마치 빛이 서두르길 기다리고 있는 듯했다. 나는 재빨리 옷을 입었다. 얇은 깔개 위에 닿는 차가운 발. 조명을 켜고 전구 빛에 눈을 가늘게 떴다. 화장실에서 양치와 세수를 했다. 뜨거운 물은 틀지 않았다. 보일러가 할머니 방 옆에 있고 너무 시끄러운 소리를 내는데다, 할머니는 우리가 돈을 아껴야 한다고 했다. 나는 그게 이상하다고 생각했다. 변호사들은 돈이 아주 많은 줄 알았는데 말이다. 할머니는 벌써 일어나서 김이 모락모락 나는 녹색 머그잔을 식탁에 놓고 지루한 서류를 읽고 있었다. 할머니가 독서용 안경 너머로 나를 쳐다봤다. 나는 그릇을 꺼냈다. 시리얼은 사분의 일 파인트짜리 우유와 함께 이미 식탁에 놓여 있었다. 나는 우유를 따르기 시작했다.

"다 따르지는 마라."

나는 우유를 다 따랐다.

할머니의 따가운 시선이 느껴졌다. 나는 시리얼을 와삭와삭 씹어먹었다. 할머니는 다시 서류를 읽으며 여백에 연필로 뭔가를 끼적거렸다. 차를 홀짝이면서.

나는 끝냈어야 할 수학 숙제를 떠올렸다.

"너 주려고 샌드위치를 좀 만들었다."

나는 시리얼을 씹다 멈추었다.

할머니가 내게 샌드위치를 만들어준 것은 처음이었다.

"감사합니다." 나는 졸린 가운데 콘플레이크를 씹으며 웅얼거렸다.

할머니는 대답하지 않고 자리에서 일어나 주전자의 물을 끓였다.

나는 시리얼을 다 먹고 빵을 그릴에 넣었다.

할머니가 내 그릇 옆에 차가 담긴 머그잔을 내려놓았다.

"저는 차 안 마셔요." 찬장을 뒤지며 나는 말했다.

"뭘 찾는 거니?"

"그냥요." 나는 여전히 찬장을 뒤지면서 말했다. "잼 더 없어요?"

"없다." 할머니가 말했다. "잠은 잘 잤니?"

나는 어깨를 으쓱했다. 나를 깨운 꿈에 대해 할머니에게 말하고 싶지 않았다. 내용은 기억나지 않았지만 두려운 느낌은 남아 있었다.

나는 탄내를 맡고는 시커멓게 탄 토스트가 담긴 그릴 트레이를 달가닥거리며 꺼냈다.

"여기 있다." 할머니가 말했다. 할머니는 심하게 탄 부분을 긁어내고 멀쩡해진 토스트 조각을 내게 건넸다.

아침을 먹고 등교 준비를 마친 뒤 나는 현관문에서 멈칫했다. 잘 다녀오겠다는 인사를 해야 할지 말아야 할지 확신이 서지 않았다. 내 말을 들으려고 귀를 기울이고 있는 것처럼 부엌 입구 쪽에 서 있는 할머니가 보였다.

"다녀올게요!" 나는 외쳤다.

"다녀오렴." 할머니가 딱딱하게 말했다.

나무가 우거진 샛길은 터널만큼 어두웠지만 해가 뜨자 토요일에 그랬던 것만큼 나쁘지는 않았고, 덕분에 나는 두려움을 밀어낼 수 있었다. 두려움은 완전히 사라지지는 않고 어느 정도 거리를 둔 채 마음 한켠에 머물렀는데, 그러다 마침내 큰길로 이어지는 비탈에 도착했다.

마을에는 버스 정류장이 두 개 있었다. 하나는 마을 중심부에, 다른 하나는 변두리에. 나는 언제나 혼자서 마음의 준비를 할 수 있도록 변두리 버스 정류장에서 기다렸다. 이곳 정거장에 이를 무렵 버스는 종점까지 마지막 몇 마일을 남겨두고 골짜기를 돌며 모든 아이를 태웠을 것이었다. 거의 꽉 찼을 터였다. 버스가 모습을 드러내기 전에, 불평을 늘어놓는 노인처럼 신음하며 마을로 들어오는 버스 소리가 먼저 들렸다. 그러고는 흐릿한 새벽빛을 받으며 버스가 다가왔다. 김이 서린 창문 너머로 괴상한 형체들이 움직이고 있었다. 거의 백 명에 이르는 아이들의 숨결.

깜빡이를 켜며 버스가 속도를 줄였다. 끼익하는 브레이크 소리와 함께 버스가 멈췄다. 공기압으로 움직이는 문이 쉬익 하고 열렸고 나는 짐승들의 혼돈 속으로 걸어들어갔다.

서 있을 자리밖에 없었다. 아이들은 축구, 음악, 주말에 뭘 했는지에 대해 이야기했고, 또는 시끄럽거나 중얼거리는 대화 속에서 헤드폰을 낀 채 스스로를 봉인했다. 나는 아이들을 헤치고 나아가야 했다. 두려움을 계속 억눌러야 했다. 버스가 휘청거리며 출발했다. 나는 비틀대며 좌석 위쪽의 봉을 잡았다. 몸이 후끈 달아올랐다. 나는 재킷의 지퍼를 열었다. 눈을 꼭 감았다.

누군가가 내 손을 건드렸고 나는 좌석 손잡이를 놓았다.

"세상에, 오늘 좀 불안해 보인다 너."

데브스였다.

피어싱도 화장기도 없었다.

"그래서," 그녀가 말했다. "주말 잘 보냈어? 늑대에 대한 좋은 책은 좀 읽었니?"

"음, 그래. 너는?"

"테드 휴스를 읽었어. 아빠랑 말다툼을 좀 했지. 그런데 말이야, 늑대는 뭘 먹지?"

"음…… 쥐."

"쥐?"

"물론 쥐보다 큰 것들도 먹고. 그건 왜?"

"아빠가 그러는데 늑대가 고원지대에서 양떼를 죽이고 있대."

"어이, 에그스 베네딕트*!" 누군가가 외쳤다. "새 남친 생긴 거야?"

데브스가 이구동성으로 웃음을 터뜨리는 아이들을 향해 한 손을 들어올리더니 가운뎃손가락을 올려 보였다.

나는 그렇게 외친 사람이 누구인지 보려고 통로를 확인했다―머리에 젤을 발라서 머리카락이 검은 폐수보다도 더 검고 피부는 밀가루처럼 창백한 스티브 스콧이었다.

"어이, 루커스, 친구!" 그는 높은 뒷좌석에 왕처럼 팔다리를

---

* '데브스'를 발음이 비슷한 '에그스(eggs)', 즉 '계란'으로 부르며 놀리는 것.

벌리고 앉아 있었고, 양옆에는 앨릭스와 거구인 제드가 앉아 있었다. "이리 와서 같이 앉아. 저리 비켜봐." 그가 앨릭스를 떠밀고는 옆의 빈자리를 톡톡 두드렸다.

나는 데브스를 힐끗 쳐다보았다. 그녀는 내가 어쩌는지 지켜보고 있었다.

버스가 휙 커브를 도는 바람에 손잡이를 놓쳤고, 버스가 안간힘을 쓰며 오르막을 오르자 나는 뒤쪽으로 내던져졌다. 나는 주변에 있는 얼굴들을 살폈고 현기증이 일었다.

"이리 와, 친구!" 왕 같은 스티브가 말했다. 잠시 버스 안에 그와 나밖에 보이지 않았고 다른 이들은 모두 흐릿해졌다.

무리 가운데 코가 빨간 맬키의 모습이 선명해졌다. 우리는 눈이 마주쳤고, 거의 알아차릴 수 없을 만큼 약하게 그가 고개를 저었다.

운전사가 기어를 바꾸자 버스가 휘청거렸고, 나는 앨릭스와 스티브 사이로 거의 넘어지다시피 했다.

"그래, 친구, 잘 지냈어?"

갈비뼈에 닿은 스티브의 팔꿈치가 느껴졌다. 일부러 그러는 게 아니라 단지 비좁아서일 거라고 생각했다.

"어디 아파? 좀 아파 보이는데?"

"괜찮아."

"네가 보기에도 아픈 것 같냐, 앨릭스?"

앨릭스가 내게 얼굴을 획 들이밀며 고약한 감자칩 냄새를 풍겼다. 낮에 그의 얼굴을 제대로 본 것은 처음이었는데, 좁은 얼굴에 여드름이 나 있었고 턱이 없었다. 살짝 흰담비처럼 생긴 얼굴이었다.

"그냥 등신처럼 보이는데." 앨릭스가 말했다.

"야!" 스티브가 주먹을 내지르며 앨릭스의 팔을 세게 쳤다. "토요일에는 왜 그랬던 거야? 마을에서 봤는데. 인사하기 싫었어?"

"시내에 가는 길이었어."

"아, 그래? 뭐 재미있는 거라도 했어?"

"음…… 그냥 여기저기 둘러봤어."

"지루하지, 안 그래? 내가 여긴 산송장이나 다름없는 곳이라고 했잖아."

버스는 덜커덩거리며 달려갔고, 지붕과 창문에 나뭇가지가 부딪히고 잔가지가 긁혔다. 한 여자애가 소매로 김 서린 창문을 둥글게 닦아놓아서 그 너머로 우리 바로 오른쪽에 있는 호수가 보였다. 나는 속이 울렁거려서 고개를 돌렸다. 거구의 제드가 지퍼를 올린 상의 안에 턱을 숨긴 채 내 쪽으로 눈을 획 돌렸다. 그의 얼굴에는 아무 표정도 없었다. 무슨 생각을 하고 있는지 전혀 알 수가 없었다. 나는 바닥에 시선을 고정했다. 오래된 껌이 검은 반점이 되어 여기저기 달라붙어 있었다.

"차멀미를 하나보네." 스티브 스콧이 말했다.

나는 깜짝 놀라 그를 힐끗 쳐다보았다.

"나는 사람들의 마음을 읽을 수 있어." 나는 그의 말을 믿었다. "이를테면 쟤를 좀 봐." 그가 손수건을 찾아 외투 주머니를 뒤지고 있는 맬키를 가리켰다. "쟤는 평온한 삶에 만족하고 있어. 그냥 남들이 자기를 가만히 내버려두길 바라지. 게다가 쟤는 너처럼 몽상가야."

그건 할머니가 했던 말이었다—내가 몽상만 하며 평생을 보냈다는 말.

"그리고 쟤." 이제 그는 데브스를 가리켰다. "쟤는 친구가 한 명도 없고, 그래서 자신을 증오해."

그가 내 쪽으로 고개를 돌리자 그와 내 얼굴 사이의 거리는 불과 몇 인치밖에 되지 않았다. 나는 두려움을 내비치지 않으려 애썼다. "걱정 마, 친구." 그가 말했다. "네가 두려워한다는 걸 누구에게도 말하지 않을 테니까." 이제 나는 오줌이 마려웠다. "그래서, 왜 할머니랑 사는 건데?"

버스는 신음소리를 내며 가파른 언덕을 오르기 시작했다. 나는 눈을 감아버리고 싶었다. 버스에서 내리고 싶었다. 신선한 공기를 마시고 싶었다.

"부모님이 이혼하기라도 한 거야?"

나는 부모님에 관한 사실이 내 안의 깊은 물바닥에서 솟아

오르는 듯한 기분이 들었다. 그리고 갑자기 그 사실을 말하고 싶어졌다. 그에게 말해주고 싶어졌다.

"부모님은 돌아가셨어."

"어떻게 돌아가셨는데?" 스티브가 한 치의 망설임도 없이 물었다. 마치 부모님이 돌아가시는 게 세상에서 가장 쉽게 일어나는 일이라는 듯이―사실이 그렇긴 했지만.

"차 사고로." 내가 말했다.

그는 고개를 돌리더니 아무 말도 하지 않은 채 한동안 창밖을 내다보았다. 나는 정면을 응시했다. 아무 생각도 없이, 좀비처럼 응시했다.

"말도 안 돼, 친구." 스티브가 다시 나를 쳐다보며 말했는데 전혀 빈정대거나 즐거워하는 표정이 아니었다. 나는 그게 너무 고마워서 당장 울음을 터뜨릴 것처럼 몸을 떨기 시작했다. "정말이지 말도 안 돼."

나는 고개를 끄덕였다. 그건 정말 말도 안 되는 일이었다. 정말로.

전나무 숲

머리가 뿌연 상태로 오전 시간이 지나갔다. 선생님들이 하는 말이 들리지 않았다. 마치 머릿속이 생각들로 너무 시끄러운 것처럼. 다만 내 머릿속에는 아무 생각도 없었다. 아니, 그보다는 내 머리가 끊임없이 로딩중인 컴퓨터 소프트웨어가 된 듯한 느낌이었다. 나는 오전 시간 대부분을 책에 원을 그리고 그 원을 채우며 보냈다. 앤드루스 선생님의 수업 시간만 빼고. 그때는 원조차 그릴 수가 없었다. 내 시선은 계속 교실 벽 이곳저곳으로 향했다. 붙어 있던 명랑한 그림들은 치워졌고, 붉은색 보드지만이 교실 벽 한가운데를 가로지르며 새로운 그림을 기다리고 있었다.

다행스럽고 놀라운 사실 한 가지—그 어떤 선생님도 내가 하지 않은 숙제에 대해 묻지 않았다.

*

점심시간에 스티브 스콧이 나를 찾아와 같이 간이 축구장에서 축구를 하겠느냐고 물었다. 그래서 나는 그렇게 했다. 그러면 누구와도 말할 필요가 없을 테니까.

스티브의 태클은 무자비했다. 거의 광적이었다. 그가 공을 잡으면 어떤 아이들은 주저하며 그에게 태클하려 하지 않았다. 그리고 태클하면 작은 소란이 일어났다. 체격이 다부진 한 아이가 정강이를 차이고서 절뚝이며 물러났고, 나는 그가 남은 경기 내내 스티브에게 뚱한 시선을 던지는 것을 보았다. 우리는 경기를 잘 치렀다. 앨릭스는 상대 팀이었는데, 한번은 공을 잡고 윙을 달려가던 내 발목을 후려쳐서 나를 고꾸라뜨렸다. 스티브는 크게 웃음을 터뜨렸다. 내가 일어나자 앨릭스는 나를 넘어뜨린 게 무언가에 대한 보복인 것처럼 여전히 나를 노려보고 있었다. 하지만 나는 그가 왜 그랬는지 영문을 알 수 없었다.

점심시간의 끝을 알리는 종이 울렸다.

"친구, 괜찮은 경기였지, 안 그래?" 스티브가 씩 웃으며 내 어깨에 팔을 두른 채 간이 축구장 문 쪽으로 걸어가면서 말했다.

"그래."

스티브가 발로 찬 다부진 아이는 운동복 상의를 입으며 가방을 집어들었다.

"제대로 된 경기였다면 너는 퇴장당했을 거야." 다부진 아이가 말했다.

"괜히 졌다고 불평하지 마, 친구." 스티브가 말했다.

다부진 아이가 뭔가 마음의 결정을 내린 듯한 표정을 짓고는 우리 쪽으로 가로질러왔다. "너는 축구 경기장에 들어와서는 안 돼." 그가 말했다. "너 같은 놈은 차라리—"

나는 다음 말을 듣지 못했다. 스티브가 다부진 아이의 복부에 주먹을 날렸기 때문이다. 다부진 아이는 몸을 구부렸다. 충격으로 인한 침묵이 이어졌다. 스티브는 다시 내 어깨에 팔을 두른 채 계속 걸어갔다.

"그래서, 형이랑 목요일 밤에 놀러가기로 했는데 너도 같이 갈래?"

우리는 운동장을 가로질러갔다. 방금 그 아이는 심하게 다칠 만큼 세게 얻어맞은 상태였다. 아이들은 오후 수업을 위해 이동하고 있었다. 나는 어깨 너머로 살펴보았다. 그 아이의 몇몇 친구들이 주위에 모여 있었다. 앨릭스와 제드는 우리를 뒤따라 걸어오고 있었다.

나는 머리를 숙여 그의 팔에서 빠져나왔다.

"가봐야겠다." 내가 말했다. "이러다 늦겠어."

"또 보자고, 친구." 스티브가 뒤에서 외쳤는데, 지독하게 빈정거리는 목소리였다.

*

방과후에 나는 컴퓨터실로 갔다. 거의 텅 비어 있어서 창가에 자리를 잡았다. 복도 끝에서 문이 쿵쿵 열리며 집에 가려는 아이들이 교실 밖으로 쏟아져나왔다. 나는 인터넷에 접속해서 내가 떠난 이후로 미테시와 다른 친구들이 뭘 하고 지냈는지 확인했다. 별다른 건 없었다. 학교생활, 어울려 놀기. 하지만 이제 그들의 삶은 나와는 아무런 상관도 없는 낯선 이들의 삶처럼 느껴졌다.

나는 인터넷으로 늑대를 검색했다.

아이들이 복도의 문을 손바닥으로 탕탕 쳤다.

늑대는 자신의 먹잇감을 대단히 신중하게 선택한다, 나는 검색 내용을 읽었다. 늑대가 어떻게 결정을 내리는지는 아무도 모른다.

나는 고개를 들었다. 바깥에서 한 아이가 학교 뒤쪽 들판에 난 오솔길을 걸으며 전나무가 늘어선 곳을 향해 가고 있었다. 차 한 대가 탁탁 소리를 내며 운동장을 가로지르더니 모퉁이를 돌아 거칠게 달려갔다.

늘대가 사냥감을 선택하는 순간 무언가 이상한 일이 벌어진다―사냥감은 자신이 선택되었다는 사실을 감지한다. 만일 사냥감이 갑자기 달아나면 바로 그때 늘대가 공격한다. 만일 사냥감이 침착함을 유지하며 그 자리에 그대로 있으면 늘대는 때로 그냥 물러나기도 한다.

홀로 걸어가던 아이는 사라지고 없었다. 오솔길은 전나무 사이의 더 어둑한 곳, 즉 숲의 입구로 이어졌다. 복도를 따라 버핑 머신*이 낮게 칙칙거리며 휙휙 움직이는 소리가 들려왔다.

만일 사냥감이 갑자기 달아나면 늘대는 대개 몇 초 만에 따라잡는다. 만일 사냥감을 몇 분 이상 쫓아야 하는 상황이라면 늘대는 보통 포기하고 만다. 하지만 때로 드물게 사냥감을 몇 시간 동안 쫓는 경우도 있다. 아주 가끔은 며칠 동안 쫓기도 한다. 한 과학자는 무선 송신기를 사용해서 어떤 늘대가 카리부** 한 마리를 백 마일 이상 쫓는 것을 추적하기도 했다. 숲들을 지나. 강들을 건너.

누군가가 떠나서 고개를 들어보니 컴퓨터실이 텅 비어 있었다. 전나무 숲의 틈은 입 모양을 하고 있었다. 그리고 해가 산

---

* 원판 모양 헤드가 회전하면서 바닥을 닦는 기계.

** 북미산 순록.

너머로 넘어가는 오후 느지막이 비치는 그 이상하고 흐릿한 빛 속에서 전나무들은 길쭉한 얼굴처럼 보였다.

나는 그 늑대-개가 도로에서 우리를—나와 엄마와 아빠를—얼마나 기다렸을지 궁금했다. 몇 분일까? 삼십 분? 더 오래? 그러다가 나는 고원지대에서 본 그 양을, 목둘레에 있던 그 돌연한 상처를 떠올렸다. 멀리서 규칙적인 발소리가 들리더니 복도의 문들이 쿵 하고 닫히는 소리와 함께 구두 소리가 크게 울렸다. 쿵, 쿵, 쿵.

그리고 나는 늑대를 떠올렸다.

쿵 쿵 쿵.

발소리가 컴퓨터실에 이르렀다. 전나무 숲에서 큰부리까마귀 한 마리가 날아올랐다. 발소리가 지나갔다. 전나무 숲의 어둠 속에서 무언가가 움직였다.

나는 최대한 조심스럽게 소지품을 챙겨서 그곳을 나섰다.

*

버스가 마을에 이르렀을 때쯤 해는 산 너머로 넘어가 있었다. 나는 샛길 입구에서 망설였다. 들판 위로 바람이 불어왔고, 개 한 마리가 간절한 목소리로 길게 울부짖었다. 나는 나무가 우거진 샛길을 올라가기 시작했다.

텅 빈 들판에서 큰부리까마귀 한 마리가 이리저리 뛰며 까악까악 웃었다.

나는 보폭을 일정하게 유지했다.

나무들 아래로 들어섰다. 가슴이 답답해지고 호흡이 얕아졌다.

캐틀그리드로 다가가는 동안 뒤편 아스팔트에서 무언가가 부드럽게 쿵 하는 소리를 냈다. 나는 다른 소리가 더 들리기도 전에 달리기 시작했고 신발 밑창이 길바닥을 탁탁 때렸다. 나는 캐틀그리드를 뛰어넘었다. 옷과 학교 가방이 휙 소리를 냈고, 터닝서클을 전력 질주하자 자갈이 자그락거렸다. 나는 손을 더듬어 집 열쇠를 찾았다.

등뒤로 현관문을 쾅 닫았는데, 너무 세게 닫아서 노커가 문에 부딪혔다.

부드럽게 달가닥거리는 냄비 소리가 들려왔다. 쇠고기와 쌀 냄새가 났다.

"늦었구나." 할머니가 말했다.

나는 위층으로 달려갔다.

할머니 방에서 내다보니 터닝서클 주위로 빙빙 도는 가을 낙엽이 보였다.

낙엽 말고 다른 것은 아무것도 없었다.

마음이 진정되고 요동치던 심장이 잠잠해지자 나는 아래층으로 내려갔다. 부엌 창문에 맺힌 물방울이 흘러내렸다. 나는 날붙이 서랍에서 칼 하나를 찾았다―검은 플라스틱 손잡이가 달린 육 인치짜리 은빛 칼날. 나는 그것을 소매 안에 슬쩍 집 어넣고 위층으로 가서 베개 아래에 숨겼다.

저녁식사 후 지역 뉴스에서 고원지대의 양이 또 죽임을 당 했다는 소식을 전했다.

의자

얼어붙은 하늘의 별들. 털 같은 서리가 두껍게 깔린 산.

무언가가 뽀드득 소리를 냈다. 서리가 내린 풀이 밟힐 때 날 법한 소리.

들리는 건 텅 빈 하늘의 거대한 침묵과 산의 급류 소리가 전부였다—

뽀드득.

나는 칼의 플라스틱 손잡이를 움켜쥐고 침대에서 슬며시 빠져나왔다. 차가운 깔개를 가로질러 기어갔다. 그리고 커튼과 창턱 사이로 고개를 쳐들었다.

모든 게 고요하고 환했다. 정원은 텅 비어 있었다. 나는 숲과 들판과 고원지대를 살폈다.

등뒤로 한줄기 찬바람이 불어왔고 나는 침대로 돌아갔지만, 그전에 먼저 의자를 가져다가 문에 기대어놓은 후에야 침대로 갈 수 있었다.

*

두번째 주의 나머지 날들은 암울하고 어두웠다. 쉬는 시간에는 맬키가 하는 롤플레잉 게임에 끼였다. 스티브 스콧과 그의 멍청한 친구들은 피해 다녔다. 데브스는 흔적조차 보이지 않았다. 어느 날 아침 스티브가 버스에 탄 무리를 향해 "어이, 에그스 베네딕트, 너희 아빠 요즘 정신 나갔냐?" 하고 외치자 다들 웃음을 터뜨렸을 때를 제외하면.

저녁이면 할머니와 함께 앉아 시간을 보냈는데, 할머니는 광부 파업에 대한 그 커다란 책을 읽거나 서재에서 일을 했다. 나는 엄마의 이름이 적힌 봉투에 대해 생각했다. 그 주에 할머니는 매일 오후 나보다 먼저 집에 왔는데, 그렇다는 건 밤에 몰래 숨어들지 않는 한 할머니의 서재에 들어갈 수 없다는 뜻이었고 나는 그러다가 들키고 싶지는 않았다.

드물게 하늘이 맑은 날이면 산꼭대기에 쌓인 더 많은 눈을 볼 수 있었다. 나는 창가에서 계속 지켜봤다. 차가운 빛 속에서, 칼을 가까이 두고, 의자를 문손잡이 아래 받쳐놓은 채.

자전거

두번째 주가 끝나갈 무렵인 토요일, 할머니가 내 방문을 두드리고 안으로 들어오다가 의자를 바닥에 달가닥하고 넘어뜨리며 나를 깨웠다.

"이걸 왜 여기 둔 거니?" 할머니가 물었다.

"음—?"

할머니가 의자를 일으켜세우고 커튼을 홱 걷었다.

"아홉시가 넘었다. 하루종일 게으름 피우면 못써. 일어나렴."

"어—"

"농담 아니다." 할머니가 말하며 문을 쾅 닫고 나갔다.

*

　부연 햇빛 속에서 거미줄이 빛났다. 사방에 거미줄이 있었다. 식물 사이와 울타리 위와 창문을 가로질러서. 가을은 거미의 계절이었다. 뚱뚱한 주머니 같은 거미들이 커다란 과녁 한가운데서 몸을 움츠린 채 먹이를 기다리고 있었다. 거미줄이 빛나는 것은 이슬 때문이었다. 잔디도 이슬 때문에 은빛으로 빛났다. 나는 헛간으로 갔다. 버스를 타지 않을 방법이 있었다.

　헛간 안은 어두웠고 창문에는 먼지가 뿌옇게 끼어 있었다. 나는 마분지 상자들을 지나 목표물을 향해 걸어갔다―자전거를 향해서. 깊은 바구니. 커다란 흙받기와 기어 보호 가드. 점점이 녹이 슨 핸들. 찢어져서 충전재가 삐져나온 안장. 바람 빠진 타이어. 나는 자전거를 들어올려 품에 안고 밖으로 나와 안장과 핸들이 아래로 향하도록 거꾸로 세웠다. 그리고 비눗물 한 통과 천과 낡은 칫솔을 가져와서 자전거를 닦았다. 마지막으로 기름칠을 했다. 페달을 움직이자 뒷바퀴가 돌며 바큇살이 일으키는 시원한 바람이 뺨에 와 닿았다.

　"네 엄마가 타던 거다."

　할머니가 부엌문 앞에 서서 나를 지켜보고 있었다.

　나는 자전거 타는 법을 배우던 때를 떠올렸다―내 등허리에 닿은 엄마의 손바닥, 부드럽게 밀어주는 엄마의 손길에 흔들리며 나아가던 자전거. 나중에 우리 셋은 함께 자전거를 타곤 했다.

"그래서, 자전거를 고친 거니?"

"타이어 바람이 빠졌어요."

할머니는 자리를 잡고 즐길 만한 오락거리를 찾은 사람처럼 팔짱을 끼고 있었다.

"관중은 필요 없어요." 내가 말했다.

"왜? 나는 재밌는데."

"펌프랑 수리 장비가 필요해요."

할머니는 마지못해 헛간으로 갔다. 그러고는 한참 후에 길고 지저분한 흰색 튜브와 작은 양철통을 들고 돌아왔다.

나는 펌프가 어떻게 작동하는지 몰랐다가, 할머니가 펌프 끝에서 선을 길게 빼는 것을 보고서야 이해했다.

"너무 오래된 거잖아요!"

할머니는 콧방귀를 뀌었다.

잠시 후 할머니는 지켜보기를 관두고 다시 안으로 들어갔다.

마침내 수리가 끝났다. 펑크난 타이어에 바람을 넣고, 안장을 높이고, 브레이크 케이블도 조였다. 파란색 자전거.

나는 거실 창문을 톡톡 두드리고는 할머니에게 승리의 미소를 지어 보였다. 할머니는 창문을 열고 창문 손잡이를 잡은 채 자전거를 자세히 살펴보았다. 그러고는 나를 쳐다보며 말했다. "숙제는 다 했니?"

할머니는 분위기를 망치는 법을 잘 알았다.

"숙제를 하려면 인터넷이 필요해요."

"인터넷은 없다."

"음, 인터넷이 없으면 숙제를 할 수 없어요, 할머니."

할머니는 나를 유심히 바라보았다. "그럼 알아보마."

할머니가 창문을 쿵 닫았다.

*

할머니는 푸드 뱅크*에 물품을 전달하러 시내에 간다며 같이 가겠느냐고 물었다. 나는 싫다고 말했다. "마음대로 하렴." 할머니는 말했다. 할머니의 차가 덜커덩거리며 캐틀그리드를 지나가자 나는 엄마의 이름이 적힌 봉투를 찾으러 서재로 들어갔다.

갑자기 할머니와 나의 공통점은 엄마뿐이라는 생각이 들었다. 만일 엄마가 아니었다면 나는 할머니와 아무 상관도 없었을 것이고 할머니도 나와 아무 상관이 없었을 것이다.

오전의 그림자가 드리워 서재는 어둑했다. 짙은 타원형 식

---

* 빈민들에게 무료로 음식이나 식재료를 나누어주는 시설.

탁에는 평소보다 많은 서류가 쌓여 있었다. 그 봉투는 전에 놓여 있던 사무용 책상 위에서 치워져 있었다. 나는 서류를 뒤적거렸다. 누구누구 씨에게. 누구누구 선생님께. 커다란 파일 바인더들. 노트북. 할머니의 녹색 머그잔. 봉투는 없었다.

나는 사무용 책상의 서랍을 열었다.

더 많은 서류들. 어떤 것들은 끈으로 묶여 있었다. 하지만 맨 아래 서랍에는 다른 종류의 문서들이 있었다. '병원 관련'이라고 표시된 파일은 열어보지 않기로 했다. 은행에서 보낸 공문서. 은행 계좌의 입출금 내역서. 할머니는 거의 무보수로 일하는 듯했다. 하지만 레이철이라는 이름이 적힌 두툼한 봉투는 보이지 않았다.

그런데 잠겨 있는 서랍이 하나 있었다.

나는 열쇠를 찾으려고 사무용 책상 위의 작은 트레이들을 뒤져보았지만 종이 클립과 압정과 스테이플러 심밖에 보이지 않았다.

할머니 방으로 올라가보았다. 방은 깔끔했다. 나와 있는 것은 침대 옆 캐비닛 위에 놓인 광부 파업에 대한 무거운 책, 서랍장 위의 머리빗, 침대 기둥에 걸린 분홍색 가운이 전부였다. 침대 시트는 팽팽히 밀어넣어져 있었다. 나는 침대 옆 캐비닛의 서랍을 열었다. 은색 알약 갑, 약통. 옷장에는 맵시 있는 재킷, 가방, 신발 몇 켤레가 있었고 서랍에는 할머니의 속옷, 티셔츠와 진바지가 있었다. 하지만 봉투는 없었다.

그리고 열쇠도 없었다.

허물어져가는 오두막

파란색 자전거의 페달을 밟지 않고 언덕을 달려내려가 학교에 도착했을 때, 아이들이 무리 지어 모여 있었다. 아마도 최근에 죽은 양 때문인 듯했다. 한 무리를 지나가는데 어떤 여자애가 분명 이렇게 말했다. "저기 부모 죽은 애가 간다." 나는 투명 아크릴로 된 자전거 거치대 안으로 재빨리 들어가 자전거에 최신형 U자 자물쇠를 채우고 본관으로 향했다.

스티브가 불쑥 나타났다. 그러고는 내 어깨에 팔을 둘렀다.

"쟤는 그냥 무시해." 그가 말했다. "인간들이 잔인한 말을 참 잘도 내뱉는군."

그는 특유의 빈정거리는 묘한 미소를 짓지는 않았지만 내 어깨에 두른 팔은 빈정거리는 것처럼 느껴졌다. 젤을 발라 검게 빛나는 머리 아래로 보이는 새하얀 얼굴 위의 두 눈은 전혀 속을 내비치지 않았다. 그의 옆에는 흰담비 같은* 앨릭스가 있었다. 제드도 있었는데, 나이트클럽 문지기의 덩치로 학교 스웨터를 입고 있으니 바보처럼 보였다. 어쩌면 그는 주말에 **정말로** 나이트클럽 문지기로 일하는지도 몰랐다.

스티브가 걸음을 멈추는 바람에 다른 아이들은 우리 주위를 둘러 가야 했다. "부모님이 돌아가실 때 너도 옆에 있었어?"

그의 눈이 아주 희미하게 깜박거렸다.

"분명 힘들었을 거야." 그가 말을 이었는데, 다정하게 구는 건지 아닌지 알 수 없었다.

나는 어깨를 으쓱했다.

"그럼 그런 거구나—부모님이 돌아가시는 걸 봤구나."

"가봐야겠어." 나는 이렇게 말하고는 급히 걸어갔다.

두 주만 있으면 중간 방학**이었다. 그때까지만 잘 버티면 잠시 한숨을 돌릴 수 있을 것이었다. 스타자크스탄인가 뭔가 하는 머나먼 나라의 짐승 무리나 부족처럼 어울려 다니는 스티브와 그의 멍청한 친구들에게서 벗어나서. 그럴듯하게 들렸다—스티브와 제드와 앨릭스, 스타자크스탄의 스타자크인들.

---

* '흰담비 같은'으로 옮긴 형용사 'ferrety'에는 '교활한'이라는 뜻도 있다.
** 영국 학교에서 학기중에 실시하는 짧은 방학으로 보통 일주일 정도다.

나는 무리에 섞여 걸어가며 어떻게 하면 그들에게서, 그리고 다른 모두에게서 벗어날 수 있을지 생각했다. 그 잔인하고 사악한 동물원 전체에서.

*

나를 겁먹게 했던, 학교와 늘어선 전나무 사이의 들판에는 베지 않은 풀이 높이 자라 있었고, 그 한가운데에는 다 허물어져가는 오두막이 한 채 있었다. 나는 스타자크인들을 피해 그곳으로 가기 시작했다―그리고 어느 오전 쉬는 시간에 그곳에서 모퉁이를 돌다가 평소처럼 젖은 깔판이 쌓여 있는 것을 보았는데, 다만 거기 기대서 있는 사람은 다름 아닌 담배를 피우며 껌을 씹고 있는 데브스였다.

그녀는 나를 보고 깜짝 놀랐지만 곧 정신을 차리고 고개를 까닥여 인사했다.

나도 똑같이 고개를 까닥여 답례했다.

"원하면 너도 이리 와도 돼." 그녀가 말했다.

나는 거기 있기 위해 그녀의 허락을 받을 필요는 없다고 말할 뻔했는데, 그러다가 그녀의 반감을 사는 것은 어리석은 일 같다는 생각이 들었다. 그녀 옆의 깔판 맨 위에는 에밀리 브론테라는 사람의 책이 놓여 있었다.

"그 책 재미있어?"

그녀는 대답하지 않고 그저 담배만 피웠다.

"늑대가 오 마일 떨어진 곳에서도 상대의 소리를 들을 수 있고 일 마일 떨어진 곳에서도 상대의 냄새를 맡을 수 있다는 거 알았어?" 내가 물었다.

"그래?"

"그래."

잠시 후 나는 이 침묵이 영원히 이어질지도 모른다는 생각이 들기 시작했다. 나는 에밀리 브론테의 책을 쿡 찌르며 말했다. "그럼 실비아 플라스의 책은 다 읽은 거야?"

대답 대신 그녀는 담배를 길게 한 모금 더 빨았다. 그녀는 얼굴 앞에 계속 담배를 들어올린 채, 담배를 피울 때는 손목만 움직여 날카롭고 이목을 끄는 쌀쌀한 동작으로 담배를 입에 물었다 뺐다. 이제 그녀는 오므린 입술에서 담배를 획 빼고는 연기를 길게 내뿜었고, 나는 크게 한숨을 내쉬었다.

"그런데 어쩌다 늑대에 관심을 갖게 된 거야?" 그녀가 물었다.

나는 전나무 숲을 쳐다보았다.

"예전에 살던 곳 근처에서 한 마리를 봤거든." 내가 대답했다.

"영국에는 늑대가 전혀 없는 줄 알았는데."

"없지."

"어땠어?"

나는 그 질문에 놀랐다. "개랑 닮았는데 좀 달라."

"어떻게 다른데?"

"글쎄."

그녀가 멸시하듯 코웃음을 쳤다.

"개는 게으르잖아." 나는 말했다. "늑대는 진지해."

그녀가 진중하게 고개를 끄덕였다. "그래서 그 늑대는 뭘 했는데?"

"산울타리 속으로 걸어들어갔어."

나는 그녀의 책을 집어들었다. 책의 면지에 녹색 잉크로 웃는 얼굴 그림과 함께 그녀의 이름이 쓰여 있었다―데버라* 베네딕트. 어쩐지 익숙한 이름이었다.

그녀가 나에게서 책을 잡아챘다.

그녀는 이제 깔판더미에 몸을 기대지 않고 나를 똑바로 쳐다보며 서 있었다.

"내 물건에 손대지 마!"

"알겠어." 내가 말했다. "너는 어디 살아?"

"뭐?"

"마을 위쪽에 있는 농가에 사는 거야?"

---

* '데브스'는 '데버라'의 애칭이다.

"너 나 스토킹하니?"

"아니. 우리 할머니 집이 골짜기 안쪽에 있는데, 네 이름이 베네딕트라면 그건 우리가 이웃—"

"내 눈앞에서 사라져!"

"하지만 우리는 이웃이야. 이브 랜스데일이 우리 할머니라고."

"나는 너더러 여기 와서 날 지겹게 만들어달라고 부탁한 적 없어. 사라져."

"여긴 내 공간이야. 나는 쉬는 시간마다 여기 온다고."

"잘 들어, 이 사이코야, 내 눈앞에서 사라지라고!"

화난 얼굴의 그녀는 바보 같아 보였다.

"너 실비아 플라스 알지?" 내가 말했다.

데브스는 껌을 씹고 담배를 피우고, 담배를 피우고 껌을 씹었지만 나는 계속 그녀를 쳐다봤고, 그러자 마침내 그녀가 말했다. "실비아 플라스가 왜?"

"너는 실비아 플라스를 만나더라도 지금처럼 바보같이 굴 거야?"

그녀의 뺨이 붉어졌고 나는 그곳을 떠나 걸어갔다.

"실비아 플라스는 죽었어, 이 머저리야." 그녀가 내 뒤에서 외쳤다.

나는 확 돌아섰다.

"이제 너랑 놀고 싶지 않아." 내가 외쳤다.

"그거 어이없으라고 한 말이지, 그렇지?"

"아니. 어이없는 건 바로 너야."

그녀는 내 쪽으로 담배를 튕겼고, 몇 개의 작고 부드러운 오렌지색 불꽃이 젖은 풀에 닿으며 피식 소리를 냈다.

나는 계속 걸어가며 어깨 너머로 가운뎃손가락을 들어 보였다. 에그스 베네딕트 스타일로.

*

그 후로 나는 데브스와 계속 우연히 마주쳤다. 도서관에서, 복도에서. 한번은 구내식당에서 긴 테이블에 앉아 정면을 바라보고 있었는데 그녀가 빈자리를 찾으며 맞은편 통로에서 걸어왔다. 우리는 천분의 일 초 동안 눈이 마주쳤다. 그녀는 살짝 얼굴을 붉히며 눈길을 돌렸다.

그 주의 나머지 날들이 지나갔다. 그리고 다음 한 주가 시작되었다—중간 방학 이전의 마지막 한 주가. 규칙적인 일과가 생겨났다. 산그림자가 드리운 부엌에서 할머니와 함께 하는 침울한 아침식사, 그리고 쉬는 시간마다 맬키가 코를 훌쩍이며 오크, 자이언트, 고블린, 엘프에 대해 떠들어대는 것을 들어야 하는 학교생활.

나는 어느 수업도 따라가지 못했다. 단어를 이해하고 페이지에 써넣는 데 어려움을 겪었다. 여전히 숙제 검사지에는 할머니의 사인을 위조하고 있었다. 앤드루스 선생님은 아직 그에 대해 아무 말도 하지 않았다. 다른 선생님들 또한 아무도 알아차리지 못한 듯했다. 다들 나를 그저 희미하게만 의식할 뿐인 것 같았다. 마치 내 존재를 그저 묵인해주고 있다는 듯이, 혹은 내가 실제로는 거기 없다는 듯이, 유령이라는 듯이.

나는 내가 죽은 것은 아닌지, 그 차 사고에서 죽어서 **실제로** 유령이 되었는데 나만 모르고 있는 것은 아닌지 궁금했다.

어느 날 저녁 거실에서 할머니의 책을 둘러보고 있는데 할머니가 와서 불 피우는 걸 도와달라고 부탁했고, 나는 보고 있던 에밀리 브론테의 소설을 다시 밀어넣고 할머니를 도우러 갔다.

할머니는 난로 바닥에 무릎을 꿇고 용을 쓰며 깊은 한숨을 내쉬었다. 할머니는 불을 잘 지폈다. 할머니는 둥글게 뭉친 신문지를 먼저 넣은 다음 불쏘시개를 넣고 뒤이어 더 큰 목재를 올려야 불이 잘 붙는다고 알려주었다.

"왜 난방기는 절대 안 트시는 거예요?" 내가 물었다.

"은행원 보너스를 받으면 틀 거다."

"하지만 할머니는 은행원이 아니잖아요, 안 그래요?"

할머니는 못 믿겠다는 표정을 짓더니 내게 성냥갑을 건넸다.

"아, 농담하신 거예요?" 나는 불을 붙이며 말했다. "어쨌거나, 저는 변호사는 돈을 많이 버는 줄 알았어요."

"나는 그런 종류의 변호사가 아니야."

불꽃이 자리를 잡았다.

"엄마도 여기 있을 때 불 지피는 일을 했나요?" 할머니를 보며 내가 물었다.

할머니는 잠시 망연한 표정을 짓더니 다시 불을 응시했다.

"대학에 가기 전까지는." 불꽃이 종이 사이에서 부드럽게 으르렁거렸다.

"그럼 학기가 끝났을 때도 돌아오지 않았나요?"

"거의 안 돌아왔지. 그러다가 완전히 발길을 끊어버렸어."

"왜요?"

할머니는 여전히 불을 응시하고 있었다. 나는 사무용 책상에 있던 봉투에 대해 물어보려고 입을 열었지만 할머니는 끙하고 무릎을 펴며 일어났다. "나도 늙었나보다."

"왜 엄마에 대해 얘기하지 않으시는 거예요?"

할머니는 대답 없이 밖으로 나갔다. 나를 딱딱 소리가 나는 작은 불과 함께 남겨둔 채.

부모 죽은 애

나는 별문제 없이 중간 방학을 향해 나아가고 있었다.

마지막 금요일이었다. 점심시간 후의 수업은 영어였고, 교실 벽을 한 바퀴 두르고 있는 붉은색 보드지에는 이제 허스키와 늑대 그림이 붙어 있었다. 우리와 마찬가지로 앤드루스 선생님이 맡은 다른 학년들도 『야성의 부름』을 읽고 있는 게 분명했다. 아이들은 눈 위에서 썰매를 끌거나 서로 싸우는 개들, 그리고 달을 보고 울부짖는 늑대들을 그려놓았다. 나는 녀석들을 느꼈다. 사방에 녀석들의 맹렬한 이빨이 있었다. 나는 수업이 어서 끝나길 바랐다. 마침내 수업이 끝나자 나는 문을 향해 돌진했다.

"루커스, 잠깐 얘기 좀 할 수 있을까?"

나는 밖으로 빠져나가려 애썼지만 문 쪽에는 한 무리의 아이들이 있었다.

"루커스 페티퍼!"

나는 선생님 책상으로 터덜터덜 걸어갔다.

"숙제를 많이 빼먹었더구나." 선생님은 말했다. "왜 그런 거지?"

"제가 몸이 안 좋아서요?"

"이렇게 학교에 온 걸 보니 괜찮은 것 같은데."

"아니에요, 지금도 몸이 안 좋아요. 가봐야겠어요."

선생님 책상 모서리에는 눈물방울 모양으로 깊이 팬 자국이 있었다.

"여기서 보낸 첫 한 달은 어땠니?"

나는 턱에 단단히 힘을 주었다. 피처럼 붉은 벽에 있는 늑대 무리가 느껴졌다.

"학교 상담 선생님을 한번 만나볼래?"

"왜요?" 내 목소리가 조금 크게 들렸다.

"학교생활에 대해 상담해보는 거지. 새로운 곳에서의 생활에 대해." 그러더니 선생님의 목소리가 더 다정하게 변했다. "부모님에 대해."

선생님이 팔목에 두른 무지개색 밴드는 끝이 해어져 있었다.

"네 숙제 기록을 보면 상황이 좋지 않은 것 같아. 종종 정신이 산만한 것 같기도 하고. 집에서의 생활은 어떠니?"

"집은 서머싯에 있어요."

"그럼 할머니 집에서의 생활은 어떠니?"

"괜찮아요."

"너희 할머니는 그동안 네가 숙제를 했다고 사인을 하셨지. 하지만 너는 숙제를 하지 않았어."

"중간 방학 동안 따라잡을게요. 그럼 되죠?" 나는 위험을 무릅쓰고 선생님과 눈을 마주쳤다.

"네 상황을 할머니께 말씀드려야겠구나."

"하지만 선생님, 저는 이제 막 전학을 왔는걸요. 선생님이 말씀하셨듯이 새로운 곳에 적응하려면 시간이 걸리는 법이잖아요." 나는 징징대는 내 목소리가 정말 싫었지만 그래도 선생님을 계속 쳐다보며 이렇게 말했다.

선생님은 내가 한 말을 생각해보면서 결정을 내리려 하고 있었다.

"제발요, 선생님."

선생님은 입술을 굳게 다문 채 한 차례 단호히 고개를 끄덕였다. "중간 방학 동안 따라잡도록 해, 만일 그러지 못하면 할머니께 말씀드릴 거야."

＊

　나는 학교를 빠져나오는 무리에 합류했다가 거의 곧바로 걸음을 멈추었다. 내리막길에서 곧장 아크릴 자전거 거치대로 이어지는 곳에 스타자크인 두 명이 서 있었다. 빈정거리는 미소를 짓고 있는 스티브와 앨릭스였다.

　"부모 죽은 애!" 앨릭스가 외쳤다.

　"야." 스티브가 앨릭스의 팔을 치며 으르렁거렸다.

　나는 자전거 거치대로 갔다.

　"그게 네 거야?" 내가 자전거를 끌고 나오자 앨릭스가 히죽거리며 말했다.

　스티브가 내 앞길을 가로막았다.

　검은 차가 우리 옆에서 브레이크를 밟았다. 창문이 윙 소리를 내며 내려갔고, 그곳에는 스티브의 형인 대니가 앉아 있었다. 그는 내게 시선을 고정한 채 나를 뜯어보았다. 그러고는 시선을 돌렸다.

　나는 자전거를 천천히 끌며 스티브를 돌아서 가려 했지만 앨릭스가 길을 막았고, 그래서 반대쪽으로 가려 했지만 그가 다시 끼어들었다. 스티브는 운동복 상의를 잡아당겨 부풀렸고, 둘은 캑캑거리며 웃음을 터뜨렸다.

　"미안, 친구."

나는 자전거를 밀며 오르막을 올라갔다.

"그렇게 굴 건 없잖아, 친구!"

앨릭스는 자신이 할 수 있는 최고의 욕을 외쳤고, 둘은 웃음을 터뜨리며 차에 탔다.

페달을 밟으며 오르막을 오르다가 데브스가 버스를 타려고 줄을 서 있는 모습을 보았는데, 그녀는 내가 스티브와 앨릭스를 상대한 방식이 마음에 든다는 듯 나를 향해 고개를 끄덕였다.

대니의 검은 차가 곁을 지나갔는데, 너무 쌩하고 달려가는 바람에 나는 자전거에서 거의 떨어질 뻔했다. 열린 창문으로 그들의 웃음소리가 들렸다.

"중간 방학 끝나고 보자, 부모 죽은 애!" 앨릭스가 외쳤고, 이내 그들은 사라져버렸다.

중간 방학

중간 방학 때 나는 늑대에 관한 책을 읽었다. 산에서 들려오는 차가운 개울의 한숨소리에 귀를 기울였다. 나는 레이철이라는 이름이 적힌 봉투를 찾으려 했다. 심지어 철사 같은 것으로 사무용 책상의 자물쇠를 따보려고도 했다. 효과는 없었다. 그러다가 방학의 마지막 날이 되었고 나는 마음이 편치 않았다. 10월의 그 마지막 일요일은 정말 마지막처럼 느껴졌다. 하지만 그날은 몇 주 만에 처음으로 산꼭대기의 연기 같은 구름이 걷혀 있었다. 아름답고 맑고 환한 날이었다. 나는 데브스를 찾아가기로 결심했다.

연습장을 말아서 안주머니에 넣은 채 캐틀그리드를 건너갔다. 그러고는 오솔길을 따라 올라갔고, 이윽고 베네딕트네 농가가 보일 만큼 높은 곳에 이르렀다―농가는 별채가 딸린 커다란 석조 건물이었다. 풀이 밟혀 있는 샛길이 그곳까지 일 마일 정도 이어졌다. 풀이 바람에 흔들렸다. 아래로는 마을이 보였고, 골짜기 건너편 끝에 있는 언덕 위로 햇빛에 빛나는 작은 호수들이 보였다.

나는 삼십 분쯤 걸은 후 죽어서 뻣뻣해진 고사리 사이로 요란하게 미끄러지며 내려갔다. 목양견 한 마리가 현관문 밖으로 나오더니 종종걸음으로 진흙투성이 마당을 지나 국방색 랜드로버로 향했고, 한 남자가 그 뒤를 따랐다. 개가 차 뒤쪽에 올라탔고 랜드로버는 떠났다. 나는 집으로 걸어가서 문을 두들겼다.

나는 기다리면서 가장 가까운 창문을 확인했다. 창턱에는 흙이 엽맥처럼 묻어 있는 분홍색 비누가 놓인 받침과 꽃이 담긴 물주전자가 있었다. 문이 열렸다.

그곳에는 데브스를 닮은 여자가 서 있었다. 데브스와 똑같은 고운 갈색 머리와 똑같은 타원형 얼굴과 똑같이 작고 둥근 코를 가지고 있었다. 그녀는 익숙한 모습으로 눈살을 찌푸리며 나를 획 쳐다봤다.

"데브스 있나요?" 내가 물었다.

"너는 누구니?" 그녀가 활짝 미소를 지으며 말했다. 데브스에게서는 전혀 찾아볼 수 없던 생소한 미소였다.

"루크요."

그녀는 문을 활짝 열어둔 채 계단의 발치로 갔다. 진바지와 두꺼운 스웨터와 두꺼운 털양말 차림이었다. "데브스!" 그녀가 외치더니 놀랍게도 내게 "들어오렴" 하고 말했고, 나는 발을 털고 그녀를 따라서 개봉하지 않은 우편물, 시리얼 상자, 졸고 있는 고양이들이 있는 혼란스러운 부엌으로 들어갔다. 구운 베이컨 냄새가 났다. 거대한 오븐 위에 또다른 고양이 한 마리가 느긋하게 누워 있었다. 라디오에서는 일요일 아침에 어울리는 팝 음악이 흘러나왔다.

"금방 내려올 거야."

나는 식탁에 앉아서 뜨거운 라디에이터 쪽으로 몸을 바짝 붙였다. 할머니는 난방기를 몇 분 이상 튼 적이 한 번도 없었다.

"데브스랑 같은 반 친구니?"

"아니요." 그녀는 놀란 눈치였다. 나는 우리가 어떻게 알게 되었는지 생각해내려 애썼다. "데브스가 제게 책을 빌려줬어요."

데브스의 엄마는 이 말에도 놀란 눈치였다.

"너는 어디 사니?" 그녀는 물었다.

"저 너머에요." 내가 손가락으로 가리키며 말했다.

그녀가 얼굴을 찌푸렸다. "그럼 이브 랜스데일을 아니?"

"그분이 제 할머니예요."

그녀가 더 놀란 얼굴로 나를 응시했다. 그녀는 아마도 엄마와 아빠에 대해 모두 들었을 것이었다. 나는 시리얼 상자의 뒷면을 읽었다.

그녀가 복도로 갔다. "데버라!" 침묵이 이어졌다. "루크가 왔다."

침묵이 더 길게 이어졌다.

"어쨌거나, 나는 나가봐야겠다." 벽걸이 후크에서 외투를 집어들고 현관문으로 향하며 그녀가 말했다. "즐거운 아침 보내렴."

현관문이 닫혔다.

나는 기다렸다. 심장이 더 거세게 뛰었다. 라디에이터에서 열기가 뿜어져나왔다. 버터 상자, 빵가루, 차가 담긴 머그잔. 우리집과 아주 비슷한 풍경이었다. 나는 일요일의 엄마와 아빠를 떠올렸다. 일요일 오후면 우리는 함께 외출하곤 했다.

시동을 건 차가 속력을 높여 마당을 빠져나가더니 오솔길을 달리며 점점 작아져갔다.

천장에서 쿵쿵거리는 발소리가 들리다가 이내 계단을 타고 내려오며 침묵을 깨뜨렸다―데브스였다.

그녀는 찢어진 진바지, 검은 티셔츠와 초커 목걸이, 정강이까지 끌어올린 회색 털양말 차림이었고, 머리는 뒤로 넘겨 나비 모양 머리핀으로 고정하고 있었다.

"왔구나!" 나는 이렇게 말하며 자리에서 일어나다가 식탁을 쳐서 내 몸을 포함한 사방에 차를 흘리고 말았다.

고양이 한 마리가 스토브에서 뛰어내렸다.

"인터넷 좀 써도 될까?" 내가 물었다. "더이상 숙제를 빼먹으면 안 되는데, 골드러시에 대해 조사해야 해서 말이야."

나는 연습장을 높이 들어올렸다. 영화에 나오는 사람들이 법정에서 경전을 들어올리듯이.

그녀는 나를 위아래로 훑어봤다.

"꼭 바지에 오줌 싼 것 같은 꼴인데." 그녀가 말했다.

나는 아래를 내려다보았다. "이건 차야."

"그럼 안 닦을 거니?"

"됐어, 금방 마를 거야."

침묵 속에서 고양이가 기지개를 켰다.

"그럼 인터넷 좀 써도 될까?"

그녀는 인류 역사상 가장 긴 한숨을 내쉬었다. "잠깐 기다려."

내가 기다리는 동안 그녀는 쿵쿵거리며 위층으로 올라갔고 고양이가 종종걸음으로 그 뒤를 따라갔다. 그녀는 노트북을 들고 돌아와서는 나를 거실로 안내했다. 거실에서는 나무를 때는 화덕이 후끈후끈 열을 내뿜고 있었다. 그녀는 노트북을 소파 위에 올려놓은 다음 화덕을 열어 파이 조각처럼 생긴 통나무를 하나 집어넣고 철커덕 닫았다. 유리 너머로 불꽃이 혀를 날름거렸다.

"다 끝나면 불러." 그녀는 이렇게 말하고 쿵쿵거리며 거실을 떠났다.

잠시 후 위층에서 시끄러운 기타 음악 소리가 들려오기 시작했다―영 새비지스였다. 나는 십오 분 동안 유콘 골드러시에 대한 내용을 읽어보려 애쓰다가 포기하고 말았다. 그리고 계단 발치로 가서 데브스를 소리쳐 불렀다. 아무 대답이 없어서 나는 위층으로 올라가 불쾌한 무조음악이 흘러나오는, 그녀의 이름이 붙어 있는 문을 찾아갔다. 그러고는 문을 두드렸다.

데브스가 문을 확 열어젖히더니 나를 노려봤다.

"음악소리 좀 줄여줄 수 없을까?" 내가 말했다. "집중이 안 돼서."

"여기가 누구 집이지?" 시끄러운 기타 소리 사이로 그녀가 외쳤다.

"어…… 너희 집."

"그런데 왜 내가 음악소리를 줄여야 하지?"

"집중이 안 돼. 어디에도 집중할 수가 없어."

다음에 무슨 말을 꺼낼지 고심하는 듯 그녀가 입술을 깨물었다.

"나 좀 도와줄 수 있어?" 내가 물었다.

"뭘 하려는 건데?"

"내 숙제?"

"그러니까 내 말은, 그게 뭐에 대한 건데?"

"『야성의 부름』의 어떤…… 역사적 맥락과 관련된 글을 써야 해. 그러니까 유콘의 골드러시에 대해서. 유콘은 캐나다 북서부 지방에 있고, 골드러시는 19세기 말에 일어난 일이야." 나는 검지손가락으로 이마의 옆부분을 톡톡 두드렸다. "아무것도 들어오지가 않아."

그녀의 얼굴은 무표정했다.

"내가 머리가 나쁘거나 그런 건 아닌데 말이지."

그녀는 내 면전에서 문을 확 닫더니 음악을 끄고는 다시 문을 열고 나와 몹시 화가 난 듯한 기세로 나를 급히 지나쳐갔다.

"고마워." 그녀를 따라서 계단을 내려가며 내가 말했다.

그녀는 소파의 내 옆자리에 앉아 다리를 올리고 몸을 동그랗게 만 채 아무 말도 없이 내 어깨 너머로 노트북 화면을 읽거나 자기 책(에밀리 브론테)을 읽었다.

어떤 이유에선지 단어들이 머릿속으로 들어오기 시작했다. 쉽진 않았지만 그래도 들어왔다. 머리가 다시 작동하기 시작하는 것 같았다. 낡은 태엽 장치 기계가 진창을 뚫고 움직이는 것처럼. 나는 연결이 안 되는 문장들로 연습장에 글을 썼고, 사십 분 후에는 글이 완성되었다.

"고마워." 나는 말했다.

데브스는 대답하지 않았다. 그녀는 여전히 소파에 앉아 다리를 접어 깔고 앉은 채로 내 어깨 너머를 쳐다보고 있었다. 그녀의 팔은 내 팔에 기대어져 있었다.

그녀가 한쪽 손바닥을 내밀었다. "그럼 이제 돌려줘."

그녀는 노트북을 받아 탁자에 내려놓은 뒤 화덕 앞에 웅크리고 앉았다. 올라간 티셔츠 아래로 등뼈의 관절이 보였다. 화덕의 금속 문이 철커덕하고 닫혔다.

"학교에서 다른 애들한테 내 부모님에 대해 말한 적 있어?" 내가 물었다.

그녀가 어깨 너머로 나를 돌아봤다.

"왜?"

"어떤 애들이 나를 부모 죽은 애라고 부르기 시작했어."

데브스의 표정이 일그러졌다. "쓰레기 같은 놈들!" 그녀는 잠시 딴청을 피우다가 다시 내게 집중했다. "나 말고 또 누구한테 말했는데?"

"스티브 스콧."

그녀가 콧방귀를 뀌었다. "흥, 그럼 답은 나왔네."

그녀는 고개를 돌려 호박색 불꽃을 응시했다.

한동안 우리는 불꽃을 바라보았다.

"도로에 늑대가 있었어." 나는 말했다. "늑대 때문에 사고가 난 거야."

그녀가 다시 몸을 돌렸다.

"아빠가 늑대를 피하려다가 사고가 일어났어."

데브스의 얼굴이 변했다. 그녀의 눈은 더이상 강렬하게 번득이지 않고 좀더 촉촉해진 것 같았다.

"우리는 거꾸로…… 뒤집혔어. 내 눈앞에…… 엄마와 아빠가 보였어, 무슨 말인지 알겠어?" 내 목소리는 가냘프게 느껴졌다. 불꽃이 마른 장작을 집어삼키는 소리가 들렸다. "그러고는 어떤 사람들이 왔어."

그녀는 엄지손가락으로 자기 발바닥을 꾹 눌렀다. 침묵이 너무 오래 이어지는 듯했다. 나는 말했다. "왜 너는 학교에서 늘 혼자인 거야?"

데브스는 무릎을 가슴 언저리까지 끌어당긴 다음 슬개골 위에 뺨을 얹은 채 완전히 멍한 표정을 지었다. 비몽사몽인 듯한 목소리로 그녀가 말했다. "다른 애들이랑 통하는 게 하나도 없어."

침묵, 긴 침묵이 언덕을 올라오는 차 소리에 깨졌다.

"우리 아빠야." 그녀는 자리에서 일어나 안락의자에 몸을 던지더니 팔꿈치를 팔걸이에 올리고 손가락 끝을 탑 모양으로 맞댔다. "네 마음에 쏙 들 거야." 그녀가 빈정거리듯 말했다.

머지않아 뒷문이 열리는 소리가 들렸다. 거의 곧바로 거실문이 가볍게 열리더니 검은 목양견이 안락의자의 모퉁이를 돌아서 들어왔다. 눈에 하얀 안대를 하고 있었다. 뒤이어 그녀의 아빠가 들어왔다—두꺼운 렌즈 너머로 눈동자가 빙빙 돌고 추위로 코가 빨개진, 안경을 낀 그 미치광이 농부.

"너!" 그가 말했다. 그의 시선이 데브스에게로 향했다. "저 녀석이 네 친구냐?"

그녀는 방어적으로 팔짱을 끼었다. "네. 그래서 뭐요?"

그 말은 내가 실제로 그녀의 친구라기보다는 그저 자기 아빠를 짜증나게 하려고 한 말 같았지만 그래도 그런 말을 들으니 기분이 꽤 좋았다.

"짐작은 했지." 코를 훌쩍이고 칙칙한 방수포 외투를 벗으며 그가 말했다. 그는 허리를 숙여 부츠 끈을 풀었다. "늑대들의 친구거든, 저 녀석은."

"저는 늑대들의 친구가 아니에요."

그가 천천히 자세를 바로 했다.

베네딕트 집안의 내력이 분명한 강렬한 눈빛으로 그가 나를 노려보는 몇 초 동안 침묵이 흘렀고, 마침내 그가 몸을 움직였다. 그는 날카롭고 거의 공격적인 동작으로 쉭 소리를 내며 거실을 빠져나갔다.

"얘는 점심도 먹고 갈 거예요!" 그가 나갈 때 데브스가 외쳤다.

그녀는 자리에서 일어나 문을 닫고 다시 앉았다.

문이 벌컥 열렸다.

"더 있다 갈 거라면 둘이서 나 좀 도와라."

데브스가 입을 일그러뜨리며 하늘을 향해 눈을 치켜떴다.

"고달픈 인생이지, 안 그러냐?" 그녀의 아빠가 말했다. "채소 좀 갖다주렴. 만일 그게 네 고귀한 일요일을 망치는 일이 아니라면 말이야."

깊은 한숨을 내쉬며 데브스가 의자에서 힘겹게 일어났고, 우리는 진흙이 흩뿌려진 뒤쪽 포치로 갔다.

"자, 여기." 감자, 당근, 파스닙, 양파, 콜리플라워를 내게 건네며 그녀가 말했다.

그녀의 아빠는 부엌에서 싱크대 위로 몸을 숙인 채 얼굴을 문질러 씻고 있었다. 그는 얼굴을 닦은 키친타월을 공처럼 뭉쳐서 스윙빈*에 던졌는데, 어찌나 세게 던지는지 스키틀**이라도 쓰러뜨리려는 것 같았다.

데브스는 아빠와 함께 이리저리 움직이며 정리를 하고 도구를 꺼내고 설거지를 했다. 오븐이 부엌을 아주 뜨겁게 달구어서 마당 쪽으로 난 창문에 김이 서렸다.

"그럼 오늘 아침에 늑대는 좀 잡았나요, 아빠?"

---

* 뚜껑이 회전하며 저절로 닫히는 쓰레기통.

** 볼링핀과 비슷하게 생긴 아홉 개의 나무 막대를 세워놓고 공을 굴려 쓰러뜨리는 게임.

"오, 물론이지. 한두 마리 정도."

"아빠는 고원지대에 늑대가 있다고 생각해." 그녀가 내게 설명했다.

"오, 분명히 있지."

"다들 아빠가 미쳤다고 생각해요."

"네가 언제부터 다른 사람들 생각에 신경썼다고 그러냐? 어쨌든, 쟤는 내 말을 믿어." 그녀의 아빠가 채소용 칼로 나를 가리켰다.

"쟤도 이름이 있다고요." 데브스가 말했다.

그녀의 아빠는 여전히 나를 응시하고 있었다. 그는 기이한 침묵을 만들어내는 재주가 누구보다 뛰어났다.

"루크예요." 나는 말했다.

"오, 쟤는 내 말을 믿지, 그래." 그녀의 아빠는 이렇게 말하고 몸을 돌려 다시 채소를 썰었다.

데브스는 검지손가락을 관자놀이 쪽에 가져가서 빙글빙글 돌리며 아빠가 제정신이 아니라는 제스처를 취했다.

언덕 위로 차가 올라오는 소리가 들리더니 스테이션왜건이 덜컹거리며 마당으로 들어왔다.

"맙소사 다행이네, 정신이 좀 온전한 사람이 와서." 데브스가 말했다.

잠시 후 그녀의 엄마가 들어왔다.

"안녕, 여보. 오, 벌써 시작했구나."

"루크는 점심 먹고 갈 거예요. 아빠가 늑대 얘기로 루크를 겁주고 있었어요."

"셰리든." 데브스의 엄마가 꾸짖었다.

셰리든 베네딕트. 할머니가 이상한 사람이라고 말했던, 텔레비전에 나온 그 농부. 나는 그때까지 텔레비전에 나온 그 사람과 고원지대의 미치광이를 연관 짓지 못했었다. 진작 알아차렸어야 했다. 이제 명확해졌다. 내 머리는 확실히 제대로 돌아가지 않고 있었다.

"잘 만나고 왔어?" 셰리든 베네딕트가 아내에게 말했다.

"응. 너희 할머니도 거기 계셨어, 루크. 지역 하원 의원을 만나러 가셨단다."

"뭣 때문에요?"

"마을 약국이 폐쇄돼서." 그녀는 이어서 남편에게 말했다. "이브 랜스데일은 루크의 할머니야."

"그래?" 그가 말했다. "로스트비프는 준비됐어. 차 한잔 줄까, 여보?"

"부탁해. 나는 요크셔푸딩을 만들게. 아이스크림 남은 게 좀 있나?"

"잘 모르겠네." 아내를 대할 때의 그는 다른 사람 같았다. 좀더 부드러웠다.

"확인해줄래? 오늘은 손님이 오셨으니까." 그녀가 나에게 미소를 지어 보였다.

그가 아내의 머그잔에 차를 따라주었다.

"같이 가서 아이스크림 가져오는 걸 좀 도와다오, 늑대 소년. 너에게 보여주고 싶은 것도 있으니."

"걔 이름은 루크예요." 데브스가 말했다.

나는 자기도 아빠는 어쩔 수가 없다는 표정을 짓는 데브스를 힐끗 쳐다보고는 셰리든 베네딕트를 따라서 밖으로 나갔다.

나는 그와 최대한 멀리 떨어져서 걸어가려 애썼다.

우리는 바닥이 콘크리트로 된 음울한 별채로 들어갔다. 나는 문가에 머물렀다. 구석에 관棺과 길이가 비슷한 흰 냉동고가 서 있었다. 냉동고가 고무 패킹 소리와 함께 열리더니 얼어붙은 숨결을 내뱉었고, 그는 곧장 몸을 숙여 성에 속에 머리를 처박은 채 상자와 봉지들을 이리저리 헤쳤다. 흐릿한 빛이 비치는 벽에는 거대한 호수 지도가 걸려 있었다―쫙 벌린 손가락처럼 펼쳐진 산들, 그 사이의 긴 호수들. 그리고 그 위에 색깔 있는 핀이 꽂혀 있었다. 붉은색과 파란색. 여기저기 점점이.

"붉은색은 동물들이 죽은 곳이고, 파란색은 늑대가 목격된 곳이지."

셰리든 베네딕트는 양손에 바닐라 아이스크림 통을 들고 서 있었다. "내가 보여주고 싶었던 게 바로 저거야. 나는 그 늑대를 추적해서 사살할 거다. 놈을 죽이기 전까지는 절대 멈추지 않을 거야."

*

　로스트비프가 구워지는 동안 데브스와 나는 바보 같은 미국 연쇄살인마 드라마를 봤다. 얼마 후 그녀의 아빠가 다시 나타났다. 농부 옷을 갈아입고 면도도 하니 거의 보통 사람처럼 보였다. 그는 신문을 읽었다. 곧 데브스의 엄마가 데브스를 불러 식탁을 차리라고 했고, 나는 셰리든 베네딕트와 함께 앉아 피투성이 범죄 장면을 보다가 그의 이상한 침묵을 더는 견디지 못하고 그곳에서 도망쳐 데브스를 도우러 갔다.

점심식사

내가 지난 몇 달 동안 했던 식사 중 최고였다—로스트비프, 채소, 그리고 그레이비소스가 채워진 속이 움푹한 요크셔푸딩. 데브스는 채식주의자였다.

식사하는 동안 침묵이 흘렀다. 잠시 후 셰리든 베네딕트가 말했다. "다음주에 경매가 있어."

"뭐 살 게 있어요?" 데브스가 물었다.

"숫양, 아마도."

침묵. 달가닥거리는 그릇소리.

"읽고 있는 책은 어떠니?" 데브스의 엄마가 물었다.

"괜찮아요." 데브스가 말했다.

다시 침묵. 나쁘지도 좋지도 않았다. 그냥 침묵이었다.

"학교생활은 어떠니, 루크?" 갑자기 데브스의 엄마가 물었다. "잘 적응하고 있니?"

"네."

"시간이 걸리지." 셰리든 베네딕트가 말했다. 그가 내게 처음으로 해준 괜찮은 말이었다. "선생들은 바보야. 학생들도 대부분 바보고."

"고맙네요, 아빠." 데브스가 말했다.

"그들이 네게 무슨 짓을 하든 절대 마음에 담아두지 말거라. 만약 내가 이 집의 실세인 저 두 사람의 횡포를 일일이 마음에 담아뒀다면 말이야," 나를 향해 나이프를 까닥거리며 셰리든 베네딕트가 계속 말했다. "나는 살아남지 못했을 거야."

"그보다는 우리가 어떻게 당신을 견디고 살아남았는지 모르겠다고 해야겠지." 데브스의 엄마가 소리 내어 웃었다.

셰리든 베네딕트가 킬킬거렸다. "할머니랑 같이 사는 건 어떠니?"

"괜찮아요." 나는 어깨를 으쓱했다. "할머니가 일을 좀 많이 하시긴 해요."

셰리든 베네딕트가 웃음을 터뜨렸다. "옳소, 늑대 소년." 그러고는 둥글게 말아 쥔 주먹으로 식탁을 두드리며 갈채를 보냈다.

"세상에, 아빠는 지난 세기 사람 같아요." 데브스가 말했다.

"지난 세기 한복판의 사람이지." 그녀의 엄마가 말했다.

"흥, 그 망할 여자."

"셰리든!" 데브스의 엄마가 말했다. "그분은 루크의 할머니 잖아."

"아니……" 그가 투덜거렸다.

"두 분은 늘 다투셔." 데브스가 설명했다.

"뭣 때문에?" 내가 물었다.

"대부분 정치 문제로."

데브스의 엄마는 베네딕트 집안 특유의 눈빛으로 남편을 노려보고 있었다.

"미안하다. 늑대 소년." 그가 말했다. "기분 나쁘게 하려던 건 아니었어."

"얘 이름은 루크라고요!"

"괜찮아." 내가 말했다.

그가 내게 윙크했다.

데브스의 엄마는 데브스를 향해 눈을 굴렸고, 데브스는 소리 내어 웃었다.

"늑대에 대해 좀 아시나요?" 무슨 말을 하게 될지 확신하지 못한 채 내가 말했다. "늑대들의 우두머리는 한 마리가 아니래요. 수컷과 암컷이 **함께** 무리의 대장 역할을 맡는대요."

모두의 시선이 나에게로 쏠리는 듯했다.

"정말이니?" 데브스의 엄마가 말했다.

"네." 살짝 기분이 이상해진 내가 대답했다. 다들 내가 더 말해주길 기다리고 있는 것 같았기 때문이다. 그래서 나는 말했다. "그리고 새끼가 태어나면 나머지 늑대 무리 모두가, 암컷과 수컷이 **함께** 새끼를 돌본대요."

데브스가 다정한 목소리로 혼자 중얼거렸다.

"그게 정말이냐?" 셰리든이 물었다.

"네. 새끼를 돌보게 하는 호르몬 수치가 증가한대요. 심지어 수컷도요."

"그것 보세요." 이걸로 모든 문제가 해결됐다는 듯이 데브스가 말했다. "잘못 생각하고 있는 건 오직 인간들뿐이라니까요."

"글쎄." 그 사실을 듣고 놀라긴 했지만 그렇다고 입을 가만히 닫고 있을 수는 없다는 듯 그녀의 아빠가 말했다.

"늑대에 대해 좀더 말해주렴." 데브스의 엄마가 말했다.

내가 머릿속으로 흥미로운 사실들을 떠올리려 애쓰는 동안 오븐 위의 고양이들은 졸고 있었고, 목양견 폴카는 턱을 앞발에 얹은 채 깔개 위에서 졸린 듯 눈을 껌벅였고, 볼륨을 줄인 깡통 같은 라디오에서는 행복한 일요일 오후에 어울리는 노래들이 흘러나왔다. 자신의 가정을 이루기 위해 무리를 떠나는 늑대는 새로운 영역을 찾아 먼 거리를 여행한다고 말하려던 차에 라디오에서 내가 아는 노래가 나왔다. 차 사고가 난 바로 그 순간 라디오에서 나오던 노래. 내 모든 감정이 빠져나가버렸다.

"괜찮니?" 데브스의 엄마가 물었다.

"어서 늑대에 대해 더 말해줘." 데브스가 열띤 목소리로 말했다.

나는 말을 할 수가 없었고, 그들이 내가 말하길 기다리는 동안 끔찍한 침묵이 흐른 후 대화는 다른 화제로 옮겨갔다.

그리고 나는 혼자 멀리 떨어져 있는 듯한 기분이 들었다. 나 없이 모든 게 저 먼 아래에서 흘러가는 걸 지켜보는 듯한 기분이.

*

점심식사 후 돌아갈 준비가 됐을 때 데브스가 말했다. "그럼 학교에서 봐."

"그래." 나는 말했다. "도와줘서 고마워."

양손을 바지 뒷주머니에 찔러넣은 채, 그녀는 한쪽 어깨를 으쓱하며 아무것도 아니라는 듯 입을 삐죽거렸다.

"꼭 다시 놀러오렴, 루크." 데브스의 엄마가 말했다.

나는 고개를 끄덕였다.

"정말 안 태워다줘도 괜찮은 거냐?" 셰리든 베네딕트가 말했다. "곧 어두워질 텐데."

"별로 안 멀어요."

"도로를 따라서 가도록 해. 밤에 고원지대로 가면 안 된다. 그 늑대는 내 암양을 두 마리나 죽였거든."

"제발, 아빠." 데브스가 말하고는 휙 돌아서서 위층으로 사라졌다.

"분명히 말하건대 해가 지고 난 후에는 저 위로 가면 안 된다."

나는 작별인사를 하고 급히 집을 나섰다.

낮게 깔린 구름이 나를 위협했지만 어두워지려면 족히 한 시간은 더 있어야 할 것 같았다. 나는 뒤를 힐끗 돌아보며 셰리든 베네딕트가 보이지 않는 것을 확인하고는 산 쪽으로 향했다.

고원지대

나는 날이 얼마나 어두워졌는지 깨닫고 놀랐다. 구름이 더 낮게 내려온 것은 아니었지만 확실히 더 어두워져 있었다. 하지만 땅거미가 내리기에는 너무 이른 시간이었다. 이해할 수가 없었다.

고사리 사이로 헐떡이며 올라가는 동안 점점 더워진 나는 차가운 미풍이 불어오자 기뻤다. 골짜기에서 사슬톱이 윙윙거리고 개 짖는 소리가 들리더니 날이 어두워지기 시작했다.

멀리 저 앞쪽 아래 나무 사이로 할머니네 시골집의 불빛이 반짝이는 게 보였다. 내 위로는 산과 하늘이 거의 어둠에 잠겨 있었지만 산꼭대기의 길고 검은 능선은 간신히 구분할 수 있었다. 윙윙거리는 사슬톱소리가 멈췄다.

나는 시간을 확인했다. 밤이 되기에는 너무 일렀다. 그러다가 그 사실이 떠올랐다―그날은 10월의 마지막 일요일이었고, 그것은 시간이 바뀌었다는 뜻이었다.*

천천히 그 자리에 못박혀 꼼짝할 수 없는 느낌이었다.

칠흑 같은 어둠이 찾아오기 전까지 삼십 분이 남았을 거라는 생각이 들었다. 나는 허겁지겁 위로 올라갔다.

곧 고사리가 끝나는 지점에 이르렀지만 이제는 아침에 걸어왔던 길을 찾을 수가 없었다. 그래도 풀이 높이 자라 있지 않아서 길 없이도 앞으로 나아가는 데는 큰 무리가 없을 듯했다. 발이 기울어지자 나는 산비탈의 반대 방향으로 한 손을 뻗어 균형을 잡고 경사면을 따라 달렸다. 빠른 속도로 이동했지만 경사가 갈수록 가팔라져서 점점 더 조심스럽게 움직여야 했고, 한번은 발이 미끄러지는 바람에 산 아래로 굴러떨어지지 않기 위해 땅바닥에 딱 달라붙어야 했다. 보이지 않는 나락으로 추락할까봐 겁이 났다. 고원지대의 경사면 위에서 심장이 뛰었다. 희미하게 개 짖는 소리가 들렸다. 조금 위쪽에서는 땅이 뒤로 물러나며 평평해지는 듯해 나는 계속 올라갔고, 예상대로 바위 턱에 가까운 좀더 완만한 비탈을 발견했다. 나는 나

---

*서머타임은 유럽의 경우 보통 3월 마지막 일요일에 시작하여 10월 마지막 일요일 0시에 해제되며, 이때를 기준으로 한 시간 앞당겼던 시간이 원래대로 돌아온다.

아갔고, 얼마 남지 않은 빛 속에서 가끔 발을 헛디뎠다. 그러다가 덜컥 걸음을 멈추었다.

나는 움직이지 않았다. 그것도 움직이지 않았고, 어둠 속에서 우리는 서로를 마주보았다. 그러다가 그것은 고개를 숙이고 이빨로 무언가를 뜯었다. 마치 내게 벌어질 일을 경고하는 것 같았다. 대지를 잡아 뜯는 듯한, 산 자체를 잡아 뜯는 듯한 소리가 났다. 다음 순간 나는 그것이 무엇을 잡아 뜯고 있는지 알았다.

그것은 풀을 뜯고 있었다.

그것은 양이었다.

"매애애!" 내가 달려들며 외치자 암양은 휙 달아나버렸다.

나는 느린 구보로 언덕을 올라갔고, 셰리든 베네딕트의 멍청한 양에 대해 투덜거리며 서둘러 나아갔다.

이십 야드 앞에 아까 그 암양의 친구들이 있었다. 내가 다가가자 모두 조용해졌다. 전부 돌로 변하기라도 한 것 같았다. 바람이 잦아들었고, 이제 골짜기에서 개가 미친듯이 짖어대는 소리도 들을 수 있었다. 개의 야만적인 소리. 개의 쇠줄이 달가닥거리더니 녀석의 울부짖음이 겁먹은 간청으로 변했다. 산의 존재감이 더 강해졌다. 그리고 이제 거기에는 또다른 무언가가 있었다. 누군가가 나를 지켜보고 있다는 사실을 알았을 때처럼 등줄기를 따라 오싹 소름이 끼쳤다. 개의 소음이 멈추었고, 이어지는 침묵 속에서 나는 무언가 나쁜 일이 벌어지리라는 느낌에 휩싸였다.

그러고는 그 일이 벌어졌다.

그 형체가 내 앞에 나타났다.

암양들은 흩어졌고, 잔디 위로 양들의 발굽소리가 천둥처럼 울렸다.

그 형체가 다가왔다. 하지만 천천히.

나는 급히 비탈 아래로 내려갔다. 그러자마자 거의 바로 발꿈치가 잔디에 박히고 등이 땅에 부딪히면서 미끄러지고 말았다. 아마도 십오 야드쯤. 미끄러지다가 멈춘 순간, 그 형체가 나를 쫓아오는 모습이 보였다.

일어나자마자 두 발이 나의 통제를 벗어났고, 나는 다시 비탈 아래로 미끄러졌다. 다만 이번에는 멈추지 않았다. 나는 자갈 비탈로 미끄러져 내려갔다. 주위에서 작은 돌멩이들이 날카로운 소리를 냈다. 삼십 야드 아래에 비탈의 가장자리가 있었다. 가장자리 너머에는 아무것도 없었다.

아무것도.

미끄러지지 않으려고 두 팔을 뻗자 등이 쓸리며 화끈거렸다. 나는 자갈 비탈을 맨손바닥으로 누르며 팔다리를 벌렸다.

나는 미끄러지다가 획 멈추었다.

돌멩이들이 맞부딪치는 소리가 났다. 쉬익 하고 한줄기 먼지가 퍼졌다. 작은 돌멩이 하나가 내 소매에 튕겨 공중으로 솟아올랐다. 떨어지는 소리는 들리지 않았다.

나는 용기를 내어 고개를 움직였다. 십 야드 아래에 낭떠러지가 있었다. 위로는 자갈 비탈이 넓게 펼쳐졌고 그 가장자리에, 그 형체가 웅크리고 있었다. 그것이 내 쪽으로 오려면 미끄러지기 쉬운 성긴 땅을 건너는 위험을 감수해야만 했다.

나는 아래쪽을 다시 확인했다. 할머니네 시골집이 가까이 있었다. 나는 내려가는 길을 계속 주시하려 애쓰다가 대각선으로 몇 야드 아래쪽, 산이 아무것도 없는 허공을 향해 홱 꺾어지는 곳 바로 앞쪽에 듬성듬성한 풀밭이 펼쳐져 있는 것을 보았다.

나는 스스로에게 말했다. 침착하자.

팔과 다리를 넓게 벌리고 움직이는 나와 낭떠러지 사이에는 위험하고 성긴 돌멩이뿐이었고, 나는 듬성듬성한 풀밭 쪽으로 열심히 나아갔다.

한참 후에야 그곳에 이르렀다. 발에 닿는 잔디가 기분좋게 느껴졌다. 나는 줄타기하듯 그 좁은 길을 지나갔고, 지면이 넓어지자 달리기 시작했다. 곧 숲으로 쭉 이어지는 더 넓은 비탈에 이르렀고, 나는 급하게 돌진하다가 중력에 이끌려 균형을 잃었다. 다리가 몸을 따라가지 못하고 팔이 풍차처럼 돌아가면서 나는 넘어지고 말았다.

나는 땅 위의 튀어나온 부분에 걸려 공중제비를 넘었고, 실제로는 아마 일 초보다 짧았겠지만 아주 길게 느껴진 시간 동안 공중을 날다가 길쭉한 수십 개의 무언가에 찔리며 비명을 질렀다. 세상이 빙빙 도는 가운데 나는 잠시 동안 거기 매달려 있었는데, 알고 보니 산사나무 덤불이었고, 거기서 빠져나와 일어서니 돌담 옆이었다. 나는 머리가 빙빙 도는 상태로 벽을 타넘은 다음 소란스럽게 숲속을 통과했다.

숨이 너무 턱 막히고 심장이 너무 크게 뛰는 탓에 그 형체가 뒤에 있는지 소리로는 알 수가 없었다. 나는 몇 차례 나무에 부딪혔고, 한번은 균형을 잃고 쿵 주저앉았다가 양손과 양 무릎으로 바닥을 짚고 일어나야 했다. 일어나자 머리가 핑 돌았다. 나는 할머니네 시골집으로 향하는 길을 정신없이 휘청이며 걸어가다가 텅 빈 공터에 이르렀다.

나는 샛길에 도착했다. 무릎은 삐걱거렸고 입은 맥없이 다물려 있었다.

시골집은 삼십 야드 떨어진 거리에 있었다. 나는 얼빠진 로봇처럼 빛을 향해 뛰었다. 용케 넘어지진 않았다. 무언가가 등 뒤의 아스팔트에서 쿵 하는 소리를 냈다. 발톱을 철컥거리며 재빠르게 달려오는 소리가 났고, 나는 전력으로 질주했다. 캐틀그리드에 이르자 그것을 풀쩍 뛰어넘었다. 나는 터닝서클을 가로질러 달려가 문에 쾅 하고 몸을 부딪쳤다.

"할머니!" 노커를 내리치며 내가 외쳤다.

그 짐승이 등뒤의 자갈에 발을 내디뎠다. 캐틀그리드를 뛰어넘은 게 분명했다.

문이 열리자 나는 안으로 쓰러졌다.

"오!" 할머니가 나를 내려다보고 서서 말했다.

"문 닫아요!" 나는 외쳤다.

"왜? 대체—?"

내가 문을 발로 너무 세게 닫아서 노커가 쿵 하고 튕기며 문을 때렸다.

"대체 무슨 놀이를 하고 있는 거니?"

"밖에 있어요!"

나는 거실로 기어간 다음 일어났다.

터닝서클은 텅 비어 있었다. 그러면 숲은?

땀이 식었다. 호흡이 점차 가라앉았다. 나는 몸을 떨었다.

아무것도 없었다. 하지만 나는 그것을 보았다. 그것을 보지 않았던가?

그리고 그것은 나를 따라왔다. 그렇지 않았던가? 나는 그것이 내는 소리를 들었다. 그렇지 않았던가?

할머니가 불을 켜자 창문은 거울이 되었다. 나는 숨이 턱 막혀 급히 커튼을 쳤다. 나무의 연기 냄새가 밴 커튼에 그대로 얼굴을 묻은 채 콧물을 흘렸다.

할머니가 내 어깨에 손을 올리는 바람에 나는 화들짝 놀랐다. 할머니는 내 몸을 돌리려 애썼다. 나는 몸을 돌리려 하지 않았다. 할머니는 더 세게 내 몸을 돌렸다.

나는 할머니를 마주보았다. 그러고는 나무 마룻장으로 시선을 떨구었다. 마룻장의 옹이로, 못이 박힌 검은 구멍으로.

"목욕물을 받아주마."

할머니는 위층으로 올라갔다. 욕조로 물이 쏟아지는 소리가 들렸다. 나는 양손으로 머리를 감쌌다.

오랫동안 그렇게 있다가 턱에 무언가 부드러운 게 닿아서 눈을 떠보니 가슴에 흰 타월이 내밀어져 있었다. 나는 할머니의 앙상하고 가는 손이 내 정수리에 닿는 것을 느꼈다. 그러자 갑자기 무언가가 치밀어올랐고, 나는 흐느껴 울기 시작했다.

나는 배가 아플 때까지 흐느껴 울었다.

"어서 씻으렴, 루커스. 안 그러면 독감에 걸릴 거야."

나는 움직이지 않았고 할머니는 내 머리를 계속 쓰다듬어주었다. 마침내 나는 타월을 들고 위층으로 올라갔다.

뜨거운 물이 뜨거운 욕조에 떨어졌고, 전등 불빛 속에서 수증기가 뭉게뭉게 피어올랐다.

나는 옷을 벗고 욕조에 물이 차오르길 기다렸다.

나는 그것이 여전히 기다리고 있을지 궁금했다. 그 형체가, 그 괴물이, 그 짐승이.

기도

그날 밤 잠자리에 들어서도 늑대를 떨쳐버릴 수가 없었다. 녀석은 바깥의 추위 속에, 흐르는 구름과 삐걱거리는 나무 아래에, 세찬 개울 옆에 숨어 기다리고 있었다.

나는 칼을 꺼냈다. 어둠 속에서 칼날이 창백하게 빛났다. 나는 손잡이를 꼭 쥐고 차가운 금속 부분을 가슴에 평평하게 갖다대고 눌렀다.

그때 늑대가 정원으로 들어왔다.

나는 창가로 가서 커튼 사이로 고개를 내밀 수 있었고, 그랬다면 녀석을 봤을 것이다. 녀석은 고개를 들고 그 호박색 눈을 내 눈과 마주쳤을 것이다. 하지만 나는 창가로 가지 않았다. 나는 칼을 붙들었다. 세게 움켜쥐었다. 온몸의 근육을 다 쥐어

짰다. 눈을 꼭 감았다. 기도를 읊조렸다―**물러가라, 물러가라, 물러가라.** 입술과 혀가 건조하게 맞부딪혔다.

그때 그 소리가 들렸다.

내 방 아래, 집 뒤쪽 어딘가에서.

문을 발톱으로 할퀴는 듯한, 길게 긁는 소리.

그것이 안으로 들어오려 하고 있었다.

간이 축구장

11월. 서리. 헐벗은 나무들. 낮이 되어도 날은 별로 밝아지지 않았다. 세상의 기분이 나의 기분과 일치했다.

어느 날 아침 자전거를 타고 등교하다가, 분홍색 장밋빛 구름이 걸려 있는 산의 윗부분을 제외하고는 온통 푸르른 하늘을 새들이 긴 V자 대열을 이룬 채 떠오르는 태양을 향해 빠르게 날아가는 모습이 보였다. 녀석들이 머리 위로 지나갈 때 희미하게 끼루룩끼루룩 우는 소리가 들렸다―거위였다. 모두가 이곳을 떠나가고 있었다. 헐벗은 나무 사이로 새집이 보였는데, 잔가지를 엮어 만든 검은 그릇 같은 새집들은 물기에 젖은 채 텅 비어 있었다. 잠든 산에서 유일하게 움직이는 것은 하얗게 부서지며 흐르는 급류뿐인 듯했다. 그리고 그것은 사실이었다. 왜냐하면 농부들이 고원지대에 있던 양떼를 모두 데려가버렸기 때문이다—지금까지 총 여덟 마리가 죽임을 당했다. 가축이 죽임을 당했다는 뉴스가 거의 매일 밤 들려왔다. 농부들은 조치를 요구했다. 셰리든 베네딕트뿐만 아니라 다른 농부들도. 어느 날 밤 나는 텔레비전에서 길고 검은 총집을 어깨에 두른 농부들을 보았고, 그 안에 라이플총이 들어 있다는 할머니 얘기에 셰리든이 했던 말이 떠올랐다—늑대를 죽이기 전까지는 절대 멈추지 않을 거라는 말이.

때로 나는 녀석을 느꼈다. 학교의 전나무 숲에서 나를 지켜보는, 혹은 내가 어둠 속에서 자전거를 타고 집으로 돌아갈 때 옆에서 따라오거나 나무 사이에서 어른거리는 녀석을.

나는 그 허물어져가는 오두막 옆에서 데브스를 만나곤 했다. 우리는 깔판에 몸을 기댔고, 그녀가 담배를 피우며 이야기하면 나는 들었다. 그녀는 온갖 것들에 대해 이야기하길 좋아했다. 동급생들, 선생님들, 자기 부모님, 우리 할머니, 음악, 책, 영화. 그리고 때로 아무 말이 없는 날도 있었다. 우리는 전나무 숲의 어둠을 마주한 채 거기 몸을 기대고 있었다. 그러다 그녀는 책을 읽었다.

그러던 어느 날 데브스를 만날 거라고 기대하며 오두막의 모퉁이를 돌았는데 대신 스티브 스콧, 앨릭스, 제드가 거기 있었다. 몇몇 다른 애들도. 스타자크족 전원이었다. 그들은 큰

원을 이루며 모여 서 있었다.

"부모 죽은 애!" 앨릭스가 새된 소리를 질렀다.

원이 열렸다가 나를 둘러싸며 다시 닫혔다. 스티브 스콧은 아무 말도 하지 않았다. 젤이 제대로 발리지 않은 머리 몇 가닥이 휘어져 귀 위로 튀어나와 있었지만, 나머지 부분은 완벽했다.

제드가 심하게 몸을 흔들며 기침했고 다들 웃음을 터뜨렸다. 그는 유독 고약한 냄새를 풍기는, 손으로 만 담배를 들고 있었다.

"이리 줘, 제드." 앨릭스가 말했다.

제드가 또다른 소년에게 담배를 넘겼다.

"야." 앨릭스가 제드를 밀며 말했다. "내 차례였잖아."

제드가 멍한 표정으로 히죽거렸다.

"쟤 완전 취했네!" 스티브가 말했다.

"이리 줘." 앨릭스가 담배를 든 소년에게 말했지만 소년은 주지 않았고, 앨릭스는 돌아서서 화를 내며 제드를 밀쳤다. 천천히, 제드가 몸을 돌렸다. 천천히, 거대한 팔뚝이 아나콘다처럼 앨릭스의 목을 휘감았고, 앨릭스는 천천히 몸을 숙이다가 마침내 허리가 완전히 꺾였다.

"저녁때쯤에는 유명해져 있겠는데." 스티브가 이렇게 말하며 휴대폰을 꺼내 둘의 동영상을 찍었다.

다들 웃음을 터뜨렸다. 심지어 그때까지 한 번도 웃는 걸 보지 못한 제드까지도.

갑자기 무슨 덫에서 빠져나온 것처럼 앨릭스가 풀려났다. 여드름 난 얼굴이 더 붉어진 채 앞으로 획 튕겨나왔다. 그러고는 휴대폰 카메라를 봤다. 그는 눈물을 참으며 눈을 빠르게 깜박거렸다. 겁먹은 눈으로 원을 이룬 아이들을 획획 둘러보던 그가 나를 발견하자마자 곧장 앞으로 나와서 내 목에 팔을 감으며 헤드록을 걸었고, 나는 목이 부러지는 것을 막기 위해 몸을 구부려야 했다. 그가 다른 쪽 손을 올려 자기 손목을 붙잡으며 내 목을 더 단단히 조였다.

"맛이 어때, 부모 죽은 애?" 앨릭스가 낑낑거리며 말했다.

나는 숨을 쉴 수가 없었다. 끝부분이 닳은 그의 두툼한 검은 신발이 보였다. 다른 쪽보다 긴 한쪽 신발끈이 진흙 위에 늘어져 있었다. 그의 재킷은 구명 튜브처럼 허리 부분이 부풀어 있었다. 나는 그의 다리 사이로 주먹을 날렸다.

그가 말처럼 낑낑거리며 나를 놓아주었다.

나는 털썩 웅크리고 앉았다. 기이한 침묵이 이어졌다. 나는 움직이고 싶지 않았다. 목이 좀 이상했다.

천천히, 나는 고개를 좌우로 돌렸다. 그리고 목을 문질렀다. 나는 몸을 떨며 자세를 바로 했다.

다들 나를 쳐다보고 있었다.

"부모 죽은 애가 거의 죽을 뻔했군." 여전히 사타구니를 움켜쥔 채 앨릭스가 말했지만 아무도 웃지 않았다.

"괜찮아, 친구?" 스티브가 물었다.

나는 단호한 걸음으로 성큼성큼 그곳을 빠져나갔다.

"어이!" 스티브가 외쳤다. "친구!"

그가 긴 풀 사이를 재빨리 가르며 나를 쫓아오는 소리가 들렸다.

스티브가 나를 따라잡았다.

그의 팔이 내 어깨에 올라왔다.

나는 몸을 홱 돌렸다. "나한테서 떨어져."

"친구." 양 손바닥을 들어올리며 스티브가 말했다. "쟤가 진심으로 그런 건 아니야. 쟤는 얼간이라고."

나는 그의 말을 무시했다.

내가 학교 건물의 지붕 있는 통로에 이르렀을 때 그가 다시 나를 따라잡았다. 나는 문을 밀어 열며 번잡한 복도로 들어갔다.

"친구." 소매를 잡아당기며 스티브가 말했다.

나는 걸음을 멈추고 그를 마주보았다. 그는 미소를 짓고 있었는데, 이번에는 빈정거리는 미소가 아니었다. 목이 아팠다.

"다들 너를 좋아해. 수업 끝나고 너도 우리랑 같이 놀자. 우리 형네 집에 놀러갈 거야."

"싫어."

"나도 그게 어떤 기분인지 알아." 그가 말했다.

나는 그를 멍하니 쳐다보았다.

"사람들이 곁을 떠나는 게 어떤 기분인지 나도 잘 알아."

그는 내 부모님에 대해 말하고 있었다. 내 부모님에 대해 말하고 있었던 게 맞나?

"우리 아빠도 우리를 떠났어. 형과 나를. 나도 똑같아."

머리로 피가 솟구치면서 주변의 아무것도 보이지 않았다. 똑같다고? 그게 똑같은 거라고? 나는 앞으로 다가가 양팔을 올려 쭉 뻗으며 양 손바닥으로 그의 가슴을 쳤다. 그러자 그는 비틀거리며 복도 뒤로 물러났다기보다는 되감기 버튼을 누른 것처럼 종종걸음으로 뒷걸음질쳤다. 그리고 쿵 소리를 내며 반대편 벽에 부딪혔는데 소리가 너무 커서 복도에 있던 여자애 둘이 대화를 멈추고 쳐다봤다.

"네 멍청한 아빠 따위는 내 알 바 아니야, 이 머저리야."

스티브의 얼굴은 충격으로 무방비 상태가 된 듯 보였다─ 그가 그런 표정을 지은 건 그때가 처음이었다. 그 충격은 거의 곧장 거친 두려움으로 바뀌었는데, 나는 이해가 되지 않았다. 왜냐하면 그는 나보다 덩치가 컸고 싸움에도 익숙했기 때문이다. 그러더니 산에 황혼이 깃들듯 그의 얼굴에 무표정이 깃들었다.

"너는 그러지 말았어야 했어." 그가 말했다.

나는 무시하듯 손을 흔들며 그곳을 떠났다.

"너는 그러지 말았어야 했어." 내 등뒤에 대고 그가 말했는데, 나를 두렵게 한 것은 그가 한 말이 아니라 그의 조용한 어조였다.

*

나는 흐릿하고 축축한 빛 속에서 자전거를 타고 집으로 돌아가며 늑대의 시선을 느낄 때마다 어깨 너머를 힐끗거리곤 했다. 황혼 속에서 이 방 저 방을 돌아다니며 창가에서 숲과 산 쪽을 확인하곤 했다. 그리고 큰부리까마귀가 선회하다가 날개를 퍼덕이며 들판에 내려앉는 모습을 지켜보곤 했다. 녀석이 늦은 오후에 소동을 피우는 소리를 듣곤 했다. 나는 사무실에 있는 할머니에게 전화해서 돌아오는 길에 도사리고 있는 위험을 상기시켜주곤 했다.

학교에서는 계속 고개를 숙이고 다녔다. 도서관에 머물거나 건물 입구의 홀에서 어슬렁거렸다. 허물어져가는 오두막이나 운동장 근처에는 가지 않았다.

어느 날 밤 맹렬한 폭풍 속에서 잠을 깼다. 바람의 주먹질에 시골집이 흔들렸다. 창틀 틈새로, 문틈으로, 마룻장 틈새로 추위가 들어오는 게 느껴졌다. 나무들이 삐걱거렸다. 나뭇가지

190

가 딱 하고 부러졌다.

늑대가 집으로 들어왔다.

방문 아래로 빛이 새어 들었다. 나는 벌떡 일어나 그쪽으로 달려가서 문을 활짝 열었다.

"할머니!"

할머니는 잠옷 차림으로 욕실 문간에 서서 얼굴을 찌푸린 채 졸린 눈으로 나를 쳐다보았다.

"깨워서 미안하구나." 할머니가 말했다.

할머니는 욕실로 들어갔다.

나는 몸을 떨었다.

변기의 물이 내려갔고 층계참의 불이 꺼졌다. 늑대는 시골 집의 어둠 속으로, 폭풍 속으로, 잠 속으로 서서히 물러났다.

*

폭풍이 지나간 다음날 아침의 쉬는 시간에 나는 데브스를 찾으려 했다. 대신 나는 거대한 침낭처럼 보이는 길고 검은 외투를 입고 있는 맬키를 찾았고, 그는 잔디 언덕에 한번 가보라고 말했다.

"거기가 어딘데?"

코를 훌쩍이며 그가 길을 알려주었다. 나는 학교를 빠져나가 오르막을 오른 뒤 버스 정류장을 지나 큰길로 갔다. 큰길 맞은편에는 돌담에 받쳐놓은 디딤대가 있었고, 그 너머에는 나무 사이를 지나 위로 이어지는 진흙길이 있었으며, 그 길을 따라 올라가자 잔디 언덕이 펼쳐졌는데 그곳에 폭이 넓고 구부러진 오크나무가 한 그루 서 있었고 그 나무의 거대한 뿌리 위에 데브스가 야상 재킷을 걸친 채 등을 구부리고 앉아 있었다.

그녀는 책을 읽는 중이었다.

"그 책 재미있어?" 내가 가까이 다가가며 물었다.

그녀는 대답하지 않았다. 에밀리 브론테의 책은 다 읽은 게 분명했다—새로운 책의 제목은 '한밤이여, 안녕'[*]이었다. 그녀는 껌을 씹으며 담배를 피웠다.

나는 코를 훌쩍였다.

데브스가 내게 콧물 범벅의 구겨진 휴지를 건넸다.

"어…… 고맙지만 괜찮아." 내가 말했다.

담배 연기와 뒤섞인 새하얀 입김이 피어올랐다.

"그 책은 무슨 내용이야?"

그녀는 내가 표지의 소개글을 읽을 수 있도록 책을 휙 내밀었다. 나는 단어를 이해할 수 없었으므로 그냥 "오" 하고 말했다. 그녀는 나를 힐끗 쏘아보더니 다시 책을 읽었다. 나는 나

---

[*] 도미니카 소설가 진 리스의 장편소설.

무뿌리 위에 앉았다.

고개를 천천히 돌리며 그녀가 나를 응시했다. "방해할 거면 그냥 가줘."

나는 양 무릎을 끌어올렸다. 우리 둘 다 아무 말도 하지 않았다. 마지막 남은 구릿빛 낙엽 몇 개가 나무 위쪽 높은 곳에서 산들바람에 바스락거렸다. 그녀는 건조한 책장을 넘겼다.

그 그림자 같은 형체. 그것이 때로 내 안에서 모습을 드러냈다.

그녀는 내게 무슨 일이 있는 것 같다고 느꼈는지 "괜찮아?" 하고 물었다.

나는 말을 할 수 없었다.

거미 한 마리가 내 다리를 따라 움직이고 있었다. 거미의 검은 배가 햇빛에 빛났고 작은 다리도 반짝거렸다.

"저것 좀 봐!" 내가 말했다.

거미는 줄을 타고 풀밭으로 내려갔다.

나는 아무 말도 하지 않았다.

그녀 역시 아무 말도 하지 않았다.

"나는 나 자신이 걱정돼." 내가 말했다.

데브스가 책을 내려놓았다. 책장이 내는 부드러운 소리가 들렸다.

가까이 다가온 그녀의 냄새가 났다―스피어민트와 담배

냄새.

　부드럽게, 그녀의 책장보다 더 부드럽게 데브스가 말했다. "무슨 일인데 그래?" 그녀가 들려준 가장 부드러운 목소리였다.

　"지난밤에 늑대가 왔어."

　"아."

　"시골집 안으로 들어왔어."

　그녀가 공처럼 말아 쥔 주먹으로 내 척추와 어깨 사이의 부드러운 부분을 가볍게 세 번 두드렸다. 마치 문이라도 두드리듯이. 그러고는 이마를 내 어깨에 부딪쳤다.

　허공을 가르며 종소리가 울렸다.

　"수업에 늦겠어." 그녀가 말했다.

　"그러게."

　"또."

　"그러게."

　"그럼 가자."

　우리는 진흙투성이 산비탈을 걸어내려가 디딤대로 갔다.

*

　내가 들어가자 앤드루스 선생님이 말했다. "왜 늦었니?"

　나는 남은 자리에 앉았다. 엄청나게 무거운 침묵이 흘렀다.

"왜지, 루커스?"

"『한밤이여, 안녕』에 대해 토론하느라 늦었어요."

순간적으로 선생님의 눈이 커지더니 그녀가 말했다. "음, 진리스에 대한 토론은 개인적인 시간에 해줬으면 좋겠구나. 자, 누구든 대답해보렴. 왜 손턴은 햄과 다른 사람들이 벅을 데리고 언 강을 건너게 하지 않았을까?"

"얼음은 녹을 거고, 그러면 벅은 익사할 테니까요." 누군가가 말했다.

"왜냐하면 그들은 멍청하니까요." 다른 누군가가 말했다.

"그들이 왜 멍청하지?" 앤드루스 선생님이 물었다.

"루커스한테 물어보세요." 스티브 스콧이 나직한 목소리로 말했다. "쟤는 위험한 상황에서 저지르는 멍청한 짓들에 대해 잘 알거든요."

"둘이 다투는 건 교실 밖에서 하렴, 스티브. 그리고 질문에 대답해야지. 작가는 왜 그들이 멍청하다고 생각하지?"

"오, 선생님, 그냥 농담이었어요." 스티브가 말했다.

"농담이라니, 헛소리."

"선생님이 '헛소리'라는 말을 쓰시면 안 되죠."

"그럼 정신적 외상에서 회복되거든 나를 고소하렴, 알겠니? 이제 질문에 대답해─그들이 왜 멍청하지?"

오만한 침묵이 이어졌다.

맬키가 코 막힌 소리로 말했다. "왜냐면 그들은 너무 문명화되어서 자연을 이해하지 못하니까요. 작가는 자연은 위험하고 만약 우리가 그걸 이해하지 못한다면 죽게 될 거라고 말하고 있어요."

"그럼 자연을 이해하려면 어떻게 해야 하지?"

맬키는 코가 막혀서 그의 대답은 **아성적이 대어야죠**처럼 들렸다. 모두가 웃음을 터뜨렸다.

"야성이겠지, 맬컴."

"그렇게 말했어요, 선생님. **아성에 부음.**"

모두가 폭소를 터뜨렸다. 스티브를 빼고. 나를 빼고.

*

늑대들은 무리 지어 산다. 녀석들은 무리 지어 사냥하고, 무리 지어 이동한다. 그리고 녀석들은 쫓겨나거나 스스로 떠나기 전까지는 무리에 머문다. 늑대 무리는 학교나 가족 같은 다른 모든 집단이 그러하듯 조직적이다. 늑대들은 무리에서 저마다 다른 역할을 맡는다. 이 역할들은 계급을 형성하고, 우두머리가 계급의 가장 윗자리를 차지한다. 우두머리들은 무리에서 가장 크고 힘센 늑대가 아닐 수도 있지만, 그래도 무리를 위해 결정을 내리는 것은 바로 그들이다. 우두머리들은 경호원의 도움을 받는데, 경호원 늑대는 보통 우두머리보다 더 크고 흔히 우두머리를 대신해서 싸운다. 그리고 밖으로 나가서 정찰하는 녀석, 위험에 대한 경계를 게을리하지 않는 녀석도 있다―바로 파수꾼이다. 그리고 마지막으로 계급의 맨 아래에 있는 늑대는 보통 몸집이 가장 작고 종종 다른 늑대들에게 괴롭힘을 당한다. 늑대들은 이 녀석에게 화풀이를 하고 이 녀석을 웃음거리로 삼는다. 싸우거나 떠나기를 택하지 않는 한 이 늑대는 계속 그 위치에, 사다리의 맨 아래에 머물 것이다. 방법은 두 가지뿐이다. 싸우거나 떠나거나.

*

한 주 후 점심시간에 있을 곳을 찾지 못한 나는 (잔디 언덕에는 커플들이 있었고, 허물어져가는 오두막 뒤에는 흡연자 무리가 있었고, 도서관에서는 공공 도서관 폐쇄와 관련한 회의가 열리고 있었다) 시끄러운 운동장 주변을 돌았다.

스티브 스콧이 간이 축구장에서 축구를 하고 있었다.

혼자 다니는 것의 문제는 무리의 표적이 되기 쉽다는 점이다. 나는 운동장을 벗어나 한 무리의 참새가 산울타리에서 행복하게 노래하고 있는 곳으로 갔다. 내가 다가가자 참새들은 입을 다물었지만 날아가지는 않고 머리를 잽싸게 움직이며 경

계 태세를 취했다. 자신들이 다시 노래를 부를 수 있게 내가
꺼져주기를 기다리며.

누군가의 손이 내 팔을 움켜잡았다.

"그렇게 놀랄 필요는 없잖아, 친구."

나는 팔을 빼내고 싶었지만 내가 겁에 질렸다는 사실을 드
러내고 싶진 않았다. 게다가 다른 손은 자유로우니 싸우려면
싸울 수도 있었다. "한 게임 할까?" 간이 축구장에서 축구를
하는 아이들을 턱짓으로 가리키며 스티브가 말했다.

"싫어."

그가 손을 놓았다.

"어서, 친구. 그날은 미안했어. 욱해서 그랬어, 응?"

나는 그곳에서 벗어나 걷기 시작했지만 그는 내 옆으로 급
히 다가왔고, 내가 더 빨리 걸어가자 그도 속도를 높여 나를
따라잡았다. 그와 부딪치는 걸 피하기 위해 나는 살짝 방향을
틀어야 했고, 그런 식으로 그는 나를 몰고 갔다.

우리는 간이 축구장으로 향하고 있었다. 다른 아이들은 경
기를 멈춘 채 우리를 쳐다보고 있었다. 앨릭스, 제드 그리고
다른 아이들. 우리는 간이 축구장 문에 이르렀다. 문이 열리면
서 끼익 소리가 났다. 등뒤에서 참새들이 깔깔거리기 시작했
다. 아주 우습다는 듯이.

나를 포함한 파이브 어사이드.

킥오프.

나는 윙을 맡았다. 게임은 조용하고 진지했다. 그러다가 누군가가 내게 처음으로 패스하자 스티브가 싸움을 걸었다. 그는 나를 펜스 쪽으로 내던졌다. 실제로 나를 양손으로 떠밀었는데, 심지어 그건 태클도 아니었다. 나는 공을 가슴으로 트래핑하다가 펜스 쪽으로 넘어졌다. 그러자 그가 나를 발로 찼다. 나는 몸 앞쪽을 보호하기 위해 양손과 무릎을 올렸지만 그가 내 한쪽 손을 짓밟았다. 공격을 막기 위해 끌어올린 정강이가 가장 큰 타격을 받았다. 다른 누군가가 합세했다—앨릭스였다. 혼자 웃는 소리. 숨을 내쉬는 소리. "어서." 스티브가 나지막이 말했다. 그것 외에는 둔탁하게 쿵쿵 때리는 소리밖에 들리지 않았다. 그만 멈추라는 나의 말은 심하게 떨렸다. 너무 많은 아이들이 내 몸을 때리고 있었다. 그러다 그들이 공격을 멈추었다. 내가 일어나려고 애쓰는 동안 그들은 다들 조용히 경기를 계속하면서 "패스!" "골!" 같은 소리를 이따금 외쳤다. 일 분 정도가 지난 후 겨우 일어난 나는 간이 축구장 펜스로 걸음을 옮겼다. 몸이 떨렸다. 한쪽 손이 욱신거렸다. 그 손은 쓸 수가 없어서 다른 손으로 문을 열어야 했다.

"또 봐, 친구!" 스티브가 외쳤다. "경기에 와줘서 고마웠어!"

나는 발을 질질 끌며 운동장을 가로질러갔다. 그리고 종이 울릴 때까지 화장실에 들어가 있다가 자전거 거치대로 걸어갔다. 자전거를 타려니 몸이 쑤셨고, 시골집에 도착해서는 곧장 침대로 갔다. 할머니가 돌아왔다. 나는 할머니한테 아프다고 말했다. 할머니는 차가 준비되면 부르겠다고 말했다. 나는 차는 마시고 싶지 않다고 말했다.

칼

아픈 몸으로 깊은 잠에서 깨어났을 때, 멀리서 개 짖는 소리가 들렸다.

몸을 옆으로 굴리자 갈비뼈에 발작적인 고통이 찌릿하게 느껴졌다. 가만히 있자. 움직이지 말자. 개 짖는 소리가 멈췄다.

정적.

너무나도 순수한 정적이어서 나는 수 마일 밖의 소리까지 들을 수 있었다―풀밭에 얼어붙는 서리, 슬레이트 타일을 움켜잡는 얼음, 나무를 뻣뻣하게 하는 영하의 소리를.

몇 분이 지나갔다. 그러고는 서리를 밟는 것처럼 부드럽게 삐걱거리는 소리가 들렸다.

나는 숨을 죽였다.

무언가가 뒷문을 열려고 했다. 조용한 쿵 소리가 뒤를 이었다.

나는 칼을 들었다.

몇 분 동안 오직 침묵만이 이어졌다.

늑대는 천천히 물러났다. 완전히 사라진 것은 아니고 다만 다른 어딘가로 갔을 뿐이었다.

나는 숨을 헉 들이켜며 일어나 앉았다. 나는 그것이 어디로 갔는지 알았다. 안쪽.

나는 침대에서 뛰쳐나와 쿵쿵거리며 깔개를 가로지른 다음 문을 활짝 열었다.

층계참의 어둠이 아가리를 떡 벌리고 있었다.

나는 할머니를 부르려고 숨을 들이마셨다―그러다가 멈추었다. 아마도 산속 개울에서 들려오는 듯한 희미한 소리 말고는 아무 소리도 들리지 않았다.

그 순간 나는 늑대의 존재를 느꼈다. 그것은 여기 있었다. 나는 칼을 내밀고 한 걸음 한 걸음씩 나아가며 층계참을 돌았다. 그리고 멈추었다.

할머니의 방.

빛나는 하얀 문.

나는 내 하얀 손가락이 앞으로 뻗어나가 손잡이를 잡고 아래로 내리는 것을 지켜보았다.

나는 문을 열었다.

귀를 기울였지만 아무 소리도, 심지어 숨소리조차 들리지 않았고, 나는 칼을 다잡은 채 방안으로 들어갔다.

어둠 속에서 미동도 없이 반듯이 누워 있는 할머니만 간신히 알아볼 수 있었다.

나는 다가갔다.

몸을 앞으로 기울였다.

아무 소리도 들리지 않았다. 숨소리도.

나는 할머니가 숨을 쉬는지 확인하려고 할머니 입 위로 손을 내밀었다.

할머니가 눈을 떴다.

"으음—"

나는 얼어붙었다.

"나가!" 퀴퀴한 숨이 폭발했다. "나가!"

침대 머리맡 등이 켜졌다. 할머니가 불빛에 눈을 찌푸리더니 시선이 칼로 향했다. 할머니가 비명을 질렀다.

나는 칼을 빤히 쳐다봤다.

"나가!"

나는 움직이지 않았다.

"나가!"

"할머니—"

"나가!" 할머니가 비명을 질렀다.

나는 달려나왔다.

방으로 돌아온 나는 칼을 서랍장 맨 위에 올려놓았다.

할머니가 층계참으로 나와 아래층으로 내려갔다. 부엌에서 할머니의 소리가 들리더니 계단 발치에서 할머니가 나를 불렀다. "루커스."

나는 문간으로 갔다. 마룻장이 삐걱거렸다.

"루커스."

할머니는 계단 발치에 서 있었다. 머리는 엉망이었다. 얼굴은 퉁퉁 부어 있었다.

"칼은 어디 있니, 루커스?"

"저는 할머니를 보호하려고 했던 거예요."

"칼을 가져다줄래?"

"저는 할머니를 보호하려고 했던 거예요."

"제발, 칼을 가져다줄래, 루커스?"

나는 칼을 가지고 나와 손에 꼭 쥔 채 아래로 내려갔다. 내려가는 내내 할머니의 눈길은 내 눈에 고정되어 있었다. 할머니가 손을 내밀었다. 나는 마지막 계단에서 걸음을 멈추었다. 그러고는 바닥으로 내려가 할머니의 손에 칼을 내려놓았다.

할머니는 나를 오랫동안 쳐다보더니 말했다. "재킷 입으렴."

"밖에 나가는 건가요?"

"아니, 추우니까."

204

나는 벽걸이 후크에서 재킷을 집어들었다. 할머니도 재킷을 집어들었다. 그런 다음 할머니는 난방을 틀었다. 그러자 나는 상황이 심각하다는 것을 알았다.

우리는 부엌으로 갔다. 보지는 못했지만 날붙이 서랍이 열렸다 닫히는 소리가 들렸고, 할머니가 돌아섰을 때 칼은 더 이상 보이지 않았다.

할머니는 주전자에 물을 끓여서 차를 두 잔 따랐다. 할머니가 우유를 꺼내려고 냉장고를 열자 냉장고가 끙 앓는 소리를 냈다. 할머니는 스푼으로 차를 젓고는 잠시 차가 우러나길 기다렸다. 나는 차를 마시지 않는다고 거듭 말할 용기가 나지 않았다.

뭔가 끔찍한 일이 벌어졌다는 것을 알았지만 그게 뭔지는 알 수 없었다.

할머니는 티백을 쓰레기통에 버린 뒤 머그잔 두 개를 내려놓고 앉았다. 나는 맞은편에 앉았다.

"내 의뢰인 중 한 명은 상처가 있는 여자였어."

할머니는 손가락으로 눈썹에서 빰까지 선을 긋더니 턱 쪽으로 곡선을 그렸다.

"남자의 짓이었어. 유리로 그런 거였지."

할머니가 왜 내게 그런 이야기를 하는지 알 수 없었다.

"어떤 남자들은 몹시 난폭해지기도 한단다, 루커스."

내 심장이 두 배로 빨리 뛰었다.

"전화로 연락해야 할 사람들이 있어."

"할머니."

"왜?"

"저는 그럴 의도가……" 나는 중얼거렸다.

"의도라니 무슨?"

나는 의자를 뒤로 밀면서 일어났다. "갈게요."

나는 위층으로 올라갔다. 그리고 학교 가방에 물건들을 쑤셔넣었다. 무슨 물건인지는 보지도 않았다. 할머니가 한 말이 정확히 무슨 뜻인지도 알 수 없었다. 내가 무언가 끔찍한 짓을 저질렀다는 것만 알 수 있을 뿐이었다.

끼쳐오는 시큼한 입냄새와 목욕 비누 냄새에 나는 몸을 돌렸다.

"왜 칼을 들고 내 방에 들어온 거니?"

"저는 할머니를 구하려고 한 거예요." 나는 이렇게 말했다. 목소리가 갑자기 잠겼다.

"무엇으로부터?"

나는 눈물로 눈이 흐려져 앞을 볼 수가 없었고, 그래서 학교 가방에 물건을 더 쑤셔넣었다.

"무엇으로부터?"

나는 양손을 말아 주먹을 쥐고 머리를 숙여 양손 아래로 넣었다. 할머니가 내 뒤로 가까이 다가오는 게 느껴지더니 할머니의 손바닥이 내 등에 놓였다.

"앉으렴." 할머니가 부드럽게 말했다.

나는 침대 끄트머리에 앉았고 할머니도 내 옆에 앉았다.

"저는 죽음을 불러와요." 나는 말했다.

"아니, 그렇지 않아. 무슨 일이 있었는지 말해보렴."

머릿속에 이미지 하나가 떠올랐다—밖으로 빠져나가려고 교도소 마당의 벽 쪽으로 뛰어오르는 여위고 작은 개 한 마리. 녀석은 빠져나갈 수 없음에도 벽 쪽으로 계속 몸을 던졌다. 몇 번이고 되풀이해서.

"나를 무엇으로부터 구하려던 거니?"

"무슨 소리가 들린 것 같았어요."

"무슨?"

"집안에서 무슨 소리가 들린 것 같았어요."

"그게 무슨 뜻이야?"

"저는…… 할머니가 돌아가셨고, 그리고, 그, 그…… 그게 할머니랑 같이 거기 있는 줄 알았어요." 나는 내 무릎을 빤히 쳐다봤다. 갑자기 기진맥진한 기분이 들었다.

"그거라니? 뭐가 나랑 같이 거기 있었다는 거야?"

나는 대답하고 싶지 않았다.

"무슨 조치를 취해야겠구나." 혼잣말을 하듯 할머니가 천천히 말했다.

　나는 할머니가 이제 나를 어딘가로 보내버릴 거라고 말하리라 생각하며 할머니를 쳐다봤다. 대신 할머니는 이렇게 말했다. "내가 지금껏 이 문제에 제대로 대처하지 못했던 것 같다."

　나는 이해가 안 된다는 얼굴로 쳐다보았지만 할머니는 더이상 설명해주지 않았다. 침대 옆 탁자에는 엄마의 조약돌이 있었다. 그 너머에는 커튼이 있었다. 그리고 그 너머에는……

　"이 일에 대해서는 아침에 이야기하자꾸나."

　"무슨 일에 대해서요?"

　"너는 도움이 필요해, 루커스."

　머리가 지끈거리기 시작했다.

　"학교에서 연락이 왔었다." 할머니가 말했다.

　"그게 무슨 말이에요?"

　"앤드루스 선생님이 전화해서 네가 학교에서 어땠는지 말해주셨어."

　"저는 괜찮았어요."

　"수업에 집중하지 못하고. 숙제도 안 하고. 다음주에 앤드루스 선생님이랑 교장 선생님과 만나기로 약속을 해두었단다."

　놀랍게도, 그러고서 할머니는 웃음을 터뜨렸다.

　"별일은 없을 거야. 교장 선생님은 좀 멍청하니까, 안 그러니?"

나는 웃음 비슷한 것을 터뜨렸다. 웃음보다는 기침에 가까웠지만.

할머니가 갑자기 일어났고, 나는 할머니가 내 옆에서 별안간 사라졌다고 느끼고는 할머니가 다시 앉아서 나를 안아주길 바랐다. 엄마나 아빠가 그렇게 해줬던 것처럼.

"오늘밤에는 가능하면 잠을 좀더 자두는 게 좋을 것 같구나. 아침에 학교에 가야 하잖니."

할머니가 문 쪽으로 갔다. "불은 켜둘까 끌까?"

나는 누웠다.

할머니는 문간에 서 있었다.

"다시 주무실 건가요?" 내가 물었다.

"아니, 바로 자진 않을 거야."

"불은 *끄고* 문은 열어두시겠어요?"

잠시 동안 아래층에서 할머니가 움직이는 소리가 나더니 거실에 불이 피워졌다. 나는 가서 층계참의 불을 *끄고*는 다시 침대로 돌아왔다. 열린 문을 통해 아래층의 희미한 불빛이 들어왔다. 나무가 탁탁 타오르는 소리가 들렸다. 바깥의 나무 사이에서 늑대가 지켜보며 기다리고 있는 게 느껴졌다. 늑대는 지켜보며 기다리고 있었다.

지켜보며 기다리고 있었다.

울부짖음

아침. 얼음으로 봉인된 세상. 수염 같은 얼음을 매달고 있는 지붕의 홈통들. 나는 일어나 앉으려 애쓰며 작은 신음을 내뱉었다. 그들의 발길질이 내 몸 깊숙이 흔적을 남겼다. 그리고 하늘에 맹세코 커튼을 걷었을 때 풀밭에는 동물의 발자국이 찍혀 있었다.

나는 아침식사 시간에 몸을 너무 많이 움직이지 않으려 애썼다. 할머니가 잉글리시 브렉퍼스트를 만들었지만 나는 거의 손도 대지 않았다.

나는 토마토를 접시 옆으로 밀었다.

"루커스?"

"네?"

"좀 어떠니?"

쾌걸 조로처럼 가면을 쓴 듯한 무늬가 있는 매끈한 갈색쥐 빛깔의 새가 시골집 벽 안에 만들어놓은 자기 집에서 아래로 날아갔다. 어떤 새들은 이곳에 그대로 머물렀다. 겨울을 나기 위해 떠나지 않았다.

"저 새는 이름이 뭐예요?" 내가 물었다.

할머니는 창가로 갔지만 새는 할머니가 보기 전에 날아가버 렸다.

"잘 모르겠구나." 할머니가 말했다.

아빠라면 알았을 텐데.

"괜찮아요." 갑자기 용감하고 한껏 행복해진 내가 말했다. 나는 미소를 지었고 할머니는 깜짝 놀란 듯했다. "어차피 학교 는 중요하지 않아요. 시험보다 더 중요한 것들이 있으니까요."

할머니는 무슨 말을 해야 할지 모르는 듯했다. 나는 나이프 와 포크를 모두 치우고 일어나다가 움찔했다.

"정말 괜찮은 거 맞니?"

"네."

"내 눈에 너는 마치 —"

가스레인지의 가스불소리와 비슷하지만 백 배는 더 커다란 굉음이 허공을 가득 메웠다. 나는 두려움으로 가득한 외침을 내뱉었다.

"저게 무슨 소리죠?" 내가 외쳤다.

"영국이 살인 연습을 하는 소리지." 할머니는 이렇게 말했고, 나는 이해했다—그것은 늘 들리던 천둥처럼 요란한 전투기 소리였다.

나는 위층으로 올라가서 학교 갈 준비를 했다. 안 아픈 데가 없었다. 씻을 때 보니 피부 여기저기에 검고 푸른 멍이 들어 있었다. 마음 한구석에는 부엌에 가서 칼을 가져오고 싶은 생각이 있었지만 그런 일을 겪고서 또 그럴 수는 없다는 걸 알았다. 대신 나는 하얀 조약돌을 집어들었다.

자전거를 타기에는 몸이 너무 아팠기에 용감하게 버스를 타기로 결심했다. 스티브와 앨릭스와 제드를 포함한 그 망할 스타자크족들은 내 알 바 아니었다. 나는 그 멍청이들에게서 도망치지 않을 것이었다.

집에서 나오는 동안 주머니에 든 하얀 조약돌이 엉덩이에 부딪혔다. 추위로 귀가 화끈거렸다.

나는 캐틀그리드를 지나 숲속을 걸어갔다.

서리가 녹고 있었다. 물이 뚝뚝 떨어졌다. 마을의 몇몇 가게들의 평평한 펠트 지붕 위로 연기가 솟아올라 하늘로 퍼졌다. 둥근 금빛 태양을 배경으로 나무들이 기진맥진한 검은 실루엣을 드러냈다. 텅 빈 새 둥지들은 검게 변한 뼈 같았다. 버스가 기어를 바꾸고 불평하는 듯한 소리를 내면서 마침내 도착했다. 쉬익 소리와 함께 문이 열렸고, 나는 올라탔다.

*

스타자크인들이 뒷줄을 독차지하고 있었다. 높은 자리에 앉은 판사들처럼. 나는 2인용 좌석 안쪽에 들어가 앉아 수증기가 서린 차창의 일부를 끽끽거리는 소리를 내며 동그랗게 닦고는 지나가는 새하얀 세상을 쳐다봤다.

"어이."

호수가 나타났다. 가장자리에 얼음이 있었고 물은 검은색이었다. 나는 버스가 호수에 떨어지든 말든 신경쓰지 않았다. 어차피 다 함께 떨어질 테니까. 나와 스타자크인들 그리고 나머지 모두.

"어이!"

버스 반대편 창문에 나무들이 부딪히며 달가닥거렸다. 닦인 창문 너머로 검은 나뭇가지, 젖은 언덕들이 모습을 드러냈다.

무언가가 내 머리를 때렸다. 한 남자애가 웃음을 터뜨리는 소리가 들렸다. 나는 무슨 일이 일어났는지 몰랐다. 따뜻한 액체가 옷깃 아래에서 등을 타고 뚝뚝 흘러내렸다. 바닥에 떨어진 종이 주스 팩에서 짙은 액체가 콸콸 흘러나오며 좌석 사이 통로를 따라 흐르고 있었다.

"어이, 부모 죽은 애."

천천히, 나는 몸을 돌려 그들을 마주보았다. 천천히 돌아볼
수밖에 없었는데, 왜냐하면 몸통을 움직이면 아팠기 때문이다.

"저놈이 게이처럼 움직이네." 앨릭스가 소리쳤다.

"너 게이냐, 부모 죽은 애?" 스티브가 외쳤다.

나는 시체처럼 앉아서 그들을 응시했다. 그러고는 그들이
죽는 상상을 하며 싱긋 웃었다. 그들은 무언가로 인해 약간 충
격을 받은 듯했다. 나는 다시 앞을 향해 몸을 돌렸다.

그들은 계속 한마디씩 외쳤다. 다음번에는 내 다리를 어떻
게 부러뜨려주겠다는 둥 하는 식으로. 그리고 잠시 이상한 기
분이 들었다. 마치 내가 더이상 거기 없는 것 같은. 나 자신으
로부터 떨어져나온 것 같은 기분. 그리고 나는 이제 두려움이
사라진 상태로 주위를 둘러보다가 그것을 발견했다.

그것은 검은 섬광이었다. 때로는 응결된 물방울에 가려지고
때로는 나무에 가려졌지만, 그것은 버스 곁에서 달리고 있었
다. 개나 말처럼 달리는 게 아니라 물처럼 흐르고 있었다. 속
도와 무게와 육중한 몸집. 때로 뒤처지기도 했지만 버스가 가
파른 언덕을 오르느라 느려지면 다시 모습을 드러냈다.

늑대는 시속 사십 마일의 속도로 달릴 수 있다. 버스를 따라
잡는 것쯤은 쉬운 일이다.

뒤에서 차갑고 조용하게, 하지만 모두에게 들리는 소리로

스티브가 말했다. "내 생각에는 말이야—내 생각에는 부모가 죽은 게 저놈 탓인 것 같아."

"그래, 네 말이 맞는 것 같아." 앨릭스가 징징대는 목소리로 말했다. "쟤 부모가 어떻게 죽었지?"

"차 사고로." 스티브가 똑같이 큰 목소리로 말했다. 마치 무대에서 관객을 상대로 말하고 있는 것 같았다. "저놈이 차 사고가 나게 만든 거야."

뒤에서 웃음이 터졌다.

나는 몸을 돌렸다.

나는 앨릭스나 제드나 다른 아이를 쳐다보고 있지 않았다. 나는 스티브 스콧을 쳐다보고 있었다.

"저놈은 살인자야." 나를 똑바로 쳐다보며 스티브가 말했다.

나는 자리에서 일어났다. 그리고 통로를 따라 걸어갔다. 내 손에는 하얀 조약돌이 들려 있었고, 나는 그걸로 무엇을 해야 할지 알았다. 나는 그것을 던졌다.

유리창이 박살났다. 나는 통로를 달려갔다. 스티브가 양다리를 들어올렸고, 나는 그가 나를 차기 전에 그의 발 위로 주먹을 날렸다. 피가 솟구쳤다. 나는 주먹을 날리고 날리고 또 날렸다. 여기저기서 들리는 비명소리. 아이들이 내 옷과 양팔과 머리카락을 끌어당겼고……

버스가 휘청하며 멈췄다. 시동이 꺼졌다. 미치광이 백 명의 으르렁거림.

그 순간 나는 무엇을 해야 하는지 정확히 알았다. 태어나서 처음으로 무엇을 해야 하는지 확신했다.

나는 울부짖었다.

나는 고통과 피와 죽음의 울음을 울부짖었다.

2부

이언

안에는 환한 전등이 켜져 있었다. 바깥은 어두웠다. 그는 커튼을 쳐두지 않았고, 그것은 오렌지빛 가로등으로 밝혀진 켄들의 하늘을 볼 수 있다는 의미였다. 러시아워에 젖은 도로를 달리는 자동차 소리가 들렸다. 아이들의 목소리도. 크리스마스 직전이었지만 이곳에서는 그런 분위기가 전혀 느껴지지 않았다. 텅 빈 선반. 마른 꽃이 꽂힌 화병. 낮고 편안한 의자 세 개. 의자에 앉아 발을 놓을 수 있을 만큼의 빈 공간. 할머니의 워커, 나의 학교 신발, 그리고 흰색 끈이 달린 파란색 새 스케이트보드 신발. 이 스케이트보드 신발은 이언의 것이었다. 그는 자신을 그런 식으로 소개했다. 선생님이 아니라 '이언'이라고. 나는 권력자들이 마치 친구가 되고 싶다는 듯 자신을 이름으로 소개하는 걸 혐오한다.

"재킷은 정말 안 벗어도 되겠니, 루커스?"

나는 못 들은 척했다.

할머니는 외투를 벗어서 문 옆 외투걸이에 걸어둔 상태였다. 이곳은 거북할 만큼 따뜻했고, 그래서 이제는 재킷을 벗고 싶어졌다. 하지만 우리가 들어왔을 때 그가 이미 한 번 물어봤었기 때문에 지금 와서 벗으면 나는 완전 바보처럼 보일 것이었다.

이언은 진바지, 하이 브이넥 스웨터, 새빨간 체크무늬 셔츠 차림이었다. 거기에다 그 바보 같은 스케이트보드 신발을 신고 있었다. 머리는 회색 곱슬머리였다. 그의 미소는 거짓이었다. 일부러 꾸며낸 따뜻한 목소리도 마찬가지였다—그것은 거짓말쟁이의 목소리였다.

그는 이 방에서 무슨 일이 일어나는지, 상담이 내게 어떤 도움이 되는지 설명했지만 나는 듣고 있지 않았다. 나는 엄마와 아빠를 떠올리며, 두 분은 돌아가셨고 그건 더 나쁜 일이므로 내게 일어난 일은 중요하지 않다고 생각하고 있었다.

"내 말이 무슨 뜻인지 알겠니, 루커스?" 거짓말쟁이 특유의 따뜻한 목소리로 이언이 묻고 있었다.

라디에이터가 꾸르륵거리는 소리를 냈다.

"루커스?" 약간 긴장된 목소리로 할머니가 말했다.

나는 이언의 질문에 고개를 끄덕였다.

"자, 루커스, 어떻게 해서 네가 여기 오게 됐는지 말해줄 수 있을까?"

나는 할머니를 힐끗 쳐다봤다.

할머니는 내가 말하길 기다리고 있었다.

"저는 여기 와야만 했어요. 그렇지 않으면 본드 교장 선생님이 저를 퇴학시키고 선생님 같은 사람들이 저를 위탁 가정으로 보내버릴 테니까요."

차들이 휙 소리를 내며 지나갔고, 라디에이터 안의 물이 천천히 흘렀고, 나는 땀을 흘리기 시작했다.

"루커스는 그 이후로 힘든 시간을 보내고 있어요……" 침묵이 영원히 이어졌다.

"그 이후라면……?"

"부모님이 돌아가신 이후로요."

이언은 분명 그 사실을 알고 있었을 것이다. 그는 알면서도 모르는 척하는 거짓말쟁이에 불과했다.

"돌아가신 분은 당신의 딸이었나요, 아들이었나요?" 이언이 할머니에게 물었고, 나는 그에게 본인 일에나 신경쓰라고 말해주고 싶었다.

"제 딸이었어요." 할머니가 말했다.

"두 분이 동시에 돌아가셨나요?" 부드러운 거짓말쟁이의 목소리로 이언이 물었다.

"네." 할머니가 말했다. "차 사고였죠."

"할머니!" 내가 말했다.

할머니가 나를 힐끗 쳐다봤다.

"저 사람이랑은 아무 상관 없는 일이잖아요. 게다가, 그건 사고가 아니었어요."

"그게 무슨 뜻이니?" 할머니가 물었다.

나는 할머니에게 늑대에 대해 말하고 싶었다. 하지만 그러지 않았다.

긴 침묵이 흘렀다.

"루커스, 그건 엄청난 일이야." 이언이 걱정스럽게 눈살을 찌푸리며 말했다. 정말 구역질이 날 만큼 위선적이어서 그에게 주먹을 날리고 싶어졌고, 그래서 나는 창문의 빗방울을 응시했다. 새로운 빗방울이 떨어졌다. "너는 큰 상실을 겪었어."

라디에이터는 소화불량에 걸린 듯한 소리를 내며 많은 양의 식사를 소화하려 애쓰고 있었다.

"그동안 어땠니, 루커스?"

나는 그와 눈을 마주치며 그가 죽기를 바랐다.

"새로운 환경에 적응해야 했어요." 할머니가 말했다. "새 학교. 새 동네…… 모든 게 변했죠." 할머니의 목소리는 감기라도 걸린 것처럼 괴상하게 들렸다.

"그러면 당신은요, 이브?" 할머니의 이름을 들으니 이상했다. "당신은 그동안 어땠나요?"

"저요?" 할머니는 놀란 목소리였다.

"당신도 분명 힘들었을 거예요—분명 **지금도** 힘들 거예요—루커스의 단독 보호자가 되어야 한다는 건 말이에요. 딸로 인한 슬픔도 동시에 감당해야 했을 테니까요."

"저는 제 문제로 여기 온 게 아니에요, 이언." 할머니가 짜증스럽게 말했다.

이언은 할머니의 짜증이 별로 신경쓰이지 않는 듯 차분하게 할머니를 응시했다.

"저는 루커스 문제로 여기 온 거예요." 할머니가 말을 이었다. "루커스가 겪고 있는 문제 때문에요. 루커스는…… 학교 공부를 하지 않고 있어요. 문제를 일으키기도 하고요. 저로서는 어쩔 도리가 없으니—선생님이 뭔가 해결책을 마련해주셨으면 좋겠어요."

"무슨 일을 하고 계시나요, 이브?"

"무슨 일을 하냐니요……? 루커스는 학교에 가고, 저는 일하러 가고, 우리는……"

"직업이 어떻게 되세요?"

"사무 변호사예요—저는 제 손자 때문에 이곳에 온 줄 알았는데요."

"맞습니다. 다음부터는 루커스 혼자 저를 만나러 오게 될 거예요. 그러니까 본인이 그러길 원한다면 말이지만—"

"오, 그럴 거예요."

"—그래서 저는 이번 기회에 당신은 어떤지 들어보고 싶어요. 하지만 맞는 말씀입니다, 이브, 우리는 루커스의 이야기를 들어봐야겠죠." 이언이 나를 쳐다봤다. "루커스, 혹시 뭐든 하고 싶은 말이 있니? 아니면 나한테 물어보고 싶은 거라도?"

"아뇨."

공기 방울이 라디에이터를 통과하느라 애를 썼다. 라디에이터의 압력이 높아지는 소리를 듣는 동안 몸이 아주 더워지기 시작했다. 이제는 정말로 재킷을 벗고 싶었다.

"창문 좀 열어주실 수 있을까요?" 내가 물었다.

"그러면 실내가 추워져. 특히 겨울에는. 더구나 지금은 비가 내리고 있어."

"아니, 그렇지 않아요."

그가 창문 쪽으로 고개를 돌렸다가 다시 나를 쳐다봤다.

"네 말이 맞구나." 그가 말했다. "재킷을 좀 벗는 건 어떠니?"

"저는 괜찮아요. 고맙네요."

라디에이터가 안간힘을 썼다.

"질문을 하나 해도 될까, 루커스?"

나는 약간의 증오가 담긴 표정으로 그를 빤히 쳐다봤다.

그는 내가 대답하길 기다리는 듯했고, 나는 어깨를 으쓱했다.

이제 막 오래달리기를 끝낸 것처럼 라디에이터가 한숨을 돌렸다.

"만일 네가 내일 한 가지를 바꿀 수 있다면 말이야, 루커스." 잠자리에서 동화를 읽어주기라도 하듯 과하게 부드러운 목소리로 이언이 말했다. "만일 내일 일어나서 바꿀 수 있는 일이 한 가지 있다면, 무엇을 택하겠니?"

부모님이 다시 살아나는 것.

나는 편안한 의자의 팔걸이를 손가락으로 꾹 눌렀다.

"루커스?" 그가 말했다.

내 목구멍에서 마른침을 삼키는 소리가 났고, 말을 하려고 입을 열자 바보처럼 쩝쩝 소리가 났다.

그는 나를 응시하고 있었다.

"저 망할 창문이 열려 있는 거요, 이언." 나는 이렇게 말했다. 물론 '망할'이라고는 말하지 않았지만. 그러고서 나는 일어났다. 일어날 생각은 없었는데 어쩌다보니 그러고 말았다. 잠깐 현기증이 났고, 현기증이 가시자 나는 무릎으로 의자를 치며 문 쪽으로 급히 걸어갔다. 문에는 심술궂을 만큼 강력한 도어체크가 달려 있어서 문이 저절로 쾅 닫혔는데, 그래서 내가 직접 쾅 닫을 수 없다는 게 몹시 유감스러웠다.

*

켄들에는 도처에 언덕이 있었고, 나는 그 언덕들에 늑대가 있다고, 늑대가 산에서 기어내려와 나를 따라 여기까지 와서 이제 어둠 속에 서서 나를 지켜보고 있다고 느꼈다. 그것은 무언가를 원하고 있었다. 나를 죽이는 것? 엄마와 아빠에 이어 나까지 죽여 한 가족을 몰살시키는 것? 나는 머리에 손을 갖다대고 관자놀이를 문질렀다. 그 느낌을 억눌러야 했다.

내가 다음에 무슨 일을 하든, 권력을 가진 어느 누구에게도 늑대에 관해서는 절대 말하지 않겠다고 다짐했다. 그러면 그들은 내가 미쳤다고 생각할 테니까. 어쩌면 나는 **정말** 미쳤는지도 몰랐다. 강 양편을 달리는 차들의 헤드라이트에 눈이 부셨다. 학교 아이들 몇 명이 집으로 향하고 있었다. 한 아이가 가방끈을 머리에 두른 채 가방을 빙빙 돌렸고, 그의 친구들은 웃음을 터뜨렸다.

"루커스?" 할머니가 말했다.

나는 할머니가 뭔가 가시 돋친 험악한 말을 할 거라고 생각했다. 하지만 그러지 않았다. 할머니는 말했다. "왜 그랬니?"

우리는 차들이 달려가는 소리와 검은 강의 소리에 귀를 기울였다.

"뭘 하고 싶니?" 내가 대답하지 않자 할머니가 말했다.

"시골집으로 돌아가고 싶어요."

"아니, 그러니까 학교를 졸업하면 말이야."

엄마는 학교에서 일했었다. 아빠는 환경 보호 단체에서 일했었다. 아빠에게는 이런저런 생물들에 대해 질문할 수 있었다—이를테면 나무와 야생화와 새의 이름, 그리고 아빠의 전문 분야인 숲을 보호하는 방법에 대해. 그런 것들에 대해 아는 사람은 많지 않다. 나는 이제 그런 것들을 누구에게 물어봐야 할지 모르겠다는 생각을 했다.

"루커스."

강물과 차들이 흘러갔다.

루커스.

"왜요?"

"너는 성적에 신경써야 해."

할머니가 손을 뻗어 난간을 붙잡았다. 늙고 얼룩덜룩한 피부. 뼈만 앙상한 손.

"대수방정식보다 중요한 것도 있는 법이에요." 내가 말했다.

"하지만 성적도 중요하단다, 루커스."

"누군가가 죽고 사는 문제와 비교했을 때 그게 어떻게 중요할 수 있나요? 죽고 사는 문제가 제일 중요하죠."

"나도 안다, 하지만……"

"하지만 뭐요?"

"네가 이해했으면 좋겠구나. 너는 앞날이 창창해."

"그게 대체 무슨 의미죠?"

"학교를 졸업하면 뭘 할 거니?"

"아빠처럼 환경 분야에서 일할 거예요."

"그러려면 교육을 받아야 해."

"그래서요?"

할머니는 한숨을 내쉬었다. 이언과의 면담 도중에 뛰쳐나간 것과 할머니에게 이 모든 곤란을 일으킨 것에 실망한 엄마와 아빠의 시선이 느껴졌다.

"퇴학을 당하면 안 돼. 시험을 통과해야 해. 육 개월도 안 남았다. 그게 전부야. 너는 저 이언이라는 작자를 보러 가기만 하면 돼."

할머니가 그의 이름을 심하게 조롱하듯 말해서 나는 웃음을 터뜨렸다.

"노력해볼 테니?"

나는 짜증을 내며 고개를 뒤로 젖혀 오렌지빛 가로등을 쳐다봤다.

"응?"

*

이언은 누런 폴더를 한쪽 겨드랑이에 끼고 다른 한 손에는
두 가지 색조의 갈색 머그잔을 든 채 대기실과 사무실 사이의
문간에 서 있었다. 그는 우리 둘을 보고 놀라지 않은 척하는
데 가까스로 성공했다.

"루커스." 그가 말했다. "돌아왔구나."

나는 그가 모든 상황을 일일이 설명하는 것에 피곤함을 느
꼈다.

"잠깐 말씀 좀 나눌 수 있을까요?" 할머니가 그에게 굳은 미
소를 지어 보이며 말했다. 할머니의 두 눈이 반짝거렸다. 나는
추위와 바람 때문에 빛나는 것인지, 아니면 또다른 이유가 있
는지 궁금했다.

"오늘 저희는 세션을 간단히 소개하는 일정만 잡았고, 이제
다른 클라이언트가 올 예정인데……" 그는 주위를 둘러보며
헛되이 시계를 찾았다.

"오, 이언." 앞으로 나아가 그의 팔꿈치에 손을 얹으며 할머
니가 말했다. "그냥 몇 분이면 될 거예요, 안 그러니, 루커스?"
할머니가 내게 날카로운 시선을 보냈다.

"음, 맞아요." 내가 말했다.

"있잖아요, 이언, 문제가 잘 해결됐어요. 안 그러니, 루커

스?"

"네."

헐머니는 여전히 그의 팔꿈치에 손을 댄 채 그에게 미소를 짓고 있었다. 나는 흥미를 보이는 척하려고 애썼다.

"그러면……" 결정을 내리며 이언이 말했다. "다음 클라이언트가 오기 전까지 십 분 드리죠."

나는 두 사람을 따라 위층으로 올라갔고, 할머니는 그에게 여러 가지 개인적 질문을 던졌지만 그는 아무 대답도 하지 않았다. 층계참에서 그가 돌아서더니 누런 폴더를 배에 대고는 자신의 개인적 정보는 일절 알려줄 수 없다고, 그것은 프로답지 못한 일이라고 설명했다.

"하긴 당연히 그러시겠죠, 제가 바보 같은 질문을." 할머니가 말했다. "그건 제 직장에서도 마찬가지거든요."

상담실로 들어간 이언은 누런 폴더를 내려놓았다. 할머니는 외투를 벗었다.

나도 그렇게 했다.

"그래서, 루커스." 우리가 자리에 앉자 이언이 말했다. "최근에 어떻게 지냈는지 나와의 세션을 통해 이야기하고 싶은 마음이 있는 거니?"

나는 고개를 끄덕였다.

"그럼 말해보렴, 아까는 왜 그렇게 떠나버린 거야?"

나는 어깨를 으쓱했다.

"루커스, 상담은 네가 원해야만 효과가 있을 거야. 정말 여기 와서 나를 만나 이야기를 나누고 싶은 마음이 있니?"

"네, 루커스는 그러고 싶어해요."

이언은 내게서 눈을 떼지 않았다.

입이 바짝바짝 마르는 게 느껴졌고, 입을 열자 또다시 그 우스꽝스러운 쩝쩝 소리가 났다. "어, 네." 내가 말했다.

"보세요, 그렇다고 하잖아요." 할머니가 말했다. "그러니 루커스는 다음주 같은 시간에 선생님을 찾아뵈러 올 거예요." 할머니는 벌써 일어나려고 몸을 앞으로 숙이고 있었다.

"잠깐만요, 이브."

할머니가 동작을 멈췄다.

"나는 네 말을 못 믿겠다, 루커스."

그는 나를 차분하게 응시하고 있었다.

"내 생각에는 말이야, 루커스, 너는 할머니가 설득했기 때문에 돌아왔을 뿐이야."

"이언, 루커스도 돌아오는 데 동의했—"

이언이 손을 들어 할머니의 말을 멈추었다. "만일 여기 와서 네 문제에 대해 이야기하고 싶다면, 루커스, 나는 기꺼이 너를 도와줄 거야. 너는 큰 상실을 겪었지. 나는 네게 도움을 줄 수 있을 거다. 하지만 네가 원하지 않는다면 아무 소용이 없어."

"루커스는 세션에 참석할 거예요. 선생님이 아셔야 할 건 그게 전부예요."

이언은 내 대답을 기다리는 듯했다.

"불만 접수는 어떤 절차로 해야 하는지 좀 알려주세요." 할머니가 말했다.

"잠시만요, 이브." 나에게서 눈을 떼지 않은 채 이언이 말했다. "우선 루커스의 말부터 들어보고 싶군요."

나는 카펫 타일의 이음매를 살펴보았다.

아마도 삼십 초쯤 침묵이 흘렀던 것 같다.

마침내 이언이 말했다. "그럼 일단 이쯤에서 끝내고 크리스마스 동안 다시 생각해보는 건 어떨까? 새해에 다시 세션을 시작할 때 네가 돌아오고 싶다면 나는 대환영이야. 하지만 네가 적극적으로 참여하지 않을 거라면 우리는 상담을 진행할 수 없어."

정적이 흘렀다. 할머니가 조용히 있으려고 애를 쓰는 게 느껴졌다.

"어떠니?" 이언이 물었다.

"네, 좋아요." 내가 말했다.

할머니는 무슨 말을 하려고 했으나 이언이 누런 폴더를 집어들더니 펜을 들어 노트에 뭐라고 적었고, 할머니는 기다렸다. 그러고서 이언은 종이를 찢어 할머니에게 건넸다.

"불만 접수는 그 사이트에서 하시면 됩니다." 그가 말했다.

우리는 외투걸이 쪽으로 갔고, 나는 재킷을 집어들고 할머니는 외투를 집어든 다음 그곳을 떠났다.

셀러리

본드 교장 선생님은 버스에서 스티브 스콧을 공격한 일로
내게 학기 마지막 십 일 동안 정학 처분을 내렸다. 그는 또한
'아동 및 청소년 서비스'에 연락해서 사회복지사를 불러와 나
와 만나게 했다. 할머니는 버스 사건 이후로 걱정을 정말 많이
했던 게 틀림없는데, 왜냐하면 사회복지사가 내 문제에 어떻
게 대처하고 있느냐고 물었을 때 대답을 망설였기 때문이다.
그 모습을 본 나는 두려워졌다. 인터뷰 말미에 사회복지사는
우리 둘 다 제대로 대처하지 못하고 있는 것 같다며 내게 정신
과 의사를 붙여서 우리를 도와주겠다고 말했다. 나는 그에게
의사는 필요 없다고 말했다. 사회복지사는 정신과 의사를 만
나지 않으면 나를 양부모에게 보내는 방안을 고려해볼 수밖에

없다고 했다. 그 모든 이유로 나는 할머니에게 늑대 이야기를 꺼내지 않았다. 할머니는 내가 미쳤다고 생각할 것이었다. 그리고 만일 사회복지사들이 그 사실을 알면 그들도 내가 미쳤다고 생각하고는 나를 곧장 보호시설 또는 아마도 정신병원에 보낼 것이었다. 하지만 지역 텔레비전 방송국은 늑대의 존재를 믿었다. 지역 신문도 마찬가지였다. 그리고 공격당한 양떼의 주인인 농부들도. 녀석은 저 산 위에서 제멋대로 자유롭게 동물들을 죽이고 있었다.

*

토요일에 할머니가 현관문에서 외쳤다. "누가 널 만나러 왔다!"

아래층으로 내려가보니 검은 튜브 같은 겨울 외투의 지퍼를 끝까지 채운 맬키가 와 있었다. 새빨간 코를 제외한 얼굴 전체가 새하얬다.

"네가 어떻게 지내는지 궁금해서 와봤어." 감기에 걸린 듯한 목소리로 그가 말했다.

"별일은 없었어." 나는 말했다.

우리는 12월의 냉기 속에 서로 마주보며 서 있었다.

"들어올래?" 내가 물었다.

그는 어깨를 으쓱하더니 안으로 들어왔다. 거실에는 할머니가 있어서 나는 맬키를 데리고 위층으로 올라갔다. 그가 내 방을 힐끗 둘러봤다. "포스터 같은 건 하나도 없어?"

"집에는 있어."

그는 다른 어딘가에도 내 집이 있을 거라는 생각은 미처 못했다는 듯 고개를 끄덕였다. "그래서 말이야." 맬키가 말했다. "무슨 일이 있었던 거야, 그러니까 네가, 음…… 스티브 스콧을 공격한 후에?"

나는 새해까지 정학을 당한 것과 이언을 만나야 하는 것에 대해 말했고, 맬키는 스티브에 대해, 그리고 그가 나를 때려 정학을 당한 일에 대해 말하고는 자신이 장대한 서사의 롤플레잉 게임을 삼 주 동안 하고 있다고 말했다.

소식을 주고받은 후 나는 컴퓨터게임을 하자고 제안했지만 그는 별 관심을 보이지 않았고, 나는 서랍장 맨 아래에서 엄마의 보드게임을 찾아냈다. 우리는 '커넥트 포'*를 하기로 결정하고는 플라스틱 디스크를 게임판에 끼워넣었다.

잠시 게임을 하다가 나는 위험을 무릅쓰고 그에게 늑대에 대해 말하기로, 그리고 내가 스티브 스콧을 공격했을 때 버스

---

* 구멍 뚫린 게임판에 각각 다른 색깔의 원형 디스크를 아래에서부터 쌓아나가며 네 개를 먼저 연결하는 사람이 승리하는, 오목과 비슷한 게임.

옆에서 늑대가 나를 따라오고 있었다고 말하기로 결심했다.

"그게 어떻게 생겼는데?" 맬키가 물었다.

"늑대처럼."

"오." 맬키가 실망한 목소리로 말했다. "그럼 와르그*같은 건 아니고?"

"이건『반지의 제왕』이 아니야, 맬키."

"그럼 뭐 같은데?"

"표범."

"뭐라고, 그럼 반점이 있어?"

"아니, 움직임이 표범 같았어. 회색 아니면 검은색이야."

"이언이라는 사람한테 이 얘기 했어?"

"아니—'안녕, 이언, 내 눈에는 늑대가 보여요'라고 하라고? 내가 미쳤다고 생각할 거야."

"그게 그 사람이 하는 일이잖아, 안 그래? 미친 사람이랑 이야기하는 거."

"아마도." 나는 디스크를 게임판에 끼워넣었다.

"그 사람은 어떤데?"

"나이는 일흔 살 정도인데 스케이트보드 신발을 신고 다녀."

우리는 노란색 디스크와 붉은색 디스크를 게임판에 끼워넣

---

*J. R. R. 톨킨의 『반지의 제왕』에 등장하는 늑대와 유사한 환상의 동물.

었다.

"그럼 너도 내가 미쳤다고 생각해, 맬키?"

그는 나를 유심히 살펴보았다. "조금은." 그가 말하며 디스크를 넣었다. "이겼다!"

그가 환호하며 레버를 당기자 모든 디스크가 기분좋은 플라스틱 소리를 내며 쏟아져내렸다.

우리는 킬킬 웃었다.

점심을 먹은 후 맬키가 말했다. "좋아, 이제 가봐야겠어." 그는 침낭 같은 외투를 걸치고 바스락거리며 밖으로 나갔다. 그는 켄들의 게임 가게에서 다른 게이머 네 명과 함께 모여 오크, 전사, 엘프 공주에 대해 이야기하기로 약속이 되어 있었다.

할머니는 주말 대부분을 서재에서 법률 서류를 검토하며 보냈다. 그러지 않을 때는 난롯가 안락의자에 앉아서 광부 파업의 역사에 대한 책을 읽었다. 책은 거의 다 읽어가고 있었다. 바깥에는 거칠고 파란 하늘이 펼쳐져 있었다. 헐벗은 나무들이 바람에 미친듯이 흔들렸다.

그날 밤 잠자리에 든 이후로 바람은 점점 더 강해졌다. 나무들이 신음소리를 냈다. 텔레비전 안테나가 녹슨 경첩처럼 삐걱거렸다. 그리고 무언가가 바깥벽을 긁어댔다.

나는 창가로 갔다.

그것은 보이지 않았다.

하지만 거기 있었다! 벽을 긁어대고 있었다.

나는 급히 서랍장으로 가서 서랍장을 침실 문 앞으로 밀기 시작했다. 고된 작업이었다. 그러다 문을 두드리는 소리가 났다.

"루커스?"

심장이 파자마 상의 아래서 쿵쿵 뛰었다.

"괜찮은 거니?"

"네."

"방안에서 가구를 옮기는 것 같은 소리가 들렸는데."

"서랍장 뒤로 뭐가 떨어져서요."

할머니는 대답하지 않았다.

"안녕히 주무세요." 나는 말했다.

할머니가 층계참 쪽으로 가는 소리가 들렸다.

나는 침대로 들어갔다. 그리고 바람소리, 안테나가 끽끽거리는 소리, 나무들이 신음하는 소리에 귀를 기울였다.

*

이튿날 아침 무렵에는 바람이 잦아들어 있었고, 나는 정원의 잔해들을 조사했다―부러진 나뭇가지와 헛간 지붕에서 떨어진 펠트 조각을.

그날 아침 할머니는 사무실로 출근하지 않았다. 할머니는 서재에서 일했지만 문은 열어두었다. 나는 부엌에 앉아서 수학, 과학, 지리학, 영어를 공부해보려 애썼다. 집중을 할 수가 없었다.

정오에 할머니는 수프를 만들기 시작했는데 셀러리가 없다는 것을 알고는 내게 돈을 좀 주며 사 오라고 했다.

"자전거가 펑크났어요." 나는 말했고 그건 사실이었다.

"다리는 아직 멀쩡하잖니, 그렇지?"

"할머니 다리도 그렇잖아요."

"첫째, 너는 나보다 건강해. 둘째, 나는 일하는 중이야."

"아니에요, 할머니는 수프를 만드는 중이에요."

"그리고 셋째, 그러려면 셀러리가 좀 필요해."

"셀러리 없이 수프를 만들면 안 되나요?"

"안 돼, 이건 셀러리 수프야."

그래서 나는 신발을 신었다.

*

헐벗은 나뭇가지. 먼지 쌓인 초록빛 나뭇가지를 비추는 낮게 드리운 햇빛. 담쟁이덩굴로 뒤덮인 나무 몸통. 갈색 낙엽이 가득 들어찬 캐틀그리드. 갈색 낙엽으로 뒤덮인 숲의 바닥. 늘대가 들어가 숨기 쉬운 유색의 환하고 작은 네모진 구역들.

할머니가 서재에서 나를 쳐다봤다.

"네, 네, 알겠다고요." 나는 숨죽여 중얼거렸다.

나는 캐틀그리드의 쇠막대기를 하나하나 밟으며 지나갔다.

나는 샛길 중앙의 두둑한 흙길을 걸어갔다. 긴장한 채, 아스팔트를 쿵 하고 밟는 소리, 달각거리는 발톱소리, 으르렁거리는 소리와 이빨로 물어뜯는 소리를 기다리며.

산비탈에 있는 베네딕트네 농가 굴뚝에서 연기가 피어올랐고, 나는 학교에서 거만하게 껌을 씹고 반항적으로 담배를 피우는 데브스를 머릿속에 그려보았다. 목뒤로 머리카락을 쓸어 넘기는 부드러운 소리. 눈을 깜빡이는 소리. 나는 걸음을 멈추고 차들이 지나가길 기다렸다. 차 한 대가 쉭 하고 지나갔다. 나는 길을 건넜다. 길가를 따라 걸었다. 마을은 텅 비어 있었다. 나는 세븐일레븐으로 들어갔다.

거대한 흰색 냉장고들이 윙윙거리며 한숨을 내쉬었다. 나는 과일과 채소 선반에 깔린 가짜 풀 매트 위에서 셀러리가 든 비닐 팩을 찾다가 거기 있는 거울에 비친 내 모습을 힐끗 쳐다보았다. 나는 맬키만큼 하얬고 머리는 길어서 살짝 흐트러져 있었다. 빤히 응시하는 듯한 눈빛을 하고 있었다. 나는 셀러리를 들고 계산대로 향했다.

노쇠한 남자가 내 앞에서 복권을 구입하고 있었다. 그는 손이 떨렸고 동전을 세는 데 어려움을 겪었다. 젊은 여자 직원이 지루한 얼굴로 동전을 받고는 그의 즉석 복권을 가져왔다. 그는 동전으로 복권의 표면을 긁었다. 문의 버저가 울렸다. 노인이 발을 끌며 밖으로 나갔다.

나는 셀러리의 값을 치르고 떠나려고 돌아섰다.

"안녕, 친구." 스티브 스콧이 히죽거렸다. 그는 자기 형 대니와 함께 서서 출구를 막은 채, 얼굴에는 멍청하게 빈정거리는 미소를 띠고 있었다. 또한 나에게 맞은 한쪽 눈 주변에는 푸른 멍이 있었다. 그 때문에 안대를 한 해적처럼 보였다.

대니 스콧이 앞으로 나왔고, 나는 그를 막으려고 팔뚝을 들어올렸지만 그는 내 팔뚝을 옆으로 쳐내고 담배의 악취가 밴 손으로 내 옷깃을 움켜쥐었다. 그의 다른 쪽 손이 내 시야 가장자리로 휙 날아오더니 뒤통수를 강타했고, 나는 얼굴 앞면의 모든 게 떨어져나가는 느낌이 들었다—치아, 광대뼈, 콧속의 콧물까지. 우리는 아주 잠시 댄서처럼 휘청거렸고(그의 겨드랑이에서 악취가 풍겼다), 크리스마스용 초코바 진열대에 함께 부딪혔다가 그가 몸의 중심을 잃으면서 나를 놓아주었다.

내가 가게 밖으로 달려나가자 버저가 울렸다. 나는 하마터면 노인을 쓰러뜨릴 뻔하고는 도로를 가로질러 전속력으로 질주했다. 차 한 대가 야유하듯 경적을 울리며 방향을 틀었다. 스티브가 외쳤고—뭐라고 외쳤는지는 모르겠다—이어 대니가 외쳤다. "나중에 또 보자!"

나는 시골집으로 달려갔다. 길가를 따라서가 아니라, 검은 유리 덮개처럼 얼어붙은 웅덩이를 제외하고는 온통 새하얀 들판을 가로질러서.

맨체스터

학기 마지막 날인 금요일, 할머니에게 출근할 때 나를 켄들까지 태워줄 수 있느냐고 물었다. 더는 집안에 있는 것을 견딜수가 없었다. 차를 타고 가는 것도 상관없었다.

가는 길에 할머니는 크리스마스 이후에 이언을 보러 가기로 결정했느냐고 물었다.

나는 대답하지 않았다.

우리는 짐승들로 가득한 학교를 지났다.

시내에 도착한 나는 반짝이 장식과 가짜 눈 아래에 크리스마스 선물을 진열해둔 가게들을 지나며 정처 없이 거닐었다. 가게 점원들이 지나갔다. 사업하는 사람들. 연금 수급자들. 너무 추워서 귓불과 손끝이 쓰라렸고, 그래서 나는 도서관으로 들어갔다. 나무에 대한 책을 휙휙 넘겨보고 있는데 한 여자가 목청껏 소리를 질러대기 시작했다. 다들 쳐다보는 가운데 기름진 머리의 남자가 그녀를 토닥이며 달래보려 애썼다. 하지만 아무 소용도 없었고, 그녀는 계속 외쳐댔다. 여자의 외침은 마치 독립적인 존재처럼, 그녀를 장악한 것처럼 느껴졌다. 그녀의 입은 하나의 구멍이었고, 눈은 감긴 것이나 마찬가지였다. 그래서 나는 그곳을 떠났다.

마치 그 여자의 광기가 모든 것에 스미기라도 한 듯, 이제 시내 중심가에 있는 것도 이상하게 느껴졌다. 나는 강을 따라 걸으며 이언을 찾아가서 그를 만나보겠다고 말할까 생각했다. 바로 그때 투덜이 앨릭스를 보지만 않았어도 아마 그렇게 했을 것이다.

내가 그를 본 바로 그 순간 그도 나를 봤다.

나는 가장 가까운 건물로 들어갔다—쇼핑 아케이드로. 나는 성큼성큼 걸었다. 등뒤로 문들이 세게 닫혔다. 계단통으로 재빨리 달려가서 천장이 낮은 어두운 다층 주차장으로 들어갔다. 타이어가 끼익하는 소리가 울렸다. 경사로에서 앨릭스가 신발 밑창 소리를 내며 나를 쫓아오고 있었다. 나는 주차장 입구의 차단기 아래를 통과해 경적이 울리는 3차선 차로를 건너 갔다. 그러고서 뒤돌아보자 그가 보이지 않았다.

나는 땀을 식히며 양손으로 무릎을 짚고 섰다. 내가 도착한 곳은 강변 공원이었다. 그때 못생기고 깡마른 앨릭스가 나를 찾는 모습이 보였다. 그는 도로 위에 있었다. 돌아서면 그가 날 볼 것이었다.

나는 숨을 참았다.

그는 늘어선 집들 뒤에서 움직였다. 나는 반대쪽으로 달려 기차역에 이르렀다. 그러고는 경사로를 천천히 뛰어올라가 플랫폼으로 갔다.

다음 기차는 몇 분 후에 출발할 예정이었다.

*

맨체스터. 잉글랜드만큼이나 깊은 추위. 큰부리까마귀만큼이나 검은 택시들. 높은 기차역 입구와 그 주위를 둘러싼 도시. 이동하는 군중. 긴 경사로 위로 마구 쏟아지듯 올라가는 사람들. 지난 몇 달간 본 사람들을 모두 합친 것보다 더 많은 사람들. 나는 난간으로 걸어갔다. 어둠 속에서 도시는 꿈처럼 어둑하고 음울해 보였다.

비탈을 내려가는 동안 아무도 나를 주목하지 않았다. 양복을 입은 사람들도, 쇼핑객들도, 붉은색 빅이슈 조끼를 입은 홈리스 남자도. 나는 투명 인간이었다. 신호등이 바뀌길 기다리는 동안 디젤엔진들이 으르렁거렸다. 차들이 멈추고 사람들이 흘러갔다.

크리스마스 조명. 야광 팔찌를 파는 남자. 작은 공원의 유원지. 밤 굽는 냄새와 케밥냄새. 그때 나의 부모님이 백화점에서 나오더니 서로 얼굴을 마주보며 군중 속에 섞여들었다. 부모님이었다. 나는 확신했다. 엄마의 기울어진 고개, 상체를 뒤로 젖힌 채 느긋하게 걷는 아빠의 걸음. 엄마와 아빠.

둘은 옆길로 방향을 틀었다.

나는 잠시 아무것도 하지 않다가, 내가 모퉁이에 이를 무렵에는 부모님이 사라져버릴지도 모른다는 두려움에 전속력으로 달렸다.

둘은 아직 거기 있었다. 무언가 생각에 빠진 듯 여유롭고 느린 아빠의 큰 걸음. 텅 빈 보도를 걸어가다 문을 여는 엄마의 모습과 주머니에 손을 넣은 채 엄마를 따라 들어가는 아빠의 모습—분명 나의 부모님이었다. 나는 급히 거리를 달려갔다.

두 사람이 들어간 곳은 중국 음식점이었다. 부모님은 테이블에 앉았고, 웨이트리스는 메뉴판을 건넸다. 둘은 옆모습을 보인 채 앉아 고개를 숙이고 메뉴판을 읽었다. 나는 유리문을 열었다.

아늑한 따스함. 그들은 텅 빈 음식점에 붉은 테이블보를 사이에 두고 앉아 있었고, 몸 일부는 기둥에 가려 보이지 않았다.

어디선가 희미한 종소리 같은 음악이 들려왔다. 그리고 음식점을 가로지르며 두꺼운 카펫 위를 걷는 나의 발소리가 약하게 들렸다.

"몇 명이시죠, 손님?" 예쁜 웨이트리스가 물었다.

나는 엄마와 아빠 쪽을 가리켰다. 웨이트리스가 비키지 않아서 나는 그녀를 돌아서 걸어갔다.

그들의 얼굴은 기둥에 가려져 있었고, 기둥을 지나자 곧장 둘이 앉아 있는 테이블 바로 옆이었다.

메뉴판을 보던 엄마가 얼굴을 들었다.

다른 사람이었다. 얼굴이 완전히 달랐다. 왜 닮았다고 생각했는지 모르겠다.

나는 아빠 쪽으로 고개를 돌렸다.

"괜찮니?" 그가 말했다.

아빠의 목소리가 아니었다. 다른 누군가의 목소리였다. 게다가 그는 아빠와 전혀 닮은 구석이 없었다.

"무슨 문제라도 있는 거니, 얘야?" 여자가 말했다.

그들이 나를 응시하고 내가 그들을 응시하는 끔찍한 순간이 이어졌다. 스피커에서는 플루트 곡이 흘러나오고 있었다.

*

나는 햄버거 가게에 폐점 시간까지 앉아 있었다. 비가 내리기 시작했고, 그래서 문간에 서서 내리는 비를 바라보았다. 비는 바람에 휘날리고, 홈통에서 내뱉어지고, 바닥의 포장용 평판 위에서 튀어오르고 있었다. 버스 차창에 김이 서렸다. 한 무리의 산타클로스가 흠뻑 젖은 채 비명을 지르며 도로를 달려갔다.

건물의 깊은 어둠 속에서 시간은 하염없이 흘러갔고 나는 다시 투명 인간이 되었다. 나는 아무것도 아니었다.

나는 자신이 미쳤다는 걸 어떻게 알 수 있는지 궁금했다. 그것을 확인하는 검사라도 있는지.

죽은 사람이 보이는 것. 늑대들에게 쫓기는 것.

나는 휴대폰을 켰다. 부재중 전화 다섯 통에 문자메시지와 음성메시지도 와 있었다. 기차역으로 돌아가는 게 좋겠다고 판단했지만 역에 도착했을 때는 이미 막차가 떠난 후였다.

*

심야 카페에서 나는 델 정도로 뜨거운 차가 담긴 머그잔을 두 손으로 동그랗게 감싸쥐기만 하고 마시지는 않았다. 목이 쉰 남자들이 감자칩을 샀다. 요리사들이 냄비와 튀김용 체를 거칠게 휘둘렀고, 주문을 받는 나이든 여자는 얼굴 피부가 아주 두껍고 너무나 맑고 슬픈 눈을 하고 있어서, 그녀 안에 밖

으로 꺼내달라고 애원하는 다른 누군가가 들어 있는 것 같다
는 생각을 했다. 하지만 그녀가 돌아와서 테이블을 닦을 때 내
가 눈을 맞추며 눈빛으로 질문을 던지자 그녀는 심술궂게 눈
길을 휙 돌릴 뿐이었다.

카페가 문을 닫아 나는 그곳을 나섰다. 비는 그쳤고 지면은
얼어 있었다. 수정 같은 얼음이 발밑에서 바스락거리며 부서
졌다. 너무 추워서 등뼈가 욱신거릴 지경이었다. 추위는 점점
강해져 최고조에 이른 듯했다. 너무 추워서 뭐라도, 이를테면
자동차의 사이드미러라도 건드리면 툭 부러질 것 같았다.

기차역은 새벽 여섯시에 다시 문을 열었다.

어둠 속에서 기차가 출발했고 나는 잠들었다. 검표원이 내
어깨를 흔들었을 때만 잠에서 깼다. 장밋빛 햇살이 고랑에 눈
이 쌓인 헐벗은 들판을 갈퀴질했다.

켄들에 도착했을 때는 오전 중반이었다. 고원지대는 새하
얬다. 버스에서 호수의 얼음에 내려앉은 새들을 보았다.

나는 마을에서부터 걸어 돌아갔다.

변한 건 아무것도 없었다.

나는 텅 비어 있었다. 들리는 소리라고는 단단한 땅을 밟는
내 발소리, 차들의 울부짖음, 산에서 떨어지는 희미한 물소리
가 전부였다. 끔찍한 농담을 되풀이하는 큰부리까마귀의 외침.
늑대는 침묵을 지키고 있었다.

*

　할머니는 어깨에 모직 숄을 두른 채 서재에 앉아 있었다. 할머니는 캐틀그리드를 뻣뻣한 자세로 지나는 나의 모습을 쳐다보았다. 무슨 생각을 하는지 알 수 없는 얼굴이었다. 시골집은 추웠다. 할머니는 바스락거리며 현관으로 나왔고, 화를 낼 줄 알았지만 뭔가 애원하는 듯한 눈빛을 보이더니 다시 표정을 굳히고 나를 마치 낯선 사람처럼 자세히 살펴보았다. 할머니가 전화기 쪽으로 갔다. 나는 운동화를 차서 벗었다.

　"스트랭 경관님 좀 바꿔주세요."

　순간 두려움이 온몸을 훑고 지나갔다. 할머니는 나를 보호시설에 보내려 하고 있었다. 할머니는 한 손을 골반에 얹은 채 나를 마주보며 배를 주물렀다. "여보세요, 스트랭 경관님? 이브 랜스데일인데요, 제 손자 일로 전화드렸습니다…… 네, 맞아요…… 루커스는 돌아왔습니다…… 네. 방금 집으로 들어왔어요…… 루커스는 괜찮습니다…… 멀쩡해요, 정말로요. 고생해주신 경관님과 동료분들께 감사드립니다. 정말 감사하지만 루커스는 아주 멀쩡해요. 이 문제는 이제 해결되었어요. 그럼 이만 끊습니다."

　스트랭 경관이 뭐라고 대답하기도 전에 할머니는 전화기를 내려놓고 다시 서재로 들어갔다.

"집이 너무 춥네!" 나는 이렇게 외치고는 중앙난방장치를 켰다. 그리고 베이크트빈스 통조림을 따고 빵 몇 개를 그릴에 구웠다. 그걸 먹고 잠자리에 들었다.

*

"어디 있는 거야?" 나는 텅 빈 정원에 대고 말했다. "널 잡고야 말겠어." 나는 숲에 대고 말했다. "나는 너를 **붙잡고 말 거야.**" 나는 산에 대고 말했다. "나를 고르다니, 너는 상대를 잘못 골랐어."

"누구랑 이야기하는 거니?"

나는 빙그르르 돌아섰다.

할머니가 한 손에는 독서용 안경을, 다른 손에는 크고 무거운 책을 든 채 거실에 서 있었다.

"그냥 혼잣말이에요."

"루커스." 할머니가 불길한 어조로 말했다.

나는 주먹을 말아 쥐었다. **이야기할 때가 온 것이다.**

"왜 갈수록 제멋대로 구는 거니?"

나는 뛰쳐나가고 싶었지만 내가 그러기 전에 할머니가 선수를 쳤다. 할머니는 위층으로 쿵쿵거리며 올라가더니 침실 문을 닫아버렸다. 마치 눈물이 터지기 전에 방안으로 들어가려는 듯이.

*

나는 새끼 늑대를 잡은 꿈을 꾸었는데, 그 암컷 늑대는 목에
긴 철사가 감겨 있었고 나는 철사 끝을 잡고 있었다. 늑대는
철사가 감긴 것을 질색하며 거기서 벗어나려고 몸을 뒤로 뺐
다. 늑대는 내 양팔을 묵직하게 잡아당겼고 목에 감긴 철사는
늑대의 살을 파고들었다. 나는 철사가 늑대의 목을 문지르며
파고드는 것을 느꼈고, 늑대의 떨림이 철사를 통해 내 양손과
양팔에 전해졌다. 피가 흘렀다. 나는 늑대를 놓아주고 싶었지
만 그래도 계속 잡고 있었다.

방문객

나는 할머니가 출근할 때까지 기다렸다가 일어났다. 할머니는 녹색 머그잔을 부엌 식탁에 놓고 갔다. 머그잔에 든 차 위에 기름진 갈색 조각이 떠 있었다. 나는 빵 몇 개를 그릴에 넣은 뒤 조로 가면을 쓴 이름 모를 쥐색 새가 산울타리 안팎을 휙휙 오가는 모습을 지켜보았다. 마침내 그 새는 영영 날아가버렸고, 참새 패거리가 그 자리를 차지했다. 아빠는 참새들이 사내애 같다고, 주먹다짐을 좋아한다고 말했다. 하지만 패거리에서 자기 자리를 얻더라도, 적어도 참새들 사이에는 우두머리가 없다. 참새는 늑대와 같은 의미에서의 무리 동물이 아니다.

아침식사 후 펑크난 자전거를 손보러 갔다. 차가운 공기 속에 새하얀 숨결이 뿜어져나왔다. 참새들이 깔깔거렸다. 그러다 갑자기 조용해졌다. 작은 갈색 동물이 산울타리 안에서 몸을 움직였다. 조로 가면이 돌아온 것이다. 아니, 새가 아니었다—아름다워 보일 만큼 깨끗하고 길쭉한 쥐 한 마리가 산울타리에서 기어나왔다. 분홍색 발톱이 잔가지를 움켜쥐더니 뒤이어 길고 짙은 꼬리가 동그랗게 감긴 채 따라 나왔다. 녀석은 우아하게 열매를 먹고는 산울타리 안으로 돌아갔다. 참새들이 다시 날아와 노래를 시작하다가 쥐가 돌아오자 달아났다. 쥐는 열매를 먹고 다시 산울타리 안으로 기어들어갔다. 참새들이 돌아왔다. 그들은 번갈아가며 그렇게 했다.

"야!" 집의 모퉁이를 돌며 나타난 데브스가 말했다. "문을 두드렸는데 말이야."

나는 자전거를 손보다 말고 몸을 일으켰다. "못 들었어."

"뭐해?"

"걍 있어."

그녀가 소리 내어 웃었다. "새로운 말을 좀 배웠구나?"

침묵이 흐르는 가운데 내가 무슨 말이든 해야 할 것 같았고, 그래서 나는 말했다. "학교는 어때?"

"어……" 그녀가 말했다. "……**방학인데?**"

"아, 그렇지." 나는 이렇게 말하고는 낮은 목소리로 덧붙였다. "나는 정학을 당했어."

"들었어."

나는 달리 할말이 없었다.

"그럼 집안으로 들어가도 될까?"

나는 손에 묻은 자전거 때를 닦은 다음 그녀를 부엌으로 안내했다.

"좀 춥네, 안 그래?"

"할머니는 난방을 트는 걸 좋아하지 않으셔."

"우리 아빠랑 똑같네."

"그래?" 나는 할머니만 그런 거라고 생각했었다.

그녀가 어슬렁거리며 복도로 갔다. "이브 할머니는 어디 간 거야?"

"일하러." 내가 손에 묻은 흙을 씻어내며 이렇고 말하고 돌아서자 데브스는 사라지고 없었다.

그녀는 서재에서 벽에 걸린 그림을 살펴보고 있었다. 그녀는 비니를 썼고, 허리 위쪽 높이 달린 재킷 주머니에 양손을 넣고 있어서 팔꿈치가 양옆으로 튀어나왔다. 그 재킷은 좀 타이트했다. 그녀는 내가 자기를 보고 있다는 것을 알아차린 듯했는데, 왜냐하면 그림을 보다가 돌아섰을 때 나와 눈을 맞추었기 때문이다. 우리가 서로를 쳐다본 짧은 순간이 너무 길게 느껴졌다.

"그럼 불을 좀 때지 그래?" 그녀가 말했다.

데브스가 내게로 걸어오자 심장이 두근거렸다. 스피어민트 냄새를 풍기며 그녀가 지나갔다.

나는 따라갔다.

거실에서 그녀는 웅크리고 앉아 머리카락을 얼굴 위로 늘어뜨린 채 할머니의 레코드를 뒤적거리고 있었다.

그녀 뒤에 서 있자니 조금 이상한 기분이 들어서 나는 난로 근처로 가서 불을 땔 준비를 하기 시작했다. 내 뒤에서 레코드 커버들이 서로 부딪치는 소리가 났다.

"이건 어떻게 작동하는 거야?" 커버에서 레코드를 빼서 레코드플레이어에 올려놓으며 그녀가 물었다.

우리는 나란히 무릎을 꿇었고, 그녀가 스위치와 다이얼을 만지작거리는 동안 우리의 팔이 닿았다.

"이거야." 나는 **전원**이라고 쓰여 있는 커다란 버튼을 누르고는 그녀에게 빈정거리는 시선을 던졌다.

그녀는 코웃음을 쳤다.

총소리. 우리 둘 다 흠칫 놀랐다. 그러고는 기타 소리. 누군가가 우리에게 비웃음이 가득한 장광설을 늘어놓았다. 데브스가 손뼉을 쳤다.

"최고다!" 그녀는 이렇게 말하고는 방방 뛰고 빙빙 돌다가 안락의자에 털썩 주저앉았다. 나는 난로로 돌아가 성냥을 켜서 신문지에 불을 붙여 난롯불을 지폈다. 불꽃이 쉭쉭거렸다. 불쏘시개가 탁탁 소리를 냈다. 나는 깔개에 편안히 앉아 손바닥으로 몸을 지탱한 채 얼굴에 열기를 쬐었다. 데브스는 손가락 끝을 탑 모양으로 맞대고는 양손 너머로 나를 응시했다. 사악한 천재 같았다. 나는 드러누웠다. 그 밴드는 지향하는 바는 있지만 그곳에 도달하려고 그리 애쓰지는 않는 듯한 음악을 들려주었다.

쿵, 쿵.

그녀는 워커를 벗고 다리를 구부려 두 발을 몸 아래 깔고 앉았다.

노래가 코러스 부분에 이르자 나는 그 보컬처럼 비웃는 듯한 목소리로 노래를 따라 불렀다.

나는 계속 노래하며 울부짖었고 데브스는 웃음을 터뜨렸다. 자주색 양말을 신은 그녀의 발이 튀어나오더니 나를 부드럽게 쿡 찔렀다.

"그만해!"

"싫어어어어어!"

그녀는 다시 웃음을 터뜨렸지만 발은 계속 그 자리에 놓아두었다. 나는 노래를 멈추고 그녀와 함께 귀를 기울였다. 이제 거실에는 또다른 분위기가 감돌았다. 불꽃이 마른 장작을 향해 혀를 날름거렸다. 데브스의 발이 깔개와 내 등 사이에서 슬며시 움직였다. 심장박동이 빨라졌다. 나는 계속 불을 쳐다보았지만 이제 나의 의식은 오로지 그녀에게 집중되어 있었다.

내 갈비뼈 아래를 누르는 높은 쐐기 모양의 발. 갈비뼈가 그녀의 발에 닿은 채로 팽창했다가 수축했다. 나는 내 심장이 얼마나 빨리 뛰는지 그녀가 느끼지 못하길 바랐다. 그녀는 한쪽 발을 슬며시 빼더니 내 갈비뼈에 대고 발가락을 웅크렸다.

나는 손을 내밀어 그녀의 발목을 잡았다.

아주 잠시 동안 우리 둘 다 움직이지 않았다. 그러다가 그녀가 양발을 휙 거두어들였다.

"아!" 데브스가 이렇게 말하며 일어나더니 레코드플레이어 쪽으로 급히 달려갔다. 그러고는 볼륨을 줄였다. "깜박할 뻔했네." 그녀는 뒷주머니에서 접힌 종이 하나를 꺼내 내밀었다.

얼룩덜룩한 흑백 전단에 늑대가 보였다. 제일 위에는 컴브리아 늑대! 라고 쓰여 있었고 아래에는 지역 이야기의 밤, '더 크라운'에서라는 설명과 함께 1월 며칠이라는 날짜가 적혀 있었다.

"같이 가자." 그녀가 말했다.

스피커에서는 이제 음악이 아니라 끔찍하게 일그러진 백색소음이 들려왔다.

"너 괜찮은 거야?" 그녀가 물었다.

녀석은 내 안에 머물러 있었다. 나를 따라다니고 있었다.

나는 일어나서 레코드플레이어 쪽으로 갔다. 톤암을 들어올리자 지직거리는 잡음이 났다.

"왜 그래?"

참새들은 산울타리에서 바삐 움직이며 아름다워 보일 만큼 깨끗한 쥐와 열매를 나눠 먹는 중이었다. 잔가지와 나뭇가지가 드리워져 있었다. 온 세상에 생기가 가득했다. 쓸모없고 정지된 나를 제외하고는.

"루크."

나는 그녀를 마주보았다.

"같이 가자." 그녀가 말했다. "무슨 일인지 알아봐야지."

둥그렇게 뜬 그녀의 눈이 반짝였다.

나는 간신히 고개를 끄덕이고는 창 쪽으로 몸을 돌렸다.

"나는 네가 관심을 보일 줄 알았어." 그녀가 실망한 목소리로 말했다.

나는 갈색 산비탈, 검은 바위, 쌓인 눈을 살펴보았다.

쿵 하는 소리와 구겨지는 소리가 나서 돌아보니 그녀가 워커를 당겨 신으며 발목을 조르려는 것처럼 끈을 단단히 꽉 묶고 있었다.

차 한 대가 샛길을 따라 올라왔다.

데브스는 일어나서 비니를 썼다. 나는 우리의 우정이—만일 그런 게 존재했다면—끝장났다는 끔찍한 생각이 들었다. 그녀를 멈추기 위해, 나 자신의 생각을 멈추기 위해 무슨 말이라도 하고 싶었지만 내가 할 수 있는 일이라고는 그녀가 떠날 준비를 하는 모습을 지켜보는 게 전부였다.

할머니의 작은 피아트가 덜컹거리며 캐틀그리드를 넘어왔다. 데브스는 문 쪽으로 향했다.

"잠깐만."

그녀는 멈추지 않았다. 내가 현관에 이르기 전에 그녀는 집 앞 계단에서 할머니를 만났다. 나는 거실에 머물며 귀를 기울였다.

"데버라!"

"안녕하세요, 이브 할머니, 마침 나오는 길에 만났네요."

"오, 유감이로구나."

"안녕히 계세요."

"차 한잔 마시고 가지 않겠니?"

나는 움직이지 않았다.

"그래, 차 한잔 마시고 가거라, 데버라. 정말 오랜만에 만났잖니."

데브스는 그러겠다고 한 게 분명했다. 할머니가 "찻물을 끓이마"라고 말하고서 부엌으로 향했고 데브스는 거실로 돌아와 나를 쳐다보지도 않은 채 안락의자에 털썩 앉았기 때문이다. 나는 할머니를 도우러 갔다.

"둘 사이가 틀어진 거니?" 차를 준비하며 할머니가 속삭였다.

"아니에요."

그릇이 딸그락거렸다. 우유가 콸콸 쏟아졌다.

할머니가 내 팔을 꽉 쥐었다.

주전자의 물이 끓었다.

"알겠다." 재빨리 미소를 지으며 할머니가 말했다.

우리는 다시 거실로 갔다.

데브스는 광부 파업에 대한 할머니의 책을 휙휙 넘겨보고 있었다.

"그래서, 학교생활은 어떠니, 데버라?"

"감사해요." 책을 의자 팔걸이에 내려놓고 머그잔을 받으며 그녀가 말했다. "솔직히 말하면 학교생활은 형편없죠. 하시는 일은 어떠세요? 괜찮은 사건이라도 좀 있나요?"

"어려운 사건뿐이야." 할머니가 말했다.

"짜증나는 사건뿐이로군요." 데브스가 말했다.

할머니가 소리 내어 웃었다. "대충 그런 거지."

데브스는 책 뒤표지의 사진을 살펴보았다. 말 탄 경찰들이 상의가 벗겨진 채 한 줄로 늘어선 남자들을 끌고 가는 사진이었다. 나는 난롯가로 다가가 서서 타오르는 장작을 부지깽이로 쿡쿡 쑤셨다.

"혹시 **직접** 법적인 문제를 일으키신 적도 있나요, 이브 할머니?" 데브스가 물었다.

"한 번."

나는 돌아섰다. 할머니는 침울하고 진지해 보였다. "할머니가요?" 못 믿겠다는 듯한 목소리로 내가 물었다.

"칭찬처럼 들리진 않는구나, 루커스." 할머니가 말했다.

"뭘 하셨는데요?" 데브스가 물었다.

"조랑말이 끄는 이륜마차를 몰았다는 죄로 체포 위협을 당했지."

데브스가 크게 웃음을 터뜨렸다.

"마차를 몰고 뭘 하셨길래요?" 내가 물었다. "난폭 운전?"

"아니." 할머니가 방어적으로 말했다. "게다가 나는 난폭 운전을 했을 리가 없어, 왜냐하면 네 엄마도 생각해야 했거든."

심장이 쿵쾅거렸다. 왜 할머니가 엄마를 언급한 거지? 할머니는 한 번도 엄마를 언급한 적이 없었다.

"그래서 무슨 일이 있었는데요?" 데브스가 물었다.

"그때는 빈필드 전투가 벌어지던 무렵이었어—"

"그게 뭔데요?" 데브스가 물었다.

"경찰이 스톤헨지에서 유랑자들을 공격한 사건."

"할머니가 경찰에게 공격당했다고요?" 깜짝 놀란 목소리로 데브스가 물었다.

"아니, 하지만 그들은 우리를 스톤헨지 무리의 일원으로 여겼어. 내 친구 하나가 국토를 횡단하는 중이었는데, 차가 없어서 조랑말이 끄는 이륜마차로 이동했지. 그 친구랑 같이 가줄 누군가가 필요해서 내가 자원했어. 그 당시 내 아기는 태어난

지 겨우 몇 달밖에 안 된 상태였단다."

내 아기? 할머니는 지금 엄마 이야기를 하고 있었다. 게다가 나는 할머니가 그곳에 아기―내 엄마―를 데리고 갔다는 사실을 믿을 수가 없었다. 할머니는 제정신이 아니었나? 할머니는 이 세상 최악의 어머니였나?

"결국 경찰은 우리를 풀어줘야만 했어."

"왜요?" 부루퉁한 목소리로 내가 물었다.

"그건 아마도," 데브스가 말했다. "자신들을 다루는 법을 아는 여자를 상대할 자신이 없어서였겠죠."

"그 말이 맞다, 데버라." 여전히 엄숙하지만 분명 칭찬을 들어 기쁜 기색으로 할머니가 말했다. "물론 그 불량배 패거리를 상대하려면 재치도 필요하지만 말이야."

데브스가 콧소리를 내며 웃었다.

"엄마는 할머니를 싫어했어요." 나는 조용히 말했다.

거실에 끔찍한 침묵이 흘렀다. 심지어 지금까지 강한 모습만 보여준 데브스도 당황한 눈치였다.

"부모님은 어떻게 지내시니, 데버라?" 아주 잠깐의 침묵 후에 할머니가 물었다.

"아." 화제가 바뀌자 잠시 놀란 데브스가 말했다. "잘 지내세요. 엄마는 잘 지내세요. 아빠도 잘 지내시고요. 뭐…… 아빠가 어떤지는 잘 아시잖아요."

"아직도 '늑대'에 대한 망상에 사로잡혀 있겠지, 안 그러니?" 데브스의 태도가 변했다.

"물론 너처럼 똑똑한 여자애는 그 말을 안 믿겠지, 데버라?"

"음, 어떤 면에서는 믿어요."

"영국에는 야생 늑대가 없어."

"글쎄요, **재는** 봤대요." 그녀가 턱짓으로 나를 가리켰다.

할머니가 재빠르게 나를 응시하고는 나와 데브스를 번갈아 쳐다보았는데, 이에 더 짜증이 난 듯한 데브스가 말했다. "만일 늑대처럼 생기고, 늑대처럼 소리 내고, 늑대처럼 행동하는 무언가가 있다면 그건 아마도 늑대겠죠."

"이 어린 친구가 잘못 보지 않았다면 그렇겠지만, 잘못 봤을 가능성이 높겠지."

"루커스만 본 게 아니잖아요, 안 그래요? 아빠도 봤어요. 다른 농부들도 봤고요."

할머니는 파리라도 쫓듯 손을 저었다.

데브스의 얼굴이 빨개졌다.

"왜 일하러 안 가세요?" 내가 불만스럽게 말했다.

"크리스마스잖니." 할머니가 응수했다.

길고 어색한 침묵이 또 한번 이어졌다. 데브스는 차를 내려놓았고 곧 떠날 것처럼 보였다. 하지만 그때 그녀가 말했다. "왜 크리스마스트리가 없는 거죠?"

할머니는 깜짝 놀랐다. 나도 깜짝 놀랐다. 또한 나는 할머니가 모든 면에서 얼마나 형편없고 이상하게 행동하는지를 문득 깨달았다—우리는 심지어 크리스마스트리도 없었다. 나는 내 머그잔을 가만히 들여다보았다.

"글쎄." 할머니가 말했다. "크리스마스트리가 필요할지 아직 결정하지 못해서."

"저는 차가 싫어요." 내가 말했다. "왜 늘 제게 차를 주시는지 모르겠어요."

"저 갈게요." 데브스가 일어나며 말했다. "그냥 인사하러 들른 거였어요."

나는 그녀가 가지 않기를 바랐다.

"그 저녁 이야기 행사에 같이 갈게." 내가 불쑥 말했다.

데브스가 나를 빤히 쳐다봤다. "아무래도 여기 크리스마스트리가 있어야겠어." 그녀가 말했다. "장식도 좀 달고."

"알겠어." 내가 나직이 말했다.

"좋아." 하지만 그녀는 가지 않고 대신 안주머니에서 뭔가를 꺼내기 시작했다. "참, 너 주려고 가져온 거야." 그것은 크리스마스 선물 포장지로 싸고 은색 리본을 묶은 선물이었다. 그녀는 별 뜻은 없다는 듯 무심하게 건넸다.

"고마워." 나는 뜨거운 손으로 선물을 받으며 말했다. 그녀는 나와 눈을 마주치려 하지 않았다.

"루커스는 너한테 뭘 줬니?" 할머니가 물었다.

데브스는 어깨를 으쓱했다.

"아직 포장을 못했어요." 나는 거짓말을 했다.

데브스가 떠난 후 할머니는 엄중하게 경고하는 목소리로 말했다. "그애한테 뭐라도 사주는 게 좋을 거다." 할머니는 머그잔을 들고 부엌으로 갔다. 나는 할머니를 따라가서 할머니가 설거지하는 동안 문간에 서 있었다. 마침내 나는 물었다.

"엄마를 데리고 다닐 때 어떠셨어요? 조랑말이 끄는 이륜마차를 타고 국토 횡단을 하셨을 때 말이에요. 엄마는 왜 데려가신 거죠?"

엄마라는 말을 입 밖에 내니 이상했다. 그 말은 물리적 실체를 지닌 사물처럼 내 뱃속 깊숙한 곳으로 떨어졌다.

"네 엄마는 아기였어. 보살핌이 필요했지. 선택의 여지가 없었어. 그애도 즐거워하는 것 같더구나."

"할아버지는 어디 계셨죠?"

"아마 일하고 있었겠지."

"할머니는 엄마가 영원히 떠난 후로 엄마를 그리워했나요?"

할머니는 돌로 변하기라도 한 듯 꼼짝도 하지 않았다.

그러더니 퉁명스럽게, 그게 무슨 대가를 치러야 하는 일이라도 된다는 듯이, 고개를 끄덕였다. 할머니는 설거지를 계속했다. 할머니는 내 질문의 무게에 짓눌려 고개를 숙이고 있는 것처럼 보였다.

"크리스마스트리를 하나 들여야겠어요." 내가 말했다.

할머니는 나를 등지고 있었기에 나는 할머니가 어떤 기분인지 알 수 없었다.

할머니가 또다시 고개를 끄덕였다. 이번에도 그게 무슨 대가를 치러야 하는 일이라도 된다는 듯이.

크리스마스

크리스마스이브에 나는 켄들에서 선물할 만한 물건을 찾으며 아침을 보내다가 묘안이 떠올라 중고 음반 가게로 들어갔다. 그곳에서는 새 레코드도 팔았는데 그중에는 영 새비지스의 최신 십이 인치 레코드도 있었다. 아마도 데브스는 이미 그 노래를 가지고 있겠지만 실물 앨범은 없을 것이었고, 레코드를 재생할 수 없더라도 그녀가 좋아할 거라고 생각했다. 할머니에게 줄 선물로는 여러 종류의 스페셜리스트 차가 든 박스를 구입했다. 할머니가 나를 데브스네 집까지 태워다줬지만 집에 아무도 없어서 나는 포장한 선물을 문에 기대어놓고 왔다.

나는 숲으로 들어가서 호랑가시나무도 잘라 왔다. 아빠는 호랑가시나무와 겨우살이를 잘라서 집에 가져오곤 했다. 크리스마스가 되면 집은 녹색 나뭇잎으로 가득했다. 연말연시를 맞아 할머니가 양보한 것은 오후 네시부터 중앙난방장치를 켜는 것이었다.

*

그날 저녁 늦게 미테시가 내게 전화를 걸어서 크리스마스 인사를 했다. 미테시는 크리스마스를 기념하진 않지만[*] 그래도 크리스마스에 일어나는 이런저런 일들은 좋아한다.

나는 무슨 말을 해야 할지 몰랐다. 우리는 평소에 이야기를 많이 나눈 적이 한 번도 없었다. 그저 함께 컴퓨터게임이나 축구를 하고 음악을 들었을 뿐. 그래도 그는 이제 자신이 요즘 빠져 있는 뱅가드라는 새로운 밴드에 대해 이야기하기 시작했다. 나의 신경은 자꾸 거실의 난롯불소리로 쏠렸다. 거실에서는 할머니가 이라크전쟁에 대한 두꺼운 새 책을 읽고 있었다. 미테시가 하는 말은 어쩐지 유치하게 들렸고, 내가 예전에 어떻게 그런 이야기에 조금이라도 관심을 가질 수 있었는지 이해가 되지 않았다.

미테시가 이야기를 멈췄다. 나는 이야깃거리를 생각해내려

---

[*] 미테시(Mitesh)는 인도계 이름이다.

고 머리를 굴려보았다. 머리가 갑자기 텅 비어버렸다.

"학교생활은 어때?" 미테시가 물었다.

"더할 나위 없지."

미테시의 웃음소리에 수화기가 요란하게 쉭쉭거렸다. 그는 내가 빈정거리고 있다고 생각했다. 하지만 아니었다. 그저 거짓말을 하고 있었을 뿐. 그래서 나는 말했다. "할일이 아주 많아. 새로운 책에 시간표도 다르고. 그래서 바쁘지, 뭐."

"친구는 좀 사귀었어?"

"어, 그래. 맬키, 데브스…… 스티브, 제드, 앨릭스."

침묵.

할머니가 저녁식사 준비하는 걸 도우러 가야 한다고 말하려는데 그가 말했다. "너 말투가 변했네."

"어떻게?"

"북부 사람 느낌이 나."

나는 뭐라고 대꾸해야 좋을지 알 수 없었다. 미테시 말투는 미국 사람 같다는 것 말고는.

잠시 침묵이 흐른 후 그는 크리스마스 이후에 치러야 할 모의고사에 대해 이야기했다. 모의고사쯤이야 식은 죽 먹기라고, 그는 말했다.

미테시가 하는 말 가운데 중요한 것은 하나도 없었다. 단 하나도. 사람이 죽는 문제에 비하면 그건 아무것도 아니었다.

"공부는 잘하고 있어?" 그가 물었다.

"시험 따윈 중요하지 않아." 내가 말했다. "그런 건 아무 의미도 없어."

"흠. 나한테는 모의고사가 중요한데 말이야." 상처받은 말투로 미테시가 말했다.

또다시 정적이 흘렀다.

"할머니가 저녁식사 준비를 도우라셔. 이제 끊어야겠어, 미테시."

"알겠어, 친구." 그는 마음속으로 무언가를 고심하는 듯했다. 그러더니 고심을 끝내지 못한 채 그냥 이렇게 말했다. "또 이야기하자."

나는 거실로 돌아갔다.

"네 친구는 어떻게 지낸다니?" 읽던 책에서 눈을 떼지 않은 채 할머니가 말했다.

"잘 지낸대요." 내가 말했다.

나는 난롯불을 응시했다. 할머니가 책장을 넘겼다. 바깥에서 부는 바람이 시골집을 한 바퀴 훑고 갔다.

"우리집은 언제 정리하러 갈 거예요?"

할머니가 책에서 눈을 떼며 고개를 들었다.

"음." 내가 말했다. "집을 정리하긴 해야 할 거 아니에요, 안 그런가요?"

"중간 방학까지 기다려도 늦지 않아. 아니면 부활절이나."

"일을 안 하시는 지금은 어때요?"

"지금은 집을 정리할 기력이 없구나."

할머니는 다시 책을 읽기 시작했다.

"엄마는 어렸을 때 어땠나요?"

할머니는 책을 내려놓고 독서용 안경을 벗더니 아무 말도 없이 나를 가만히 바라보았다.

"너 같았지." 할머니가 말했다.

"어떤 면에서요?"

할머니의 시선이 내게 머물렀다가 불꽃이 춤추는 난로로 옮겨갔다.

"어떤 면에서요?"

"고집 세고. 의지가 강하고. 공상적이라는 면에서."

나는 엄마가 강한 의지를 보였을 만한 순간을 떠올리려 애썼지만 생각나는 것은 엄마의 웃음소리뿐이었다. 엄마는 재미있게 즐기는 걸 좋아했다. 내가 어렸을 때 엄마는 나와 축구를 하며 이기는 걸 좋아했다. 할머니 말이 그런 뜻일까?

"너는 생김새도 엄마를 닮았어." 할머니가 말했다.

나는 그 말을 듣고 깜짝 놀랐다.

"너를 보면 네 엄마가 생각나." 할머니가 말했다.

나는 말했다. "저도 할머니를 보면 엄마가 생각나요."

할머니의 눈이 휘둥그레졌다.

"생각해보니 말이죠." 내가 말했다. "할머니도 자기 주장이 강하고 고집이 세요."

할머니는 눈을 반짝이며 나를 계속 응시했다. 그러다가 몸을 움찔했다.

"왜 그러세요, 할머니?"

할머니는 고개를 저었다.

난롯불이 탁탁 소리를 냈다. 우리는 불꽃이 추는 춤을 지켜보았다.

스트랭

크리스마스가 지나고 날씨가 나빠졌다.

또다시 눈이 왔다. 험준한 화강암 바위가 눈과 대비를 이루며 시커먼 모습을 드러냈다. 눈이 갈라진 틈을 메웠다. 잔디밭은 조로 가면을 쓴 매끈한 갈색 새 말고는 아무도 찾지 않는 흰색 카펫으로 변했다.

사람들은 큰길에 모래와 소금을 뿌려 지나다닐 수 있게 만들었지만 라디오에서는 계속 미끄러지고 충돌하는 이야기만 들려왔다. 어떤 멍청이는 혼자 고원지대에 갔다가 길을 잃고 다음날 아침에 얼어죽은 채 발견되었다.

크리스마스와 새해 사이의 어느 날 할머니는 켄들에 있는 푸드 뱅크에 물품을 전달하러 가야겠다고 결심했다. 희부옇고 푸르스름한 날이었다. 나는 할머니에게 날씨가 풀릴 때까지 기다리라고 말했지만 할머니는 사람들이 음식을 기다리게 할 수는 없다고 말했다. 할머니는 내게 같이 가겠느냐고 물었고 나는 싫다고 대답했다. 물론 삽을 들고 밖으로 나가 샛길의 얼음을 깬 후 길 가장자리로 밀어내서 할머니가 더 편하게 내려갈 수 있도록 만들어주긴 했지만 말이다. 그러고 나니 기분이 좋았다. 피부가 따끔거리고 얼어붙은 공기로 폐가 화끈거리는 감각을 즐겼다. 세상을 가둔 추위에 맞서는 일을 즐겼다.

차를 몰고 얼어붙은 샛길을 따라 큰길로 내려가는 것은 위험한 일이었다. 나는 샛길 꼭대기에 서서 할머니가 가는 모습을 지켜보았다. 대문 기둥의 서리는 자기를 띤 금속 줄밥처럼 꼿꼿하게 서 있었다. 할머니는 비탈길을 천천히 내려갔다. 작은 피아트에서 하얀 배기가스가 피어올랐다. 차는 어느 순간 브레이크를 걸고 미끄러졌지만 이내 다시 제정신을 차리고 서행하며 내 시야를 빠져나갔다.

할머니가 떠난 뒤 나는 뭔가 도움이 되는 일을 하기로 결심했다—수프를 만들기로 했다. 집에는 채소가 아주 많았다. 나는 데브스가 좋아했던 레코드를 틀어놓고 거실에서 흘러나오는 음악을 들었고, 보컬이 부르는 알아듣기 힘든 노래 가운데 따라 부를 수 있는 부분은 콧소리를 내며 따라 불렀다. 이따금 할머니가 돌아가셨을 거라는 날카로운 두려움이 엄습했다. 나는 쿵쿵거리는 금속음을, 바스러지는 소리를 들었다. 그래서 나는 노래를 더 크게 부르며 썰고 끓이고 휘저었다. 삼십 분이 지나자 할머니의 차가 샛길을 따라 올라오는 소리가 들렸다.

나는 서재로 가서 할머니가 얼음 속에서 대문을 통과하는 데 도움이 필요하진 않을지 확인했다. 나무 사이로 흰 차의 지붕이 보이더니 파란색과 노란색 체크무늬가 시야에 들어왔고, 스테이션왜건 경찰차 한 대가 덜컹거리며 캐틀그리드를 지나 터닝서클에 멈춰 섰다.

몸속에서 피가 모조리 빠져나간 기분이 들었다.

경찰관이 내렸다.

그가 열린 차 문 안으로 몸을 숙였다. 다시 몸을 일으켰을 때 그는 금발머리 위에 모자를 쓰고 있었다. 그는 문을 쾅 닫은 뒤 자갈을 밟으며 시골집을 향해 걸어왔다.

할머니가 돌아가신 것이다.

나는 부엌으로 갔다.

현관문 노커 소리가 들렸다─똑-똑-똑.

관의 양옆에는 손으로 들 수 있게 노커 핸들이 달려 있다.

다시 똑-똑-똑 하고 철제 노커 소리가 들려왔지만 이번에는 이전보다 백만분의 일 초쯤 더 느렸다. 그래서 그것은 첫번째 노커 소리에 대한 빈정거림처럼 들렸다.

나는 움직이지 않았다. 우편함이 삐걱거렸다.

"계세요?" 거칠고 굵은 목소리가 들렸다.

증기의 압력으로 냄비 뚜껑이 달가닥거렸다.

"계세요?"

우편함이 삐걱거리며 닫혔다.

곧 차의 시동이 걸리고 그는 떠날 것이었다. 나는 엔진소리가 들리길 기다렸다.

집안에 그림자가 드리워졌고 나는 돌아섰다. 부엌 창문 바깥에 커다란 경찰관이 서 있었다. 그의 셔츠는 새하얬고 넥타이는 시커멨다.

잠시 우리는 서로를 응시했다. 그러고서 그는 뒷문을 가리켰다.

나는 죽음을 불러온다.

그가 손가락으로 허공을 쿡쿡 찔렀다.

나는 부엌을 가로질러가서 문을 열었다.

"루커스 페티퍼?" 느린 목소리로 그가 말했다.

나는 대답하지 않았다.

"네가 루커스 페티퍼니?"

나는 고개를 끄덕였다.

"이브 랜스데일의 손자?"

"네." 나는 속삭이듯 대답했다.

"내가 들어가도 될까?"

나는 발을 끌며 뒤로 물러났다. 그가 들어와서 문을 닫고 검은 모자를 벗었다.

"우리 같이 여기 앉을까?"

그의 모자가 식탁에 거꾸로 놓였다. 모자 안쪽에는 가운데가 검게 얼룩진 갈색 땀 밴드가 둘려 있었다. 그가 앉았다. 나도 앉았다.

커다란 어깨. 커다란 팔. 땀 밴드에 눌린 부분을 따라 선 모양의 자국이 생긴 금발 머리카락.

"네 할머니가 지난주에 경찰에 연락한 걸 알고 있니?"

냄비 뚜껑이 달그락거렸다.

"크리스마스 전 금요일 밤. 일 년 중에 가장 바쁜 밤에 말이야. 그래서 우리는 할머니랑 다툰 십대 한 명을 여기저기 찾아다녀야 했어. 그것이 어떤 일인지 아니?"

"아뇨." 나는 말했다. 물론 말보다는 속삭임에 가까웠지만.

"농담이겠지, 루커스."

나는 침을 꿀꺽 삼켰다. "할머니에게 무슨 일이 생겼나요?"

"더 중요한 건 바로 네가 아닐까, 루커스? 넌 그것이 어떤 일인지 아니?"

"그것이라니 뭘 말씀하시는 거죠?"

"나랑 장난치지 말아라, 얘야."

나는 빤히 쳐다보았다. "저는 도무지—"

"입 다물어!"

나는 놀라서 펄쩍 뛰었다. 그러고는 조용한 목소리로 말했다. "'그것'이라고 말씀하셨을 때 그 뜻이 불분명했어요. 저는 '그것'이 뭔지 모르겠어요. 할머니는 괜찮으신 건가요?"

그가 거대한 몸을 앞으로 숙였다. 커다란 두 손바닥이 오래된 책처럼 펼쳐졌다.

"경찰의 시간을 낭비하는 거. 나는 바로 그걸 말하는 거야."

왜 그는 할머니에 대해 말해주려 하지 않는 것일까?

"오늘 아침에 너희 학교에 가서 선생님과 이야기를 나누었어. 내가 어떤 이야기를 들었을까?"

"모르겠는데요."

"네 생활기록부에는 문제가 아주 많더구나."

"학교에서 그걸 경관님에게 알려줘도 되는 건가요?"

"애야, 지금 나를 놀리는 거냐?"

차 한 대가 부르릉거리며 숲속으로 들어왔다.

경찰관은 나를 주시하고 있었다. 나는 그가 무슨 말을 하는 건지 알 수 없었다. 혹은 그가 왜 나를 괴롭히며 할머니에게 무슨 일이 일어났는지 말해주지 않는 것인지.

차가 삐걱거리며 캐틀그리드를 지났고, 경찰관의 시선이 소리가 나는 쪽으로 옮겨갔다. 몇 초 후 문에서 열쇠 돌아가는 소리가 들렸다.

"루커스!" 할머니가 외쳤다.

나는 벌떡 일어섰다. 두려움이 가득한 얼굴로 할머니가 뛰어들어왔다.

할머니의 물리적 존재감이 내게 가득 밀려왔다. 할머니의 짧은 잿빛 머리, 할머니의 부드러운 피부, 할머니의 지긋한 나이까지. 하지만 그 나이에도 불구하고 할머니는 생기로, 인간다운 느낌으로 가득차 있었다. 할머니는 그때까지 내가 본 그 누구보다도 인간다웠다. 할머니가 나를 꼭 붙잡았다. 비누와 부드러운 피부 냄새가 났다. 나는 할머니의 거친 모직 재킷에 뺨을 비볐다. 할머니는 몸을 뒤로 빼고 내 눈을 들여다보았다. "괜찮은 거니?"

나는 고개를 끄덕였다.

할머니는 나를 옆으로 밀어내고 경찰관을 마주했다. 볼만한 광경이었다, 그것은. 감정이 다 빠져나간 할머니의 몸은 페널티킥을 차기 직전의 축구 선수처럼 고요해졌다. 할머니가 딱딱하고 조용하고 느린 목소리로 말했다. "지금 뭐하시는 거죠?"

"저는 최근에 벌어진 사건에 대해 부인의 손자와 이야기를 나누던 중이었—"

"이름이 뭐죠?"

"스트랭입니다, 부인. 스트랭 경관이요. 저는 부인의 손자와 개인적으로 이야기를 좀 나누러 여기 왔ㅡ"

그는 도중에 말을 멈추었는데, 왜냐하면 할머니가 자리를 떠나버렸기 때문이다. 할머니는 메모지와 펜으로 무장하고 돌아왔다. 그리고 이제 경찰관의 한쪽 어깨에 쓰여 있는 숫자를 소리 내어 읽으며 받아 적었다.

"미성년자 취조와 관련된 법에 대해 알고 계시나요, 스트랭 경관님?" 메모를 마치며 할머니가 물었다.

할머니는 대답을 기다렸다. 나도 기다렸다. 스트랭 경관의 금빛 속눈썹이 파르르 떨렸다. 그의 입술 사이로 혀끝이 튀어나왔다.

"어떤 의미에서……?"

"보호자 혹은 그에 준하는 성인을 동반하지 않고 미성년자를 취조하는 것은 허용되지 않는다는 의미에서요, 스트랭 경관님."

고개를 비스듬히 기울이고 입을 일자로 꾹 다문 채 할머니는 대답을 기다렸다. 스트랭 경관이 입술을 소리 없이 몇 번 움직였다. 그러더니 입을 열었다.

"저는 그저 비공식적으로ㅡ"

할머니는 그를 잠시도 더 봐주기 힘들다는 듯 눈을 감고는 손을 들어 멈추라는 표시를 했다. "당신의 상관이 누구죠?"

"부인, 저는 그저ㅡ"

"스웨이트 경사?"

아무 대답도 없었다.

"나가요." 할머니가 말했다.

잠시 후 경찰관은 식탁에서 모자를 집어들고 할머니를 곧장 지나치더니 복도를 지나 밖으로 나갔다. 할머니는 그를 문까지 따라가서 팔짱을 끼고 서 있었다. 이제 할머니의 차가 주차되어 있어서 그의 커다란 스테이션왜건을 움직일 공간이 많지 않았으므로 그는 앞뒤로 여러 번 왔다갔다해야 했고, 우리는 그가 마침내 마당을 빠져나가 나직한 소리를 내며 캐틀그리드를 지나 사라지는 모습을 지켜보았다.

"멍청한 놈." 할머니가 식식거리며 말하고는 숨을 급히 들이쉬고 한 손을 골반에 얹었다.

내가 할머니를 또다시 안아주려 하는데 할머니가 말했다. "어디서 타는 냄새가 나는데?"

할머니는 나를 지나 부엌으로 급히 걸어갔고, 나는 할머니를 따라서 수프를 구하러 갔다.

이야기꾼들

나는 데브스를 기다리며 부엌을 서성거렸다. 우리는 펍에서 하는 저녁 이야기 행사에 가기로 했고, 그녀의 아빠가 우리를 태워다줄 예정이었다.

"그만 좀 서성거리렴!" 서재에서 할머니가 외쳤다.

도로에 늑대가 나타날 것이고, 데브스의 아빠는 방향을 홱 틀 것이고, 우리는 차 사고를 당할 것이었다.

"불안한 게로구나." 할머니가 외쳤다. "그게 정상이지 — 너는 그애랑 똑같아."

"뭐라고요?" 걸음을 멈추며 내가 외쳤다.

할머니는 대답하지 않았다. 나는 서재로 들어갔다. 할머니는 사무용 책상 앞에서 어깨에 숄을 두른 채 독서등을 켜고 환한 종이의 동굴 속에 앉아 있었다.

"아뇨, 저는 불안하지 않아요." 나는 이렇게 말하고 부엌으로 돌아가서 다시 서성거리기 시작했다.

할머니가 들어왔다.

"대체 무슨 생각을 하고 있는 거니?" 할머니가 물었다.

"우리는 차 사고를 당할 거예요."

"그럴 가능성은 거의 없어."

"하지만 불가능한 일은 아니죠."

"그래, 불가능한 일은 아니지."

나는 뭐라고 대꾸하고 싶었지만 그냥 참았다. 샛길에서 자동차 엔진 소리가 들려왔다. 할머니와 나는 잠시 눈길을 교환했고, 차가 캐틀그리드를 지나자 나는 문으로 향했다. 강풍에 나무들이 세차게 흔들렸다. 은빛 스테이션왜건의 헤드라이트가 맹렬히 빛났다.

"재밌게 놀다 오렴!"

나는 현관문을 쾅 닫았다.

"안녕." 내가 차에 타자 데브스가 말했다.

"안녕." 내가 말했다.

셰리든 베네딕트는 아무 말도 하지 않았다.

우리는 캐틀그리드를 지난 다음 속력을 높여 샛길을 내려갔다. 데브스가 신나서 눈을 반짝이며 앞좌석 옆으로 고개를 돌렸다. "크리스마스는 잘 보냈어?"

"응. 너는?"

그녀는 얼굴을 찌푸리더니 빈정대는 어조로 말했다. "끝내 줬지."

"너희 둘은 펍에 가기에는 너무 어려." 그녀의 아빠가 말했다.

데브스가 얼굴을 앞으로 돌렸다. "아, 그렇군요, 마치 아빠는 열여덟 살 전에는 펍에 한 번도 들어가본 적이 없는 것처럼 말하네요?"

우리는 방향을 틀어 큰길로 들어섰다. 무언가가 내 뺨에 뜨거운 숨을 내뿜었고 나는 비명을 질렀다.

데브스가 다시 얼굴을 내밀었다. "폴카!" 그녀가 웃음을 터뜨렸다.

목양견은 트렁크에 서서 뒷좌석 너머로 고개를 내민 채 내 귀에 젖은 코를 들이댔다.

"밀어내버려."

그럴 필요가 없었다. 왜냐하면 폴카가 사라져버렸기 때문이다. 그때 나의 다른 쪽 어깨 너머로 폴카가 주둥이를 내밀더니 이 저녁 시간에 다들 어디로 가는 건지 궁금해하며 뜨겁고 지독한 숨을 내뿜었다. 나는 손바닥을 내밀어 폴카를 부드럽게 밀었다. 녀석은 움직이지 않았다. 나는 더 세게 밀었다. 폴카는 입을 다물었지만 여전히 움직이지 않은 채 그저 엄숙히 앞만 쳐다보았다. 나는 그게 헐떡이는 것보다는 낫다고 판단했다. 그 순간 폴카가 입을 열더니 다시 헐떡이기 시작했다. 나는 앞좌석 사이로 몸을 숙였다.

"요즘 네가 빌려준 책을 읽고 있어." 내가 말했다.

"재미있어?"

"응. 정말 재미있어."

"좋아할 줄 알았어."

"무엇에 관한 책인데?" 셰리든 베네딕트가 물었다.

"늑대요." 데브스가 말했다.

셰리든 베네딕트가 고개를 돌리더니 특유의 기이한 표정으로 나를 쳐다보았다. 나는 다시 좌석에 등을 털썩 기대고 앉았다.

펍에 도착하려면 얼마나 걸릴지 궁금했다. 만일 우리가 살아서 거기 도착한다면 말이지만. 보이는 것이라고는 빛나는 계기판과 도로의 흰 차선을 게걸스럽게 삼키는 자동차 후드뿐이었고, 들리는 것이라고는 엔진소리와 폴카가 내 귀에 대고 헐떡이는 소리뿐이었다.

십 분 후에 깜빡이가 켜졌다. 우리는 방향을 틀어서 오르막을 오르기 시작했다. 셰리든이 말했다. "어쨌거나 너희는 거기 들어갈 수 없을 거야. 미성년자니까."

그 말에 누구도 대답하지 않았다.

몇 분이 더 지난 후 그가 다시 깜빡이를 켰고, 차는 속도를 줄이며 석조 건물로 다가갔다. 바깥에 간판이 있었다. 굴뚝에서 연기가 피어올랐다.

"열한시에 데리러 오마."

그는 차를 멈추었다. 데브스가 차에서 내린 다음 내가 문을 여는데 셰리든이 내 소매를 붙잡았다. 실내등이 그의 변색된 손가락 관절과 더러운 회반죽으로 뒤덮인 손마디 하나를 비추었다. 그가 몸을 들이밀자 안경 렌즈가 번쩍였다. "내 딸에게 못되게 굴면 어떻게 되는지는 너도 잘 알 거다, 이 녀석아."

안전벨트 끈이 그의 목 위에서 꼬여 있었다. 잠시 내 눈에 아빠가—아빠의 기울어진 목이—보였고, 나는 그의 손에서 소매를 휙 빼내며 급히 차에서 내리다 문에 무릎을 부딪혔다.

"열한시 정각—" 그가 외쳤지만 나는 문을 쾅 닫으며 나머지 말을 잘라버렸다.

나는 다리를 절뚝이며 주차장을 가로지르면서 무릎을 문질렀다. 데브스가 발 앞꿈치로 깡충 뛰었다. "아빠가 뭐래?"

나는 뭐라고 중얼대기 시작했지만 그녀는 "신난다!" 하고 말했고, 나는 그녀를 따라 안으로 들어갔다.

기다란 바 테이블과 불 앞에서 빛나는 난로의 놋쇠 장식이 우리를 맞이했다. 벽에는 낡은 지도들, 그리고 협곡과 폭포와 산봉우리 그림이 걸려 있었다. 하지만 펍은 텅 비어 있었다. 사람이라고는 바 테이블 뒤에서 휴대폰 위로 몸을 숙이고 화면을 스크롤하고 있는 따분한 기색의 젊은 여자 하나뿐이었다.

당황한 데브스가 말했다. "이야기꾼들은 어디 있지?"

여자는 고개를 들더니, 내가 여태껏 살면서 경험해보지 못한 아주 극심한 수준의 지루함이 담긴 비난조의 표정을 우리 둘에게 던지고는 다시 휴대폰 속 빛의 웅덩이로 돌아갔다. "뒤쪽으로 들어가." 고개를 들지 않은 채 여자가 느릿느릿 말했다.

거기 있는 유일한 다른 문으로 걸어간 우리는 펍의 뒤쪽이 앞쪽과 다르다는 것을 알게 되었다. 냉동고만큼이나 차갑고 형광등으로 환히 밝혀진, 콘크리트 바닥과 회반죽을 바른 돌벽이 있는 통로. 갑자기 나는 늑대에 대해 더이상 알고 싶지 않았다. "어…… 우선…… 마실 것부터 가져올까?"

데브스는 통로를 따라 걸어가더니 통로 끝에 쳐진 두꺼운 커튼 사이로 사라졌고, 잠시 후 그녀를 뒤따라 무거운 천을 헤치며 들어가니 어둠이 펼쳐졌다. 유일한 빛은 넓은 무대를 비추는 푸르고 둥근 조명뿐이었고 그 무대 한가운데에 마이크 스탠드가 놓여 있었다. 누군가가 어둠 속에서 어렴풋이 나타나 데브스 가까이로 몸을 숙이더니 우리를 계단 아래 거의 빼곡하게 차 있는 좌석으로 데려갔다. 우리는 무릎을 부딪치며 안쪽 자리로 들어갔다. 몹시 추운 통로와는 달리 그곳의 공기는 덥고 습했으며 거의 숨쉬기 힘들 정도였다. 나는 재킷을 벗으려고 몸을 돌리다가 우리 뒤에 앉아 있던 수염을 기른 남자와 눈이 마주쳤다. 그는 시선을 피하지 않았다. 데브스가 팔꿈치로 쿡 찔러서 나는 다시 앞을 바라보았다.

나는 곧장 무대 위의 엄청나게 굵은 두 다리와 맞닥뜨렸는데, 그것은 타탄무늬 치마를 입은 키가 작고 땅딸막한 여자의 것이었다. 그녀는 정중하고 깊은 목소리로 첫번째 이야기꾼을 소개했다.

속이 북의 가죽처럼 팽팽히 당겨지는 느낌이었다.

정장 위에 파카를 걸친 남자가 마이크 앞으로 걸어나왔다. 그가 이야기를 시작했지만 나는 그 공간의 분위기, 답답한 공기, 나를 빽빽이 둘러싼 관객들이 너무 의식되어서 하나도 들어오지 않았다. 하지만 점차 이야기가 귀에 들어오기 시작했다. 한 여자와 한 남자, 그리고 둘의 아이에 대한 이야기였다. 하지만 그가 이야기하는 방식 때문에, 혹은 어쩌면 이야기 자체가 지닌 문제 때문에 집중이 되지 않았다. 마치 아무것도 머릿속에 들어오지 않는 학교로 돌아간 것 같았다. 남자가 이야기를 멈추었다. 데브스가 점점 긴장하는 게 느껴졌다. 남자는 이야기를 이어나갔는데, 이제는 계속 말을 더듬었다. 몇 번 더 듬거리더니 그는 입을 다물어버렸다. 데브스는 부들부들 떨다가 무언가를 꿀꺽 삼키는 듯했다. 남자는 이야기를 계속했지만 몇 초 후에 다시 말문이 완전히 막혀버렸다. 이제 들리는 소리라고는 증폭된 침묵으로 인한 웅웅거림뿐이었다. 남자는 높고 불안한 어조로 흠 소리를 냈다. 데브스는 화장실이 급하거나 재채기를 참으려 애쓰는 것처럼 몸을 심하게 들썩거렸다. 높은 어조의 흠 소리가 끝나고 뒤이어 또다른 길고 웅웅거리는 침묵이 이어지더니 남자가 무심결에 꿀꺽 침을 삼켰는데, 그 순간 데브스가 웃음을 터뜨리고 말았다.

그녀는 양손으로 입을 틀어막고 몇 초 동안 웃음을 참았지만 이내 간간이 코웃음을 치더니 결국 양손을 떼고 웃음을 터뜨렸고 이번에는 도저히 멈출 수 없는 듯 보였다. 적어도 거대한 다리의 여자가 쿵쿵거리며 통로를 내려와 좌석의 줄 끝에서 놀라울 만큼 큰 목소리로 "이만 나가주세요!" 하고 식식대며 말하기 전까지는.

우리는 일어나 사람들과 무릎을 부딪치면서 급히 계단으로 향했는데, 내가 계단에서 발을 헛디디자 데브스는 다시 웃음을 터뜨렸다. 우리는 펍 안을 거의 달리다시피 해서 곧장 차가운 밤공기 속으로 뛰쳐나왔다. 데브스는 웃음을 그칠 줄 몰랐다. 얼굴에 눈물이 흘러내렸다. 마침내 그녀는 웃음을 멈추었지만 내 얼굴을 보더니 다시 웃기 시작했다.

나는 펍의 돌계단을 걸어찼다. 그녀가 왜 웃는지 알 수 없었다.

나는 왜 안 웃는지도 알 수 없었다.

그녀는 실컷 웃다가 겨우 웃음을 그쳤다.

"너무 춥네." 나는 얼얼하게 차가운 공기에 대고 말했다.

그녀가 마치 방금 전력 질주를 끝마친 듯 반짝이는 눈을 크게 뜨고 몸을 흔들며 생기 가득한 모습으로 거리낌없이 나를 마주보았다. 나는 늑대에 대해 알고 싶지도, 이야기꾼들이 있는 공간에 들어가고 싶지도 않았는데, 이제 이렇게 쫓겨나고 나니 어쩐지 무언가를 빼앗긴 것만 같은 기분이 들었다. 아니면 그저 데브스처럼 즐거워할 수 없어서 화가 났는지도 몰랐다―그래서 나는 그녀를 추위 속에 남겨둔 채 다시 안으로 들어가서 음료를 주문한 후 창가에 앉았다.

몇 분 후에 데브스가 들어왔다. 그녀도 음료를 사서 들고 왔다.

"세상에, 정말 웃겼어." 그녀가 말했다.

나는 무뚝뚝하게 고개를 끄덕였다.

"배가 아플 정도야." 그녀가 말했다. 그러더니 내게 민망해하는 눈빛을 던진 후 덧붙였다. "나도 어쩔 수가 없었어." 그녀는 미소를 참으려 애썼지만 실패했다.

나는 미소를 애써 참았다. 나도 데브스처럼 밤을 즐길 수 있으면 좋겠다는 생각이 들었다. 아마 몇 달 전이라면 그랬을 것이다.

"그럼 우리 이제 뭐할까?" 마침내 데브스가 말했다.

"몰라."

"여기 있고 싶진 않아."

"나도."

그녀가 부모님에게 전화했지만 전화를 받지 않았다.

"너희 할머니가 우리를 집까지 태워다주실 수는 없을까?"

나는 할머니에게 전화했지만 할머니도 전화를 받지 않았다.

"그럼 우리는 열한시까지 여기 갇힌 거네." 그녀가 말했다.

나는 끙 하는 소리가 나오려는 걸 간신히 참았다.

*

중간 휴식 시간을 맞이한 이야기꾼들이 쏟아져나와 바에 모였다. 거대한 종아리를 지닌 땅딸막한 여자가 우리를 노려보았다.

"사이코." 데브스가 중얼거렸다.

"저 여자는 아마 정강이에 억센 털이 나 있을 거야." 나는 말했다.

데브스가 소리 내어 웃었다.

그 여자는 데브스가 웃는 것을 보고 무척 화가 난 듯했기에 나는 그녀가 우리에게 올 줄 알았는데, 그녀보다 먼저 수염을 기른 남자 하나가 커다란 맥주잔을 들고 우리에게 다가왔다.

진바지의 허리 부분이 비치볼의 둘레처럼 그의 배 가운데를 둥글게 감싸고 있었다. "우리를 용서해주렴." 미국식 억양으로 그가 말했다. "우린 아마추어거든."

데브스가 그를 힐끗 쏘아보았다. "정말요?" 빈정거림이 흘러넘치는 목소리로 그녀가 말했다.

남자가 말했다. "그래서, 너희는 이야기를 좋아하니?"

데브스가―아마도 또다른 모욕적인 말을 내뱉고자―입을 열었고, 그래서 나는 말했다. "우리는 늑대 이야기를 들으러 왔어요."

"그럼 너희는 늑대에 관심이 있는 게로구나?" 남자가 이렇게 말하며 자리에 앉자 데브스는 내게 경고의 눈빛을 보냈다. 어색한 침묵이 흐른 후 남자가 말했다. "나는 늑대를 한 번 만난 적이 있지."

"어디서요? 동물원?" 데브스가 말했다.

"아니, 시베리아에서."

데브스와 나는 서로 눈빛을 교환했다.

"나는 숲을 여행중이었어." 남자가 말했다.

"정말인가요?" 데브스가 말했다.

"그래."

그는 더이상 아무 말도 하지 않았다.

"그래서, 무슨 일이 있었죠?" 데브스가 물었다.

"그게 다야."

"참 멋진 이야기로군요." 데브스가 말했다.

"그건 이야기가 아니었어." 남자가 미소를 지었다. "매일 밤 녀석들은 산등성이에 모였지. 나를 지켜봤어. 다른 건 아무것도 하지 않았어. 그저 지켜보기만 했지. 그러던 어느 날 밤 한 마리가 내 텐트에 머리를 들이밀었어."

나는 그를 빤히 쳐다봤다.

"퍽이나 그랬겠네요." 데브스가 말했다. "텐트 지퍼를 채우지 않았나요?"

"녀석은 텐트 맨 아랫부분에 코를 천천히 밀어넣고 지퍼를 올렸어."

"퍽이나 그랬겠네요." 데브스가 말했다.

"내가 아는 늑대 이야기가 하나 있어." 단념하지 않고 남자가 말했다. "하지만 이 이야기가 진짜인지 가짜인지는 나도 모르겠구나. 내가 사는 지역에서 전해들은 이야기야."

"늑대 인간을 만나셨군요, 안 그래요?" 데브스가 말했다.

"듣고 싶니?" 보아하니 데브스가 끊임없이 쏟아내는 모욕을 알아차리지 못한 듯 남자가 쾌활한 말투로 물었다.

"네." 나는 말했다.

"이건 심Sheem이라는 소년에 대한 이야기야."

"저는 이게 늑대에 대한 이야기인 줄 알았는데요." 데브스가 말했다.

"조용히 좀 해, 데브스." 나는 말했다.

그녀는 나를 힐끗 쏘아봤지만 더는 아무 말도 하지 않았다.

"어서요." 나는 말했다. "듣고 있어요."

"자, 이야기는 심이 어렸을 때부터 시작돼. 그는 부모님과 누나와 함께 거대한 북쪽 숲 옆에 살았지. 숲은 아주 크고 아주 어두웠어. 그리고 이 숲에는 늑대들이 살았어. 여기까지는 이해하겠니?" 남자가 미소를 지었다.

"네." 나는 데브스에게 시선을 고정한 채로 말했다.

"심은 그때 아기나 다름없었어. 심은 행복한 어린아이였고 모든 것에서 큰 기쁨을 느꼈지. 숲, 풀, 하늘. 어느 날 곰 한 마리가 숲에서 나왔어. 음식냄새에 이끌려 나온 곰은 가족을 놀라게 했어. 심의 아버지는 곰을 겁줘서 쫓아내려다 도리어 격분하게 만들었고, 곰은 너무 격분한 나머지 가족을 공격했지. 곰은 일격에 심의 아버지를 죽이고 말았어. 심의 어머니는 아이들을 재빨리 걸어안고 곰에게 쫓기며 숲으로 달려갔어. 그런데 곰은 잽싼 동물이지. 곰은 어머니를 잡아서 죽여버렸어. 그냥 그렇게. 일격에. 곰은 심과 그의 누나도 죽였을 거야, 바로 그 순간 전사 무리가 도착하지 않았다면 말이지. 그들은 숲에서 사냥을 하다가 어머니의 비명과 아이들의 외침을 듣고서 위험을 감지했던 거야. 전사들은 곰과 싸웠지. 곰은 아주 거대하고 흉포했기에 싸움은 긴 시간 동안 이어졌지만, 용감하고 강한 전사들은 결국 곰을 쓰러뜨렸어. 그리고 그들은 심의 누나를 구해냈지. 하지만 심은 어디 갔는지 보이질 않았어."

"심은 어떻게 된 거죠?" 내가 물었다.

"전사들은 몇 시간 동안 수색했지만 결국 아무것도 보이지 않을 만큼 날이 어두워지자 포기하고 마을로 돌아갔어. 그들은 심의 누나를 데리고 갔지."

"심은 어쩌고요?" 내가 물었다.

"숲에서 산다고 한 늑대 무리 기억하니?" 수염을 기른 남자가 말했다.

"어떻게 잊을 수 있겠어요?" 데브스가 말했다.

"그 늑대들이 심을 발견했어. 심은 숲속 깊은 곳까지 기어갔고, 그래서 녀석들이 심을 발견한 거지."

"그러고는 잡아먹었나요?" 데브스가 말했다.

"아니, 녀석들은 심을 자기 종족처럼 키웠어."

"늑대 아기네요." 데브스가 말했다.

"정확해." 남자가 말했다. "늑대 아기였지. 그러고는 늑대 소년이 되었고. 여러 해가 지났어." 남자는 이야기를 이어나갔다. "그동안 심의 누나도 성장했지. 그녀는 여전히 자신을 구해준 부족과 살고 있었지만 그들은 유랑민이어서 이제는 다른 지역에 살았어. 어느 날 심의 누나는 강가에서 옷을 빨고 있었어. 때는 이른봄, 얼음이 녹는 시기였고, 강의 얼음도 부서지기 시작했지."

나는『야성의 부름』에서 사람들이 얼어붙은 강을 건너는 장면을 떠올렸다. 그들은 발아래서 얼음이 갈라지는 바람에 익사하고 말았다.

"거대한 얼음덩어리들이 강물 위를 떠다녔어. 섬이나 뗏목처럼 말이야. 그리고 심의 누나는 빨래를 잠시 멈추고 강둑에 서 있다가 어느 얼음덩어리 위에서 한 소년을 보았어.

심의 누나는 그 광경을 믿을 수가 없었어. 소년이 그녀를 응시했어. 그녀도 소년을 응시했지. 그녀는 정말 깜짝 놀랐어. 왜냐하면 소년을 알아보았거든. 심이었어. 예전보다 성장했을 뿐. 이제 거의 성인이 되어 있었지. 하지만 분명 심이었어─그녀는 그렇다는 걸 알았지.

그는 자신이 서 있던 얼음덩어리에서 다른 얼음덩어리로 건너뛰었어. 하지만 그것은 더이상 인간의 움직임이 아니었지. 그는 늑대처럼 움직였어.

'심!' 그녀가 그의 이름을 외쳤어. '심!'

그는 아무 말도 하지 않고 또다른 얼음덩어리로 뛰었지. 그는 조각나고 있는 강을 건너 그녀에게 오려는 것 같았어. 그때 건너편 강둑에서 움직임을 느낀 그녀는 눈 위에 늑대들이 모여 있는 것을 보았어. 그리고 심이 계속 다른 얼음덩어리로 뛰면 뛸수록 그녀는 그가 자기 쪽이 아니라 늑대들 쪽으로 가고 있다는 걸 깨달았어. 그리고 그는 변하고 있었지. 그는 더이상 소년이 아니었어. 성인도 아니었지. 그는 늑대가 되어가고 있었어. 그리고 그가 건너편 강둑으로 마지막 점프를 하는 순간 변신은 완료되었고 그는 완전히 늑대가 되어 착지했어.

'심!' 그녀가 외쳤지만 그 늑대는 무리에 합류해 그들과 함께 눈 덮인 강둑 위로 올라가더니 숲속으로 사라져버렸어."

"그러고는 무슨 일이 벌어졌는데요?" 데브스가 물었다.

"아무 일도 벌어지지 않았어." 남자가 말했다. "이야기는 거기서 끝나. 그녀는 두 번 다시 그를 보지 못했지."

남자는 나와 눈을 마주치고는 싱긋 웃으며 고개를 끄덕였다. "어땠니?" 그가 맥주잔을 들어 맥주를 마시며 갑자기 쾌활하게 물었다.

"뭐, 괜찮았어요." 데브스가 말했다. 그녀로서는 대단한 칭찬이었다.

"고맙구나." 수염을 기른 남자가 말했다. "아까도 말했듯이 우리는 아마추어야. 아, 다들 다시 들어가네."

그리고 그는 고개를 끄덕이더니 반 잔 정도 남아 있던 맥주를 단숨에 비우고 젖은 수염을 닦은 다음 다른 이들을 따라 무대가 있는 곳으로 돌아갔다.

우리는 몇 분 동안 아무 말 없이 앉아 있었다. 나는 검고 차가운 밤을 내다보았다.

"집까지 걸어가는 방법도 있어." 데브스가 제안했다.

얼음같이 찬 돌풍이 창문을 때리며 창틀을 흔들었다.

그녀는 부모님에게 전화해보았고 나도 할머니에게 전화해보았지만 아무도 전화를 받지 않았다.

"내가 지름길을 알아." 데브스가 말했다.

어둠

우리는 이십 분 동안 으르렁거리는 바람소리를 들으며 산을 끼고 있는 굽이진 도로를 걸어갔고, 그러다 데브스가 길을 건너 나무들이 있는 곳으로 갔다. 나무 아래에는 거의 완전한 어둠이 고여 있었고, 나는 그녀에게 부딪혀 휘청거렸다.

"조심해!" 그녀가 말했다.

"길 아는 거 확실해?"

데브스는 진흙투성이 길을 따라 계속 걸어갔다. 나는 뒤쫓아갔지만 그녀가 내게 서두르라고 외쳤을 때 소리가 훨씬 앞에서 들렸다. 나는 그녀의 목소리가 들려오는 곳을 향해 걸음을 재촉하며 빛을 찾아 눈을 크게 떴지만 빛은 전혀 보이지 않았다. 나는 똑바로 서 있기 위해 발로 땅을 두드려봐야 했다.

내가 어디에 발을 딛고 있는지 보이지 않았기 때문이다.

나는 무언가 부드러우면서도 단단한 것에 부딪혀 입을 탁 다물고는 작게 "아!" 하는 소리를 내뱉었다.

내가 부딪힌 무언가에서 작게 찰칵 소리가 나더니 라이터에서 불꽃이 일어났다. 그 무언가는 데브스였다.

"조심해!" 그녀가 말했다.

"너나 조심해!"

라이터 불꽃이 꺼졌다. 담배 끝이 발갛게 빛났다. 그녀는 다시 걸음을 옮겼다.

나는 서서 그 작은 오렌지색 불빛을 쳐다보았다.

"유콘에 있던 사람들은 멍청하게 길을 잘못 들어서 죽었어." 허공을 떠도는 오렌지색 점에 시선을 고정한 채 내가 외쳤다.

"글쎄, 내 말을 **잘못 들으면** 여기서 영영 헤매게 될걸." 그녀가 말장난으로 되받아쳤다.

"하. 하."

"어쨌거나 네 농담보다는 나아."

"나는 농담 같은 거 안 해."

"나도 알아."

우리는 아무 말 없이 질벅거리며 나아갔다. 나는 요정이 술 취한 남자를 습지로 끌고 가서 익사시킨다는, 엄마가 해준 이야기를 떠올렸다.

나는 딱 그렇게 될 운수였다.

"서둘러." 담뱃불이 보이는 위치보다 더 먼 곳에서 데브스의 외침이 들려왔다.

나무 사이로 바람이 쏴쏴 불었다. 나는 철벅철벅 걸어가다가 깊은 웅덩이에 발을 디디고는 욕을 내뱉었다.

담뱃불이 활 모양으로 움직이며 엉덩이 높이로 내려갔다.

"애초에 너는 왜 우리를 쫓겨나게 만든 거야?" 담뱃불이 보이는 곳을 향해 가며 내가 물었다. "이건 완전 헛짓거리야."

침묵. 담뱃불이 위로 올라가 더 강렬히 빛나더니 다시 아래로 내려갔다.

"너는 네가 뭔지 알아?" 그녀에게 다가가며 나는 말했다.

"아니. 하지만 지금 네가 말해줄 거라는 데 천 파운드 건다."

"너는 완벽한 염세가야."

"염세가가 뭔지나 알고 하는 소리야?"

"그래." 내가 말했다. "네가 바로 그런 사람이야."

담배가 위로 올라가 강하게 고동치다가 잠잠해지더니 옆으로 휙 날아갔다.

어둠. 계속 질벅거리는 신발소리.

"야!" 나는 빛을 찾아내려고 눈을 부릅떴다.

나는 조금 달리다가 멈춰 섰다.

"나를 두고 가지 마!"

나무 사이로 쉭쉭거리는 바람소리가 들렸다.

"데브스! 하나도 재미없어!"

나무 사이로 바람이 몰아쳤다.

"데브스!"

어둠 속 저멀리에서 희미한 목소리로 데브스가 외쳤다. "어디 한번 혼자서 돌아가봐, 이 **꼬맹이**야, 염세가랑 시간을 보내는 게 지겹다면 말이야!"

"데브스!"

아무 대답이 없었다.

"아우, 그만해 **진짜**!"

나는 다시 그녀와 부딪히거나 급경사에 넘어질까봐 두려워서 느리게 달리기 시작했다. 하지만 더 두려운 건 그녀를 놓치는 것이었다.

그때 그녀가 비명을 질렀다.

"데브스!"

대답이 없었다.

"하나도 재미없어!" 내가 외쳤다.

나무 사이로 바람이 세차게 몰아쳤다.

"장난 그만 쳐!"

나는 아무것도 안 보이는 상태로 앞을 향해 달렸다.

"데브스!"

아무 반응도 없었다.

"데브스!"

천둥 같은 소리가 땅을 훑고 지나갔다. 대지가 진동하는 게, 마치 전투기가 나를 향해 날아오는 것만 같았다. 천둥소리가 사방에 퍼지며 더 커지더니 땅에서 솟아올라 내 몸속으로 들어왔고, 그 소리가 나를 가득 채우는 동안 휘발유차가 요란하게 시동을 거는 듯한 굵직한 으르렁거림이 대기를 찢더니 사람보다 더 큰 단단한 덩어리가 공중을 가르며 나를 향해 날아왔다. 피할 시간이 없었다. 그것은 내 팔을 스치고는 사라져버렸다.

"데브스!" 나는 고함을 질렀다.

대답이 없었다.

나는 그녀의 목소리를 마지막으로 들었던 곳으로 달려갔다.
"데브스!"

머리가 단단한 무언가에 쾅 부딪혔다. "아얏!" 내가 외쳤다.

"아우!" 데브스가 외쳤다.

나는 털썩 주저앉았다. 머리가 빙빙 돌았다.

"데브스?"

"ㅇㅇㅇㅇㅇㅇ."

"데브스!"

나는 그녀를 와락 움켜잡았다.

그녀가 비명을 질렀다.

"데브스, 안심해. 나야!"

그녀가 나를 와락 움켜잡았다.

"세상에." 그녀가 울부짖었다. "세상에."

"무슨 일이야? 괜찮은 거야?"

데브스에게서 흙냄새가 났다. 내 뺨에 닿은 그녀의 입술은 축축한 밀랍 같았다. 그녀는 나를 바짝 붙든 채 내 목에 대고 신음을 내뱉었다. 그러더니 나를 밀어내고 허우적거리며 일어나 철벅거리며 가버렸다. 나는 그녀를 따라가다가 진흙에 미끄러졌다.

"데브스!"

내가 손가락을 뻗어 그녀의 재킷을 잡아당기자 무언가가 내 머리 옆을 가격했고 눈앞에 별이 보였다.

"때리지 마!"

그녀가 울음 섞인 숨을 거칠게 내쉬었다. 나는 기다렸다.

그녀의 호흡이 안정되기 시작했다.

나무들이 가볍게 한숨을 내쉬었다―소리로 미루어 보아 전나무와 소나무였다.

"무슨 일이야, 데브스?"

데브스는 미동도 없이 가만히 서 있더니 달아나버렸다.

나는 달려가서 그녀를 따라잡았다.

"너도 그거 봤어?" 내가 물었다.

그녀는 서둘러 걸음을 옮겼다.

"왜 그러는 거야?"

데브스는 대답하지 않았다. 이제 그녀는 오로지 걷는 데만
집중했고, 어둠 속에서 일어난 일이 무엇이건 그것은 그녀의
다급한 걸음에 실려 멀어져가고 있었다.

몇 분 후 우리는 숲에서 아스팔트 도로로 나왔고, 나는 데브
스의 흐릿한 윤곽을 알아볼 수 있었다. 그녀는 여전히 급히 걸
어갔고, 이윽고 우리는 마을에 도착했다. 가로등 불빛 아래서
보니 그녀의 뺨은 진흙으로 얼룩져 있었고 눈은 흐리멍덩했
다. 뭔가 나쁜 일이 일어났던 게 분명했다.

우리는 각자의 집으로 가려면 갈라서야 하는 지점에 가까워
졌지만 나는 그녀를 혼자 보내고 싶지 않았다. 그래서 갈림길
에 이르렀을 때 나는 데브스와 함께 갔다. 그녀가 홱 돌아서더
니 한 번도 본 적 없는 표정으로 나를 쳐다봤다―진짜 두려움
이 담긴 표정으로.

"대체 왜 그래?" 내가 물었다.

그녀는 내게서 한 걸음 물러섰는데, 내가 본 것은 두려움보
다 더 강렬한 감정이었다. 그것은 공포였다.

"나한테서 떨어져!"

그녀의 재킷에는 낙엽이 달라붙어 있었고 옷은 진흙투성이였다. 휘둥그레 커진 그녀의 눈을 보고, 나는 이 공포가 나와 관련된 것임을 깨달았다. 그녀는 나를 두려워하고 있었다.

"하지만 나는 네가 무사한지 확인해야 해." 나는 말했다.

"저리. 떨어져."

데브스는 황급히 거리를 걸어갔다. 나는 그녀가 거리 한가운데를 따라 로봇처럼 걸어가는 모습을 지켜보다가 그녀를 따라가기 시작했다.

그녀가 내 소리를 듣고는 휙 돌아섰다.

"저리 가!" 그녀가 목청껏 소리쳤다. "저리 가라고!"

"데브스, 나는 그냥—"

"봤어. 늑대를 봤어."

나는 그녀를 빤히 쳐다보았다.

"네가 불러온 거야. 너는 죽음을 불러왔어."

그 말을 들은 나는 쇳덩이로 변한 듯 그 자리에 못박혔다.

그녀는 광기에 사로잡힌 것처럼, 데브스가 아닌 다른 누군가가 되어버린 것처럼 잠시 몸을 천천히 흔들다가 거리를 달려갔다.

스케이트보드 신발

외투걸이와 식물들과 뱃속이 웅웅거리는 라디에이터가 있는 그 바보 같고 끔찍한 방. 바보 같은 파란색 스케이트보드 신발을 신은 채 낮고 편한 의자에 앉아 있는 이언. 전등 아래 빛나는 금빛 결혼반지. 바깥에는 한겨울의 어둠.

"우선 네게 말해두고 싶은 것은 말이야, 루커스." 이언이 부드러운 목소리로 말했다. "이 세션이 우리 둘만의 비밀이라는 거야."

나는 내가 학교에서 말썽을 일으킨 사실을 알고 있던 스트랭 경관을 떠올렸다. 학교는 그에게 그 사실을 알려주었다. 그러면 안 되는 것이었는데도. 둘만의 비밀이라는 것은 그저 거짓말이다.

"그러니까," 이언이 말했다. "나는 할머니에게 아무 말도 하지 않을 거야. 학교 선생님들에게도. 네가 그 사실을 이해하는 게 중요해."

"우리 할머니는 선생님의 할머니가 아니잖아요?"

"응?"

"왜 그분을 '할머니'라고 부른 거죠? 그분은 선생님의 할머니가 아니에요, 안 그런가요?"

그는 잠시 동안 이 말에 대해 생각해보더니 말했다. "너희 할머니."

라디에이터가 배를 꾸르륵거리며 괴상한 소리를 냈다. 세 번째 의자—할머니의 의자—는 내 뒤로 치워져 있었다. 나는 그것이 내 옆쪽 뒤에 있다는 사실을 어렴풋이 의식했다.

"그래서, 다시 오기로 결심한 게로구나." 이언이 말했다.

뻔한 말을 하고 상이라도 받길 기대했던 것일까? 그는 다리를 너무 심하게 벌리고 앉아 있었다—자기 자신에게 만족한다는 듯이. 두 팔은 느긋하게 늘어뜨린 채. 그것은 그 파란색 스케이트보드 신발만큼이나 가짜였다. 늙은이가 애들 신발을 신고 있다니.

그의 뒤에 있는 창문은 어두웠다. 나는 잠시 그것을 응시하려 애썼다.

침묵이 이상한 분위기를 띠기 시작했다.

"아마 제가 왜 정학을 당했는지에 대해 이야기하고 싶으시 겠죠?" 내가 말했다.

"원하는 것은 뭐든 이야기해도 괜찮아."

그렇다니 놀라웠다.

"무엇에 대해 이야기하고 싶니?"

컴퓨터게임. 미테시와 자주 이야기하던 주제다. 아니면…… 이런저런 것들. 잡다한 얘기. 데브스와는 그런 이야기를 했던 것 같다. 늑대의 밤 이후로 그녀를 보지 못했고, 그녀는 내 문자메시지에도 답하지 않았다.

"방금 무슨 생각 하고 있었니?" 이언이 물었다.

"아무 생각도 안 했어요."

"갑자기 슬퍼진 것처럼 보여서."

나는 어깨를 으쓱했다.

"무슨 얘기를 해야 할지 모르겠다면 방학에 대해 이야기해 보면 어떨까? 크리스마스 방학은 어떻게 보내고 있니?"

나는 어깨를 으쓱했다. "그럭저럭 괜찮아요."

"분명…… 힘들었겠구나."

"왜요?"

"부모님 없이 보낸 첫번째 크리스마스 아니었니?"

그는 내가 대답하길 기다렸다.

나는 어깨를 으쓱했다.

"너 혼자 보낸 첫번째 크리스마스였지." 그가 더 분명히 말했다.

"할머니가 계셨어요."

"그래서 어땠니?"

"괜찮았어요."

"잘됐구나."

그러자 무슨 이유에서인지 화가 났다. 마치 그에게 허점을 들킨 느낌이었다. 그는 더이상 아무 말도 하지 않았다. 그래서 나도 아무 말도 하지 않았다. 침묵이 점차 단단해졌다. 마치 공기가 보이지 않는 물질로 빽빽하게 이루어져 있는 것처럼.

"창문 좀 열어주실 수 있나요?"

"그러면 방안이 너무 추워져."

라디에이터에서 물방울이 터졌다.

이언이 갑자기 일어나더니 의자 뒤로 가서 고무 테두리가 달린 창문을 열었고, 시끄러운 차 소리와 추위가 들이쳤다.

그가 다시 자리에 앉았다.

"이제 좀 낫니?"

나는 그의 목에 찬바람이 가닿길 바랐다.

"네."

나는 꽉 쥐었던 주먹을 폈다. 겨울 공기가 고마웠다. 양쪽 귀에서 고음이 윙 울렸다. 머릿속에서 맥박이 쿵쿵 뛰었다. 눈을 감고 싶었다. 나는 열린 창문을 응시했다.

이언을 힐끗 쳐다보았다.

그는 기다리고 있었다.

나는 잠시 참고 있었던 게 분명한 숨을 좀더 편하게 내쉬었다.

내가 무슨 말이라도 하지 않으면 침묵이 계속될 듯했다. 할 말이 전혀 떠오르지 않았다. 나는 데브스와 보낸 그날 밤과 그 밤이 얼마나 형편없이 흘러갔는지를 생각했다. 그녀는 나의 문자메시지에 답하지 않았다. 그녀는 나를 다시 보고 싶어하지 않았다.

"다음주면 개학이에요." 내가 말했다.

"그래서 기분이 어떠니?"

"어휴!" 나는 그가 계속 나를 공격하는 방식에 신물이 나서 말했다.

"내가 한 무슨 말 때문에 짜증이 났구나."

"아뇨."

"그래도 괜찮아."

그것은 마치 권투경기 같았다. 그는 내게 펀치를 한 방 먹이고는 내가 반격하려 하자 춤을 추듯 몸을 피해버렸다. 나는 팔짱을 끼었다.

"평소에 짜증날 때가 많니?"

나는 어깨를 으쓱했다.

"무슨 말 때문에 짜증이 난 거니?"

"질문 좀 그만하세요. 제가 원하는 걸 말하라고 하셨잖아요. 그런데 자꾸 질문을 하시네요. 여기는 학교가 아니잖아요, 안 그런가요?"

"그래, 학교는 아니지."

침묵. 차가운 공기는 침묵을 흐트러뜨리지 못했다. 그저 방을 춥게 만들고 있을 뿐이었다.

"또 뭐가 너를 짜증나게 하니?"

나는 이언의 바보 같은 밝은 파란색 스케이트보드 신발과, 자신이 최고라는 듯 다리를 벌리고 의자에 편히 기대앉은 그의 의기양양한 모습을 응시했다. 만일 내게 그 조약돌이 있었다면 그에게 던졌을 것이다. 대신 나는 팔짱 낀 팔을 풀고 나무의자 팔걸이를 꽉 붙잡고는 말했다. "그 바보 같은 스케이트보드 신발이요."

"내 운동화가 너를 화나게 한다고?"

"선생님은 형편없는 사람이에요. 그거 아세요?"

"화가 났구나."

"제 기분을 어떻게 아시죠? 선생님은 제가 아니잖아요, 안 그래요?"

"그래. 나는 네가 아니지."

"그리고 선생님은 우리 아빠도 아니에요. 그저 자기가 애들처럼 스케이트보드 신발을 신을 수 있다고 생각하는 늙은 거짓말쟁이일 뿐이에요. 선생님은 아이가 아니잖아요, 안 그래요? 선생님은 성인이에요. 결혼도 했고요, 맞죠? 아이는 있나요?"

그는 아무 말도 하지 않았다. 침묵이 더 깊고 무거워졌다. 라디에이터가 공기 방울을 만들며 방귀를 뀌었다.

그가 말했다. "내가 너를 도와줄 수 있을 것 같구나."

라디에이터가 안간힘을 쓰기 시작했다.

나는 거의 숨결 같은 나지막한 목소리로 말했다. "선생님은 거짓말쟁이예요."

나는 그가 정말 싫었다. 그는 자기가 모든 것을 가졌다고 생각했다. 가짜 행복, 파란색 스케이트보드 신발, 아내와 아이까지. 그가 내 심정을 어떻게 알겠는가? 만일 내게 그 조약돌이 있었다면 나는 그걸로 그를 죽였을 것이다.

나는 자리에서 일어나 뒤에 있는 할머니의 의자에서 재킷을 집어들고 밖으로 나갔다. 몹시 강력한 도어체크 때문에 문이 재빨리 닫혔다.

시간 낭비였다. 모든 게 시간 낭비였다.

잔디 언덕

월요일에 새 학기가 시작되었다. 나는 자전거를 타고 등교했다. 학교에 이르기 전에 멈춰서 자전거를 들고(무거웠다) 돌담 너머로 옮긴 다음 나뭇가지에 자전거 자물쇠를 채웠다. 배낭을 메고 들판의 풀 사이를 헤치며 허물어져가는 오두막을 지나 옆길로 학교에 들어갔다.

아무도 나에게 말을 걸지 않았다. 다들 내가 물어뜯을지도 모른다고 생각하는 게 분명했다.

복도에서 제드를 봤다. 나는 그가 나를 쳐다볼 거라고 확신했지만 그는 내 존재를 알아채지 못한 것처럼 본척만척하더니 커다란 몸을 이끌고 알 수 없는 표정으로 느릿느릿 지나가버렸다.

첫 시간은 과학이었다. 그다음은 지리. 선생님들의 말이 머리 위를 비행운처럼 미끄러져 지나갔다.

쉬는 시간에 나는 데브스를 찾으러 갔다. 오두막 뒤에는 없었다. 잔디 언덕에도 없었다. 도서관에도 없었다. 운동장에도 없었다. 그녀는 여전히 내 문자메시지에 전혀 답을 하지 않았다.

쉬는 시간 후에는 앤드루스 선생님의 영어 수업이 이어졌고, 그곳에는 스티브 스콧이 있었다. 그는 한마디도 하지 않았다. 나를 쳐다보지도 않았다. 나는 시종일관 그를 의식했다.

앤드루스 선생님은 나를 가만히 내버려두고 내게 어떤 질문도 하지 않았다. 우리는 『야성의 부름』을 거의 끝내가고 있었고 선생님은 주제를 요약해서 설명하는 중이었다. 스티브가 우리의 불화를 떨쳐버린 것 같다는 생각이 들기 시작할 무렵, 앤드루스 선생님이 판서를 하려고 화이트보드를 향해 돌아서자 그가 내 쪽으로 몸을 돌리더니 집게손가락으로 자기 목을 그었다.

나는 그의 멍청하고 빈정거리는 얼굴에 시선을 고정한 채 입을 벌리고 하품했다. 앤드루스 선생님이 판서를 마치자 그는 다시 앞으로 몸을 돌렸다. 선생님은 무슨 일이 일어났다는 것을 알아차리고는 우리 둘을 번갈아 휙휙 쳐다봤지만 정확히 무슨 일인지는 확신하지 못했다.

*

　점심시간. 데브스를 찾으러 다녔다. 스티브와 그의 늑대 무
리에 대한 경계를 게을리하지 않으면서. 누가 무엇을 먹을지
는 무리의 우두머리가 결정한다. 그러니 그가 모든 공격을 주
도할 것이다. 나는 데브스를 찾을 수 없었다.

　나는 그녀가 나와 절교하고 싶어할까봐 두려웠다.

　그녀는 구내식당이나 도서관에도 없었다. 자기 반에도 없었
다. 운동장이나 허물어져가는 오두막 옆에도 없었다. 나는 잔
디 언덕까지 먼길을 걸어갔다. 오르막을 올라 큰길로 간 다음
디딤대를 넘어 좁은 길을 따라 올라갔다.

　그곳에는 몇몇 커플들이 무리 지어 추위에 하얀 입김을 내
뿜으며 몸을 웅크린 채, 온기를 위해 돌 위에 서로 가까이 붙
어앉아 있었다. 그리고 짧게 뜯긴 잔디 위를 구불구불 가로지
르는 나무뿌리 위에 데브스가 서 있었다. 한 소년과 함께.

　나는 학교로 돌아갈까 하고 생각했다. 소년은 나를 알아보
고 데브스에게 뭐라고 말했고, 그러자 그녀가 쳐다보았다. 내
가 다가가자 데브스는 내게서 등을 돌렸다. 그녀가 소년을 보
고 얼굴을 찌푸린 게 분명했는데, 왜냐하면 그가 묘한 미소를
짓고 있었기 때문이다. 나는 소년의 이름은 몰랐지만 그가 그
녀의 동급생이라는 것은 알았다. 머리가 금발이었다.

커플들은 우리 사이가 틀어진 것을 알고 극적인 사건을 기대하는 듯 조용해졌다. 나는 물러설 수 없었다. 이제 와서 돌아가는 건 너무 끔찍할 테니까. 그녀는 익숙한 야전 상의를 입고 있었지만 머리는 달랐는데, 전과 어떻게 달라졌는지는 알 수 없었다. 그녀는 "두고 봐"라고 말하고 있었다.

"안녕, 데브스."

그녀가 나를 마주보았다. "아." 그녀가 말했다. "거기 있는 줄 몰랐네. 나한테 무슨 볼일이라도 있니?"

나한테 무슨 볼일이라도 있니?

"내 문자 못 받았어?" 내가 물었다.

"지금은 좀 바빠서 말이야."

소년이 조용히 킬킬거렸다. 나는 어떻게 해야 좋을지 알 수 없었다.

"그래서 무슨⋯⋯?" 그녀는 마치 내가 우스꽝스럽다는 듯이 금발 녀석을 힐끗 쳐다보고 입을 일그러뜨리며 빈정거리는 목소리로 말했다.

"알고 싶어서 그래⋯⋯" 내가 말했다. 그러고는 하얀 입김이 뿜어져나올 만큼 추운 날에 어떻게 이렇게 얼굴이 뜨거울 수 있는지에 대한 이유 말고 내가 또 알고 싶은 게 뭘지 생각했다. 그러자 이런 질문이 떠올랐다. "⋯⋯그날 밤 늑대를 보았을 때 무슨 일이 있었던 거야?"

"나 지금 바빠." 그녀가 살짝 증오가 깃든 목소리로 이렇게 말하고는 등을 돌렸다. 금발 녀석이 다시 킬킬거렸다.

"넌 지금 말을 하는 거야, 아니면 그냥 짐승소리를 내는 거야?" 나는 그에게 말했다.

가슴을 부풀리고 팔을 고릴라처럼 늘어뜨린 채 그가 내 쪽으로 한 발짝 걸어왔다.

"위협하지 마, 이 멍청이야." 내가 말했다.

금발 녀석이 달려들었다. 나는 뒤로 휙 피했다. 그의 옆에서 데브스가 손을 내밀더니 그의 건장한 가슴 위로 손가락을 펼쳤다.

"그럴 가치가 없는 애야, 샘." 맨날 형편없는 낮 시간대 연속극만 보며 거기 나오는 대사를 따라 하는 사람처럼 그녀가 말했다.

"세상에, 너는 가끔 정말 바보처럼 굴 때가 있어, 데버라."

"꺼져, 루커스." 그녀가 역겹다는 듯 내 이름을 내뱉었다.

나는 돌아서서 언덕을 걸어내려왔다. 커플들―재잘거리는 새들―이 웃는 소리가 들렸고, 반쯤 내려왔을 때 나는 가식적인 그들 모두에게 가운뎃손가락을 들어 보였다.

한 소년이 나를 향해 물개처럼 짖으며 박수를 쳐댔고, 나머지 아이들은 울부짖듯이 웃음을 터뜨렸다.

나는 듣지 않았다. 물론 다 들렸지만.

*

    학교를 마치고 집으로 돌아왔을 때 할머니는 여전히 직장에서 일하고 있었다. 이제 할머니가 인터넷을 설치해주었으므로 나는 인터넷에 접속해서 미테시와 다른 친구들이 무엇을 하고 있는지 확인했다. 다들 주말에 파티에 간 모양이었다.

    나는 종이와 불쏘시개를 쌓고 작은 장작을 놓아 불을 지폈고, 헛간으로 가서 말릴 장작을 좀더 들고 왔다. 조로 가면을 쓴 새가 시골집 벽 높은 곳에 있는 자기 쥐구멍을 재빨리 들락날락하고 있었다.

    할머니가 지친 모습으로 추위에 떨며 집으로 돌아왔다. 심지어 얼굴도 평소보다 더 부드러워 보였다. 파일 바인더가 든 가방이 무겁게 축 처져 있었다. 할머니는 가방을 바닥에 털썩 내려놓은 뒤 머리를 문지르고 배를 주물렀다.

    "차 한잔 드릴까요?" 내가 물었다.

    할머니는 고개를 끄덕였다.

    "제가 불을 피웠어요."

    나는 가서 주전자를 불에 올렸다.

    "오늘 하루는 잘 보냈니?" 마치 안개 속에서 내다보듯 나를 바라보며 할머니가 물었다.

    "가서 앉아 계시면 차를 갖다드릴게요."

나는 할머니에게 차를 갖다드리고 불을 더 피운 다음 맞은편 안락의자에 앉았고, 할머니는 머그잔을 들고 앉아서 불길을 응시했다.

"오-늘-은-뭐-했-니?" 할머니가 물었다. 할머니는 그런 식으로, 마치 기계처럼 이상한 말투로 물었다.

"괜찮으세요, 할머니?"

천천히, 자신을 둘러싼 안개 속에서 할머니가 고개를 끄덕였다.

"몸이 편찮으시면 병원에 가보셔야죠."

나는 할머니가 내 말을 들었는지 알 수 없었다.

"아무래도 차를 마시기 전에 좀 누워 있어야 할 것 같구나, 레이철."

내 심장이 아주 세게 쿵쿵 뛰었다.

할머니는 일어나려고 애쓰다가 그만두고는 바깥의 깊은 황혼을 응시했다.

"왜 그러세요?" 내가 물었다.

"그냥 딱새가 있어서." 할머니가 말했다. 바깥을 내다보니 희미한 빛 사이로 나뭇가지에 앉아 있다가 재빨리 날아오르는 쥐색 새가 보였다. 할머니는 머그잔을 들고 거실 밖으로 나가더니 워커를 벗기 위해 머그잔을 계단에 내려놓으며 한숨을 내쉬고는 스타킹만 신은 발로 쿵쿵거리며 천천히 계단을 올라갔다.

겨울

켄들. 어둠. 러시아워의 붐비는 차들. 강가의 학교 아이들. 이언이 일하는 국민건강공단 건물. 어둠 속에 불을 밝힌 방들. 옷을 잔뜩 껴입고 고개를 숙인 채 한 소녀와 함께 천천히 계단을 올라가는 여자. 나는 그 둘이 유리문으로 들어갔다가 앞쪽의 대기실에서 다시 모습을 드러내는 것을 지켜보았다.

학교 아이들이 지나갔다. 수다를 떨며. 사라져버렸다.

이제는 늦은 시간, 어둠 속에서 보이지 않는 나. 한겨울의 강추위.

*

나는 문을 두드렸다.

"들어오렴!"

나는 들어갔다.

"안녕, 루커스."

나는 자리에 앉았다.

침묵.

"재킷을 벗고 싶니?"

"아뇨."

라디에이터가 배를 꾸르륵거렸다.

조금 더 이어지는 침묵. 그러고는 아주 길게 이어지는 침묵.

침묵이 너무 거북해지기 전에 이언이 말했다. "한 주 동안 어떻게 지냈니?"

나는 그 말에 놀랐다.

"그럼 제가 늦은 것에 대해서는 잔소리하지 않으실 건가요?"

"그래. 하지만 궁금하긴 하구나." 그가 차분하게 말했다.

그렇다면 말해주지 않겠노라고 나는 생각했다.

침묵이 이어졌다.

내가 침묵을 깼다. "선생님은 한 주 동안 어떻게 지내셨어요?"

그는 처음에는 대답해주지 않았다. "글쎄, 이야기는 네가 해야지. 이건 너를 위한 시간이니까."

"그럼, 선생님은 말을 안 하시는 거군요."

"나에 대해서는 안 하지. 이건 너를 위한 시간이야."

침묵이 더 이어졌다.

저 라디에이터는 자기가 소화불량에 걸렸다는 사실을 누군가에게 정말로 말해야 할 것 같았다.

"그럼 지난번 일은요?" 내가 공격적으로 말했다.

잠시 뜸을 들이다가 그가 말했다. "지난번이 어땠는데?"

나는 얼굴을 붉혔다. "제가 무슨 말을 하는지 아시잖아요."

"네가 성질부린 것 말이니? 그에 대해서 이야기하고 싶은 거야?"

"저는 성질부리지 않았어요."

또다시 침묵. "흠, 그럼 네가 그냥 나가버렸다고 해두자."

나는 작은 승리의 미소를 숨기려 애썼지만 이언의 얼굴에는 아무런 표정도 없어서 승리가 무색하게 느껴졌다. 나는 방을 힐끗 둘러보았다. 텅 빈 책장, 카펫 타일. 오늘 이언은 구두를 신고 있었다. 갈색 구두.

그는 지친 얼굴이었다. 그의 곱슬곱슬한 잿빛 머리카락은 할머니의 머리카락보다 더 어두웠다.

"무슨 생각 하고 있었니?" 그가 물었다.

"아무 생각도 안 했어요."

그가 고개를 크게 끄덕였다. "얼굴이 변했구나."

나는 의자에 앉은 채로 자세를 바꾸었다. 팔걸이에 놓인 그의 손가락에는 칙칙한 금반지가 끼워져 있었다. 나는 그가 결혼한 지 얼마나 됐을지 궁금했다.

"아이가 있으신가요?" 나는 물었다.

그는 한동안 대답하지 않았다. 나는 그가 대답할 거라는 기대는 전혀 하지 않았다. 자기 자신에 대해서는 말할 수 없다고 했으니까.

"그래." 그가 말했다. 나는 그가 대답해줘서 놀랐다.

"아들이에요, 딸이에요?"

"왜 하필이면 그걸 물어보는 거니?"

나는 한쪽 어깨를 으쓱했다. "선생님은 미친 사람도 만나시나요?" 나는 물었다.

잠시 침묵이 이어졌다.

"어떤 사람들은 극심한 정신적 문제를 안고 있지. 가벼운 정신질환을 앓는 사람들도 있고. 혹은 공포증이나. 하지만 모든 것을 병으로 규정할 필요는 없어. 어려움을 겪는 사람들이 있을 뿐. 그들은 삶이 힘겨운 이들인 거지."

더 긴 침묵. 라디에이터는 따뜻한 물을 잠시 동안 긴 한숨처럼 자유롭게 흘려보내고 있었다.

"그럼 아까 기다리던 사람들은요? 아래층에 있던 여자애 말이에요."

"나는 아래층에서 너를 못 봤는데. 바깥에서 기다리고 있었니?"

나는 얼굴을 심하게 붉혔다.

그는 잠시 아무 말도 하지 않다가 입을 열었다. "아까 기다리던 사람들에 대해서는 아는 게 없단다. 그들은 내 클라이언트가 아니거든."

"저도 그런 건가요, 클라이언트?"

"그렇지."

어떤 이유에선지 나는 이 대답에도 놀랐다.

나는 이전까지는 그 존재를 눈치채지 못한 두 쌍의 전기 콘센트가 있는 구석을 쳐다보았다.

"무슨 생각 하니?"

나는 콘센트에 대해 말할 수는 없어서 그냥 "아무 생각도 안 해요" 하고 대답했다.

나는 언덕에서 기다리며 나를 지켜보고 있는 늑대에 대해 생각했다. 내가 무슨 말을 할지 보려고 기다리고 있는 늑대에 대해.

"제가 차 사고에 대해 이야기하길 원하시는 건가요?" 나는 물었다.

"그러고 싶니?"

나는 한 손으로 입을 막았다.

시간이 흘러갔다.

"많이 힘드니?" 그가 물었다.

나는 주먹으로 입을 틀어막았다.

"괴로워 보이는구나. 그 문제에 대해 말해볼 수 있을까?"

그가 너무 부드럽고 온화하게 말해서 구역질이 나올 지경이었다.

나는 손을 휙 내렸다.

"세상에, 이언, 선생님이 숨을 쉴 수 있다는 게 놀라울 지경이네요, 선생님은 정말이지 가식덩어리예요."

그는 내 말을 듣고도 충격을 받은 것 같지 않았다.

"그러고 보니 오늘은 스케이트보드 신발을 안 신었네요, 이언?"

그 말은 그에게 아무런 영향도 끼치지 않는 듯했다. 나는 내게 조약돌이 있었으면 하고 바랐다. 스티브 스콧에게 주먹을 날렸던 것처럼 그에게도 주먹을 날리고 싶었다.

"몹시 화가 날 수도 있을 거야."

라디에이터가 웃는 것처럼 콸콸 소리를 냈다.

늑대는 지켜보며 기다리고 있었다.

"무슨 생각 하니?"

늑대. 도로의 늑대. 철컥거리는 발톱.

"무슨 생각 하니?"

무슨 생각 하니? 무슨 생각 하니?

공기 방울이 후두둑 소리를 내며 라디에이터를 따라 줄줄이 빠르게 지나갔다.

침묵이 고동치며 점점 커지더니, 마치 공기가 단단해지는 게 가능한 일인 양 그 방의 침묵이 납작하고 무뎌지면서 내게서 모든 게 빠져나가버렸다.

"아무 생각도 안 해요." 나는 말했다. "아무 생각도."

사진

엄마의 얼굴이 기억나지 않았다. 애써봤지만 소용없었다. 아빠의 경우에는 내 기억 속에서 뭔가 작업중인 듯 고개를 숙이고 있었는데 아무리 애써도 고개를 들게 만들 수 없었다. 옛날 우리집에 있던 몇몇 물건은 **분명히** 떠올랐다. 벽난로의 조약돌들. 벽난로 위 선반에 놓인 귀가 뒤로 누운 토끼 도자기. 닳아서 거의 구멍이 난 안락의자 팔걸이. 아빠의 작업실 벽 고리에 끈으로 매달려 있는 쌍안경 케이스. 작업실 벤치에 놓인 파란색 아이언 바이스.

자정이 넘어서도 여전히 잠을 이룰 수 없었다. 나는 침대에서 나와 불을 켰다. 그러고는 맨 아래 서랍을 열었다. 엄마의 보드게임, 인형. 그것들은 벽장에 너무 오래 버려져 있던 낡은 물건의 냄새를 풍겼다.

나는 불을 끄고 다시 침대로 갔다. 어둠은 물질적인 것이었고, 나는 그것을 쫓아버릴 수 있다는 양손을 들어올렸다.

잠시 후 다시 일어난 나는 거실로 내려가서 안락의자 위에 몸을 웅크린 채 의자 덮개로 몸을 감싸고 노트북을 팔걸이에 올려 인터넷에 접속해서 엄마와 아빠의 얼굴을 보았다. 화면을 손으로 만져보아도 내 손가락에 눌린 부분이 어두워지기만 할 뿐이었다. 사진을 본들 아무것도 되살아나지 않았다. 마치 뇌의 어떤 부분이 사라져서 사진과 기억을 연관 짓지 못하거나 사람의 존재를 그 사람의 사진과 연관 짓지 못하는 것 같았다.

위층에서 불이 딸깍 켜졌다. 계단을 내려오는 슬리퍼 소리가 들리더니 할머니가 거실로 들어왔다. 노트북 화면에는 엄마와 아빠의 사진이 띄워져 있었다. 할머니의 숨에서 평소보다 살짝 더 시큼한 냄새가 풍겼다.

"차 한잔 줄까?" 할머니가 물었다.

"아뇨." 나는 말했다.

주전자가 끓기까지는 오래 걸렸다. 할머니는 머그잔 두 개를 들고 돌아와 내게 하나를 건넸다. 나는 할머니에게 다시 말할 용기가 나지 않았다. 할머니는 다른 안락의자에 앉았다.

할머니가 머그잔을 깔개 위에 쿵 하고 내려놓더니 일어나서 밖으로 나갔다. 서재 문이 열렸다. 할머니는 봉투를 들고 돌아왔다. 그 봉투. 앞면에 **레이철**이라고 적힌.

나는 그것을 받아들었다. 빛바랜 사진들이 내 무릎 위로 쏟아졌다. 그러니까 그 안에는 사진이 들어 있었던 것이다. 몇몇은 손이 많이 탄 듯 희미한 지문이 찍혀 있었다.

첫번째 사진은 늦여름 어느 날 찍은 것이었는데, 사진 속에 보이는 사람은 틀림없이 젊은 시절의 할머니였고 다른 젊은 여자도 함께였다. 둘 다 싱긋 웃으며 서로 어깨동무를 한 모습이었고, 할머니는 가슴에 아기 포대기를 메고 있었다.

"네 엄마야." 할머니는 말했다. "국토 횡단 여행 때 찍은 거지."

아기는 말아 쥔 한쪽 손밖에 보이지 않았고, 팔은 거수경례하는 공산당원처럼 포대기 밖으로 들어올려져 있었다. 다음 사진은 할머니와 다른 여자가 테이블에 마주앉은 옆모습을 찍은 것이었다. 둘은 사이좋게 이야기를 나누고 있는 듯 보였고, 사진 중앙에는 카메라 쪽을 바라보는 양 갈래 머리의 소녀가 있었다. 소녀는 어른들의 대화에 몹시 지루해하며 양손으로 고개를 떠받치고 잠과 싸우는 듯 두 눈을 반쯤 감고 있었는데, 머리카락이 테이블에 닿을락 말락 했다. 다음 사진은 똑같은 나이의 똑같은 소녀―엄마―가 입을 크게 벌린 채 정원에서 파란색 아동용 튜브 물놀이장 옆에 서 있는 모습이었

다. 공기가 반쯤 빠진 물놀이장이 초록색 호스에서 줄줄 흘러
나오는 물로 채워지고 있었다. 소녀는 분명 "나!" 같은 어떤
말을 행복하게 외치는 중이었다. 다음은 갈색 판지 프레임에
담긴 사진이었는데, 엄마가 갈색 눈을 반짝이며 검은색 블레
이저 차림으로 파란색 배경 앞에서 찍은 학교 사진이었다. 그
리고 해변에서 찍은 사진. 하지만 이 사진에는 남자가 있었
다. 남자는 서양배 같은 몸매로, 볼록한 배가 붉은색 수영복
반바지 허리밴드 위로 늘어졌고 다리는 무척 가늘었다. 아래
로 길게 처진 콧수염을 길렀고, 긴 타원형 얼굴에 머리카락은
제멋대로 흐트러졌다. 수줍지만 행복한 미소를 짓고 있었다.
그리고 남자 뒤쪽으로 보이는 바다에서는 소녀 시절의 엄마
가 부서지는 파도 속에서 두 팔을 들고 있었다. 더할 나위 없
이 행복해 보였다.

"그 사람은 네 할아버지다."

"이건 언제죠?"

"아직은 같이 결혼생활을 하던 때지. 아마 그때 레이철은 아
홉 살쯤 됐을 거야."

다음 사진에는 이제 십대가 된 똑같은 갈색 머리 소녀가 멜
빵바지 차림으로 술집인가 카페에서 담배를 든 자신의 엄마
옆에 앉아 있었고, 테이블에는 교과서가 잔뜩 쌓여 있었다. 둘
다 카메라를 향한 채 각자 생각에 빠져 있었고 아무도 웃고 있

지 않았다. 다음 사진에서는 모녀가 낮은 오렌지색 소파에 앉아 있었다. 열세 살이나 열네 살로 보이는 엄마는 파란색 줄무늬 티셔츠 차림으로 팔짱을 끼고 머리를 뒤로 젖혀 소파 등받이에 기댄 채 코 아래로 카메라를 노려보았다. 할머니는 진지하고 가라앉은 표정으로 소파 팔걸이에 앉아 있었다. 다음 사진은 여러 해의 공백 이후에 찍은 것이었다. 열일곱 살쯤 된 엄마는 모든 행복이 사라진 얼굴로 자신의 파란색 자전거(내 파란색 자전거)에 몸을 기대고 있었다. 팔짱을 낀 자세, 단정하고 짧은 머리, 칙칙한 옷—어두운 아가일무늬 스웨터와 어두운 청바지. 그리고 엄마의 졸업식 날 사진. 두 손에 들린 리본 달린 두루마리, 가운과 사각모, 무표정한 얼굴.

그 모든 게 다 무슨 소용이었을까? 그 모든 삶이. 그것은 다시 돌이킬 수도, 되살릴 수도 없었다.

"나는 그리 좋은 엄마가 아니었어." 할머니는 말했다.

침묵이 흘렀다.

"레이철은 대학에 처음 입학했을 때는 주말마다 오곤 했지만 그러다가 발길을 끊어버렸지."

할머니의 시선이 먼 곳을 향했고, 할머니의 머리는 엄마의 머리처럼 기울어져 있었다.

"외로우셨겠네요."

할머니가 고개를 돌렸다.

마지막 사진은 엄마의 결혼식 날 사진이었다. 한 무리의 젊은이들. 소매를 걷고 타이를 푼 남자들. 머리 모양이 망가진 여자들. 빛나는 얼굴들. 숨도 못 쉴 만큼 벅찬. 카메라를 향해 활짝 웃고 있는 뾰족뾰족한 머리의 아빠와 그 옆의 엄마.

"그때 아빠는 어떤 사람이었나요?"

"나는 둘의 결혼식 날 네 아빠를 처음 봤는걸."

나는 그 말에 충격을 받았다. 나는 뭔가 다정한 말을 생각해내려 애썼다. 생각해낸 말이라고는 이것뿐이었다. "할머니도 분명 아빠를 좋아하셨을 거예요."

할머니가 울부짖듯 웃음을 터뜨렸다.

"왜 엄마랑 사이가 좋지 않으셨어요?"

"좋았던 적도 있지. 여기 놀러왔을 때 기억하나?"

"네."

"좋은 시절이었어. 그리고 레이철이 나를 네 후견인으로 정했고, 그건 의미 있는 일이었지." 할머니는 잠시 말이 없었다. "레이철은 자기가 어렸을 때 내가 곁에 있어주지 않았다고 했어."

할머니는 다시 엄마처럼 세상이 다 끝나버렸다는 태도로 고개를 기울였고, 나는 어쩌면 그게 둘의 공통점인지도 모르겠다고 생각했다—슬픔. 그리고 두 사람 다 그것에 어떻게 대처해야 할지 전혀 알지 못했다.

"유감이에요, 할머니." 나는 말했다.

할머니의 정신이 돌아왔다.

할머니는 움찔하며 손을 배에 갖다댔다.

"괜찮으세요?"

할머니는 눈을 감더니 그 상태로 뻣뻣하게 굳어 있었다.

"할머니?"

할머니는 긴장을 풀며 눈을 떴다.

"괜찮으신 거예요?"

"어떤 사람이었니?" 할머니가 물었다. "네 아빠 말이야."

갑자기 아빠의 모습이 떠올랐다─천천히, 조용하게 걷는 아빠. 숲속에 있는 아빠. 싱긋 웃고, 뛰어다니던 아빠. 엄마를 웃게 하던 아빠.

"그냥 평범한 아빠였어요." 나는 말했다.

나는 사진을 모두 봉투에 집어넣고 할머니에게 건넸다.

할머니는 말했다. "네가 간직하렴."

"하지만 이건 할머니 거잖아요."

"네가 간직해."

나는 봉투를 더 쭉 내밀었다. "이건 할머니 거예요."

할머니는 받으려 하지 않았고, 그래서 나는 봉투를 다시 무릎에 놓고 사진들을 꺼냈다. 결혼사진 한 장─엄마와 아빠, 두 사람 뒤로 열에 들뜬 채 잔뜩 모여 있는, 춤을 추다 바로 그 순간 멈춘 듯한 친구들.

나는 결혼사진을 제외한 다른 사진들을 봉투에 집어넣고 다시 할머니에게 내밀었다. 할머니는 봉투를 받았다. 우리의 손이 닿았다. 할머니의 피부는 무척 부드러웠다.

불

황혼. 1월. 한 해의 죽은 심장. 뼈만 남은 가지로 하늘에 마구 휘갈겨쓰는 검은 나무들. 나는 재킷을 걸치고 불을 지폈다. 집 앞 나무들 사이로 서쪽에 남은 마지막 희미한 빛이 보였다. 잘게 썬 채소들이 냄비에 부딪히며 내는 희미한 쉬익 소리, 그리고 은은하게 풍기는 군침 도는 냄새.

"직장에서는 어떠셨어요?" 부엌으로 들어가며 내가 물었다.

"괜찮았다." 할머니가 설거지를 하며 말했다. 할머니는 직장 일에 대해서는 말수가 많은 편이 아니었다. "너는 어땠니?"

"괜찮았어요."

할머니는 내가 싱크대를 사용할 수 있게 비켜선 다음 물이 뚝뚝 떨어지는 손을 앞으로 내민 채 꿈꾸는 사람처럼 고개를 기울이고 있었다.

"무슨 생각 하세요?" 나는 물었다.

"그냥 피곤한 것뿐이야."

할머니는 계단 밑에 있는 전화기 옆 스툴에 가서 앉더니 자주색 워커를 벗고 위층으로 올라갔다. 욕실 문이 닫혔다. 할머니가 샤워기를 틀자 보일러가 돌아가기 시작했다. 할머니는 준비해둔 차를 마시는 걸 깜박했다. 나는 집 뒤쪽을 내다보며 채소를 휘저었다.

사람들이 말하길 황혼녘에는 십 야드 거리에 있는 늑대를 눈앞에 두고도 보지 못한다고 한다.

나는 냄비 뚜껑을 닫은 다음 뒷문을 열고 양말 바람으로 풀밭 가장자리로 갔다. 산에서는 급류가 하얗게 쏟아지고 있었다. 욕실에서 나온 물이 홈통을 따라 흘러내렸다.

나는 어둠 속의 새로운 어둠을 응시했다.

아무것도 보이지 않았다.

나는 다시 부엌으로 들어갔다. 샛길로 차 한 대가 올라왔고, 나는 누가 왔는지 보려고 거실로 갔다.

대니 스콧의 검은 차였다.

나는 밖에서 내가 보이지 않도록 물러나서 계단 밑 전화기로 급히 달려갔다. 그러고는 손가락을 9에 갖다댔다.

경찰은 제시간에 도착하지 못할 것이었다.

부엌의 도마 위에는 채소용 칼이 놓여 있었다.

하지만 칼 때문에 소동이 일어났던 밤이 떠올라 칼은 그 자리에 놓아두고 거실로 돌아갔다.

차는 여전히 거기서 낮고 검게 웅크린 채 어둠 속에서 그르렁거리고 있었다.

헤드라이트가 켜지며 나무를 비췄다. 엔진이 회전 속도를 올리며 으르렁거렸다. 또다시 으르렁거렸다.

"저게 누구니?" 타월 같은 재질의 분홍색 가운을 걸친 채 샤워해서 젖은 머리로 계단을 쿵쿵 내려오며 할머니가 외쳤다. 할머니가 나를 재빨리 스쳐지나갔다.

나는 입술을 깨물었다.

돌진하기 전에 발로 땅을 긁는 황소처럼 차가 사방에 흙을 뿌렸다.

"아니, 저놈이—"

차가 다시 요란하게 으르렁거려서 할머니가 한 말의 뒷부분은 들리지 않았다. 할머니는 스툴에 앉아서 워커를 신기 시작했다.

"할머니!"

할머니는 문 쪽으로 걸어가서 걸쇠를 향해 손을 뻗었다.

"저들이 할머니를 해칠 거예요!" 나는 할머니의 팔을 붙잡았다.

"누가?"

빤히 쳐다보는 할머니의 시선만큼 순수하게 무서운 것은 없다.

결국 나는 할머니와 눈을 마주쳐야 했다. "대니 스콧이랑 스티브 스콧이요."

할머니는 문을 열고 힘차게 걸어나갔다.

나는 지팡이 통에서 곤봉을 집어들고 급히 할머니를 뒤따라갔다.

나는 양말 바람이어서 걸음이 느렸지만 할머니는 캐틀그리드를 건널 때도 거의 속도를 줄이지 않았다. 할머니가 차창을 두드렸다.

엔진이 쉬익 소리를 내더니 흙을 튀겼다. 차가 앞으로 불쑥 움직이자 할머니는 작게 소리를 질렀고, 차는 꽁무니를 좌우로 미끄러뜨리며 할머니의 다리를 아슬아슬하게 피해 갔다. 신발을 신지 않은 나는 캐틀그리드를 조심스럽게 지나가야 했다. 차가 모퉁이에서 유턴해서 브레이크를 걸고는 우리를 마주보고 섰다. 진흙을 튀기며 엔진이 으르렁거렸다. 차가 우리를 향해 돌진해오자 할머니의 분홍색 가운과 워커가 잠시 여름날처럼 환히 빛났다. 나는 할머니를 붙잡고 뒤로 끌어당겼다. 차가 요란한 사슬톱 소리와 함께 낙엽을 일으키며 휙 지나갔고 그와 동시에 할머니가 내게로 쓰러졌다. 돌풍이 잦아들자 낙엽도 잦아들었고, 우리는 차가 샛길을 내려가 큰길로 방향을 틀고 속도를 내며 사라지는 소리를 들었다.

"대체 이게 무슨 일이니, 루커스?"

나는 대답하지 않았다.

"이렇게 위협당하는 건 말도 안 되는 일이야."

할머니는 집을 향해 발걸음을 뗐다.

"할머니! 어쩌시려고요?" 나는 자갈 위를 조심조심 걸으며 할머니를 따라갔다.

할머니가 재빨리 집안으로 들어갔다.

"제발 그러지 마세요!"

내가 들어갔을 때 할머니는 계단 꼭대기에서 모습을 감췄다.

"할머니!"

할머니의 침실 문이 닫혔다.

나는 거실로 가서 할머니가 내려오길 기다렸다.

나는 서성거리다가 할머니가 다시 나타나지 않자 난로의 쇠살대 앞에 무릎을 꿇었다. 불을 지피려고 성냥 세 개를 켰다. 신문지가 불에 잡아먹히고, 이내 불쏘시개가 잡아먹혔다.

나는 뒤쪽 커튼을 치러 갔다가 걸음을 멈추었다. 잔디 위에 늑대가 서 있었다.

녀석은 머리를 어깨 높이로 낮추고 있어서, 두개골 윗부분과 척추가 하나의 수평선을 이루었다. 녀석은 나를 쳐다보고 있었다. 동물이 다른 동물을 관찰하듯 나를 쳐다보았다. 심장이 빠르게 뛰었고, 우리 사이에 커다란 유리창이 있는데도 전혀 안전하다는 느낌이 들지 않았다. 공기 중에 정적이 흘렀고, 나는 내가 움직인다면 뭔가 끔찍한 일이 일어날 것임을 직감했다.

녀석의 콧구멍이 커졌다가 작아졌다. 커다란 머리에 달린 아몬드 모양의 눈은 놀랍도록 작았다. 호박색. 그 외에는 잿빛 같은 회색이었고, 뺨과 다리에는 드문드문 흰색이 섞여 있었다. 그때 우리 사이의 유리에 불꽃이 확 타올랐고, 나는 유리에 비친 책장과 가구, 난로의 불길 그리고 나 자신을 보았다. 나는 거실 한가운데에 홀로 서 있었다. 방금 끔찍한 사건을 목격한 듯 불안한 표정을 한 여위고 창백한 사람의 모습으로. 이 모든 게 바깥의 어둠을 향해 내던져진, 쇠살대 위에서 불붙은 신문지가 타오르며 불러온 이미지였다. 이내 신문지가 다 타자 난로의 불길이 잦아들었고, 유리에 비친 영상의 강도가 약해지면서 다시 정원이 보였다.

정원은 텅 비어 있었다.

나는 앞으로 달려가서 양손을 동그랗게 유리에 대고 난롯불이 비치지 않도록 몸을 바짝 갖다댔다.

이마에 닿은 얼음처럼 차가운 유리.

어둠.

추위.

밤.

복수

"내가 미쳤다고 생각해, 맬키?"

맬키는 코를 풀더니 건성으로 끙 앓는 소리를 냈다.

"그것참 고맙다, 친구야."

우리는 앞면이 유리로 된 리셉션 공간 위쪽의 발코니 난간에 몸을 기댄 채 중앙 광장을 내려다보고 있었다. 주차장으로 이어지는 오르막이나 더 멀리 나무 사이로 살짝 보이는 잔디 언덕에는 별로 관심을 기울이지 않았다.

"글쎄, 너는 정신과 의사를 만나러 다니니까."

"그 사람은 상담사야."

맬키는 나를 침울하게 바라보더니 다시 발코니에 몸을 기댔다.

"너는 맨날 그 가짜로 지어낸 게임을 하고 놀잖아, 안 그래?" 내가 말했다. "그러니 네가 하는 것과 내가 늑대를 보는게 뭐가 달라?"

맬키는 몸을 더 깊숙이 숙이고는 잠시 이 문제에 대해 생각했다. 아래로 사람들이 지나갔다. 그가 자세를 바로 했다.

"다른 점은 나는 내가 하는 게임이 환상이란 걸 안다는 거야. 너는 그 늑대가 **진짜**라고 생각하잖아."

"나는 그걸 **봤어**. 게다가 뉴스에도 나왔잖아. 사람들이 그에 대해 이야기하고 있다고."

맬키는 얼굴을 찡그리며 눈을 꾹 감았다.

"어서 말해봐." 나는 투덜거리며 말했다. "맬키가 생각하는 진실을 들려달라고."

그는 눈을 뜨더니 찡그린 얼굴을 폈고, 나는 경험에서 우러나온 그의 지혜가 임박했다고 생각했다. 그런데 수영을 마친 개가 몸을 털듯이 그가 고개를 저었다.

"왜?" 내가 말했다.

"아무것도 아니야. 재채기가 나오려는 줄 알았어. 어쨌거나 네 질문에 대답하자면—단지 사람들이 무언가에 대해 이야기한다고 해서 그게 진실이 되는 건 아니야. 사람들은 외계인에 대해서도 이야기하지만 외계인은 존재하지 않잖아, 안 그래?"

"글쎄, 외계인의 존재 여부는 아무도 모르잖아, 안 그래?"

맬키는 이제 내가 정말 미친 사람이라도 되는 양 나를 유심히 쳐다봤고 나는 얼굴을 붉혔다. 그가 다시 발코니에 몸을 기댔다. 잠시 후 나의 시선이 그의 시선을 따라갔다.

도로에서 경찰차 한 대가 내려오고 있었다.

경찰차는 곧장 입구 앞으로 부드럽게 달려와서 멈춰 섰다.

문이 열리고 스트랭 경관이 차에서 내렸다.

우리는 그가 정문으로 걸어들어오는 것을 지켜보았다. 그는 들어와서 주위를 힐끗 둘러보더니 리셉션 공간으로 다가갔다. 그러고는 리셉션 직원과 몇 마디 말을 나눈 뒤 중앙 광장을 가로질러갔다. 나는 움직이지 않았다. 그는 우리 바로 아래에서 걸음을 멈췄다. 나는 그가 올려다보지 않기를 기도했다. 그는 모자를 벗고 있어서 정수리가 보였다. 교장 선생님의 비서가 나타나서 그를 맞이했고, 둘은 시야에서 사라졌다.

"저 경관이 왜 왔는지 궁금하군." 맬키가 말했다.

나는 대답하지 않았다. 그가 내게 복수하러 온 것일까봐 끔찍하게 두려웠다.

*

쉬는 시간이 끝났음을 알리는 종이 울리자 맬키는 침낭 같은 외투를 걸친 채 터덜터덜 걸어갔고, 나는 스트랭 경관이 온 것을 걱정하며 앤드루스 선생님의 교실로 향했다.

앤드루스 선생님은 이제 우리가 『야성의 부름』을 끝냈으니 작품에 대해 토론하기를 바랐다. 토론 주제가 무엇이든 내 귀에는 들어오지 않았다. 내 마음은 스트랭에게 쏠려 있었다. 나는 심지어 스티브 스콧도 신경쓰지 않았다. 만일 스트랭이 나를 곤란에 빠뜨리러 왔다면 본드 교장 선생님은 예고한 대로 나를 학교에서 쫓아낼 터였다. '아동 및 청소년 서비스'는 그들이 위협했던 대로 행동할 것이고, 나는 할머니와 헤어져야 할 것이었다.

나는 침묵을 의식하고는 상황을 파악하려고 주위를 둘러보았다. 거의 모두가 나를 빤히 쳐다보고 있었다.

"루커스?" 앤드루스 선생님이 말했다.

나는 눈을 깜박거렸다.

"혹시 내 질문을 듣지 못했을까 싶어서 다시 말하자면―작가는 사회에 대해 어떤 견해를 갖고 있다고 생각하니?"

스티브는 앉은 채로 나를 향해 몸을 돌리며 내 대답이 궁금해 못 견디겠다는 듯 과장된 몸짓을 해 보였다.

"네 생각에 작가는 사회가 나약하다고 말하고 있는 것 같니? 자연이 훨씬 더 강하다고?"

스티브는 특유의 빈정거리는 표정으로 실실 웃고 있었다.

"잘 모르겠어요."

하지만 앤드루스 선생님은 그냥 넘어가지 않았다.

"그러지 말고, 루커스. 작가는 사회와 자연 가운데 어느 쪽을 더 선호하지?"

머리가 굳어버렸다. 나는 고개를 돌려서 산을 바라보았다.

그는 자연이 우리를 죽일 거라고 말하고 있었다.

아니면 사회가 우리를 죽일 거라고.

어느 쪽이든 우리를 죽일 거라고.

문이 열렸다. 본드 교장 선생님의 비서가 나타났다.

"방해해서 죄송합니다, 앤드루스 선생님." 그녀가 말했다. "그런데 교장 선생님께서 이 반 학생 중 한 명을 보고 싶어하셔서요."

입이 바짝바짝 말랐다.

"스티브 스콧?" 비서가 말했다.

모두가 스티브를 쳐다봤다.

평소처럼 그의 머리는 귀 위로 멍청하게 튀어나온 두 가닥을 제외하면 거의 완벽하게 젤이 발려 있었다. 스티브가 일어나서 히죽거리는 얼굴로 거들먹대며 걸어나갔다. 문이 닫히자 교실에서는 그가 불려간 이유를 추측하는 웅성거림이 터져나왔다. 앤드루스 선생님이 교탁을 탁 쳤다.

"조용!"

웅성거림은 멈추지 않았다.

"다들 조용히 해!"

*

내가 다음 수업이 있는 교실에 거의 도착했을 때 스티브가 나타나더니 슬레이트처럼 굳은 표정으로 내 쪽을 향해 걸어왔다. 그가 다가오자 나는 그를 무시하려고 안간힘을 쓰느라 몸이 떨리기 시작했다. 그가 지나가면서 그의 어깨가 내 어깨에 스쳤다. 다음 교실에 도착했을 무렵 내 심장은 핀볼 머신에서 구슬이 범퍼 안에 갇혀 이리저리 부딪칠 때처럼 뛰고 있었다.

스티브의 표정이 무엇을 의미하는지 이해할 수 없었다.

하지만 무엇을 의미하든 나쁜 징조라는 것만은 확실했다.

새끼

때로 어떤 문제는 아무런 조치를 취하지 않는 가운데 오래도록 이어질 수 있다. 이를테면 비가 올 때마다 양말이 젖는데도 아무 이유 없이 참고 신는 신발의 구멍. 혹은 겨우내 비옷 없이 등교하는 일. 혹은 늑대와 함께 살아가는 일.

"오늘은 오랫동안 말이 없구나." 이언이 말했다.

우리는 그 바보 같은 방에서 똑같은 바보 같은 의자에 앉아 마주보고 있었다. 그는 기다렸고, 나는 손톱을 물어뜯었고, 라디에이터는 위태로운 배를 꿀렁거렸다. 하늘에는 아직 희미한 햇빛이 조금 남아 있었는데, 이언을 만나러 오기 시작한 이래로 햇빛을 본 것은 처음이었다.

"뭐 고민되는 거라도 있니?"

나는 늑대에 대해 말하면 그가 어떻게 생각할지 궁금했다. 맬키는 내가 미쳤을지도 모른다고 생각하는 듯했다. 할머니는 그것의 존재를 믿지 않았다. 셰리든 베네딕트는 믿었지만 그것이 죽길 바랐다. 데브스는…… 데브스는 그것을 보긴 했지만 이제는 나와 아무것도 하고 싶어하지 않았다.

한참 후에 내가 입을 열었다. "늑대에 대한 기사 보셨나요?"

"어떤 늑대 말이니?"

"고원지대에서 동물들을 죽이고 있다는 늑대요."

그는 고개를 끄덕였다.

나는 다른 말은 하지 않았다.

잠시 후 이언이 말했다. "그 이야기에 관심이 있니?"

"딱히 그렇진 않아요." 내가 말했다.

"그렇진 않구나." 이언이 내 말을 확인했다.

"선생님은 어떻게 생각하세요?" 내가 물었다.

"너는 어떻게 생각하는데?" 그가 물었다.

맙소사, 그는 정말 피곤한 사람이었다. "아뇨, 제가 먼저 물었잖아요. 선생님은 어떻게 생각하세요?"

"어떤 의미에서?"

"어떤 의미에서냐면—선생님은 망할 그것에 대해 어떻게 생각하시는데요, 라는 의미에서요?"

"그러니까 늑대에 관심이 있느냐고 묻는 거니? 아니면 농부들이 가축을 잃는 것에 관심이 있느냐고? 아니면 가축을 죽이는 게 무엇이든 그것을 죽여야 한다는 사람들의 요구에 관심이 있느냐고?"

"만일 양들을 죽이는 게 늑대가 아니라면 뭔데요?"

"나도 모르지." 이언이 말했다. "영국에는 야생 늑대가 없는 줄 알았거든."

"개인 동물원에서 탈출했는지도 모르죠. 어떤 사람들은 그런 동물을 가지고 있으니까요. 아니면 헤엄쳐서 여기까지 왔는지도 모르고요. 유럽 대륙에는 늑대가 있잖아요."

"늑대가 헤엄칠 수 있는 줄은 몰랐는걸."

"음, 당연히 헤엄칠 수 있죠. 개도 헤엄치잖아요, 안 그래요?"

그는 고개를 끄덕였다. "네 말이 맞아." 긴 침묵. "늑대를 좋아하니?" 그가 물었다.

"아뇨."

"그러면 늑대를 싫어하니?"

심장이 세게 뛰는 게 느껴졌다. "아무래도 상관없어요." 나는 말했다.

이언이 다시 고개를 끄덕였다. 아까보다 더 천천히. "너는 그게 늑대의 짓이라고 믿니?" 그가 물었다.

나는 어깨를 으쓱했다.

그는 아무 말도 하지 않았다.

나는 말했다. "늑대가 아니어야 할 이유는 없죠."

"맞아. 늑대가 아니어야 할 이유는 없지."

어떤 이유에선지 그 말을 들으니 행복했다. 그 방에서 이언과 함께 시간을 보낸 이래 처음으로. 정말이지 최초로.

"늑대들은 새끼가 태어나면 어떤 호르몬이 나와서 무리 전체가 새끼를 돌보게 된다는 걸 원래 아셨나요? 심지어 수컷 늑대들도요. 무리 전체가."

"아니, 그건 몰랐구나."

"그리고 늑대 무리는 우두머리가 하나가 아니라 둘이래요. 우두머리 수컷과 우두머리 암컷. 가족처럼 말이에요."

"흥미로운 이야기야. 늑대에 대해 많이 알고 있구나."

"딱히 그렇진 않아요."

"그런 것 같아."

"어쨌든요."

긴 침묵.

"궁금한 게 있는데." 이언이 말했다. "만일 우두머리 수컷과 우두머리 암컷에게 무슨 일이 생기면 새끼는 어떻게 행동할까? 이를테면 둘이 아프거나, 혹은 죽으면 말이야."

그 질문에 내 근육이 긴장했다. 나는 팔짱을 끼었다.

"새끼는 어떻게 대처할까?"

"아마 새끼는 포식자에게 죽임을 당할 가능성이 높아지겠죠." 나는 말했다. "아니면 제대로 사냥하는 법을 배우지 못해서 굶어죽거나."

"아니면 자라서 새로운 역할을 맡게 될지도 모르지. 혹은 무리의 다른 늑대들이 새로운 역할을 맡아서 새끼를 돌봐주거나."

"그게 무슨 말이죠?"

"무리의 다른 늑대들 가운데 누군가가 우두머리 수컷과 우두머리 암컷이 된다는 말이지."

"네, 어쩌면요. 하지만 말이에요," 내가 말했다. "어떻게 되든 상관없어요. 그렇게 큰 관심은 없거든요. 그리고 늑대들은 원래 타고난 포식자예요. 다른 동물들을 죽이죠. 그러니 저로서는 녀석들이 죽길 바랄 뿐이에요. 누가 녀석들을 추적해서 다 죽여버렸으면 좋겠어요."

이언은 충격을 받은 것처럼 보이지 않았다. 슬퍼 보이지도 않았다. 화가 났다거나 증오로 가득해 보이지도 않았다.

실망스러웠다, 그것은.

미끼

고개를 꾸벅거리며 운전하는 할머니. 일을 끝낸 후라 지쳐
있었다.

나는 창문을 내렸다.

"좀 춥구나." 등을 곧게 펴며 할머니가 말했다.

"금방 닫을게요."

우리는 계속 달렸다.

"이언이랑은 잘돼가니?"

"네." 나는 말했다. "할머니는 고원지대에 늑대가 있다고 믿
으세요?"

다가오는 헤드라이트가 할머니의 얼굴에 섬광을 비췄다. 모
든 차가 큰 불행 없이 휙휙 지나갔다.

"아니." 할머니가 말했다. "안 믿어. 이제 창문 좀 닫아줄 수 있을까?"

나는 버튼을 조작했고, 창은 윙 소리를 내며 닫혔다.

우리는 도로를 따라 오르락내리락하면서 호수의 완만한 커브를 끼고 달렸다. 헐벗은 나무들이 만들어낸 검은 터널. 다가오는 차가 없었으므로 할머니는 상향등을 켰다. 도로가 호수에서 골짜기 쪽으로 방향을 틀 때 상향등이 길가에 놓여 있는 검은 덩어리를 비췄다. 우리는 생명이 없는 형체를 지나쳤다.

늑대?

나는 고개를 돌렸다.

"방금 그게 뭐였지?" 할머니가 말했다.

늑대라기에는 너무 작았다. 고양이나 여우라기에는 너무 컸다.

"모르겠어요."

우리는 아무 말 없이 계속 달렸다.

"로드킬이로군." 할머니가 말했다.

*

"저 좀 마을에 내려주실 수 있어요?" 샛길로 접어드는 모퉁이에 이르렀을 때 내가 말했다.

"왜?"

"가게에서 뭘 좀 사려고요."

"기다렸다가 태우고 갈 수도 있는데."

"괜찮아요."

할머니는 계속 따지지 않았다. 차를 세우며 할머니가 말했다. "그 스콧인지 뭔지 하는 녀석들을 보거든 곧장 내게 전화해야 한다, 알겠니?"

"할머니."

"알겠니?"

나는 강한 인내심을 발휘하며 한숨을 내쉬었고, 그것을 본 할머니는 어떤 이유에선지 미소를 지었다.

나는 할머니의 차가 떠나는 모습을 지켜보았다. 할머니가 사라지자 나는 마을을 떠나 호수로 향하는 긴 골짜기 도로를 걸어갔다.

*

나는 자정이 지날 때까지 기다렸다가 일어났다. 그러고는 배낭 속을 뒤져서 그것을 꺼냈다. 그리고 그걸 양팔로 안아 들고 아래층으로 살금살금 내려갔다. 불을 켜지 않은 채 그걸 싱크대에 넣은 다음 복도로 가서 벽걸이 후크에서 조용히 재킷을 집어들었다. 소매에 팔을 하나씩 끼운 후 뒷문의 자물쇠를 풀어 열고 싱크대로 돌아가서 그 무거운 덩어리를 꺼내 들고 바깥으로 나갔다. 살을 에는 추위였다. 얼음장처럼 차가운 콘크리트에 발바닥이 얼얼했다. 나는 잔디 가장자리에 웅크리고 앉았다. 내 몸무게가 실리자 서리로 뻣뻣해진 풀에서 얼음 결정이 부서지는 소리가 났다. 입에서 하얀 입김이 피어올랐다. 파자마 바지에 피가 묻지 않도록 양손을 옆으로 벌린 채 나는 다시 안으로 들어가서 손을 씻었다. 그러고는 위험을 무릅쓰고 부엌 불을 켰다―피 몇 방울이 리놀륨 바닥에 뚝뚝 떨어져 있었다. 나는 천으로 핏방울을 닦은 뒤 천을 들고 다시 위층으로 올라갔다. 그리고 천을 배낭에 숨기고 커튼을 획 걷은 다음 의자를 끌어와서 앉은 채 창턱에 턱을 받쳤다.

*

알람 시계가 울렸다. 나는 침대에서 깨어났다. 침대에 들어갔던 기억은 없었지만, 보아하니 그랬던 게 분명했다. 원래는 계속 깨어 있을 작정이었다. 계획을 스스로 망친 나 자신에게 짜증이 났다. 급히 창가로 갔다. 너무 졸려서 잠시 모든 게 뿌옇게 보였다. 그리고 이른아침의 햇살 속에서 나는 보았다―여전히 콘크리트 위에 놓여 있는 동물, 죽은 오소리를.

미끼는 통하지 않았다.

그게 통할 거라고 생각했다니 정말 멍청하기도 하지. 만일 늑대가 무언가를 원했다면 살아 있는 먹이를 원했을 것이다. 게다가 늑대는 경계심이 많은 동물이다. 왜 사람과 마주칠 수도 있는 골짜기 아래까지 내려오겠는가? 그리고 왜 인간의 냄새, 나의 냄새로 뒤덮인 무언가를 건드릴 위험을 감수하겠는가?

그러니까, 늑대가 나를 찾으려던 게 아니라면.

나는 고원지대를 훑어보며 그 위로 구름 그림자가 미끄러지듯 지나가는 것을 바라보았다. 등교 준비를 할 시간이었다. 하품을 하고 욕실로 가서 양치를 하는데, 무언가가 번득 떠올랐다.

나는 아래층으로 달려내려갔다.

오소리는 길 위에 놓여 있었다. 하지만 원래 내가 오소리를 놓아둔 곳은 풀밭이었다.

나는 오소리 옆에 웅크리고 앉았다. 오소리 주위에 짙은 액체가 고여 있었다. 피일까? 나는 무릎을 꿇고 두 손을 바닥에 붙인 채 냄새를 맡아보았다. 피는 아니었다. 오줌이었다.

개라면 죽은 오소리를 먹었을 것이다. 오직 야생동물만이 죽은 오소리를 그냥 지나쳤을 것이다. 오직 늑대만이. 녀석은 여기 와서 오소리를 살펴보고는 그 위에 오줌을 누고 갔다. 하지만 왜?

그것은 일종의 경고였다. 혹은 모욕이거나.

소리가 나서 돌아보니 욕실 불이 켜져 있었다. 나는 급히 부엌으로 달려가서 쇼핑백을 찾은 다음 밖으로 뛰어나가 오소리를 백에 담았다. 그러고는 할머니가 나타나기 전에 위층으로 달려올라갔다. 미끼가 내 다리에 쿵쿵 부딪히며 바스락거렸다.

골짜기

발아래서 낙엽이 바스락거렸지만 내가 몸을 숨기기 위해 아래로 들어간 나무들은 이미 싹을 틔우고 있었다. 나는 할머니의 빨간색 피아트가 부르릉거리며 캐틀그리드를 지나갈 때까지 기다렸다가 숲으로 가서 미끼를 버리고 다시 시골집으로 살금살금 돌아왔다. 나는 교복을 벗고 문 옆의 지팡이 통에서 곤봉을 꺼내든 다음 물병에 수돗물을 채우고 허리띠에 칼을 밀어넣었다. 고원지대 가장자리 위로 태양이 떠오르자 부드럽고 흐릿한 한줄기 그림자가 산을 따라 기어내려왔고, 나는 그림자의 경계선을 향해 길을 나섰다.

가슴속에서 심장이 쿵쿵 뛰었고, 곤봉은 땅을 톡톡 두드렸다. 녀석은 무언가를 원하고 있었다.

늘대는 일 마일 떨어진 곳에서도 우리의 심장박동을 들을 수 있다. 우리의 아드레날린냄새를 맡을 수 있다.

나는 녀석의 사냥감이었다.

톡톡 하고 땅을 치는 지팡이 소리. 겨울 풀밭 위로 날아오르는 딱새들. 아기의 주먹처럼 말린 채 펼쳐질 준비를 하는 올해의 고사리 싹. 작은 폭포에서 요란하게 쏟아지는 물.

늘대들은 높은 산등성이를 선호한다. 어느 쪽에서든 사냥감을 포착할 수 있으니까. 나는 셰리든이 지도에 꽂아둔 빨간색 핀들을 떠올렸다. 두 개의 골짜기 위쪽 산등성이에 꽂힌 핀들을.

나는 사다리를 타고 돌담을 넘어간 다음 계속 길을 따라 올라가 폭포를 지났다.

그러고는 전에 죽은 양을 봤던 곳 너머까지 갔다. 전에 왔던 곳보다 더 높은 곳이었다. 뒤쪽으로 마을이 보였다. 베네딕트네 농가도. 골짜기를 따라 더 나아가는 동안 낮게 뜬 태양 아래 호수가 반짝였다. 하늘은 창백하고 맑았다.

눈앞에 고원지대의 정상이 보였다. 꼭대기는 눈으로 덮여 있었고, 측면의 바위틈도 눈으로 채워져 있었다. 남을 볼 수도 있고 남에게 보일 수도 있는 장소였다.

위로 걸어올라가는 동안 마치 산의 무게가 나를 밀치는 것 같은 느낌이 들었다. 삼십 분. 한 시간. 길이 더 좁아졌다. 이리저리 휙휙 날아다니다가 풀밭에 내려앉으면 사라져버리는 줄무늬 종달새 말고는 아무런 움직임도 보이지 않았다.

나는 걸음을 멈추었다. 내 앞에 검고 긴 배설물이 놓여 있었다. 길 바로 위에—의도적으로. 양털 같은 것에 둘러싸여 있었고 먼지가 쌓이지는 않았다. 나는 웅크리고 앉아서 칼로 그것을 쿡 찔러보았다. 늑대들의 영역 표시는 다른 늑대들에게 길잡이가 된다. 녀석들의 똥은 언어와도 같다. 나는 똥을 잘랐다. 한줄기 김이 솟아올랐다. 그렇다면 얼마 되지 않은 것이었다. 그리고 거기 배설물을 남긴 존재는 어쨌든 포식자가 분명했는데, 왜냐하면 그 안에 고무 같은 양 발굽의 일부가 소화되지 않은 채로 들어 있었기 때문이다.

이것은 지도에 표시된 지점으로의 초대장이었다.

나는 계속 걸음을 옮겼다. 정상까지 험준한 바위들이 솟아 있었고, 정상에 이르려면 걷는 게 아니라 바위를 타고 올라가야 한다는 사실을 알 수 있었다. 최단 경로는 오른쪽의 긴 산등성이를 따라가는 것이었다. 나는 길에서 벗어나 거의 수직에 가까울 만큼 가파르고 풀로 뒤덮인 측면을 걸어올라갔다. 이십 분 후 나는 뜨거워진 몸으로 숨을 헐떡이며 산등성이 가장자리에 서 있었다.

반대편은 내가 올라온 쪽보다 훨씬 더 가팔랐다. 쭉 내리막이었고 바위투성이였다. 나는 산등성이 꼭대기를 따라 걸었다. 마치 면도날 위를 걷는 것 같았다.

아침이 지나갔다. 내 위쪽으로는 다가갈수록 점점 더 커지는 고원지대의 정상이 보였다. 나는 썰매를 끌며 눈 덮인 산길을 올라가는『야성의 부름』속 벽을 떠올렸다.

정상의 맨 아래에 다다른 나는 바위를 타고 올라가기 시작했다. 손으로 잡고 올라갈 만한 곳이 많았다. 뒤로 요란한 제트 엔진 소리가 들렸다. 어깨 너머로 힐끗 돌아보니 검은 전투기가 보였다. 전투기는 햇빛에 조종석을 반짝이며 내 시야를 재빨리 벗어났다. 고막이 찢어질 듯한 굉음이 이어졌다.

얼얼한 찬 공기에 뺨이 따끔거렸다. 마지막 바위의 칼날 위에서 눈앞이 아찔했다. 운동화가 햇볕에 마른 점판암에 착지했다가 얼음 위로 미끄러졌다. 나는 잠시 휘청거리다가 똑바로 일어섰다.

산의 풀과 화강암 덩어리들. 거대한 덩어리들. 골짜기 아래에서 나는 그것들의 그림자 속에 에워싸여 있었다. 이 위에서는 탈출구가 보일 것만 같았다. 그리고 **실제로** 탈출구가 보였다. 서쪽으로는 바다가 반짝반짝 빛났다. 남쪽으로는 푸르스름한 만이 보였다. 동쪽으로는 페나인산맥이 보였고, 멀리 북쪽으로는 흐릿하게 바다의 풍력발전 지대가 보였다.

이제, 만일 녀석이 나를 원한다면, 녀석은 나를 보고, 듣고, 냄새 맡을 수 있을 것이다.

나는 차가운 산들바람에 땀을 식히며 서 있었다.

산에서는 소리가 훨씬 멀리까지 전해진다. 아마도 희박한 공기나 정적 때문일 것이다. 그리고 이제 내 뒤쪽 산등성이에서 두 사람이 걸어오며 수다를 떠는 소리가 들렸다. 반 마일은 떨어진 곳이었지만 겨우 몇 야드 거리처럼 느껴졌다. 그들이 하는 말을 알아들을 수는 없었지만 계속 쾌활하게 재잘대는 것으로 보아 별로 중요한 이야기는 아닌 듯했다. 그때, 마치 근처에서 나는 듯한, 또다른 소리가 들렸다.

울부짖음.

그게 어디서 들려오는 것인지 확신할 수 없었다. 할머니네 집 쪽 골짜기는 아니고, 아마도 앞쪽 골짜기들 중 하나인 듯했다. 불어오는 바람 속에서 나는 그게 어느 골짜기인지 알아내려 애썼다. 바퀴 중앙에서 뻗어나가는 바큇살처럼 몇 개의 산등성이가 정상에서 아래로 뻗어 있었다.

녀석이 다시 울부짖었다.

나는 어느 쪽으로 갈지 결정을 내렸다.

길은 닳아 있었다. 배에서 꼬르륵 소리가 났고, 음식을 좀 가져왔으면 좋았겠다는 생각이 들었다. 나는 곤봉으로 돌멩이를 재빨리 탁 쳤다.

삼십 분 후 산등성이가 낮아지더니 풀로 덮인 넓은 고원이 펼쳐졌다. 태양이 뜨겁게 내리쬐었다. 머리가 아파오기 시작했고, 나는 마지막 남은 물을 비웠다.

그러고서 나는 선택의 기로에 섰다. 길이 이어지는 오른쪽, 혹은 개울과 숲이 있는 훨씬 더 짧은 골짜기로 들어가는 왼쪽. 그곳에서 큰부리까마귀 한 마리가 우듬지 위로 공중제비를 넘었다. 그러더니 마치 나는 법을 잊어버린 듯 허공에서 떨어져 나무들 속으로 추락했다.

나는 그쪽으로 향했다.

내려가는 길은 예상보다 훨씬 오래 걸렸다. 풀은 미끄러웠고, 나는 두 번이나 발이 미끄러져서 엉덩방아를 찧고 말았다. 이제 곤봉이 큰 도움이 되었다. 계속 언덕을 따라 내려가다가 마침내 개울이 갈색 또는 무색 또는 검은색으로 흐르는 골짜기 아래에 이르렀다. 나는 몸을 숙이고 양손을 둥글게 모아 아무 맛도 나지 않는 차가운 물을 마셨다. 갈증을 해소한 후 자리에 앉았다.

모든 게 조용하고 잠잠했다. 눈꺼풀이 아래로 처지기 시작했다.

아메리카 원주민들은 늑대가 이 세계와 영혼의 세계 사이를 오갈 수 있다고 믿는다. 은하수는 최초의 늑대가 내려온 '늑대의 길'이며, 인간이 그 최초의 늑대를 죽였을 때 죽음이 이 세상에 들어왔다고 믿는다. 그리스도인들은 사후 세계를 믿는다. 나는 아무것도 믿지 않는다. 이유는 모르겠다. 그냥 안 믿는다. 믿는다 한들 무슨 의미가 있겠는가? 내 부모님은 여전히 죽어 있을 것이다, 안 그런가?

반짝이는 햇빛이 개울의 수면에 떨어졌고, 물거품이 햇빛을 받아 빛났으며, 하류 저멀리에는 마른 바위들이 회색으로 튀어나와 있었다.

그 바위 중 하나에 작고 노란 새 한 마리가 앉아 있었다. 무슨 새인지는 알 수 없었다. 한 번도 본 적 없는 새였다. 날씬하고 기다란 그 새는 마치 개울에서 완전히 벗어나려는 듯이 바위를 떠났다가 망설이듯 날개를 퍼덕이며 바위로 돌아오기를 반복하고 있었다. 나는 이런 행동을 두세 번 반복하는 모습을 지켜보다가 문득 깨달았다—녀석은 벌레를 잡아먹고 있었다. 그리고 그것은 나를 기쁜 동시에 슬프게 만들었는데, 내가 그 사실을 알아냈다는 점에서 기뻤고, 그것이 아빠가 살아 있었다면 내게 말해줬을 만한 사실이라는 점에서 슬펐다.

슬픔은 좀처럼 사라지지 않았다. 나는 할머니네 집에 돌아가면 처하게 될 곤경에 대해 생각했다. 내가 할머니에게 안겨준 큰 슬픔에 대해. 그것은 말 그대로 큰 슬픔이었는데, 왜냐하면 나는 할머니에게 죽은 딸을 떠올리게 하는 존재였기 때문이다. 나는 학교에 대해, 데브스에 대해, 그리고 그녀가 나와 어떻게—노란 새가 벌레를 잡아먹으려고 날아오르는 것만큼이나 재빨리—관계를 끊어버렸는지에 대해 생각했다. 그리고 이렇게 여기서, 이 풀과 물 사이에서 노란 새와 함께 살면 더 좋지 않을까 생각했다. 그때, 마치 '그래, 네 말이 맞아, 친구야, 너는 여기서 살아야 해'라고 말하기라도 하듯, 짙은 색의 통통한 새가 둑 아래에서 휙 나타나더니 하류를 스치듯 지나 숲 쪽으로 날아가다가 물위에 내려앉은 다음 작은 오리처럼 몸을 물에 반쯤 담그고 수면 아래로 잠수했다. 나는 녀석이 다시 나타나길 기다렸는데, 기다리는 동안 두번째 새가 둑에서 휙 나타났고, 그러고는 세번째 새가 나타났으며, 그렇게 새로 나타난 새들이 각자 개울의 다른 위치에 내려앉더니 역시 물 아래로 잠수했다. 그때 첫번째 새가 다시 수면 위로 솟아올라 하류로 잽싸게 날아갔고, 다른 두 마리가 그 뒤를 따랐으며 결국 세 마리가 함께 숲 위쪽에 우거진 나뭇가지 아래로 사라져 버렸다.

나는 편안히 누워 두 눈을 감았다.

그러고는 잠이 들었다.

*

잠에서 깼을 때 해는 고원지대 가장자리 너머로 떨어져 있었고, 나는 어둠 속에 있었다. 날은 추웠고, 두통이 일며 머리가 욱신거렸다. 나는 물이 두통을 가라앉히는 데 도움이 되기를 바라며 개울물을 물병에 담아 마셨고, 그런 다음 넓고 얕은 개울을 따라 걸었다. 노란 새는 사라지고 없었고, 바위를 타넘는 물의 마법 같은 소리도 사라지고 없었다. 내가 안으로 들어가는 동안 숲은 점점 어두워졌다. 사라져가는 빛 속에서 사물을 분간하기가 어려웠다. 개울은 굽이를 돌며 흘렀고, 내가 있는 쪽의 땅은 지대가 높아지면서 개울로 이어지는 가파르고 짧은 절벽을 이루었다. 반대쪽의 낮은 둑은 돌투성이 물가였다. 나는 오르막을 올라 굽이를 돌고는 걸음을 멈추었다―반대쪽 둑에, 연한 색 돌이 깔린 물가에 늑대가 서 있었다.

녀석은 나를 보더니 입을 꾹 닫고 귀를 쫑긋 세웠다.

언젠가 아빠는 지구에서 가장 위험한 새라는 남미의 한 독수리에 대해 말해준 적이 있다. 녀석은 정글의 우듬지에 산다. 녀석에게 다가가려면 헬멧과 목 보호대를 비롯한 보호복을 착용해야 한다. 한 과학자가 녀석을 촬영하려고 나무에 올라갔을 때 녀석은 그를 유심히 지켜보았다. 과학자는 가까운 나뭇가지에 이르러 장비를 준비하기 시작했는데, 그가 등을 돌리는 순간 독수리가 공격했다. 꼬챙이처럼 날카로운 발톱이 목 보호대가 어깨와 만나는 바로 그 부위에 구멍을 뚫었다. 발톱은 피를 냈지만 목의 동맥을 관통하진 못했다. 만일 동맥이 잘렸더라면 과학자는 죽었을 것이다. 독수리는 날아가버렸다. 계획적으로 그 지점을 공격한 것이었다고 아빠는 말했다. 독수리는 그 남자를 유심히 지켜보다가 목 보호대가 보호복의 어깨 부분과 이어지는 지점이 약점임을 파악하고는 거기를 찌른 것이다.

이제, 정글의 그 남자와 마찬가지로, 나는 녀석에게 약점을 읽히고 있었다.

그리고 이내 약점 파악이 끝났다.

늑대는 크게 첨벙거리는 소리를 내며 곧장 개울을 건너왔다. 녀석은 그 정도의 거리는 아무것도 아니라는 듯이 우리 사이의 거리를 좁히고는 가파른 둑 아래로 슬쩍 모습을 감추었다가 내게서 일 야드 떨어진 낭떠러지에 다시 모습을 드러냈다. 나는 움직이지도 못했다. 녀석이 뛰어오르자 나는 곤봉을 양손으로 잡고 들어올렸다.

너무 늦었다. 꿀벌처럼 붉은 털이 난 주름진 주둥이가 내게 그 커다란 이빨을 드러내며 지팡이를 뚫고 들어왔다. 늑대가 나와 강하게 충돌했다. 나는 바닥에 쓰러졌다. 녀석이 내 몸 위에 착지하자 폐에서 공기가 모두 빠져나가버렸다. 녀석은 성인 남자만큼이나 무거웠다. 내 얼굴에 물이 뚝뚝 떨어졌다. 숨을 쉴 수가 없었다. 나뭇잎이 바스락거렸다. 늑대가 내 위에서 내려가더니 일 야드 뒤로 물러섰다. 녀석은 나를 멸시하듯 뒷다리로 나뭇잎과 흙을 찼다.

마침내 폐에 공기가 들어오자 나는 헉하고 숨을 쉬었다. 그러고는 고통이 느껴졌다. 우선은 가슴을 따라서, 그다음에는 등을 따라서. 엄청난 고통이었다. 늑대는 완벽하게 고요했다. 숲도 마찬가지였다. 나는 어둠이 짙어지고 있음을 알아차렸다. 나는 숨을 몇 번 크게 들이마셨다.

늑대가 땅의 냄새를 맡기 시작했다. 녀석이 수컷 늑대임을 알 수 있었다. 그리고 발이 커다랬는데, 하나하나가 성인 남자의 꽉 쥔 주먹만했다. 다리는 길고 깡말랐지만 어깨 부분은 매우 건장했다. 녀석이 내 쪽으로 몸을 돌리자 가로세로 길이가 엄청나게 긴 녀석의 머리가 보였다. 입은 계속 열려 있었고, 일렬로 늘어선 이빨이 어둠 속에서 하얗게 빛났다. 마치 미소를 짓는 것처럼 보였다. 나는 좀더 편히 숨을 쉬었다. 다치지는 않았다고 나는 중얼거렸다. 숨이 찼지만 다치지는 않았다.

나는 손을 더듬어 칼을 찾아보았다. 칼은 사라지고 없었다. 곤봉은 몇 야드 떨어진 곳에 놓여 있었다. 늑대는 부드럽게 나뭇잎 위를 가로지르며 걸어오다가 걸음을 멈추고 쓰러진 나무 몸통의 냄새를 맡았다.

뭐라도 해야만 했다. 나는 일어나려고 애썼다. 늑대는 내 소리를 듣지 못했거나 자신이 발견한 냄새에 너무 열중해 있었던 것 같다. 왜냐하면 내가 일어나서 휘청거리며 곤봉 쪽으로 걸어가는 것을 알아차리지 못했기 때문이다. 나는 한 걸음 더 내디뎠다. 몸을 숙여 곤봉을 집으려 하는 순간 녀석이 온몸을 던져 내 어깨를 덮쳤고, 나는 얼굴부터 땅에 부딪히며 넘어졌다. 녀석이 내 위에 올라탄 채 무거운 몸으로 등허리를 내리눌러서 꼼짝도 할 수 없었다.

나는 녀석의 이빨이 야만적으로 물어뜯기를 기다렸다.

녀석은 내 등에서 내려갔다.

나뭇잎과 뿌리 덮개와 흙의 냄새가 내 콧구멍을 가득 채웠다. 차갑고 젖은 나뭇잎이 얼굴에 달라붙었다. 그 축축함이 옷에 배어들었다. 그 차가움이 몸에 스며들었다. 그것이 녀석이 나를 공격하기 전에 내가 느낀 마지막 감각이었고, 나는 그 감각이 중요하다는 것을, 그게 끝났다는 것을, 그리고 내가 아직 그것이 끝나길 바라지 않는다는 것을 알았다. 엄마와 아빠의 감각이 그러했듯이.

아마도 일 분쯤 지났을 것이다. 마침내 고요 속에서 고개를 돌렸을 때 늑대는 거기 없었다. 나는 나뭇잎 위에 일어나 앉았다.

숲은 텅 비어 있었다.

녀석은 사라지고 없었다.

나는 재빨리 일어서서 높은 둑 쪽으로 달려갔다. 속도를 늦추기 위해 흙에 팔꿈치를 찔러넣은 채 둑 아래로 미끄러져 내려가다가 몸을 옆으로 돌리며 개울의 가장자리에서 멈추었다. 산의 추위가 스민 개울로 첨벙 뛰어들어 휘청거리며 개울을 건넜다. 돌투성이 물가로 올라갔다. 나무들 사이로 들어갔다.

그러다가 너무 갑작스레 멈춰 서는 바람에 하마터면 넘어질
뻔했다.

녀석이 내 앞에 서 있었다. 머리를 어깨 사이로 낮게 숙인
채로.

나는 한 걸음 물러섰다. 녀석이 한 걸음 다가왔다.

우리는 이런 식으로 숲을 걸어 지나갔다. 나는 뒷걸음질하
며, 녀석은 입을 닫고 뻣뻣한 다리로 내게 다가오며. 나는 돌
투성이 물가에 이르러 개울로 첨벙 뛰어들었다가 발을 헛디디
며 넘어졌다.

나는 물살 때문에 갑자기 무거워진 발로 휘청이며 몸을 일
으킨 다음 다리를 쫙 벌려 불안정하게 웅크려 앉으며 강바닥
을 한 손으로 짚고 몸을 지지했다. 늑대가 개울로 들어왔다.
내 손은 바위 위에 놓여 있었다. 녀석이 어깨 사이로 고개를
낮게 떨군 채 호박색 눈으로 나를 살피며 앞으로 천천히 다가
왔다. 물속에 있는 손에는 감각이 없었다. 녀석이 한 걸음 더
앞으로 다가왔다. 녀석은 내게서 일 야드도 떨어져 있지 않았
다. 나는 몸의 무게중심을 옮기고는 바위를 들어올렸다. 우리
는 서로 마주보았다. 녀석이 조심스럽게 내 쪽으로 머리를 들
이밀었다.

나는 바위를 높이 들어올렸다. 녀석은 내가 바위로 두개골
을 내리치려 한다는 것을 분명 알았을 것이다. 녀석은 내게서

눈을 떼지 않았다. 나는 들어올린 바위를 뒤로 바짝 당겼다. 녀석은 한 걸음 더 다가와 내 바로 아래까지 왔다. 녀석의 속 눈썹과 그 거대한 주둥이에 달린 긴 은빛 수염이 보였다. 나는 바위로 녀석의 두개골을 곧장 내리칠 수도 있었다. 녀석도 분명 그 사실을 알았을 것이다. 하지만 그럼에도 녀석은 주둥이를 내밀었다. 그러고는 마지막으로 한 걸음 더 다가오더니 작은 앞니로 내 진바지의 천을 물었다. 피부가 아니라 그냥 천만. 녀석이 숨쉴 때 콧구멍이 벌렁거리는 게 보였다. 내 손에는 여전히 바위가 들려 있었다. 부드럽게, 그래서 젖은 데님이 쫙 펴지도록 녀석이 천을 잡아당겼다.

녀석은 천을 놓은 뒤 시종일관 내게서 시선을 떼지 않은 채 웅크린 자세를 유지하며 내 주변을 돌아서 절벽 쪽 기슭까지 가더니 다리를 벌리고 고개를 낮춘 채 그곳에 섰다.

내 심장이 쿵쿵 뛰었다.

녀석은 내가 본 그 어떤 동물보다도 고요히 서 있었다. 어둠 속에서 녀석은 얼굴과 다리의 흰 부위 외에는 거의 보이지 않았다. 숲의 일부라고 해도 될 정도였다. 그러다가 녀석은 몸을 돌려 가파른 둑을 계속해서 올라가더니 힘센 뒷다리로 획 뛰어올랐고, 그러고는 한번 더 높게 획 뛰어올라 둑 꼭대기에 이르렀다.

높은 곳에 올라선 녀석의 거대한 두개골이 둑의 가장자리 너머로 튀어나와 있었고, 작은 눈은 나를 향해 있었다. 녀석은 내게서 눈을 떼지 않았다. 그 눈은 아무 말도 하고 있지 않았다.

녀석이 시야에서 벗어났다.

나를 에워싼 얼음같이 차가운 물이 낄낄거렸다.

녀석은 무언가를 원하고 있었다.

나는 갈비뼈 안에서 심장이 요동치는 가운데 그 자리에 서 있었다. 그러고는 차가운 황혼의 공기를 길게 들이마셨다.

녀석은 무언가를 원하고 있었다.

나는 물살을 헤치며 기슭으로 걸어갔다. 그런 다음 심호흡을 한 번 하고서 가파른 둑을 기어올라갔다.

정상에 이르자 녀석이 나를 기다리고 있었다. 녀석은 휙 돌아서더니 나무들 사이로 걸어갔다.

나는 따라갔다.

함께, 하지만 조금 거리를 둔 채 우리는 숲을 통과해 나아갔다. 녀석은 뻣뻣하지만 동시에 여유 있는 걸음으로 걸어갔다. 가끔 나는 녀석을 따라잡기 위해 갑자기 뛰어야 했고, 녀석이 너무 유려하게 움직이는 바람에 때로 녀석을 시야에서 놓치곤 했는데, 그럴 때마다 흰 다리나 흰 꼬리 끝이 살짝 보여 녀석의 위치를 다시 알 수 있었다.

때로 늑대는 걸음을 멈추었고, 그러면 나도 걸음을 멈추고 무엇이 녀석의 관심을 끌었는지 알아내려고 애썼다. 나는 결코 알아낼 수 없었다. 마침내 녀석이 기운차게 속도를 내기 시작했고, 나는 내내 달려야 했다. 우리는 숲 가장자리의 가파른 오르막에 이르렀다. 녀석이 위로 올라갔다. 녀석은 나보다 훨씬 더 빨리 움직이며 재빨리 정상에 이르렀다. 나는 헉헉거리며 올라갔고, 기어서 꼭대기의 평지에 이르자 이번에도 녀석이 나를 기다리고 있었다. 녀석은 숲 가장자리의 마지막 나무들을 지나갔다. 이제 나는 추위에 몸을 떨며 녀석을 따라 돌담 앞에 짧게 이어진 풀밭으로 들어섰다.

어떤 동물이 소리를 내고 있었다. 신발끈 구멍 사이로 끈이 빠져나올 때처럼, 무언가 줄 같은 것이 당겨지는 소리가 났다. 또다른 늑대가 있는 것일까? 검은 형체가 짜증스러운 까악 소리와 함께 날개를 펄럭이며 날아오르더니 돌담 위에 내려앉았다.

큰부리까마귀였다.

늑대는 큰부리까마귀가 있었던 곳으로 이동했다. 녀석의 공격은 아주 재빠르고 야만적이었다. 축축한 소리가 다른 소음들, 즉 동물의 뼈가 으스러지는 소리, 딱 하고 부러지는 소리, 살을 힘겹게 찢는 소리, 근육과 힘줄의 접합부를 뜯는 소리와 한데 뒤섞여 들려왔다. 빠르고 무자비한 포식. 그 순간 나는 늑대가 어떤 존재인지를 보았다. 늑대는 죽인다. 녀석이 하는 일은 그것뿐이다. 녀석은 생명을 죽인다.

늑대는 돌아서서 내게로 걸어오더니 황혼 속에서 내 발아래에 무언가를 떨어뜨렸다. 쿵. 그리고 내가 움직이지 않자 녀석은 머리를 낮추고 코를 들이대더니 그 덩어리를 내 발가락 쪽으로 밀었다. 그러고는 자신이 죽인 동물에게로 돌아가서 다시 그것을 찢어발기기 시작했다. 마침내 녀석이 동작을 멈추었다. 무언가에 짓눌린 듯 피곤해 보였다. 녀석은 무엇인지 모를 그것—양? 사슴?—위로 고개를 떨구고 있다가 돌담으로 걸어갔다. 그리고 가볍게 앞다리를 들어올려 담에 기대고 사람이 그러듯 돌담 너머를 내다봤다. 그런 다음 아무 힘도 들이지 않고 휙 뛰어올라 담을 넘었다. 잠시 아무것도 보이지 않다가 깊은 황혼 속에서 하얀 섬광이 잠깐 비치더니, 다음 순간 내 눈에 보이는 건 검은 고원지대뿐이었다. 큰부리까마귀도 까악 소리와 함께 시끄럽게 날개를 펄럭이며 날아올라 사라져버렸다.

바람이 불어왔다. 나는 걸어갔고, 어둑한 가운데 파헤쳐진 동물의 흰 뼈와 지방이 보였다. 아름다운, 훼손되지 않은 사슴의 머리.

어둠 너머, 먼 오르막 위로 빛이 퍼지더니 헤드라이트 불빛이 밤을 찌르며 차 한 대가 나타났다. 차는 구불구불한 도로를 따라가다가 조금 떨어진 곳에서 커브를 돌며 붉은 브레이크 등을 깜박이고는 사라져버렸고, 나는 고원지대에 홀로 남겨졌다.

어둠 속을 응시했다. 나는 개울물에 흠뻑 젖어 있었다. 머리
의 지끈거림은 심한 두통으로 변했다. 나는 몸을 떨었다.

늑대는 다시 나타나지 않았다. 나는 돌담을 넘어 도로 쪽으
로 나아갔다.

죽음

나는 할머니네 집에 늦게 도착했다.

어두운 샛길을 따라 걸으며 산을 돌아서 가야 했다. 내 옷은 서리로 뻣뻣해졌다. 다리가 아팠다. 두통 때문에 시야가 굴처럼 좁아졌다.

독일인 관광객 한 쌍이 브레이크를 세게 밟고 헤드라이트를 번쩍이며 유턴을 해서 다가와, 재즈가 흐르는 부드럽고 따스한 SUV에 나를 태워 마지막 몇 마일을 달려주지 않았더라면 나는 더 늦게 돌아왔을 것이다. "오넷 콜먼* 좋아하니, 응?" 중년의 남자가 계속해서 내게 물었다. "엇." 가는 내내 조수석에

---

* 미국의 재즈 색소폰 연주자.

서 몸을 돌려 나를 쳐다보던 그의 아내가 말했다. "오넷 콜먼 좋아하니, 응?"

시골집으로 들어가자 할머니가 읽던 책에서 눈을 떼지 않은 채 말했다. "나한테 해명해야 할 일이 있는 것 같구나." 하지만 안락의자에서 몸을 돌려 나를 본 순간 할머니의 손에서 책이 굴러떨어지더니 난로 쪽으로 가볍게 옆 돌기를 했다.

"다쳤니?" 할머니가 다가와서 나를 꽉 잡고 끌어안았다. 나는 내가 할머니보다 키가 크다는 사실을 처음으로 깨달았다.

"스콧 형제가 그런 거니?"

나는 할머니를 지나쳐 난롯가로 갔다.

"루크?"

불길이 게으르게 날름거렸다.

"루커스, 나를 좀 보렴."

나는 어깨 너머로 힐끗 시선을 던졌다.

"세상에." 할머니가 말했다. "무슨 일이 있었던 거야?"

"늑대를 봤어요."

할머니는 잠시 아무 말도 하지 않았다. 그러고는 배를 살살 두드렸다. 난롯불에 빛나는 할머니의 눈은 사납고 눈물어린 것처럼 보였다. 할머니가 다가와서 그 앙상한 손을 내 머리 위에 얹더니 나를 품안으로 끌어당겼다.

"루크." 할머니는 중얼거렸다. 그런 다음 우는 모습을 내게 보이고 싶지 않다는 듯 몸을 돌려 위층으로 달려올라갔다.

뜨거운 물이 욕조에 떨어졌다. 할머니가 타월과 새 옷을 들고 내려왔다.

나는 그것들을 받아들었다.

욕실에서 젖은 옷을 벗었다. 한동안 욕조에 들어갈 수 없을 정도로, 내 피부는 그만큼 차가웠다. 마침내 들어갈 수 있게 되자 손끝이 노인처럼 쪼글쪼글해질 때까지 오랫동안 앉아 있었다.

녀석은 그 사슴의 살덩어리를 내 발치에 떨어뜨렸다. 마치 내가 늑대라도 되는 것처럼. 심이라는 소년의 이야기에서처럼. 내가 그런 것일까? 나는 늑대가 되어가고 있는 것일까?

나는 이제 죽음의 일부가 되어버린 것일까?

나는 창백하고 약간 어지러운 상태로, 벌거벗은 몸으로 욕조에서 일어났다. 그리고 나 자신을, 내 사타구니를, 가슴에 난 몇 가닥의 털을 쳐다보았다. 내가 늑대 같나? 나는 따스한 새 옷을 입었다.

아래층으로 내려가니 할머니가 난로 앞 깔개에서 몸을 둥글게 말고 있었다.

할머니가 왜 바닥에 있는지 이해할 수 없었다. 울고 있었던 걸까?

"할머니?"

할머니는 대답하지 않았다.

나는 할머니에게 걸어갔다. "왜 그러세요?"

아무 대답도 없었다.

나는 웅크리고 앉아서 할머니 등에 손바닥을 얹었다.

"구급차를 불러." 할머니가 말했다.

나는 얼어붙었다.

"망할 구급차를 부르라고!"

나는 999를 눌렀다.

누군가에게 걷어차이기라도 한 것처럼 할머니가 비명을 질렀다.

나는 그들에게 주소를 알려주었다. 그리고 문간에 서 있었다. 할머니는 조용히 규칙적으로 헐떡거렸다. 앞뒤로 몸을 흔들었다.

나는 죽음을 불러온다. 내가 곧 죽음이다.

할머니의 비명소리에 나는 곧장 움직였다. 나는 달려가서 할머니를 팔로 감쌌다.

"괜찮아요." 나는 말했다. "구급차가 금방 도착할 거예요."

병원은 켄들에 있었다. 구급차가 오기에는 먼 거리다. 시간도 오래 걸린다.

나는 다시 거실 밖으로 달려나가 데브스에게 전화를 걸었다. 신호음은 울렸지만 결국 음성사서함으로 넘어갔다.

나는 다시 통화를 시도했다. 이번에도 음성사서함으로 넘어갔다.

세번째 시도.

"대체 원하는 게 뭐야?"

"네 아빠 좀 바꿔줘. 지금 당장."

잠깐의 침묵.

"할머니가 아프셔."

부스럭거리는 소리가 들렸다.

정적.

셰리든 베네딕트가 말했다. "여보세요?"

"할머니가 쓰러지셨어요. 방금 구급차를 불렀어요."

"지금 집이니?"

"네."

"거기 꼼짝 말고 있거라."

"그게 무슨—?"

전화가 끊겼다.

나는 안락의자에서 할머니의 덮개를 가져다가 할머니에게 둘러주었다. 그리고 할머니의 거친 머리카락을 쓰다듬었다. 할머니에게 다 괜찮을 거라고 말해주었다. 조금만 더 버티라고, 구급차가 오고 있다고 말해주었다.

오 분도 되지 않아서 차 한 대가 엔진을 으르렁거리며 샛길을 올라오더니 덜컹거리며 캐틀그리드를 지나 자갈 위에서 쉬 익 하고 멈춰 섰다. 현관문을 여니 셰리든 베네딕트가 서 있었 다. "어떻게 된 거니?" 급히 안으로 들어오며 그가 말했다. "이브?" 그가 할머니 쪽으로 다가갔다. "무슨 일이 있었던 거 야?"

"배가 아프신 것 같아요."

"이브, 케이드 선생님이 곧 오실 거예요." 그가 나를 힐끗 쳐 다봤다. "어떻게 된 거야?"

"저는 목욕하고 있었어요. 끝나고 내려오니 할머니가 여기 누워 계셨어요."

또다른 차가 샛길 위로 쌩하고 올라왔다. 셰리든이 현관문 으로 향했다. 키 크고 머리가 벗어진 남자가 급히 들어왔다. 미풍에 커튼이 살짝 흔들렸다. 남자는 아픈 부위가 어디인지 물었다. 얼마나 오랫동안 아팠는지. 어떤 종류의 통증인지.

할머니는 거의 대답도 할 수 없는 지경이었다.

"구급차를 불렀니?" 케이드 선생님이 내게 물었다.

나는 고개를 끄덕였다.

"언제?"

"저 아저씨한테 전화하기 전에요."

"십 분쯤 됐어요." 셰리든 베네딕트가 말했다. "십 분 미 만."

"당신이 운전하세요." 케이드 선생님이 셰리든에게 말했다.

"구급차는 어쩌고요?" 내가 물었다.

"그건 됐어. 이름이 뭐니?"

"루커스요."

"그래, 루커스, 셰리든을 도와서 할머니를 차에 태우렴."

우리는 할머니가 일어나서 바깥으로 나가는 것을 도왔고, 할머니는 계속 작게 앓는 소리를 내뱉었다. 할머니를 뒷좌석에 앉히기까지는 시간이 좀 걸렸다. 집으로 돌아가자 케이드 선생님이 병원과의 전화 통화를 마치고 있었다.

"할머니가 왜 저러시는 거죠?"

"가자." 그가 성큼성큼 걸어나가며 말했다.

"할머니를 살려주세요." 나는 말했고, 그러자 가슴이 답답해지면서 울음이 터질 것 같았다.

나는 앞좌석에 앉았다. 운전은 셰리든이 했고, 케이드 선생님은 할머니와 함께 뒤에 앉았다. 케이드 선생님이 할머니를 달래줄 때 말고는 아무도 입을 열지 않았다.

"루커스!" 할머니가 외쳤다. "루커스가 괜찮은지 확인해야 하는데!"

"저 여기 있어요, 할머니." 좌석에서 몸을 돌리며 내가 말했다.

할머니가 노쇠한 손을 들어올렸고 나는 그 손을 잡았다.

*

　사람들은 인생이 실과 같다고들 말한다. 나는 늘 그게 아무 의미도 없는 말이라고 생각했다. 그냥 영화에서나 나올 법한 아무 의미 없는 표현이라고. 하지만 인생은 정말 실이 맞다. 인생은 그 큰부리까마귀가 먹고 있던 실 같은 것, 그 큰부리까마귀가 사슴의 사체에서 잡아당기고 있던 신발끈 비슷한 창자 같은 것이다. 힘줄? 창자의 일부? 무엇이건 그것은 실이다. 핏줄이 실인 것과 마찬가지로. 여러 가닥의 가느다란 실들. 할머니가 선조線條 세공, 미세하게 짠 직물이라고 부르는 것. 지구본에 있는 희미한 강의 무늬 같은 것. 그것은 절대 멈추지 않을 것처럼 흐른다. 하지만 그것은 멈춘다, 잘리고 만다. 그러면 인생은 끝이 난다.

　도로도 그런 실과 같다. 밤에 가로등이 없을 때 헤드라이트가 붙들고 있는 실. 그리고 우리를 인생에, 그 도로에 붙들어 매어주는 것은 빛과 기술과 지식이 전부다. 운전대를 잡고 있는 운전자의 손. 데브스의 아빠, 셰리든 베네딕트. 그는 그 험악하고 흉터가 난 손으로 그 실을 붙들고 있었다. 나는 앙상하고 따스한 할머니의 손을 잡은 채 그 실을 붙들고 있었다.

　그는 도로에 꼭 매달렸다. 나는 할머니의 손을 붙들었다. 우리는 실을 붙들었다.

*

병원 매점, 셔터가 내려져 있었다. 작고 골이 진 갈색 플라스틱 컵 하나가 셰리든 앞에, 또 하나가 내 앞에 놓여 있었다.

나는 컵에 손도 대지 않았다. 그가 내게 준 것은 차였다.

셰리든이 아내의 전화를 받고는 일어나서 서성거렸다. 할머니는 수술실에 들어갔다. 케이드 선생님은 한참 전에 떠나고 없었다.

셰리든이 통화를 끝낸 후 테이블로 돌아와 차를 홀짝이더니 얼굴을 찡그렸다. 그는 몸을 완전히 옆으로 돌려 플라스틱 의자의 측면에 앉아 있었다.

"우리가 얼마나 기다려야 할 것 같니?" 그가 물었다. 그는 몸을 앞으로 숙여 팔뚝을 허벅지 위에 얹고 양손을 꽉 붙잡은 채 고개를 들고 있었다. 마치 변기에 앉아 있는 듯한 모습이었다.

그는 왜 내가 그걸 알 거라고 생각한 걸까? 그는 다시 일어나서 자판기에 있는 다른 음료들을 확인했다. 그러고는 테이블로 돌아왔다.

"여기 주차하는 데 얼마가 들었는지 아니?"

늑대가 할머니에게 이 병을 가져다준 걸까? 아니면 내가?

"이십 파운드. 그건 생사기로에 선 사람들을 등쳐먹는 짓이야. 폭리를 취하는 거지. 그 돈이 어디로 들어가는지 아니?"

어쩌면 나는 지금 떠나야 하는지도 모른다. 이곳에서 최대한 멀리 떨어진 곳으로. 할머니에게서 최대한 멀리 떨어진 곳으로. 그러면 할머니가 목숨을 건질지도 모른다.

"망할 국민건강공단은 아니야, 그건 확실해. 너무 확실해서 병이 날 지경이라니까."

셰리든은 면도를 하지 않았고, 머리는 평소보다 더 부스스했다. 그에게는 주의를 돌릴 만한 무언가가 필요했다.

"데브스가 여기서 태어났나요?" 나는 물었다.

그는 형광등 불빛 아래 반짝이는 안경알 너머로 나를 빤히 쳐다보았다.

"너 오늘밤 무슨 일이 벌어졌는지 알고 있기는 한 거냐?"

"그냥 아저씨 머리를 좀 식혀드리려고 물어본 거예요, 살짝 신경이 곤두서신 것 같아서요."

그가 불신과 분노가 마구 뒤섞인 눈빛으로 나를 응시했기에 나는 잠시 동안 그가 내 얼굴에 주먹이라도 날릴 거라 생각했다. 이내 그는 공기가 빠진 것처럼 크게 한숨을 내쉬었다.

우리는 아무 말도 하지 않았다. 누군가가 복도를 걸어왔다. 우리 둘은 그게 누구인지 보려고 기다렸다. 인턴이 나타나 복도를 따라 쭉 걸어가더니 사라져버렸다.

"그래. 내 딸은 여기서 태어났지. 아내는 무척 아팠어."

그는 안경을 벗고 셔츠 소매로 안경알을 하나씩 닦았다.

"다들 아내가 죽을 거라고 생각했지." 그는 무슨 소리를 들은 것처럼 매점을 둘러보고는 찡그린 얼굴로 나를 쳐다봤다. 안경을 벗자 그는 불안하고 연약해 보였다. 그가 다시 안경을 썼다. "아내는 몸이 부어올랐어."

나는 고개를 끄덕였다.

"비행선처럼 커다래졌어. 망할 힌덴부르크*처럼 말이야."

나는 고개를 끄덕였다.

"의사들은 내게 최악의 상황에 대비해야 한다고 말했지. 나는 데버라를 데리고 집으로 돌아가서 생각했어. '앞으로 대체 어떻게 아기를 돌봐야 하지?' 나는 아기를 어떻게 돌봐야 하는지 몰랐어."

그가 중거리를 응시했다.

"하지만 돌아가시지 않았잖아요." 나는 말했다.

그가 매서운 눈빛으로 나를 쳐다보았다.

"그렇지." 그는 말했다.

뜨거운 음료 자판기가 생각에 잠긴 듯 윙윙거렸다.

셰리든 베네딕트는 말했다. "네 할머니도 돌아가시지 않았어."

"네." 나는 동의했다.

---

* 대서양 횡단 항로에 취항했던 독일의 여객 비행선.

하지만 확신이 들지는 않았다.

*

의사가 나타났다.

그는 둥글고 건강하게 빛나는 얼굴을 하고 있었다.

셰리든과 내가 일어났다.

계시를 받기라도 한 것처럼, 나는 의사가 입을 열기도 전에 그가 무슨 말을 할지를 알았고, 늑대가 영혼의 세계에서 죽음을 불러온다는 아메리카 원주민들의 말이 무슨 뜻인지 이해했다.

"할머니는 괜찮으실 거야." 의사가 말했다.

잠시 이 말은 내 머릿속에 들어오지 않았다. 그러다 이내 눈이 따가워지고 가슴이 답답해졌다.

"수술이 잘됐단다. 지금은 쉬고 계셔. 집중 치료실에서."

나는 흐느낌을 삼켰다.

"만나뵐 수 있나요?" 나는 간신히 입을 열었다.

"진정제를 맞으셨어."

"어디가 아프셨던 거죠?" 내가 물었다.

"할머니한테 위궤양이 있다는 거 알고 있었니?"

"아뇨."

"최근에 할머니한테 무슨 걱정거리가 있진 않았니?"

나는 의사를 빤히 쳐다봤지만 대답은 하지 않았다.

"할머니의 궤양이 터졌어. 우리가 재빨리 조치를 취해서 다행이었지. 조금이라도 늦었으면…… 할머니는 여기 며칠 더입원해 계실 거야. 하지만 별다른 합병증만 없다면……" 그는 말을 끝맺는 대신 미소를 지었다.

"할머니가 괜찮아지실까요?" 내가 물었다.

"글쎄, 예후가 좋은 편이라고 해두자꾸나." 의사가 미소를 지었다.

"그럼 장담은 못한다는 말이로군요." 셰리든 베네딕트가 심술궂게 말했다.

의사가 미소를 지었다. "절대 장담할 수는 없죠, 성함이……"

"베네딕트입니다. 선생님은……?"

"파티건입니다." 의사가 미소를 지었다.

나는 셰리든이 그에게 주먹을 날릴 줄 알았다.

"그래서 이 녀석은 할머니를 못 본다는 겁니까?"

"오늘밤에는 볼 수 있습니다." 의사의 시선이 우리 둘 사이를 오갔다. "집에 가렴. 너는 네가 할 수 있는 일을 했어. 할머니를 여기 빨리 모셔 왔잖니. 그게 가장 중요한 일이었어."

셰리든 베네딕트는 의사에게 뭐라고 말하려다가 내 어깨에 손을 올리고는 나와 함께 그곳을 떠났다.

*

병원 주차장의 모든 차들이 이글루를 그럴듯하게 흉내내고 있었다. 셰리든은 자동차의 팬을 세게 틀고 얼음을 긁어냈다.

시내는 텅 비어 있었다. 늑대는 꿈처럼 생생하게 느껴졌다. 자동차 히터의 열기가 내게 와 닿았고, 나는 조수석 창문에 머리를 기댄 채 잠이 들었다.

"어이, 늑대 소년!"

나는 놀라서 깨어났다. 고원지대에 동이 트고 있었다.

"이브 랜스데일은 좋은 분이야. 사람들을 위해 굉장히 애쓰시는 분이지. 너를 위해서도 애를 많이 쓰셨어."

디젤엔진이 힘차게 으르렁거렸다. 셰리든은 말소리가 들리도록 목소리를 높여야 했다.

"그러니 네 행동에 대해 한번 생각해봐라."

나는 조수석 창문으로 금빛과 붉은빛으로 물든 산의 끝자락을 내다보았다.

"내 말 들었니?"

"어제 늑대를 봤어요." 나는 말했다.

인정하고 싶지 않다는 듯, 목소리에서 미칠 듯한 간절함을 억누르려 애쓰며 그가 말했다. "어디서?"

"산 너머에 있는 작은 골짜기에서요. 개울 옆의 숲에서요."

그는 연신 고개를 돌리며 나를 쳐다봤다.

최근에 할머니한테 무슨 걱정거리가 있진 않았니? 네, 나는 의사에게 그렇게 말했어야 했다. 네, 네, 네.

"녀석은 어떻든?" 셰리든 베네딕트가 물었다.

그는 계속 나를 힐끗거렸다.

"제 잘못이에요."

"뭐가?"

"할머니가 이렇게 아프신 거요."

그는 계속 차를 몰았다. 디젤엔진의 건조한 소리.

"저는 늑대를 사냥하려고 학교를 빼먹었어요. 녀석은 사슴을 죽였어요. 저는 늦게까지 집에 돌아가지 않았어요. 할머니는 제가 어디에 있는지 몰라 걱정하셨고요. 그래서 병이 나신 거예요."

셰리든은 정면만 바라보았다.

우리는 골짜기로 들어섰다. 샛길에 이르자 차는 으르렁거리며 올라갔고, 그는 마당에서 브레이크를 세게 밟았다. 몇 초 동안 그는 정면을 응시했다. 나는 차에서 내리려고 했다.

"있잖아." 내게로 몸을 돌리며 그가 말했다. "너는 세상이 어떠어떠한 곳이라고 생각할 거야." 나는 그 말이 정확히 무슨 뜻인지 이해할 수 없었다. "하지만 그렇지 않아." 그는 계속 말했다. "세상은 네 생각과는 다른 곳이야. 위험한 곳이지."

나는 그의 말이 무슨 뜻인지 대충 이해했다. 적어도 이해했다고 생각했다.

"네 할머니는 어젯밤에 거의 돌아가실 뻔했어."

나는 숲 쪽으로 시선을 돌렸다.

"녀석을 그냥 내버려두거라." 그가 말했다. "그 늑대는 전문가들에게 맡겨둬."

나는 차에서 내렸다.

시골집은 춥고 텅 비어 있었다. 나는 난방을 틀까 하다가 가서 물을 한 잔 따랐다. 그가 옳았다. 나는 늑대와 거리를 두어야 했다. 할머니를 위해서라도.

노력

점판암 색깔의 구름. 구름 색깔의 점판암. 고원지대에 보이는 구름층, 산 정상을 가르는 구름층의 평평한 바닥. 골짜기를 멍청할 만큼 낮게 날아가며 비명을 지르는 전투기들. 조종석에 보이는 파일럿들. 뒤이어 들려오는 뚱뚱한 엔진의 커다란 굉음. 영국이 살인 연습을 하는 소리지. 나는 할머니가 그리웠다. 시골집은 고요했다. 셰리든 베네딕트가 옳았다. 구름이 석탄 연기처럼 짙어졌다. 이내 비가 내렸다. 창문을 탁탁 때리며. 벽을 세차게 공격하며. 싹트기 시작하는 헐벗은 나무들을 채찍질하며. 늑대의 털은 비에 젖지 않는다.

병원으로 가는 버스를 타러 내려가다가 반대편에서 오는 차를 만났다. 와이퍼가 빠르게 똑딱거리고 있었다.

나는 옆으로 비켜섰다. 스테이션왜건이 멈추더니 창문이 윙 소리를 내며 내려갔다. 안에는 데브스의 엄마가, 그 너머에는 데브스가 있었다.

"우리는 너를 만나러 가는 길이었는데." 그녀의 엄마가 말했다.

"저는 나가는 길이에요."

데브스는 계속 정면만 바라보고 있었다. 그녀의 턱과 입, 코 아랫부분밖에 보이지 않았다.

"할머니를 보러 가는 거니?" 데브스의 엄마가 물었다.

나는 고개를 끄덕였다.

"원한다면 병원까지 태워줄게." 그녀가 말했다.

나는 샛길을 내려다보았다. 비가 세차게 내리고 있었다.

"괜찮아요. 말씀은 감사하지만."

데브스가 옆으로 몸을 숙였다.

그녀는 나와 눈을 맞추었고 시선을 피하지 않았다. "타."

나는 탔다.

*

할머니는 거의 잠든 듯 멍한 상태였다. 나는 할머니의 손을 잡았다. 더이상 늑대에게 집착하지 않겠다고, 더이상 말썽을 피우지 않겠다고 약속했다. 할머니에게 사랑한다고 말했다. 곧 의사가 내게 이제 나가야 한다고 말했다. 할머니가 내 손을 약하게 쥐었다. 거의 느껴지지 않을 만큼. 혈액 주머니와 링거 주머니가 모두 튜브에 연결된 채 매달려 있는 금속 스탠드. 나는 어쩌다 일을 이 지경으로 만든 것일까?

*

나는 약속한 대로 행동했다. 이른 시간에 자전거를 타고 교무실로 가서 파란색 문을 두드리고는 앤드루스 선생님을 찾았다. 선생님이 계시지 않아서 기다려야 했고, 선생님은 늦어서 정신없이 달려왔지만 내가 그동안 학교에 나오지 못한 이유—할머니가 아프셨다고—를 설명하는 동안 내 말을 귀기울여 들어주었다. 나는 공부를 열심히 하고 싶다고 말했다. 더는 말썽을 일으키지 않겠다고. 선생님은 내게 필요한 도움을 주겠다고 말했다.

나는 매일 오후 할머니를 찾아갔다. 집은 아주 깨끗이 유지했다. 식사는 데브스의 가족과 함께 했다. 그리고 사흘 후에 할머니가 퇴원했다.

할머니가 퇴원했을 때 나는 학교에 있었다. 집에서 할머니를 맞이하고 싶었지만, 학교에 가지 않으면 또 말썽만 일으키게 될 것 같아서 학교에 가는 게 낫겠다고 판단했다. 그래서 나는 하루종일 견디며 집중하려 애썼고, 집에 돌아왔을 때 할머니는 무릎에 덮개를 얹은 채 차가운 난로 앞에 잠들어 있었다. 시골집은 늘 그렇듯 추웠지만 나는 할머니를 언짢게 하지 않으려고 난방을 틀지 않았고, 대신 전날 밤에 준비해둔 난롯불을 피운 뒤 저녁식사—데브스의 엄마가 가져다준 양고기스튜—를 데웠다. 난롯불을 확인하러 갔을 때 보니 할머니는 잠에서 깨어 있었다.

나는 할머니에게 차를 한잔 끓여드리고 부엌에서 숙제를 했다. 우리는 텔레비전을 켜둔 채 거실의 난로 앞에서 저녁을 먹었다. 지역 뉴스에서 늑대의 공격에 관한 최신 소식을 전하자 나는 곧장 채널을 돌렸다. 할머니는 그에 대해 아무 말도 하지 않았다. 할머니는 말 자체를 별로 하지 않았다. 나는 설거지를 하고, 난로에 장작을 더 넣고, 숙제를 마치고, 할머니에게 드릴 차 한 잔과 책을 갖고 와서 다시 할머니 옆에 앉았지만 할머니는 이미 잠들어 있었다. 할머니에게 이제 자러 갈 거라고 말하며 혹시 필요하신 게 있냐고 묻자, 할머니는 물병에 뜨거운 물을 담아달라고 했고 계단 오르는 걸 도와달라고 했다. 할머니는 전에 이런 도움을 요청한 적이 한 번도 없었기 때문에 이런 부탁을 들으니 겁이 났다. 할머니가 계단을 오르는 데는 시간이 좀 걸렸다. 할머니는 다시 올라갈 힘을 내기 위해 중간에 두 번 멈추어야 했다. 그리고 할머니는 정말로 내 도움이 필요했다. 올라가는 동안 몸무게를 모두 실어 내게 기대야 했으니 말이다.

할머니가 내게 의지하고 있으므로, 나는 이제 공부를 열심히 해야 한다는 사실을 깨달았다. 만일 할머니가 회복하지 못해서 직장에 복귀할 수 없게 된다면 도와줄 누군가가 필요해질 터였다. 필요한 물건을 사주고 이런저런 고지서 요금을 지불해줄 누군가가. 할머니에게는 다른 사람이 아무도 없었다―오직 나뿐이었다. 그러니 직업을 얻어 할머니에게 도움이 되려면 좋은 성적을 받아야 했다.

물론 늑대는 사라지지 않았다. 단지 내 마음의 제일 앞자리에서 어딘가 다른 곳으로 밀려났을 뿐이었다. 나는 녀석이 자신이 속한 저 고원지대 위에 있길 바랐다.

그러고는 날씨가 나빠졌고 봄은 멀어지는 듯했다―누군가가 골짜기 위에서 깃털이 든 거대한 상자를 털고 있는 것처럼 눈 세상이 펼쳐졌다. 자전거를 타고 등교할 수 없었기에 다시 버스를 타기 시작했는데, 스타자크인들을 피하기 위해 2층에 앉았다. 그들은 나를 따라오지 않았다―맬키가 말하길, 스트랭 경관이 학교를 방문한 이유는 스티브 스콧에게 내게 접근하지 말라고 경고하기 위해서였다. 보아하니 대니 스콧이 검은 차를 몰고 시골집을 찾아온 후에 할머니가 경찰에 신고한 듯했다. 스티브와 그의 친구들은 여전히 내게 어쩌고저쩌고 외쳐댔지만 나는 그들을 무시했다. 나는 아주 오래전 꼬마 시절에 미테시와 게임을 할 때 그랬던 것처럼 내가 포스 필드* 안에 있다고 상상하며 그 모든 걸 억눌렀다. 더이상 꼬마가 아닌 나는 이제 노인처럼, 요다처럼 얼굴에 희미한 미소를 띤 채거기 앉아 있었고, 한번은 무리에 섞여 학교로 들어가다가 그들 중 한 명이 내 등허리를 밀쳐서 앞사람 쪽으로 날아가 무릎을 꿇고 넘어졌을 때도 그저 스타자크인들이 멍청하게 느껴질 뿐이었다.

어느 날 저녁 데브스가 엄마와 함께 찾아왔다. 할머니는 손님이 찾아온 것에 기뻐했다. 나이든 사람에게는 열다섯 살짜리 아이와 함께 시골집에 틀어박혀 있는 게 그리 재미있는 일은 아닐 테니까. 데브스의 엄마는 안락의자에 앉았고 나는 그들에게 차를 끓여주러 갔다.

내가 머그잔을 꺼내고 있을 때 데브스가 들어왔다. 나는 그녀에게 아무 말도 하지 않은 채 그저 티백을 넣고, 우유를 꺼내고, 설탕을 찾았다. 나는 팔짱을 끼고 주전자의 물이 끓기를 기다리며 조리대에 몸을 기댔다.

"괜찮아?" 그녀가 물었다.

---

* 보이지 않는 특정한 힘이 작용하는 구역.

"괜찮냐고?" 나는 말했다. 잠시 후 내가 다시 말했다. "아직도 나한테 말을 걸긴 하네?"

그녀는 얼굴을 붉히고 내게 살짝 증오가 담긴 눈빛을 보내며 곧 뛰쳐나갈 것처럼 하더니, 이내 야전 상의 주머니에 손을 쑤셔넣고 무언가 할말을 생각하는 듯 입을 씰룩거렸다. 아니면 그냥 입술 안쪽을 움직여 껌을 떼어내고 있었는지도 모른다.

"그나저나 네 남자친구는 잘 지내?" 나는 물었다.

"말 조심해, 루커스." 그녀가 목소리를 낮추며 말했다. "걔가 내 남자친구인 건 **맞지만** 걔는 이 일과는 아무 상관도 없어."

나는 그녀에게 등을 돌리고 차를 준비했다. 머그잔 두 개를 들고 돌아섰을 때도 여전히 데브스는 그 자리에 있었다.

"나는 네 친구가 되고 싶어." 그녀가 말했다.

나는 차를 마시지 않으니 그런 일은 일어나지 않았겠지만, 만일 내가 차를 마시고 있었다면 놀라서 콧구멍으로 차를 내뿜었을 것이다.

나는 말했다. "왜 나랑 말을 안 한 거야?"

데브스가 숨을 내쉬었다. "겁이 났어." 그녀는 말했다.

"뭣 때문에?"

"늑대를 봐서."

"넌 내게 끔찍하게 굴었어. 내 전화도 받지 않고, 잔디 언덕에서는 나를 완전히 무시했지."

그녀가 다시 얼굴을 붉혔다.

"날 그렇게 대한 걸 사과하면 다시 친구가 되는 것에 대해 한번 생각해볼게."

그녀가 입술 안쪽을 움직여 껌을 떼어냈다.

"됐어." 나는 이렇게 말하며 차를 들고 그녀를 지나쳐갔다.

"루크."

나는 걸음을 멈추었다.

"미안해." 그녀가 말했다.

나는 그녀의 열기를 느낄 수 있었다. 풍선껌이나 담배 냄새가 아닌, 그저 피부의 따스한 냄새를. 고운 머릿결을. 내가 머그잔을 들고 있어서 다행이었는데, 왜냐하면 그녀가 나를 물리적으로 끌어당기는 힘을 발산하고 있는 것 같았기 때문이다.

"알겠어." 나는 말했다.

데브스와 그녀의 엄마가 떠난 후 할머니는 난롯불 앞에 조용히 앉아 있었다.

"그래서 데브스랑은 화해한 거니?"

"무슨 말씀인지 모르겠네요."

할머니가 몇 주 만에 처음으로 그럴듯한 웃음을 터뜨리려 했다—기침하듯 숨을 내쉬는 것에 가까웠지만.

"얼굴이 빨개졌구나!" 할머니가 까르르댔다.

나는 일어나서 불쏘시개로 난롯불을 살짝 찔렀다.

"좀 더운 것 같네, 안 그러니?"

나는 싱긋 웃을 수밖에 없었다. 나는 안락의자로 돌아가서 다시 앉았다.

"데브스한테는 남자친구가 있어요." 내가 말했다.

"그 나이 때는 남자친구가 금방 생겼다 사라졌다 하는 법이지."

장작이 탁탁 튀었고 불꽃이 굴뚝 위로 솟구쳤다.

우리는 한동안 그것을 주시했다.

"네가 다시 학교생활에 적응하고 있다니 기쁘구나." 할머니가 말했다.

할머니는 여전히 난롯불을 응시하고 있었다.

잠시 후 할머니가 다시 안락의자에 머리를 기대며 말했다. "나는 네 엄마와의 관계를 망쳤어. 너와의 관계까지 망칠 수는 없다."

할머니는 눈을 감았다. 호흡이 점점 깊어졌고, 가슴이 오르락내리락하는 것으로 보아 잠이 든 게 분명했다. 나는 할머니를 깨워야 할지 그냥 놓아두어야 할지 고민했다. 그때 할머니가 말했다. "네 엄마는 네가 자랑스러울 거야."

나는 난롯불을 노려보며 할머니가 그 말을 하지 않았으면 좋았을 거라고 생각했다. 그러자 갑자기 이곳이 싫어졌고, 여기 있는 것도 싫어졌다. 나와는 아무 상관도 없는 골짜기, 고원지대, 낯선 이들의 땅.

내가 어떤 장소를 다시 집이라고 부를 수 있는 날이 올지 궁금했다.

할머니는 눈을 감고 누워 있었는데, 눈꺼풀은 이상하게 얇고 건조했으며 얼굴의 나머지 부위보다 가벼워 보였다. 입은 살짝 벌어져 있었고, 입가에서 턱으로 이어지는 두 수직선은 할머니의 얼굴을 엄마의 얼굴과 몹시 비슷해 보이게 만들었다. 할머니가 몸을 움찔했고, 풀밭에서 갑자기 날아오르는 종달새처럼 할머니의 손가락이 허공에 휙 솟구치더니 다시 내려앉았다.

탕

3월의 어느 쌀쌀한 날, 서리가 내려 풀이 뻣뻣해지고 고원지대의 화강암이 반들반들해진 가운데 등교 준비를 하고 있을 때, 샛길에서 차 소리가 들렸다. 할머니는 이미 출근한 뒤였고—할머니는 사무실로 돌아가서 단축 근무를 시작했다—나는 곧장 대니 스콧과 스티브 스콧을 떠올렸다.

나는 급히 아래층으로 내려가 서재 창문으로 밖을 보았으나 아무것도 보이지 않았고, 그래서 신발을 신고 재킷을 걸친 후 밖으로 나갔다.

오싹한 추위가 엄습했다. 차가 전혀 보이지 않았기에 대문 기둥 쪽으로 가봤다. 샛길 위쪽에 흰색 밴이 한 대 있었고, 열린 뒷문 옆에 남자 두 명이 서 있었다. 나는 캐틀그리드를 건

너갔다. 짙은 색 아웃도어 복장의 두 남자는 작은 배낭을 꺼내는 중이었고, 둘 다 어깨에 길고 검은 가죽 가방을 메고 있었다. 밴의 문이 쾅 닫혔다. 둘 중 한 남자가 돌아서서 나를 쳐다보더니, 둘은 그 기이하고 긴 가방을 멘 채 길을 오르기 시작했다.

둘이 모퉁이를 돌아 사라지기 직전에 내가 그들을 불렀다. 두 남자가 걸음을 멈췄다.

"여기서 뭐하시는 거예요?" 나는 물었다.

"그게 너랑 무슨 상관이지?" 한 남자가 말했다.

"저는 여기 살아요. 가방에 든 건 뭐죠?"

"낚싯대야." 남자는 말했다. 다른 남자가 웃음을 터뜨렸다.

"그럼 면허증은 있나요?"

"저리 꺼져." 남자는 이렇게 말하며 오르막을 올라갔다. 다른 남자가 내게 손을 내젓고는 친구를 따라갔다. 텔레비전에서 본 농부들이 그것과 비슷한 가방을 들고 있던 게 떠올랐다. 총집.

"그건 총이잖아요!" 나는 외쳤다. "경찰에 신고할 거예요."

두 남자가 걸음을 멈추며 돌아서더니, 처음 대답했던 남자가 낮은 목소리로 말했다. "우리가 바로 경찰이야."

둘은 고원지대를 향해 계속 걸어갔다.

등교 준비를 하는 동안 나는 그 검고 긴 가방을 들고 계속해서 오르막을 올라 고원지대로 가서 풀밭에 엎드려 있을 그 두 남자를 생각했다. 그리고 그곳을 물 흐르듯 돌아다니고 있을 늑대를. 일 마일 떨어진 곳에서 총성이 들려오면 녀석은 죽은 목숨이리라.

*

데브스가 점심시간에 나를 찾아왔다. 나는 도서관에서 영문학 수업을 위한 책을 읽으려고 애써봤지만 자꾸 그 경찰 두 명이 신경쓰였다. 나는 눈이 내리거나 그 둘이 안개 속에서 길을 잃기를 바랐다. 늑대가 그들의 냄새를 맡고 잘 피해 있기를 바랐다.

나는 데브스에게 두 남자에 대해 말했다.

"아빠가 그런 거야." 그녀가 말했다.

"그게 무슨 말이야?"

"아빠가 경찰한테 계속 요청을 넣었거든. 경찰은 이미 늑대를 사냥하러 몇 번 출동했었어. 아빠가 지도와 필요한 정보 등을 모두 제공했지. 경찰은 산 반대쪽 숲을 돌아봤으니 이제 이쪽을 돌려는 거야."

나는 눈을 크게 떴다. 그 숲은 내가 그에게 늑대를 봤다고 한 곳이었다.

"왜 그래? 유령이라도 본 것 같은 얼굴이네."

"아무것도 아니야."

모든 게 내 잘못이었다. 엄마와 아빠. 거의 죽을 뻔한 할머니. 이제는 늑대까지.

골짜기 쪽에서 전투기가 으르렁거리며 날아왔다. 우리는 전투기가 지나가길 기다렸고, 전투기가 날카로운 날개를 펼친 채 미끄러지듯 스쳐갈 때 조종석의 볼록한 유리 안으로 헬멧을 쓴 파일럿이 보였다. 커다란 굉음이 이어졌다.

그것은 늘 거기 있었다, 죽음은 늘 거기서 대상을 물색하고 있었다.

나는 더이상 죽음이 하는 일을 거들어주지 않을 것이다.

*

오후에는 이언과의 상담이 있었다. 늦지 않기 위해 점심시간이 시작될 무렵 자전거를 타고 출발해서 오르막을 올라 역으로 향했지만 아무래도 가지 말아야겠다는 생각이 들었다. 아무래도 늑대와 함께 있어야겠다는 생각이 들었다. 설령 녀석이 우리 가족에게 죽음을 불러왔다고 하더라도. 왜냐하면 녀석은 여전히 살아 있는 생명체니까, 안 그런가? 하지만 나는 이런 생각이 들 때마다 곧장 마음을 바꾸었다. 할머니에게 떳

떳해져야 했기 때문이다.

일어선 자세로 페달을 밟아 오르막을 오르며 바퀴가 구를 때마다 내 몸도 위아래로 오르내리는 가운데, 최선의 행동은 무엇일지 고민에 빠져 있는데 뒤에서 익숙한 엔진의 으르렁거림이 들리더니 대니 스콧의 검은 차가 휙 지나갔다. 나는 차가 시야에서 멀어지는 모습을 지켜보았고, 차가 더이상 보이지 않자 안도감이 밀려들었다.

차는 도로 반대편으로 돌아오면서 속도를 늦추었는데, 그러다 다시 속도를 높여 나를 지나치며 익숙한 사슬톱의 굉음을 일으켰다.

나는 좌우로 흔들거리며 계속 오르막을 올라갔다.

뒤에서 사슬톱의 굉음이 들리더니 차가 다시 옆으로 지나갔다. 아마도 고작 일 피트 거리를 두고. 더 최악은, 차가 겨우 몇 야드 앞에서 브레이크를 밟았고, 나는 차를 치지 않기 위해 곧장 속도를 줄이다가 멈춰야만 했다는 것이다.

나는 한쪽 발은 아스팔트에, 다른 쪽 발은 페달에 올린 채 서 있었다. 차체에서 음악이 쿵쿵거리며 울리는 동안 잠시 아무 일도 일어나지 않았다. 그러다가 조수석 창문이 윙 소리를 내며 내려가더니 스티브 스콧의 머리가 튀어나왔다.

"어이, 친구." 그가 히죽거렸다. "드라이브 나왔냐?"

엔진이 으르렁거리고 폭소가 터지는 소리가 들리더니, 곧 대니가 액셀을 밟아 언덕 꼭대기로 차를 몰아서 그 너머로 사라져버렸다.

나는 서서 기다렸다.

그들은 돌아오지 않았다.

더 기다렸다가는 이언과의 약속 시간에 늦을 것 같았다.

나는 계속 페달을 밟았다.

언덕은 오르막이 이어지다가 정상에 이르면 평지가 펼쳐지고, 그런 다음 또다른 굽이를 돌아 좀더 올라가야 하는 구간이 여러 번 반복되는 지형이었는데, 한 구간을 통과할 때마다 호수에서 멀어졌고 그러다보면 가게들과 기차역이 나왔다. 그런 가짜 정상 중 하나에 대니 스콧의 검은 차가 있었다. 그것은 도로 반대편에서 나를 향해 서 있었다.

들리는 소리라고는 오르막을 오르느라 거칠어진 내 숨소리와 자전거 체인의 삐걱거림뿐이었다.

검은 차가 움직이기 시작하자 차의 보닛과 검은 앞유리 위로 나무 그림자가 미끄러지듯 지나갔다. 차는 속력을 내며 나를 향해 미사일처럼 돌진해왔다. 나는 차가 나를 치기 직전에 자전거에서 뛰어내렸다.

크고 분명하게 탕 소리가 났고, 달가닥거리는 금속음에 이어 끼익하는 타이어 소리가 이어졌다.

나는 파란색과 노란색의 작은 꽃들 사이에 얼굴을 묻은 채 누워 있었고, 몸을 돌리자 타이어 연기가 혹 솟아오르면서 탄 고무 냄새가 풍겼다. 대니의 차는 언덕 중간에서 기어를 저속으로 바꾸며 내려가고 있었다.

내 자전거의 앞바퀴는 종잇장처럼 구겨져 있었다.

나는 자전거를 꽃밭에 내려놓고 앞으로 나아갔다. 역이 아니라 언덕 아래로. 정신이 아득해지는 기분이었다.

*

나는 리셉션 공간과 발코니 아래를 지나 넓은 복도로 걸어 갔다. 운동장에서 여러 무리 사이를, 공허한 환희와 함께 학교 건물에 부딪혀 울리는 그들의 외침과 고함 사이를 곧장 가로 질렀다. 그 모든 것 너머로.

사람들은 늑대가 놀이를 좋아한다고들 말한다. 그들의 놀이—다른 늑대를 바닥에 내동댕이치고, 주둥이나 목을 입으로 꽉 무는 행위—는 우리 눈에만 잔인하게 보일 뿐이라고. 하지만 우리 인간의 경우는 정반대다, 그렇지 않은가? 우리가 놀이라고 부르는 것은 사실 잔인한 무엇이다.

가볍게 던지는 농담은 괴롭힘이다. 게임은 살인적이다.

멍청하게 튀어나온 가닥을 제외하고는 완벽한 검은 머리의 스티브 스콧은 점심시간에 즐긴 형과의 드라이브를 끝내고 간이 축구장으로 돌아와 있었다.

내가 간이 축구장 문을 열자 끼익 소리가 났다.

그들의 시선은 게임에 집중되어 있었다. 발을 끄는 소리, "패스!" 하고 외치는 소리. 간이 축구장 문으로부터 십 야드도 떨어지지 않은 곳에 서 있는 스티브 스콧. 그는 옆모습을 보이고 서서 양팔을 벌리고 고개를 숙인 채 게임 진행을 기다리는 중이었다.

나와 그 사이의 거리가 일 야드 정도로 가까워졌을 때 그가 나의 기척을 알아차렸다.

그가 어깨 너머로 쳐다봤다. 나는 여전히 움직이고 있었다. 그리고 내 주먹도 움직였다. 그는 내가 무슨 짓을 할지 생각할 겨를이 없었으므로, 내가 본 그의 마지막 모습은 놀라는 표정이었다. 웃겼다. 그것은 아무런 인간적 개성도 없는 듯한 표정이었다. 그의 동물적인 부분만 드러난 것 같았다. 어떤 판단이나 감정이 개입하기 이전의 육체적 사고. 내 주먹이 그의 뺨을 가격했다. 그의 뺨에서 배트로 친 크리켓 공 같은 소리가 났다. 그는 옆모습을 보인 채 서 있었기에 옆으로 휘청거렸다. 그는 균형을 잡으려 애썼지만 다리가 꼬이면서 넘어지고 말았다. 넘어지는 것을 피할 도리가 없었다. 그나마 옆으로 서 있었던 게 그에게는 다행이었던 것 같다. 만일 나를 마주하고 있었더라면 곧장 뒤로 넘어져서 땅에 머리를 박았을 것이다. 그

럼 아마 죽고 말았을 것이다. 나는 그를 죽이고 말았을 것이
다. 하지만 그렇지는 않았으므로, 그의 어깨가 먼저 땅에 부딪
혔다.

나는 이미 그곳에서 걸어나오고 있었다.

나는 아무 말도 하지 않았다. 그냥 걸어나왔다.

내 가까이에 있던 남자애─내가 모르는 아이─는 나를 저
지하려 하지 않았다.

문이 끼익 소리를 내며 감사를 표했고, 나는 등뒤로 문을 쾅
닫았다.

아무도 나를 저지하려 하지 않다가 내가 본관에 이르자 다들
달려오는 소리가 들렸다. 나는 거의 리셉션 공간에 다다라 있
었다.

"어이! 부모 죽은 애!"

앨릭스와 축구팀 전원이었다.

그리고 바로 그때 내 앞에서 제드가 이중문을 지나 걸어들
어왔다.

제드의 시선이 내게로 향했다가 앨릭스와 내 뒤의 다른 아
이들에게로 넘어갔다.

"그놈 잡아, 제드!"

제드의 시선이 다시 내게로 향했다. 우리의 눈이 마주쳤다.
그는 윙크하더니 계속 걸어갔다. 우리는 서로를 지나쳐갔다.

나는 이해할 수 없었다. 그는 그냥 계속 걷기만 했다. 나를 저지하지 않았다. 나는 리셉션 공간을 가로질러 이중문을 지나 바깥으로 나왔다. 그리고 오르막을 뛰어올라가 큰길로 향했다.

어떤 이유에선지 그들은 곧장 밖으로 나오지 않았다. 나는 제드가 어떤 식으로든 그들을 멈춰 세웠다고밖에는 생각할 수 없었다. 그가 왜 그랬는지는 모르겠지만 어쨌든 그런 게 분명했다.

버스가 와서 섰다. 깜빡이가 천천히 깜빡거렸고, 자주색 외투 차림의 노부인이 내리더니 타탄무늬 캐리어를 내리려고 몸을 돌렸다. 나는 노부인을 도와주고 버스에 탔다.

문이 한숨을 쉬듯 닫히고 버스가 출발했다.

행운

뒤늦게 이언을 만나기 위해 고원지대 가장자리의 탁 트인 구릉지를 지나 켄들로 가는 짧은 기차 여행 동안, 나는 날씨 때문에 통행이 불가능한 겨울에는 숨어 있다가 이제는 모습이 드러나버린 늑대를 생각했다. 그리고 늑대를 사냥하는 그 경찰관 저격수 두 명을 생각했다.

그리고 나는 생각했다, 그곳이 내가 있어야 할 곳이라고.

*

이언은 파란색 스케이트보드 신발을 신고 있었다.

"저는 여기 있으면 안 돼요." 그 어느 때보다 긴 침묵 끝에 나는 말했다.

역시 긴 침묵 끝에 이언이 말했다. "그럼 어디에 있어야 하는데?"

"고원지대요."

"왜?"

"사람들이 늑대를 죽이려 하고 있으니까요."

"그것에 대해 어떤 기분이 드니?"

나는 마치 그가 멍청한 짓을 수도 없이 저지른 꼬마라도 되는 것처럼 한숨을 내쉬었다.

이언은 가장 긴 침묵으로 올림픽 최고 기록을 깨려 하고 있었다.

세계 기록이었다.

마침내 그가 말했다. "무엇에 대해 이야기하고 싶은 거니?"

나는 주위를 둘러보았다—텅 빈 책장, 카펫 타일, 할머니와 처음 왔을 때 할머니가 앉았던 검은 의자. 한 가지 기뻤던 것은 난방이 꺼져 있어서 그 멍청한 라디에이터가 파이프로 방귀 소리를 내지 않는다는 사실이었다.

이언은 회색 캔버스 바지와 소맷동이 너무 길고 꽉 조이는 밝은 파란색 체크무늬 셔츠 차림으로 다리를 살짝 벌린 채 앉아 있었다. 금으로 된 결혼반지. 그리고 그 파란색 스케이트보드 신발. 내가 그에게 내 삶에 대해 말한 것처럼 그가 내게 자기 삶에 대해 말할 수 없다는 게 유감이었다.

"이언." 나는 말했다. "오해하지 말고 들어주셨으면 좋겠는데, 그 스케이트보드 신발은 선생님에게 정말로 어울리지 않아요."

그러고서 나는 일어났다.

이언은 놀라서 눈이 휘둥그레졌는데, 그가 놀라는 모습을 본 것은 그때가 처음이었다. 하지만 나는 그의 평정심을 깨뜨린 것에 대해 그 어떤 만족감도 느끼지 못했다. 보아하니 그는 무슨 말을 하려고 생각중이었는데, 다만 무슨 말을 해야 좋을지 확신하지 못하고 있었다. 나는 그에게 동정심이 들었다.

"행운을 빌어요, 이언."

"잠깐, 그렇게 가버리면—"

"저를 도우려고 애써주셔서 감사해요." 나는 손을 내밀었다.

잠시 후 그가 일어나서 내 손을 잡았다.

"잠깐만." 그가 말했다. "나는 다음주에도 여기 있을 거야. 똑같은 시간에, 알겠니?"

나는 그에게 동정어린 웃음을 짓고는 그곳을 떠났다.

사냥

오후 중반. 내 발치에서 종달새들이 획 날아올랐다. 하늘 높이 날아올라 보이지 않는 곳에서 작은 목청이 터져라 노래했다. 어떤 무모한 농부가 풀밭에 내어놓은 복슬강아지 같은 양이 인간을 난생처음 본다는 듯이 나를 빤히 쳐다보았다. 페럿인지 담비인지 모를 매끈한 동물이 뒷다리로 서서 망을 보더니 다시 네 발로 기며 슬그머니 풀 사이로 들어가 돌담 안으로 사라졌다.

아래쪽 저멀리, 숲의 가장자리에 흰색 밴이 보였다.

만일 그 경찰관들이 조금이라도 실력이 있다면 어딘가에 숨어 있을 것이었다.

길을 따라 고원지대 꼭대기까지 완전히 올라가는 데에는 몇 시간이 걸렸다. 바람이 불었다. 물을 골짜기 쪽으로 떨어뜨리는 깎아지른 바위는 꼭 우락부락한 얼굴에 생긴 주름 같았다. 화강암은 몸에서 튀어나온 뼈처럼 보였다.

거친 엔진소리가 들려왔다. 골짜기 쪽에서 붉은색 사륜 오토바이가 길을 따라 덜컹거리며 다가왔고, 오토바이에 탄 사람은 그 위에서 인형극의 꼭두각시처럼 몸이 흔들렸다.

한참이 지나서야 그가 내 쪽으로 왔다.

그가 등에 멘 길고 검은 소총집이 위로 비죽 솟아 있었다. 나는 그게 무엇인지 알아보았다.

셰리든 베네딕트가 사륜 오토바이를 세우고 내렸다.

"고원지대 가까이 오지 말라고 말했던 것 같은데." 그가 말했다. 하지만 그에게서 늘 느껴지던 분노는 찾아볼 수 없었다. 그가 안경 너머 피곤한 눈으로 나를 살펴보았다. "네 할머니는 이제 막 퇴원하셨어."

그가 다음과 같이 말을 이었을 때 그의 목소리는 평소처럼 날이 서 있지 않았다. "너는 이 일을 후회하게 될 거다. 만일 할머니에게 지금 무슨 일이라도 생기면 너는 이 일을 평생 후회하게 될 거야."

나는 입을 열고 무슨 대답이라도 하려 했지만 뭐라고 해야 할지 알 수 없었는데, 그는 내게서 등을 돌리더니 사륜 오토바이에 올라탔다. 그리고 액셀을 세게 당기며 울퉁불퉁한 길을 덜컹덜컹 나아갔다.

"녀석을 죽이지 말아요!" 나는 외쳤다.

그후로도 오랫동안 그가 풀로 뒤덮인 가파른 오르막을 올라가는 모습이 보였다. 사륜 오토바이는 허공에 거의 수직으로 매달린 거미처럼 땅에 매달려 있었다. 나는 그가 간 방향으로 걸어가기 시작했다. 비록 이제 그의 모습은 보이지 않았지만.

*

시간은 대략 다섯시였고, 나는 하루종일 걸었지만 아무것도 발견하지 못한 상태였으며, 하얀 연무 사이로 태양이 낮게 떠 있었고 먼 산들 너머로 바다가 반짝였다. 해안의 풍력발전 지대에서는 풍력발전기가 돌아가고 있었고, 맞은편 산등성이에서는 고원지대를 하이킹하는 사람들이 밤이 오기 전에 하산하고 있었다. 하지만 나는 계속 나아가야 했다.

총성.

나는 걸음을 멈추고 귀를 기울였다.

아무 소리도 들리지 않았다. 하이킹하는 사람들이 나누는 대화 소리조차 들리지 않았다. 종달새들이 쩍쩍거리는 소리도. 그저 바람소리뿐.

나는 주변을 살피며 빠르게 걸었다.

또다른 총성.

나는 달렸다.

*

세찬 바람이 부는 가운데 나의 헐떡거림과 맥박소리가 들렸다. 어딘가, 아마도 정상에서 약간 떨어진 어느 좁은 협곡에 늑대가 상처 입은 채 누워 있을 것이다. 죽어가며. 죽은 채로.

동쪽에 황혼이 깃들었다. 풀밭 위로 내 그림자가 길고 희미하게 드리워졌다.

구릉지로 내려가 켄들로 이어지는 고원지대 가장자리에 가까워졌을 때, 앞의 어스름 속에서 붉은색과 초록색 불을 깜빡이며 헬리콥터 한 대가 날아올랐다. 탐조등이 땅을 이리저리 훑었다. 나는 비틀거리며 그것을 따라갔다.

반 마일쯤 떨어진 곳에서 탐조등이 긴 손가락처럼 움직이며 수색 작업을 벌이고 있었다. 헬리콥터가 고원지대 가장자리 아래에서 방향을 홱 틀더니 윙윙거리는 소리가 그쳤다. 나는 도로에 이르렀다. 위치를 확인하고 호흡을 가다듬기 위해 걸음을 멈추었다. 심장이 새처럼 파닥거렸다. 빛이 사라져가고 있었다. 십 분이 지나자 길을 찾을 수가 없었다.

왼쪽의 험준한 바위에서 불빛이 반짝이더니 고원지대 꼭대기 위로 두 개의 빛줄기를 비추며 차 한 대가 나타났다. 차는 도로를 따라 미끄러지듯 달려 내 쪽으로 왔다. 나는 차가 다가오는 것을 바라보았다. 헤드라이트가 마지막 모퉁이를 돌며 잠시 빛으로 내 시야를 차단했다.

나는 바람을 거슬러 서 있었던 게 분명한데, 왜냐하면 차가 모퉁이를 돌고서야 엔진소리가 들렸기 때문이다―사슬톱의 굉음이.

나는 키 크고 생기 있는 헤더 관목이 펼쳐진 곳으로 뛰어올라 달렸다.

거의 십 초쯤 달렸을 때 묵직한 무언가가 내 등허리를 때렸다.

나를 멈춘 것은 스티브 스콧이었다. 그의 어깨 너머로 또다른 인물이 나타났다. 그의 형이었다.

나는 숨을 쉴 수가 없었다. 심장은 빠르게 뛰었지만 공기는 없었다.

그들은 나를 끌고 헤더가 펼쳐진 곳을 지나 다시 도로로 돌아갔다.

잘 쉬어지지 않는 얕은 숨들. 등이 고통으로 욱신거렸다.

아스팔트 위. 나를 둘러싼 그들. 언뜻 보이는 진바지와 운동화들.

"쟤 저러다 죽겠는데."

"공황 발작인 것 같아."

그들은 나를 끌어당겨 일으켜세웠다. 불안정하게 흔들리는 몸, 여러 명의 손에 잡힌 나의 재킷.

숨!

숨.

나는 숨을 벌컥벌컥 들이마셨다.

모두 세 명이었다―스티브, 그의 형 대니, 그리고 앨릭스.

내가 아까 때린 스티브의 뺨에는 커다랗고 붉은 자국이 나 있었다.

바람이 불었다.

"차로 데려가." 스티브가 말했다.

대니가 소리 내어 웃었다. 나는 몸부림을 치며 그의 손아귀에서 벗어나려 애썼지만, 돌연 옆구리에 통증을 느끼고 본능적으로 양팔로 몸을 감싸 보호했다. 손바닥 하나가 내 등허리를 앞으로 밀었고, 또다른 손바닥이 내 머리를 아래로 누르더니 나를 획 밀쳐서 뒷좌석에 고꾸라뜨렸다. 누군가가 나를 따라서 급히 들어왔다. 차 문이 쾅 닫혔다. 차가 앞으로 획 달려갔다.

*

나는 뒷좌석 바닥에, 차의 가운데를 가로지르는 통로에 누워 있었다.

어디로 가는 걸까?

뒷좌석에는 앨릭스가 타고 있었다. 나는 그의 옆자리로 기어올라갔다.

가슴에 묵직한 주먹이 날아왔다. 주먹이 뒤로 물러났다. 그러고는 어렴풋이 앨릭스가 보였다.

좌석 옆으로 길고 창백한 스티브의 얼굴이 나타났다.

"괜찮아, 친구?" 나는 그의 미소를 볼 수 없었지만 미소를 짓고 있다는 걸 소리로 알았다.

숨을 쉬니 몸이 아팠고, 나는 대답하지 않았다.

앨릭스가 말했다. "우리는 너를 죽일—"

"닥쳐." 스티브가 말했다. "우리는 늑대를 사냥하러 가고 있는 거야."

나는 아무 말도 하지 않았다.

"어이." 대니가 운전석에서 동생의 팔을 찰싹 때리며 말했다. "전방을 좀 주시하지 그래?"

스티브의 얼굴이 사라졌다.

한동안 우리는 말없이 달렸고, 엔진은 계속 낮게 울렸고, 차는 모퉁이를 너무 빨리 돌았다. 스티브는 몸을 앞으로 숙인 채 거의 어두워진 하늘을 살폈다.

"아직도 안 보여."

앨릭스가 내 귀에 대고 속삭였다. "우리는 너를 죽일 거야."

라디오에서 잡음이 지직거리더니, 콜택시 배차원이 내는 것 같은 약한 목소리가 들려왔다.

"저긴 남쪽이야." 대니가 말했다.

차는 고원지대에서 내려가며 브레이크를 밟았다가 액셀을 밟기를 반복했다. 나는 움직이지 않았다. 만일 이 속도로 달리는 차에서 내리려 했다가는 죽고 말 것이다. 몇 분이 흘렀다. 차는 방향을 바꿔 더 넓은 도로로 들어섰고, 이제 대니는 차를 총알같이 몰기 시작했다. 나는 몸이 좌석에 달라붙는 것을 느꼈다.

스티브의 얼굴이 다시 나타났다.

"잘 버티고 있어, 친구?"

"그래, 고마워, 친구." 나는 말했다.

"닥쳐." 앨릭스가 말하고는 내 가슴을 팔꿈치로 찍었다.

나는 고통으로 울부짖었다.

스티브가 말했다. "우리는 경찰 무전을 도청하고 있어."

스티브는 더이상 아무 말도 하지 않고 앞좌석 옆으로 얼굴을 돌리고 있었다.

"경찰이 그 늑대를 쐈어." 그가 말했다.

라디오에서 앞좌석에서만 들릴 만한 소리로 무슨 말인가가 흘러나왔고, 스티브는 다시 고개를 돌려 그 소리에 귀를 기울였다. 어둠 속에서 불빛이 반짝였다—휴대폰 불빛이었다.

"저긴 카트멜 근처야."

우리 몸은 지형에 따라 위아래로 흔들렸다. 차가 지면의 튀어나온 부분에 부딪혀 솟아오를 때마다 엘리베이터에 탄 것처럼 뱃속이 붕 뜨는 느낌이었다.

특히 심하게 급강하한 후 스티브가 킬킬거렸다.

앨릭스는 스읍 하고 치아 사이로 숨을 들이쉬었고, 스티브는 그 소리를 들은 게 분명했다. 그는 다시 머리를 들이밀고 이렇게 말했다. "왜 그래, 앨릭스, 겁먹기라도 한 거야?"

"아니."

"그럼 너는?" 스티브가 물었다.

나는 그와 눈을 마주쳤다.

차가 급선회하자 스티브의 눈이 공포로 휘둥그레졌고, 나는 히죽거렸다.

그도 히죽거렸다.

차는 살짝 속도를 줄이고 몇몇 굽이를 지나 다시 똑바른 길로 들어섰고, 내 몸은 다시 좌석에 달라붙었다.

대니가 급브레이크를 밟았고, 차가 방향을 휙 틀어 또다른 도로로 들어서면서 우리는 옆으로 내던져졌다. 타이어 아래에서 자갈이 긁히는 소리가 났고, 잠시 타이어가 헛돌았다. 내 마음속에서 두려움이 싹텄고, 뒤이어 타이어 접지면이 아스팔트에 닿았다.

우리는 산울타리 사이의 좁은 길을 달렸다. 만일 반대편에서 무언가가 다가온다면 그것을 치고 말 것이었다.

나는 안전벨트를 찾아냈다.

"속도 좀 줄이면 안 될까, 형?" 앨릭스가 말했다.

"오줌을 지리기라도 한 거야?" 대니가 외치고는 액셀을 밟았다.

스티브가 웃음을 터뜨렸다.

천장 손잡이에 매달려 문 쪽에 몸을 붙인 채 앨릭스는 아무 말도 하지 않았다.

나는 안전벨트를 찰칵 채우고 앞좌석 사이로 몸을 기울였다.

"고작 이게 최고 속도야?"

형제는 아무 말도 하지 않았다.

나는 다시 등을 붙이고 앉아 웃음을 터뜨렸다.

차가 더 속도를 냈다.

"세상에, 대니." 앨릭스가 애원하듯 말했다.

라디오에서 목소리가 들려왔다. "녀석은 곳을 향해 이동중이다."

"저기가 어디인지 알아?"

경찰 배차원이 알아들을 수 없는 말을 했다.

우리는 침묵 속에서 곧게 뻗은 도로를 달렸고, 마을에 들어서자 대니가 살짝 속도를 줄였다. 우리 앞에 하얀 형체가 나타났다. 흰색 요리사 복장의 여자가 커다란 용기를 들고 있었다.

우리는 방향을 홱 틀었다.

주차된 차 한 대가 내 시야를 가득 채웠고, 앨릭스는 비명을 질렀고, 요리사는 용기를 떨어뜨렸고, 물이 튀어올랐고, 우리는 주차된 차의 사이드미러를 딱 하고 부러뜨리며 요리사를 홱 지나쳐 마을을 쏜살같이 빠져나갔다. 잠시 침묵이 이어졌고, 모두 가까스로 위험을 모면한 것에 어안이 벙벙한 듯했다. 그러더니 대니가 기관총 같은 웃음을 터뜨렸다.

스티브가 몸을 돌렸다. "잘 버티고 있어, 루크?"

"너 거기 멍들었어, 스티브." 나는 말했다.

"빌어먹을, 스티브." 대니가 말했다. "저놈이 너한테 저딴 식으로 말하게 내버려둘 거야?"

"아, 대가를 치르게 해줄 거야, 괜찮아." 여전히 내게 시선을 고정한 채 스티브가 제 형에게 말했다.

대니가 말했다. "저놈이 이래도 좋아할지 한번 보자고."

차는 다시 속도를 높였다. 은은하게 빛나는 계기판에서 바늘이 속도계의 중간 지점을 넘어섰다.

경찰의 목소리가 들렸다. "반복한다—녀석은 곳을 향해 이동중이다."

"더 빨리 달려." 나는 말했다.

"저 새끼가—" 대니가 갑자기 속력을 내며 말을 끝맺었다. 속도계의 바늘이 칠십을 찍었다.

회색 늑대가 달렸다.

엄마와 아빠는 영영 사라져버렸다.

나는 그때 차 사고로 죽었다. 나는 죽었다.

혹은 아닐지도 모른다. 나는 지금 살아 있다. 내 손목에, 내 혀 왼쪽에, 내 머릿속에 산의 바위를 넘는 흰 급류처럼 맥박이 뛰고 있다. 회색 형체가 산울타리 너머에서 급히 달려간다.

이 모든 가능성들. 어느 쪽으로도 치우치지 않은. 팽팽히 맞선.

나는 앞좌석 사이로 몸을 기울였다.

"더 빠른 속도로 굽이를 돌아."

두려움은 들을 수 있는 것이 아니다. 하지만 나는 그들, 대니와 스티브의 두려움을 들을 수 있었다.

"더 빨리 달려." 나는 말했다.

대니가 굽이를 돌려고 속도를 줄이자 내가 웃음을 터뜨렸다.

우리는 굽이를 돌았다.

대니는 속도를 충분히 줄이지 않았다.

도로 한가운데에 늑대가 서 있었다.

스티브가 제대로 된 비명을 질렀다. 차가 별안간 덜커덕거리며 기울더니 이내 굉음이 뒤따랐다. 나는 조수석 뒤와 옆 유리창에 몸을 부딪혔다. 땅이 헤집어지고, 차가 내던져졌다―

거꾸로.

정지.

전부 하얗게 변한 창문.

모든 게 고요했다. 누구도 움직이지 않았다. 엔진이 멈춘 채 열기로 딱딱 소리를 냈다. 그 위로 낮게 웅웅거리는 소리가 들렸다.

나는 안전벨트를 푼 다음 충격으로 하얗게 변한 창문을 발로 몇 번 차서 깨뜨린 뒤 미끄러지듯 차에서 빠져나왔다.

나는 강둑으로 내려가서 섰다.

늑대는 도로 한복판에 앉아서 고개를 낮게 떨구고 있었다.

"안녕." 나는 말했다.

누군가가 창문을 두드렸다. 경찰 헬리콥터가 윙윙거리는 소리가 점점 더 커졌다.

늑대는 내게서 눈을 떼지 않았다.

나는 녀석에게로 걸어갔다. 신발 밑창으로 아스팔트를 탁탁 때리며 우스꽝스럽게 걸어갔다. 혀에서 피맛이 났다.

늑대가 도로를 흐르듯 가로질러갔다. 그리고 산울타리 안으로 미끄러지듯 들어갔다.

나는 탁탁 소리를 내며 녀석을 따라갔다. 엉덩이에 이상한 감각이 느껴졌다.

산울타리 아래에 좁은 틈이 있었다. 나는 무릎을 꿇고 두 손으로 바닥을 짚었다. 그러고는 어깨 너머를 힐끗 돌아보았다.

차는 거꾸로 뒤집혀 있었다. 대니는 차에서 빠져나오는 중이었다. 스티브는 이미 밖으로 나와 무릎을 꿇은 채 구토하고 있었다. 앨릭스는 뒤쪽 창문으로 기어나오는 중이었다. 헬리콥터가 근처에서 으르렁거렸다. 탐조등이 현장을 비추며 그곳을 대낮처럼 환히 밝혔다.

나는 어둠을 마주했다.

나는 늑대를 따라 미끄러지듯 나아갔다.

곳

나는 늑대를 따라 개간지를 가로질렀다. 녀석은 이제 흐르
듯 나아가지 않고 터벅터벅 걸어갔다. 하지만 여전히 나보다
빨랐고 나는 고랑에 발이 걸려 비틀거렸으며, 녀석이 가장 멀
리 있는 산울타리에 이르러 걸음을 멈추고 어깨 너머로 돌아
봤을 때 겨우 반밖에 와 있지 못했다. 녀석은 도랑으로 뛰어들
었다.

나는 달리기 시작했지만 다리가 말을 듣지 않아 균형을 잃
고 넘어졌다. 헬리콥터가 더 낮은 곳에서 으르렁거렸다. 탐조
등은 대니 스콧의 차가 사고를 낸 지점을 계속 비추고 있었다.
그러다 그 긴 손가락 같은 빛이 들판 쪽으로 미끄러지듯 이동
하더니 넓은 호를 그리며 주위를 훑었고, 나는 일어나서 다시

달리기 시작했다. 새로 돋아난 풀이 환하게 빛났고, 빛줄기는 나를 비추고 지나갔다. 회전날개 소리가 공중을 가득 채웠고, 탐조등은 다음 들판의 무언가에 고정되었으며, 헬리콥터는 계속 날아갔다.

나는 산울타리에 이르렀다. 산울타리 아래에 또다른 틈이 있었다. 아래로 기어가다가 재킷이 걸렸는데 잡아당기자 찢어져버렸다.

반 마일 떨어진 들판에 어두운 하늘을 배경으로 검은 쐐기를 쿵 내려놓은 것처럼 솟아 있는 언덕만 제외하면 그 너머의 땅은 완전히 평평했다. 헬리콥터는 계속 그쪽으로 이동하고 있었다. 왼쪽으로 몇몇 차들의 헤드라이트 불빛과 깜박이는 파란색 경광등이 보였다. 그것들은 나와 평행하게 뻗은 도로를 따라 언덕 쪽으로 이동중이었다.

나는 몇 분 후에 언덕에 이르렀다. 차 네 대가 멈춰 섰다. 경찰차 두 대, 낡아빠진 랜드로버 한 대, 그리고 흰색 밴 한 대. 경찰관 한 명이 내게 등을 돌리고 서 있었다. 그의 관심은 들판에서 정상으로 이어지는 언덕의 먼 가장자리에 위치한 숲에 쏠려 있었다. 바로 그 숲 위에 헬리콥터가 떠서 나무 사이에 빛줄기를 쏘아댔다. 경찰관이 자세를 바꾸었는데, 얼굴을 보니 스트랭 경관이었다. 헬리콥터 회전날개의 굉음 덕분에, 그는 내가 경찰차 두 대 사이로 미끄러지듯 들어가 언덕 위로 올라가는 소리를 듣지 못했다. 나는 허리를 구부린 채 산비탈을 가로질러 나무들 쪽으로 달려갔다.

어둠 속에서 두 사람이 불쑥 나타났는데, 너무 가까워서 나는 깜짝 놀라고 말았다.

안경, 까칠하게 자란 수염.

"아니, 이게 무슨—?" 셰리든 베네딕트가 놀라며 말했다.

나는 옆으로 피하려 했지만 무거운 손바닥이 내 어깨를 치더니 소매를 낚아챘다. 나는 재킷에서 빠져나오려 애썼다. 잡힌 부분이 느슨해져서 벗어났다고 생각했지만 소매를 잡은 손이 다시 나를 홱 끌어당겼다. 나는 비틀거리며 끌려갔고 아무리 애를 써도 재킷에서 벗어날 수가 없었다. 커다란 손이 내 옷깃을 붙잡았다.

"그만 날뛰어!"

돌처럼 단단한 주먹이 내 쪽으로 날아들었는데, 아마 두 개의 작고 창백한 손이 끼어들어 막지 않았다면 내 얼굴을 가격했을 것이다.

데브스였다. 그녀가 자기 아빠와 나 사이에 끼어들었다. 약십 초 동안 내 찢어진 소매를 두고 실랑이가 이어지다가, 결국 돌담을 들어올리고 양과 씨름하는 셰리든의 두 손이 내 셔츠 옷깃과 데브스의 팔뚝을 잡고 숨을 헐떡이는 우리 둘을 떼어 놨다.

"둘 다 그만두지 않으면 주먹맛을 제대로 보게 해주마."

"꺼져요!"

총성이 울렸다. 헬리콥터의 굉음을 뚫고 들릴 만큼 커다란 소리였다.

손전등 빛줄기 몇 개가 들쭉날쭉하게 숲을 비추었다.

셰리든이 우는 듯한 비명을 내질러서 돌아보니 데브스가 그의 손을 물고 있었다. 그녀의 입술이 뒤집혔고 입에서는 피가 흘렀다.

그녀는 물었던 손을 놓고 달아났다.

잠시 셰리든과 나는 그가 내민 창백한 손바닥을 쳐다보았다. 손바닥에는 피 묻은 잇자국이 일렬로 나 있었다. 나는 그의 느슨해진 손아귀를 뿌리치고 데브스를 따라 맹렬히 달렸다.

우리는 숲에 이르러 덤불 사이로 돌진했다. 멀리서 그가 외치는 소리가 희미하게 들렸다. "멈춰! 멈춰!" 우리는 계속 나아갔다.

"그들은 총을 가지고 있다고!" 셰리든이 외쳤다. 하지만 우리는 멈추지 않았다.

이제 손전등 불빛은 보이지 않았다. 헬리콥터가 날아올라 탐조등을 이리저리 비추었다. 우리는 나무 아래 카펫처럼 깔린 발목 높이의 담쟁이덩굴에 웅크리고 앉았다.

"여기서 뭐하는 거야?" 데브스가 말했다.

"너는 여기서 뭐하는 건데?"

"늑대를 구하러 왔어. 아빠가 늑대를 죽이려 하거든."

"그래서 아빠를 죽이려고?"

데브스가 내 말을 이해하지 못한 채 얼굴을 찌푸렸다.

나는 그녀의 입을 가리켰다.

"참 재밌네." 손등으로 입술의 피를 닦아내며 그녀가 밋밋하게 말했다. "그래서, 늑대 전문가 선생님." 그녀가 말했다. "이제 우리는 어떻게 해야 하나요?"

산비탈 아래에는 거대한 나무 한 그루가 쓰러져 있었다. 머리 위 어둠 속에서는 헬리콥터가 굉음을 내고 있었다. 어떻게 하면 늑대를 찾을 수 있을까?

"있잖아," 데브스가 일어서며 말했다. "경찰이 저러고 있는데 네가 기막힌 아이디어를 떠올릴 때까지 여기서 기다리고 있을 수만은 없―"

"조용히 해!" 팔을 잡아당겨 그녀를 다시 앉히며 나는 말했다. "지금 생각중이야."

우리는 계속 침묵을 지키며 담쟁이덩굴 위에 웅크리고 앉아 있었다.

녀석은 내 냄새를 맡을 것이고, 어쩌면 내 소리를 들을지도 모른다. 하지만 내가 녀석을 찾길 원한다는, 찾아야만 한다는 사실을 녀석에게 알려야 했다. 나는 일어났다. 그러고는 고개를 뒤로 젖히고 울부짖었다.

"쉿!"

"아우, 아우-우우우우!"

"제발, 입 좀 다물어!"

"아우-아우, 아우-우우우우!"

데브스가 내 팔을 붙잡고 나를 흔들었다. "경찰이 들을 거야, 이 바보야!"

"녀석도 들을 거야."

여전히 내 팔을 붙잡고 있던 그녀의 손가락에 갑자기 힘이 들어갔다. 그녀의 눈이 휘둥그레졌고 몸은 뻣뻣하게 굳었다. 그녀는 내 어깨 너머를 쳐다보고 있었다.

나는 바라보았다.

그리고 그곳에, 어두운 땅을 가로질러오는 늑대가 있었다.

녀석은 약해진 상태였다. 얼굴에 피로와 병색 같은 게 깃들어 있었다.

녀석은 사 야드쯤 떨어진 곳에서 걸음을 멈추었다. 녀석이 기다란 입을 벌리자 미소를 짓는 듯한 얼굴이 되었고, 긴 혀는 옆으로 축 늘어졌다. 털이 평소보다 더 짙어 보였다.

나는 한 걸음 앞으로 나아갔다.

"그러지 마!" 여전히 내 팔을 붙든 채 데브스가 낮게 쉭쉭거리는 목소리로 말했다.

나는 그녀의 손가락을 떼어내고 늑대와 눈을 마주쳤다. 녀석의 이빨은 무시하려 애썼다. 그러고는 녀석을 향해 한 걸음 다가갔다.

녀석은 움직이지 않았다.

목 주변의 털이 짙게 엉겨붙어 있었다.

가축들을 죽인 녀석. 사슴을 죽인 녀석. 엄마와 아빠를 죽인 녀석.

나는 천천히 손을 들어올렸다.

"그러지 마!" 데브스가 쉭쉭거렸다.

늑대는 입을 딱 다물었다. 이제는 미소를 짓고 있지 않았다.

내 손이 우리 사이의 공중에 머물렀다. 녀석이 킁킁거리는 동안 녀석의 콧구멍이 커졌다가 작아지기를 반복했다.

나는 몸을 앞으로 숙이며 늑대의 커다란 얼굴 옆으로 손을 천천히 움직였다. 그러고는 거친 털이 엉겨붙어서 짙어 보이는 목둘레의 갈기 쪽으로 손가락을 가져갔다. 나는 부드러운 털을 만졌다.

녀석이 고개를 옆으로 휙 돌리더니 내 손목을 콱 물었다. 뼈를 부러뜨리던 거대한 이빨.

목소리에서 두려움을 지우려 애쓰며 나는 말했다. "해치지 않을게."

늑대는 두려움이 만들어내는 화학물질의 냄새를 맡을 수가

440

있다.

잠시 동안 늑대는 움직이지 않았다. 그러더니 입을 벌렸다. 천천히, 나는 팔뚝을 뒤로 뺐다. 그리고 물러섰다.

쿵, 데브스와 부딪혔다.

그녀가 내 재킷을 움켜잡아서 등에 그녀의 손이 느껴졌다.

"괜찮아?" 그녀가 속삭였다.

내가 팔을 들자 데브스가 헉하는 소리를 냈다. 내 손은 피로 검게 물들어 있었다.

"녀석의 피야."

마치 우리가 거기에 없는 것처럼 늑대는 우리 너머를 응시하고 있었다. 그러더니 앞다리에 이어 뒷다리를 접으며 주저앉았다. 녀석은 왕처럼 누웠다. 그리고 그 웅장한 머리를 거대한 발 위에 내려놓았다.

"물 좀 있어?" 나는 물었다.

"아니."

"바다는 얼마나 멀지?"

"산비탈 아래에 개울이 있어. 사방이 습지랑 강이야―우린 갇혔어."

"진짜?"

"그래."

나는 산비탈을 내려가기 시작했다.

"어디 가는 거야?" 그녀가 쉰 목소리로 외쳤다.

"물을 구하러."

그녀는 양팔을 휘저었다. "나를 늑대랑 둘이 내버려두지 마."

"녀석은 널 해치지 않을 거야."

나는 쓰러진 나무 기둥을 지나 철조망을 타고 올라갔고, 그러다 재킷이 가시철사에 걸려서 좀더 찢어졌다.

습지는 광대하고 고요했다. 저멀리 몇 마일 거리에 있는 해안을 따라서 집의 불빛들이 반짝거렸다. 반대편 습지 너머에는 커다란 만이 있었고, 그곳 바로 너머의 남쪽으로는 도시의 불빛이 보였다. 나는 철벅거리며 진흙을 지나서 수로에 무릎을 꿇었다. 그리고 재킷에서 소매를 찢어 물에 적셨다. 나는 흠뻑 젖은 소매를 양손으로 모아쥐고 다시 산비탈을 올랐다.

내가 도착했을 때 데브스는 완전히 똑같은 자리에, 완전히 똑같은 자세로 서 있었다. 늑대는 잠이 든 듯했다.

"왜 이렇게 오래 걸렸어?" 그녀가 속삭였다.

"멈춰 서서 풍경을 좀 감상하느라."

"재미 좋았어?" 그녀가 빈정거렸다.

나는 무릎을 꿇고 늑대에게 말했다. "해치지 않을게."

늑대는 눈을 떴지만 고개는 돌리지 않았다.

나는 몸을 숙여서 흠뻑 젖은 소매를 녀석의 목에 갖다댔다.

"그러지 마!" 데브스가 쉭쉭거리며 말했다.

늑대가 몸을 굴려 옆으로 누웠다. 나는 망설이다가 다시 몸을 숙여 차가운 소매를 녀석의 목에 갖다댔고 녀석의 몸이 떨리는 것을 느꼈다. 내게 보이는 한쪽 눈은 응시하고 있었다. 내가 아니라 텅 빈 허공을. 나는 말라붙은 피와 흙을 닦아냈다. 최대한 깨끗이 씻어냈다. 그러고는 재킷을 벗어 가장 깨끗한 안감을 찢어낸 뒤 잠시 망설이다가, 마침내 용기를 내서 안감으로 목의 상처를 눌렀다.

녀석이 움찔하더니 머리를 땅에서 획 들었고, 나는 얼어붙었다. 녀석은 안정을 되찾았다.

"녀석에게는 아마 마실 물이 필요할 거야." 나는 말했다.

데브스는 아무 말도 하지 않았다.

나는 나도 목이 마르다는 사실을 깨달았다.

"우리가 늑대를 이 곳에서 빠져나가게 해주지 않으면 그들이 녀석을 죽일 거야." 데브스는 말했다.

늑대는 거칠고 깊게 숨을 쉬었다. 힘센 목 위에 놓인 내 손이 오르락내리락했다.

나는 간신히 안감을 늑대의 목에 묶었다. 그러고는 녀석의 옆에 앉았다.

우리는 오랫동안 그러고 있었다.

헬리콥터가 숲을 배회하며 탐조등 빛줄기를 쏘아댔다. 헬리콥터가 우리 쪽 숲으로 다가와, 우리는 산비탈을 내려가 쓰러진 나무가 있는 곳으로 갔다. 나무 몸통 아래에서 몸을 숨길 수 있는 구멍을 발견하고는 그곳에 들어가서 기다렸다. 늑대가 일어나서 우리 쪽으로 터벅터벅 걸어오더니 신음소리와 함께 털썩 주저앉았다.

우리는 숲 위에서 헬리콥터가 윙윙거리는 소리에 귀를 기울이고 탐조등 불빛을 바라보며 기다렸다.

몇 시간 동안 그렇게 어둠 속에서 몸을 움츠리고 구멍 안쪽 벽면에 몸을 기댄 채, 반은 눕고 반은 앉은 자세로 쓰러진 나무 아래 피신처에 숨어 있었고, 잠이 든 늑대는 가슴이 오르내리고, 시끄러운 숨소리를 내뱉고, 거대한 흰색 발을 씰룩거리고, 두려움에 나지막이 잠꼬대를 해댔다.

"이제 우리 어쩌지?" 데브스가 물었다.

"습지를 건널 수 있을까?"

"아니."

우리는 침묵했다.

"날이 좀더 밝을 때까지 기다렸다가 경찰 몰래 움직일 수 있을지 보는 건 어떨까."

침묵.

"좋아." 마침내 그녀는 말했다.

정적.

그녀가 몸을 떨었다.

"추워?"

"아니." 그녀는 마치 내게 주먹을 날리듯 그 말을 내뱉었다.

그녀의 눈이 똑바로 보이진 않았지만, 데브스는 분명 눈을 뜬 채 나를 마주보고 있었다.

우리는 오랫동안 침묵했다.

"만약 어디든 갈 수 있다면," 갑자기 그녀가 말했다. "어디로 가고 싶어?"

나는 잠시 생각했다. "모든 것의 저편으로. 모든 인간의 저편으로. 야생으로. 너는?"

"나는 여행을 떠날 거야. 나는 도시와 산과 강과 바다와 숲과 고속도로와 사막을 보고, 내가 하고 싶은 일을 하고, 하고 싶은 말을 할 거야."

나는 살짝 끙 소리를 냈다.

"왜?"

"아니 그냥, 넌 분명 그럴 수 있을 거야."

데브스는 안심한 것처럼 보였다. 그녀의 눈이 빛나는 것 같았다. 또한 그녀는 아주 평온해진 것처럼 보이기도 했다.

나는 그녀의 움켜쥔 두 손을 만졌다. 손이 찼다. 나는 두 손으로 그녀의 손을 감쌌다.

우리는 오랫동안 그렇게 있었다.

그녀가 내 머리에 머리를 기댔다. 얼굴에 그녀의 숨결이 느껴졌다. 나는 졸려왔다.

"자?" 내가 중얼거렸다.

데브스는 내게 몸을 붙이고 있었고, 그래서 그녀의 심장 뛰는 소리가 들렸다. 나는 바람이 나무를 훑고 가는 소리에 귀를 기울였다.

"우리는 그곳들로 가게 될 거야." 나는 속삭였다.

데브스는 아무 말도 하지 않았고, 내 말은 갑자기 내 귀에도 멍청하게 들렸다.

그녀가 숨을 쉬자 갈비뼈가 팽창했다가 수축하는 게 느껴졌다. 밤은 추웠다. 헬리콥터가 으르렁거렸다.

*

나는 벌소리에 잠에서 깼다.

햇빛. 엷은 안개. 흐르는 물소리. 등에 닿는 푸른 풀밭. 더 먼 곳에는, 블루벨.

엄지손가락 한 마디만한 커다란 벌이 붕붕거리며 지나갔다.

내 가슴에 데브스가 머리를 기댄 채 누워 있었다. 그녀는 온기를 위해 팔짱을 끼고 있었다. 내 팔은 그녀를 감싸고 있었다. 산비탈 아래 나무들 사이에서 물소리가 났다. 숲은 새들의 노랫소리로 야단스러웠다. 한동안 나는 부리가 굽은 작은 새

한 마리가 새라기보다는 다람쥐처럼 나무 몸통을 오르내리는 모습을 지켜보았다. 날고 있는 건지 날쌔게 움직이고 있는 건지 알 수 없었다.

헬리콥터는 사라지고 없었다.

늑대는 살아 있었다. 녀석의 털이 솟았다가 가라앉았다. 이제, 햇빛 속에서, 나는 녀석의 섞인 털 색깔을 제대로 볼 수 있었다. 흰색, 회색, 그리고 주둥이의 검은색과 벌 같은 오렌지색과 소나무 같은 갈색. 털은 거칠었지만 뻣뻣하지는 않았다. 둔중한 가슴과 어깨, 그리고 피가 엉겨붙은 목.

잔가지가 딱 하고 부러졌다.

조심스럽게, 나는 고개를 옆으로 돌렸다. 사십 야드쯤 떨어진 곳에서 경찰관 한 명이 카펫처럼 깔린 블루벨 사이를 걸어오고 있었다. 밴을 타고 온 경찰관 중 한 명이었다. 그는 라이플총을 들고 있었다. 개머리판은 어깨 쪽을, 총열은 땅을 향한 채. 그의 옆으로 멀찍이 떨어진 곳에 또다른 경찰관이 총을 들고 있었다. 둘은 걸어서 숲을 지나는 중이었다. 우리를 보지는 못했다.

늑대는 잠들어 있었다.

나는 두 경찰관이 시야에서 사라지는 것을 지켜보았다.

나는 데브스를 흔들어 깨웠다.

"으으음." 재킷에 몸을 파묻으려 애쓰며 그녀가 중얼거렸다.

"데브스." 나는 속삭이듯 말했다. "경찰이야."

몸이 뻣뻣해지며 그녀가 잠에서 깨어났다.

나는 습지 쪽을 가리켰다. 우리는 몸을 굴려 등을 바닥에서 떼고는 기어서 산비탈을 내려갔다.

늑대가 몸을 뒤척였다. 그러고는 힘겹게 일어나서 우리를 따라왔다.

습지에서 새가 울었다. 우리는 철조망에 이르렀다. 그 너머에 습지가 있었다. 연무에 햇빛이 비쳐 대기가 환했다. 엷은 안개가 우듬지 높이만큼 낮게 깔려 있었다―그 때문에 헬리콥터가 떠난 게 분명했다.

우리 앞의 수로에 물이 흐르고 있었다. 우리는 습지 가장자리를 따라 이동하다가 산비탈을 타고 곶으로 올라갔다. 아무 말 없이, 서두르지 않고. 늑대가 따라왔다. 이윽고 숲에서 벗어나 완전히 안개에 둘러싸인 곶 위에 올라섰다. 마치 구름에 둘러싸인 작은 섬 위에 있는 것 같았다.

근처 어디선가 양들이 우는 소리가 들렸다.

고함소리가 들려 힐끗 돌아보니 하얀 공기 사이로 어두운 형체들이 나타났다.

우리는 달렸다.

우리는 빠르게 달렸지만 늑대는 달리지 않았다. 녀석은 연약해진 커다란 발을 엄숙하게 내디뎠다. 곶의 정상이 가까워졌다. 그들이 여전히 따라오고 있었다. 세 개. 네 개의 형체. 다섯 개.

정상.

내려가는 길은 하나뿐이었고, 내려가면 뾰족한 바위 끝자락과 습지 수로가 나왔는데, 수로는 양쪽 어디로 가든 결국에는 새하얀 바다로 이어졌다.

"멈춰!" 남자가 외치는 목소리가 들렸다.

검은 형체들이 끔찍한 거미줄처럼 펼쳐졌다.

우리는 길을 따라 바다 수로 쪽으로 달려내려갔다. 이내 가느다란 손가락 같은 바위 끝에 이르렀다. 물은 깊고 빠르게 흘렀다. 더는 달아날 곳이 없었다. 늑대가 따라왔다. 어두운 형체들이 내려왔다. 나는 늑대 앞에 섰다.

엷은 안개 속에서 경찰관들이 나타났다. 그중 두 명은 라이플총을 들고 있었다.

"물러서!" 한 명이 아주 우렁찬 목소리로 외쳤다.

습지 새가 삡-삡 울었다. 셰리든 베네딕트가 나타났다. 경찰 뒤에서 달려오는 그의 외투 자락이 미풍에 나부꼈고, 부츠 소리가 발굽소리처럼 대지에 쿵쿵 울렸다. 그는 경찰을 지나서 우리 쪽으로 쿵쿵 달려왔다. 나는 주먹을 불끈 쥐고 그와 싸울 준비를 했다. "멈춰!" 경찰이 외쳤다. 셰리든은 나를 건드리지 않고 그대로 달려갔다. 비명소리가 들리더니, 그가 몸부림치는 데브스를 붙잡고 내게서 뒷걸음질쳤다.

셰리든과 데브스가 뒤로 물러나는 동안 경찰관들이 앞으로 걸어왔다. 다가오는 모습이 안무 같았다. 나는 그 모습이 마치 늑대들이 사냥감에게, 상처 입은 동물에게 마지막으로 흉포한 짓을 하려고 모여들 때 하는 동작 같다는 사실을 깨달았다.

나는 움직이지 않았다. 왜냐하면 그것은 나약함을 드러내는 행동이었기 때문이다―포식자에게 죽이라는 신호를 보내는 행동.

나는 그들에게 용감히 맞섰다.

습지 새가 삡-삡 울었고, 양들이 매애 울었다.

햇빛이 사방을 비추며 엷은 안개 속에 퍼졌다.

늑대는 내 옆에 가까이 있었다. 녀석의 거대한 몸이 느껴졌고, 녀석의 목에 손을 얹으니 축축함이 느껴졌다. 경찰관들의 검은 부츠 주위에 돋은 풀 여기저기에 검은 반점이 묻어 있는 게 보였다―늑대의 피였다.

우리가 무슨 짓을 저질렀던가? 살생에 또 살생.

"얘야, 물러서." 한 경찰관이 말했다.

"쏴버려." 또다른 경찰관이 말했다.

"안 돼요!" 데브스가 외쳤다.

라이플총을 든 경찰관들이 검은 포금에 뺨을 붙이더니 조각상처럼 변했다. 할머니의 말대로, 살인 연습을 하는 영국.

"물러서!" 셰리든 베네딕트가 외쳤다.

무장을 하지 않은 경찰관이 내게로 한 걸음 다가왔다. 그의 시선이 내게 머물렀다. 그가 커다랗고 거친 손바닥을 내밀었다.

아빠의 손바닥 같았다.

"어서, 루커스." 그가 말했다.

내 이름을 어떻게 안 거지?

"다른 선택의 여지가 없지 않니?" 그가 말했다.

나는 움직이지 않았다.

다른 선택의 여지가 없지 않니?

그것이 문제였다. 안 그런가?

나는 고개를 끄덕였다. 그러고는 말했다. "우선 늑대를 한번 안아주고요."

"그러지 마. 놈은 야생동물이야."

나는 웅크리고 앉았다. 총 하나가 딸깍 소리를 냈다. 다른 총도 딸깍 소리를 냈다. 나는 양손을 늑대의 배와 갈비뼈 아래에 갖다댔고, 녀석은 그 손길을 허락해주며 나의 품에 부드럽게 안겼다.

"이제 물러서." 경찰관이 두려운 듯 말했다.

나는 늑대의 귀에 대고 속삭였다. 그러고는 발바닥 앞쪽으로 최대한 세게 땅을 박찼다.

그것은 점프라기보다는 추락에 가까웠다. 허공을 가로질러

물로 떨어지면서 늑대는 붙잡힌 물고기가 몸을 뒤집듯이 몸을 홱 뒤집었다. 그러고서 우리 둘은 수로에 첨벙 떨어졌다.

얼음처럼 차가운 물이 내게서 숨을 앗아가버렸다. 나는 헉하고 숨을 들이쉬며 수면으로 올라왔다. 늑대도 수면으로 올라왔다. 녀석은 고개를 꼿꼿이 든 채 헤엄쳤다. 나는 한쪽 팔을 쭉 뻗어 몸을 펼치며 늑대와 총 사이를 가로막았고, 흠뻑 젖은 옷의 무게가 버거워서 허우적거렸다.

"그러지 마세요!" 데브스가 경찰관들에게 외쳤다.

"잠깐만!" 한 경찰관이 외쳤다.

우리는 반쯤은 헤엄치고 반쯤은 그냥 물살에 떠내려갔다. 우리는 아주 느리게 나아갔다. 어찌나 느린지 경찰관들이 바위에서 바위로 건너가며 계속 우리를 따라잡았다.

"놈을 쏴버려!" 셰리든 베네딕트가 외쳤다.

옷이 너무 무거워서 물위로 계속 고개를 내밀고 있기가 힘들었고 헤엄치기도 힘들었다. 나는 경찰이 총을 쏘지 못하게 늑대와 곳 사이에 머물렀다. 늑대도 나의 의도를 알아차린 듯했는데, 왜냐하면 녀석도 보조를 맞추며 나를 자신과 경찰 사이에 두었기 때문이다.

"어서 가, 루크!" 데브스가 외쳤다.

나는 웃었다. 실제로 소리 내어 웃었다.

우리는 모든 수로가 만나는 손가락 끝 같은 바위를 지나갔다.

경찰관들은 아무 말도 하지 않았다. 둑 사이로 물이 흐르는 소리와 내 팔다리가 첨벙거리는 소리 말고는 아무 소리도 들리지 않았다. 그러다가 뒤돌아보자 연무 사이로 경찰관들의 흐릿한 형체밖에 보이지 않았는데, 그때 잠시 데브스임이 분명한 좀더 선명하고 좀더 작은 사람이 곶의 끝에 서 있는 게 보였다. 나는 울부짖었고, 데브스도 울부짖으며 화답했다. 이내 우리는 엷은 안개 속에 파묻혔다.

수로의 둑이 보였다. 몇 야드 더 가자 안개가 짙어지면서 둑이 안개에 가렸다. 늑대는 나와 함께 이동했다.

이제 우리가 얼마나 빨리 가고 있는지 알기 어려웠다. 물이 흐르는 속도를 판단할 만한 기준이 없었기 때문이다. 안개는 엷어졌다 짙어지길 반복했지만 걷히진 않았다.

나는 바다가 얼마나 멀리 있을지 궁금했다. 혹은 이곳이 이미 바다인 것은 아닌지. 하지만 물맛을 보니 바닷물처럼 짜진 않았다.

그때 왼쪽으로 조금 떨어진 곳, 둑 정도 되는 높이에 두 형체가 눈에 띄었다. 형체들은 또렷해지지는 않았고, 다만 잠깐 동안 나와 보조를 맞추며 따라오는 듯했다. 그러고는 사라져 버렸다.

어떤 덩어리가 다리를 긁고 등을 들이받았다. 작은 얼음덩어리였을까? 내가 부빙 사이에 떠 있기라도 한 것처럼, 이제 몇몇 얼음덩어리가 눈에 띄었다.

개울—혹은 강이었을까?—에는 굽이가 있었다. 그랬던 게 분명하다. 그렇지 않다면 어떻게 그 두 형체가 그런 식으로 곧장 앞쪽의 안개 속에서 어렴풋이 나타날 수 있었겠는가? 나는 이게 또다른 착각은 아닐지 궁금했다. 뇌의 결함. 광기. 왜냐하면 내 앞쪽 둑에는 엄마와 아빠가 서 있었기 때문이다.

안개가 완전히 걷히진 않았지만 조금 옅어지면서 나는 두 사람을 볼 수 있었다. 그들은 둑 아래로 내려오지 않았다. 혹은 나를 큰 소리로 부르지도 않았다.

나는 물아래로 살짝 잠수했다. 소금물. 차가웠다. 나는 수면으로 올라왔다. 몸속까지 무감각해져갔다. 주위에 얼음이 떠갔다. 둑에 있던 엄마가 부드러워진 물결이 흐트러지듯 퍼지는 작은 해변으로 내려왔다.

"엄마!" 나는 외쳤다.

이제는 내 살결에서도 아무것도 느껴지지 않았다.

거친 날씨가 새겨놓은 아빠 눈가의 잔주름. 엄마의 넓은 얼굴.

물속으로 가라앉으니 차가운 갈색 어둠이 나를 맞이했다. 나는 수면으로 올라왔다.

"아빠!" 내 목소리는 입김처럼 약했다.

아빠는 움직이지 않았다. 엄마도 움직이지 않았다.

계속 떠 있기가 점점 힘들어졌다.

모래가 섞인 혼탁한 물이 입안으로 들어왔다.

"엄-! 아-!"

나는 솟아올랐다. 두 사람은 내게 손짓하고 있었다.

내 뒤에는 칙칙한 습지가 있었다. 그 너머로는 경찰, 학교. 본드 교장 선생님. 이언. 사회복지사들.

맬키, 앤드루스 선생님, 셰리든 베네딕트.

데브스. 할머니.

사랑—그 난해한 영역, 늘 우리 등뒤에 있는.

나는 엄마와 아빠를 바라보았다. 그들은 움직이지 않았다.

나는 몸을 돌려 물살을 거스르며 습지 쪽으로 헤엄쳐갔다.

엄마나 아빠에게서는 아무 소리도 들려오지 않았다. 나는 열심히 헤엄쳤다.

물살은 강했다. 나는 발길질하고, 크롤 영법으로 헤엄치고, 짭짤한 갈색 강을 거스르며 큰 소리로 고함을 질렀고, 흐르는 강물 속에서 무리해서 팔을 저을 때마다 근육이 아팠다. 발이 진흙을 스치며 미끄러졌다. 이제 나는 물살을 거슬러 다리를 맹렬히 움직이고 양손을 최대한 멀리 뻗으며 발이 푹푹 빠지는 진흙 위를 걸어갔고, 그러고는 또 한 걸음을 내디디며 진흙 위에, 진흙 속에 서서 강 자체의 흡인력을 이겨내고 수면 위로 어깨를 드러내며 둑을 향해 올라갔고, 바위로 가득찬 배낭을 메고 오르듯 한 걸음 한 걸음 고통스럽게 올라갔고, 마침내 작은 헤더와 상추처럼 생긴 이상한 습지 식물 옆의 진흙투성이 둑 위로 휘청거리며 올라서서 쿵 하고 쓰러졌다.

나는 옆으로 몸을 굴렸다.

멀리 보이는 해안과 둑은 텅 비어 있었다.

하지만 강 중류에는 여전히 늑대가 수면 위로 코를 내밀고 있었다.

마치 나를 기다리고 있는 듯했다.

나는 숨을 들이마시고 녀석에게 큰 소리로 외치려다 말았는데, 왜냐하면 녀석이 몸을 돌리자 안개가 밀려왔고, 내가 지켜보는 동안 녀석이 수로를 따라 떠내려가는 듯했기 때문이다. 그러고는 안개가 녀석을 뒤덮었다.

나는 녀석이 안전하기를 바랐다. 살아남기를 바랐다. 이 세상에는 늑대가 필요하다.

안개가 밀려왔다. 그러고는 떠다녔다. 나는 내가 긴 한숨을 쉬었다는 사실을 알아차렸다.

나의 무감각하고 쓸모없어진 다리에 물이 찰랑거렸다. 나는 발을 끌며 진흙 위로 더 올라가서 완전히 헤더 쪽에 이르렀고, 그곳에 드러누워 기력을 회복했다. 내 위로 축축하고 두껍고 차가운 안개가 떠다녔다.

나는 간신히 일어났다.

나는 피부에 바람을 맞으며 서 있었다. 몸이 떨려왔다. 떨림을 멈출 수가 없었다. 나는 헤더를 가로질러 걷기 시작했다. 데브스의 웃음소리와 할머니의 과묵함을 계속 생각했고, 비록 몸은 그 어느 때보다도 무거웠지만 텅 빈 기분이 들었다. 더 가벼워진 기분이. 나는 헤더를 뒤흔드는, 내 피부와 들러붙은 진흙을 훑고 지나가는 바람이 고마웠고, 둑 사이로 흐르는 물소리가 고마웠다. 그리고 미풍이 잦아들자 먼 들판에서 양들이 희미하게 우는 소리와 안개 속 어딘가에서 습지 새가 나무 호루라기처럼 삡-삡 우는 소리가 들려왔고, 이어 습지 어딘가에서 속삭이는 듯한 목소리들이 바람에 실려왔다.

어둠 속을 걸어다니기

'엔딩Endings'이라는 제목의 장으로 시작되는 『내가 알던 세상의 끝』은 처음부터 우리에게 커다란 당혹감을 안겨준다. 책을 펼쳐 들고 몇 장 넘기자마자 제목대로 여러 개의 '끝'이 날카로운 굉음과 함께 우리를 악랄하게 덮치기 때문이다. 평범하고 평화로워 보이던 어느 토요일의 가족 외출. 하지만 개로 보이는 동물을 피하려고 아빠가 급브레이크를 밟은 후 모든 게 끝장나고 만다. 내동댕이쳐져 길가에 뒤집힌 차. 엄마의 끝. 아빠의 끝. 내가 알던 세상의 끝. 그렇게 혼자 남겨진 나. 주인공 루커스는 길 한가운데에 있던 동물이 "연기 색깔, 혹은 세상에서 빛이 빠져나가 밤이 되기 직전의 황혼 같은 색깔"이었다고 말한다. 이제 루커스의 세상도 그렇게 변해버렸다. 예전에 알던 세상이 그 모든 빛을 잃고 길가에 뒤집힌 차처럼 돌연 정지해버린 것이다.

물론 루커스가 완전히 혼자 남겨진 것은 아니다. 그에게는 옛친구 미테시가 있고 새로운 보호자인 할머니 이브도 있다. 할머니와 함께 살게 된 루커스는 서머싯을 떠나 북쪽의 레이크 디스트릭트로 떠난다. 그런데 어찌된 영문인지 모든 불행의 원인인 그것, 개인 줄 알았던 늑대가 레이크 디스트릭트까지 쫓아온다. 마치 불행은 아직 끝나지 않았다는 듯이. 진짜 위험한 이야기는 이제부터 시작이라는 듯이.

『내가 알던 세상의 끝』에서 늑대가 차지하는 비중은 막대하다. 어떤 면에서는 이 늑대의 다양한 면모를 다각도로 살펴보고 음미하는 일이 곧 소설의 풍부한 주제를 뜯어보는 일과 직결된다고 할 수 있을 만큼. 늑대는 무척이나 다의적이어서 독자에게 혼란을 주는 동시에, 절대 단번에 포착되는 것을 허락하지 않으면서 묘한 긴장감과 쾌감마저 선사해주는 존재로 그려진다.

우선 늑대는 당연하게도 폭력적인 살인마의 상징이다. 오로지 죽이는 존재, 즉 죽음의 사신. 루커스는 "그것은 무언가를 원하고 있었다. 나를 죽이는 것? 엄마와 아빠에 이어 나까지 죽여 한 가족을 몰살시키는 것?"이라고 자문한다. 그런데 이 살인마 이미지는 어느덧 루커스에게 전이된다. 이 전이는 아마도 루커스가 늑대와 처음 만난 길에서부터, 엄마와 아빠가 죽음을 맞이한 순간부터 시작되었을 것이다. 루커스는 그 사건이 자신 때문에 벌어졌다는, 자신이 '죽음을 불러오는 자'라는 인식에서 좀처럼 벗어나지 못한다. 게다가 그러한 인식은 주변 인물들이 거의 확증해주다시피 하는 발언으로 더욱더 강화된다. 루커스를 괴롭히는 무리는 부모가 죽은 게 루커스의 탓이라고, 루커스가 살인자라고 비난하고, 심지어 루커스와 가장 가까운 존재가 되는 데브스마저 루커스가 죽음을 불러왔다고 비난한다. 사정은 따뜻한 보금자리여야 할 집안에서도 바뀌지 않는데, 루커스는 "할머니에게 죽은 딸을 떠올리게 하는 존재"이기 때문이다. 안팎이 모두 죽음의 그림자로 넘실대는 상황. 이제는 늑대가 살인마인지 루커스가 살인마인지 헷갈릴 지경이다. 죽음의 이미지가 드리운 존재인 동시에 남에게 죽음의 이미지를 드리우는 존재로서의 루커스. 루커스는 이제 늑대와 적대적인 관계가 아니라 늑대의 편에 선 존재가 된다. 그는 어쩔 수 없이 '늑대 인간'으로 변신한다. 소설에 등장하는 또다른 이야기 속 주인공인 '심'이 그랬듯이.

늑대 인간으로의 변신은 단순히 부정적인 의미만 지니는 것이 아니라 긍정적이고도 필연적인 변화, 즉 성장을 뜻하기도 한다. 이 성장은 우선 사춘기 소년이 맞이하는 신체적 성장을 의미한다. 숲에서 늑대와 마주치고 집으로 돌아와 몸을 씻던 루커스는 벌거벗은 몸으로 욕조에서 일어나 자기 자신을, 사타구니를, 가슴에 난 몇 가닥의 털을 쳐다보며 "내가 늑대 같나?" 생각한다. 늑대 인간이 된 루커스는 "두려움이 만들어내는 화학물질의 냄새를 맡을 수가 있"는 늑대처럼 오감이 발달하는데, 두려움의 냄새뿐만 아니라 이성이 내뿜는 냄새에도 예민해진다. 그가 끊임없이 의식하는 데브스의 스피어민트 냄새와 담배 냄새. 루커스는 자신도 모르는 사이에 이성적 사랑의 감정을 느끼는 나이에 접어든 것이다.

루커스의 성장은 당연하게도 육체적인 수준에만 머물지 않고 정신적인 수준에까지 이른다. 어린 나이에 부모의 죽음과 자신이 알던 세상이 무너지는 충격을 겪은 루커스는 끊임없이 죽음에 대해 생각한다. "죽으면 몸에서 나는 모든 소리를 잃게 된다. 모든 것을 잃게 된다. 잠처럼 당연하게 생각하던 것들조차도." 삶은 더이상 당연한 것으로 여겨지지 않는다. 루커스가 생각하기에 죽음은 세상에서 가장 나쁜 일이기도 하다. "나는 엄마와 아빠를 떠올리며, 두 분은 돌아가셨고 그건 더 나쁜 일이므로 내게 일어난 일은 중요하지 않다고 생각하고 있었다." 가장 나쁜 일을 바로 옆에서 목격한 루커스에게 이 세상에서 중요한 건 아무것도 없다. 모든 게 무의미하고 하찮게 느껴질 뿐이다. 성적을 걱정하는 할머니에게는 "누군가가 죽고 사는 문제와 비교했을 때 그게 어떻게 중요할 수 있나요? 죽고 사는 문제가 제일 중요하죠"라며 항변한다. 죽음의 문제에 골몰한 루커스가 제대로 된 현실을 살아가지 못한 채 끊임없이 방황하는 것은 당연한 일이다.

하지만 그 방황은 단지 제자리에서 맴도는 것이 아니라 안으로 더 깊어지는 동시에 앞으로 몇 걸음 더 나아가는 일이기도 하다. 이제 루커스에게 가장 친한 친구였던 "미테시가 하는 말은 어쩐지 유치하게 들렸고, 내가 예전에 어떻게 그런 이야기에 조금이라도 관심을 가질 수 있었는지 이해가 되지 않"는다. 왜냐하면 "미테시가 하는 말 가운데 중요한 것은 하나도 없"고, "사람이 죽는 문제에 비하면 그건 아무것도 아니었"기 때문이다. 삶의 본질인 죽음과 대면한 자와 여전히 삶 속에 파묻혀 삶의 경계 밖을 상상도 하지 못하는 자의 격차는 엄청나다. 둘은 더이상 어울리지 못한다. 껍데기만 남은 미테시의 자리를 대체하는 것은 "다른 애들이랑 통하는 게 하나도 없어" 늘 혼자서 책을 읽는, 테드 휴스와 실비아 플라스와 에밀리 브론테를 읽는 데브스다. 이처럼 존재의 본질을 찾아 떠난다는 주제는 『내가 알던 세상의 끝』에서 중요하게 다루어지는 잭 런던의 소설 『야성의 부름』의 주제와 공명하는 것이기도 하다. 미국 남부의 부잣집에서 편히 지내다가 알래스카에서의 썰매개 생활을 거쳐 결국 늑대의 본성을 찾아 떠나는 어느 개의 이야기. 모든 것의 표면 안쪽에 도사린 핵심을 생각하는 존재가 된 루커스는 데브스와 마찬가지로 표면적인 이곳을 떠나 본질적인 저곳으로 가고자 한다. "모든 것의 저편으로. 모든 인간의 저편으로. 야생으로."

루커스의 정신적 성장은 사변적 차원에 그치지 않고 현실적 변화로도 이어진다. "나는 오직 부모님만을 잃은 반면 부모님은 자신들의 삶을 잃었다"라는 깨달음은 비로소 유일무이한 삶의 소중함을 깨닫게 만든다. 매사에 반항적으로 굴며 할머니 속을 썩이지만, 할머니가 쓰러져 병원에 실려간 후 처음으로 현실을 직시한다. 자신 때문에 할머니가 쓰러졌다고, "나는 죽음을 불러온다. 내가 곧 죽음이다"라고 생각하며 과거에서 벗어날 의지를 다진다. "할머니가 내게 의지하고 있으므로, 나는 이제 공부를 열심히 해야 한다는 사실을 깨달았다. 만일 할머니가 회복하지 못해서 직장에 복귀할 수 없게 된다면 도와줄 누군가가 필요해질 터였다. 필요한 물건을 사주고 이런저런 고지서 요금을 지불해줄 누군가가. 할머니에게는 다른 사람이 아무도 없었다—오직 나뿐이었다. 그러니 직업을 얻어 할머니에게 도움이 되려면 좋은 성적을 받아야 했다." 그는 처음으로 미래를 떠올린다. 하지만 곧장 뒤이어 말한다. "물론 늑대는 사라지지 않았다. 단지 내 마음의 제일 앞자리에서 어딘가 다른 곳으로 밀려났을 뿐이었다. 나는 녀석이 자신이 속한 저 고원지대 위에 있길 바랐다." 늑대 문제는 아직 해결되지 않았다. 그렇다면 이 늑대를 대체 어쩌면 좋단 말인가?

루커스는 심리 상담사인 이언과의 세션 도중에 늑대에 대해 말해야 할지 말아야 할지 고민한다. "나는 늑대에 대해 말하면 그가 어떻게 생각할지 궁금했다. 맬키는 내가 미쳤을지도 모른다고 생각하는 듯했다. 할머니는 그것의 존재를 믿지 않았다. 셰리든 베네딕트는 믿었지만 그것이 죽길 바랐다. 데브스는…… 데브스는 그것을 보긴 했지만 이제는 나와 아무것도 하고 싶어하지 않았다." 사람들은 늑대를 무시하거나 불신하거나 죽이거나 그저 방치하려 한다. 그것이 사람들이 선택한 길이다. 그럼 루커스는? 경찰은 늑대를 죽이려 하고 스티브 무리는 루커스를 죽이려 하는 어두운 상황에서 마침내 결정을 내린다. "나는 어둠을 마주했다. 나는 늑대를 따라 미끄러지듯 나아갔다."

『내가 알던 세상의 끝』에서 죽음의 문제는 광범위한 맥락에서 다루어진다. 우리는 소설의 후반부에 이르러 원제인 '울프 로드The Wolf Road', 즉 '늑대의 길'이 어디서 연유한 표현인지 알게 된다. "아메리카 원주민들은 늑대가 이 세계와 영혼의 세계 사이를 오갈 수 있다고 믿는다. 은하수는 최초의 늑대가 내려온 '늑대의 길'이며, 인간이 그 최초의 늑대를 죽였을 때 죽음이 이 세상에 들어왔다고 믿는다." 그러니까 늑대는 원래 살인마가 아니다. 살인마는 오히려 인간이고, 죽음을 이 세상에 처음 들인 것도 다름아닌 인간이다. 죽음의 문제는 개인적 차원에서 인간이 짊어진 원초적 죄의 차원으로 격상된다. 소설 내내 거의 초현실적으로 하늘을 날아다니며 불안한 굉음을 내뿜는 전투기. 너무 가까이 있어서 조종사의 얼굴까지 보이는 바로 그 죽음의 상징. "할머니의 말대로, 살인 연습을 하는 영국." 분노로 가득했던 루커스, 엄마가 남기고 간 하얀 조약돌로 누군가를 계속 죽이려 했던 루커스는 어느 순간 죽음을 죽임으로 해결할 수 없다는 사실을 깨닫는다. "그것은 늘 거기 있었다. 죽음은 늘 거기서 대상을 물색하고 있었다. 나는 더이상 죽음이 하는 일을 거들어주지 않을 것이다." 죽음에 신물이 난 루커스는 이제 그만 죽음의 편에서 물러나기로 한다. "아무래도 늑대와 함께 있어야겠다는 생각이 들었다. 설령 녀석이 우리 가족에게 죽음을 불러왔다고 하더라도. 왜냐하면 녀석은 여전히 살아 있는 생명체니까, 안 그런가?" 죽음의 감각이 예리해지면서 덩달아 삶의 감각도 최고조에 이르며 자기 앞에 펼쳐진 무한한 가능성을 느낀다. "나는 그때 차 사고로 죽었다. 나는 죽었다. 혹은 아닐지도 모른다. 나는 지금 살아 있다. 내 손목에, 내 혀 왼쪽에, 내 머릿속에 산의 바위를 넘는 흰 급류처럼 맥박이 뛰고 있다. (……) 이 모든 가능성들. 어느 쪽으로도 치우치지 않은. 팽팽히 맞선." 자신도 모르는 사이에 진정한 의미에서 성인이 된 루커스는 두려움의 대상이지만 없어서도 안 될 존재인 늑대를 절대적으로 긍정하기 시작한다. "나는 녀석이 안전하기를 바랐다. 살아남기를 바랐다. 이 세상에는 늑대가 필요하다."

그렇다, 늑대는 우리가 세상을 살아가는 데 없어서는 안 될 존재다. 한마디로 정의 내릴 수 없고 결코 손아귀에 잡히지 않는 복잡한 존재이지만, 바로 그렇기에 늑대의 지위를 유지할 수 있다. 야생의 상징인 늑대는 우리가 끊임없이 질문을 던지게 한다. 익숙한 문명에 함몰되지 않게, 저 너머를 꿈꾸게 한다.

이제 이렇게도 말할 수 있겠다. 『내가 알던 세상의 끝』은 처음부터 '엔딩'으로 시작하는 다소 숨막히고 시종일관 어두운 소설이지만, 엔딩으로 시작했기에 시작으로 끝날 수 있는 역설적인 작품이라고. 어떤 엔딩은 어떤 시작으로 향하는 길을 뚫는다. 엔딩이 없었다면 애초에 있지도 않았을 새로운 시작의 길을.

재독하면 할수록 더 많은 게 보이기는커녕 한 번 읽기도 힘든 작품이 넘쳐나는 현실에서, 『내가 알던 세상의 끝』은 독서 회차를 거듭할수록 더 많은 걸 보고 느끼게 해주는 드물고 소중한 작품이다. 구조는 정교하고 의미는 다채로우며 문체는 시적이어서, 독자는 야행성 동물인 늑대처럼 작품 속 어둠을 걸어다니는 만큼 더 많은 것을 보고 느끼게 될 것이다. 이 책을 거듭 읽으며 자신을 괴롭히는 '늑대'가 무엇인지, 또 자신에게 꼭 필요하거나 더 나아가 자신이 반드시 껴안아야 할 존재로서의 '늑대'는 무엇인지 고민해보는 흔치 않은 시간을 가지시길 바라며.

황유원

내가 알던 세상의 끝

초판 인쇄 2024년 10월 17일
초판 발행 2024년 11월 1일

지은이 리처드 램버트
옮긴이 황유원

펴낸곳 복복서가(주)
출판등록 2019년 11월 12일 제2019-000101호
주소 03720 서울특별시 서대문구 연희로 28길 3
홈페이지 www.bokbokseoga.co.kr
전자우편 edit@bokbokseoga.com
마케팅 문의 031) 955-2689

ISBN 979-11-91114-66-9 03840